金 學 叢 書
第一輯 12

吳 敢
胡衍南 霍現俊
主編

《金瓶梅》鞋腳情色與文化研究

李曉萍 著

臺灣 學生書局 印行

李曉萍

東海大學中國文學系博士。曾任東海大學、靜宜大學、臺中教育大學兼任講師。現為國立金門大學通識教育中心助理教授。

本書簡介

本書中關於「鞋腳」的研究，主要可以由三個方面來探討：第一個是屬於與情色有關的鞋腳——三寸金蓮的部分；第二個是作為禮物的鞋腳；第三個則是作為巫術用途的鞋腳。潘金蓮是《金瓶梅》中的第一女主角，在她和西門慶交往的過程中，「三寸金蓮」是她的利器之一，西門慶對於潘金蓮的小腳十分迷戀的，在兩人的床第之間，蓮鞋也扮演了其他調情的作用，可見「三寸金蓮」與情色床第之間的密切。在送禮的文化中，「鞋腳」也成了女子送禮時的禮物之一，作為禮物意涵的鞋腳，通常都是出於女子自己之手，只有自己親手製作的鞋腳，才能更加表達出自己的心意。鞋腳在《金瓶梅》中也被用作巫術的用途，只要拿到對方穿過或接觸的鞋子，便可以進行一些巫術的操作。

金學叢書第一輯序

　　2012 年 8 月下旬，「2012 臺灣《金瓶梅》國際學術研討會」在臺北、嘉義、臺南三個場地隆重召開，大會同時紀念辭世七年、在海峽兩岸備受推崇的「金學」先驅魏子雲先生。

　　會議落幕之後，臺灣學生書局基於「辨彰學術，考鏡源流」的信念，認為很有必要出版一套「金學叢書」，將 1980 年以後逐漸豐饒起來的《金瓶梅》成果一次性展現出來，於是找了胡衍南商議此事。經過協商，臺灣學生書局接受胡衍南的兩點提議：一，此一事業理當結合海峽兩岸金學專家共同合作；二，為了紀念魏子雲先生，擬將先生在臺灣學生書局的版權書，搭配臺灣近來年輕研究者的金學著作，先以「金學叢書」第一輯的名義出版，藉此向先生獻上敬禮。因此，2013 年 5 月「第九屆（五蓮）國際《金瓶梅》學術研討會」期間，霍現俊答應共襄盛舉；同年 7 月，胡衍南代表書局親赴徐州邀請吳敢加入主編行列，確定此套叢書由吳敢、胡衍南、霍現俊共同主編。在此同時，胡衍南開始蒐集「金學叢書」第一輯的書稿，吳敢、霍現俊逐步展開「金學叢書」第二輯的規劃。

　　不同於「金學叢書」第二輯，主要為中國大陸 20 世紀 80 年代以來學人的《金瓶梅》研究精選集；「金學叢書」第一輯由魏子雲領軍，麾下俱是臺灣年輕學者專書性質的金學著作。

　　第一輯共收十六本書，魏子雲在臺灣學生書局的三本版權書《小說金瓶梅》、《金瓶梅原貌探索》、《金瓶梅的幽隱探照》，足以反映魏先生治學精神及金學見解；且因魏先生後人及學生刻正籌劃全集出版，本套叢書也就不另外爭取先生其他專著。至於其他青年學者專書，如果把金學事業分成文獻研究、文本研究、文化研究，文獻研究明顯最為匱乏，事實上臺灣除魏子雲外興趣多不在作者、成書、版本等考證方面。叢書中具綜述性質的李梁淑《金瓶梅詮評史研究》權屈於此。

　　文本研究稍好，其中又以借鑒西方敘事學理論者較有成績，鄭媛元《金瓶梅敘事藝術》可視為全面性初探，林偉淑《金瓶梅的時間敘事與空間隱喻》意在時空設計的隱喻性格，李志宏《金瓶梅演義——儒學視野下的寓言闡釋》則從敘事特色探討「奇書體」小說之政治寄託。此外，關於《金瓶梅》詩詞的研究也頗見特色，傅想容《金瓶梅詞話

之詩詞研究》、林玉惠《崇禎本金瓶梅回首詩詞功能研究》，一從詞話本、一據崇禎本，前者宏大、後者聚焦，都是考慮詩詞在小說中的美學任務。另外值得一提的是曾鈺婷《說圖——崇禎本金瓶梅繡像研究》，近年頗時興圖像與文字的辯證研究，此書透過對小說插圖的考察，從側面支持了崇禎本《金瓶梅》的文人化、藝術化傾向。

　　至於文化研究，不可免地都集中在性／別文化研究，此係因為臺灣極易取得未經刪節的全本《金瓶梅》，加上 20 世紀 90 年代中期以來對性／別議題特別熱衷，故影響了《金瓶梅》文化研究的「挑食」傾向。收在叢書中的此類著作，有胡衍南《金瓶梅飲食男女》、李欣倫《金瓶梅之身體感知與性別辯證：一個漢字閱讀觀點的建構》、李曉萍《金瓶梅鞋腳情色與文化研究》、張金蘭《金瓶梅女性服飾文化研究》、沈心潔《金瓶梅詞話女性身體書寫析論——以西門慶妻妾為論述中心》等五部，其中胡衍南、張金蘭的著作都曾公開出版，此次收入叢書都作了程度不一的增添及修改。尤需一提的是，臺灣近年來對於小說的續書研究很感興趣，特別是從解構主義的後設立場重新反思續衍現象，嚴格來講也是一種文化批評，叢書中鄭淑梅《後設現象：金瓶梅續書書寫研究》即為個中佳作。

　　「金學叢書」第一輯集結近年臺灣青年學者《金瓶梅》研究專著，有意宣示「哲人日已遠，典型在宿昔」——魏子雲先生逝世十周年前夕，金學事業薪火相傳，生生不息。綜上所述，本輯作者胡衍南、李志宏的著述較為金學界所熟識，其他多數則嶄露頭角，正見其成長茁壯。相較之下，稍晚亦將問世之「金學叢書」第二輯，收入了徐朔方、甯宗一、劉輝、王汝梅、黃霖、吳敢、周中明、張遠芬、周鈞韜等三十一位名家之《金瓶梅》研究精選集，收錄純熟之作，代表當代金學最高成就，敬請拭目以待。

吳敢、胡衍南、霍現俊（胡衍南執筆）

2014 年元旦

《金瓶梅》鞋腳情色與文化研究

目　次

金學叢書第一輯序 …………………………………………………………… I

緒　論 ………………………………………………………………………… 1

上編：鞋腳與情色

第一章　三寸金蓮概述 ……………………………………………………… 7

　　第一節　纏足的起源與名義 …………………………………………… 7

　　第二節　金蓮之美 ……………………………………………………… 19

　　第三節　金蓮的功用與誘惑 …………………………………………… 28

　　　　一、小腳與婚姻 …………………………………………………… 29

　　　　二、「裹足教貞」：貞節與身分的表徵 ………………………… 35

　　　　三、「造作淫具」：性誘惑的存在 ……………………………… 40

第二章　三寸金蓮與《金瓶梅》中的婦女生活 ………………………… 45

　　第一節　《金瓶梅》中的纏足婦女 …………………………………… 46

　　　　一、西門慶的妻妾們 ……………………………………………… 46

　　　　二、女婢與僕婦 …………………………………………………… 50

　　　　三、妓女 …………………………………………………………… 56

　　第二節　蓮鞋與製鞋 …………………………………………………… 60

　　第三節　整理行纏與比腳 ……………………………………………… 71

　　第四節　行動能力與節慶活動 ………………………………………… 79

第三章　《金瓶梅》中對三寸金蓮的異常愛戀 ………………………… 87

第一節　金蓮示人：賣弄風情 ⋯⋯⋯⋯⋯⋯⋯⋯⋯⋯⋯⋯⋯⋯　88

第二節　調情捏腳：慾望的牽動 ⋯⋯⋯⋯⋯⋯⋯⋯⋯⋯⋯⋯　98

第三節　鞋盃：食色的刺激 ⋯⋯⋯⋯⋯⋯⋯⋯⋯⋯⋯⋯⋯⋯　106

第四節　腳帶與紅鞋：助興之物 ⋯⋯⋯⋯⋯⋯⋯⋯⋯⋯⋯⋯　115

第四章　「形象再現」的三寸金蓮 ⋯⋯⋯⋯⋯⋯⋯⋯⋯⋯⋯⋯　125

第一節　慾望的再現 ⋯⋯⋯⋯⋯⋯⋯⋯⋯⋯⋯⋯⋯⋯⋯⋯⋯　125

第二節　權力的再現 ⋯⋯⋯⋯⋯⋯⋯⋯⋯⋯⋯⋯⋯⋯⋯⋯⋯　132

第三節　死亡的再現 ⋯⋯⋯⋯⋯⋯⋯⋯⋯⋯⋯⋯⋯⋯⋯⋯⋯　140

一、金蓮三寸：男子砌墳時的鍬鋤 ⋯⋯⋯⋯⋯⋯⋯⋯⋯　140

二、腳帶自縊：女子絕命之物 ⋯⋯⋯⋯⋯⋯⋯⋯⋯⋯⋯　145

下編：鞋腳、禮物與巫術

第五章　禮物意涵的鞋腳 ⋯⋯⋯⋯⋯⋯⋯⋯⋯⋯⋯⋯⋯⋯⋯　151

第一節　見面鞋腳 ⋯⋯⋯⋯⋯⋯⋯⋯⋯⋯⋯⋯⋯⋯⋯⋯⋯　153

第二節　謝禮鞋腳 ⋯⋯⋯⋯⋯⋯⋯⋯⋯⋯⋯⋯⋯⋯⋯⋯⋯　161

第三節　表記鞋腳 ⋯⋯⋯⋯⋯⋯⋯⋯⋯⋯⋯⋯⋯⋯⋯⋯⋯　168

第六章　巫術意涵的鞋腳 ⋯⋯⋯⋯⋯⋯⋯⋯⋯⋯⋯⋯⋯⋯⋯　177

第一節　鞋　卦 ⋯⋯⋯⋯⋯⋯⋯⋯⋯⋯⋯⋯⋯⋯⋯⋯⋯⋯　177

第二節　髮絮鞋底 ⋯⋯⋯⋯⋯⋯⋯⋯⋯⋯⋯⋯⋯⋯⋯⋯⋯　185

第三節　剁　鞋 ⋯⋯⋯⋯⋯⋯⋯⋯⋯⋯⋯⋯⋯⋯⋯⋯⋯⋯　195

結　論 ⋯⋯⋯⋯⋯⋯⋯⋯⋯⋯⋯⋯⋯⋯⋯⋯⋯⋯⋯⋯⋯⋯⋯⋯　201

參考文獻 ⋯⋯⋯⋯⋯⋯⋯⋯⋯⋯⋯⋯⋯⋯⋯⋯⋯⋯⋯⋯⋯⋯⋯　203

緒　論

　　《金瓶梅》由剛問世之時開始，便不斷地受到爭議，因為其內容中包含了大量的性愛場景與淫穢的描寫，使它一問世就被冠以「淫書」的稱號，只是值得注意的是，在《金瓶梅》中卻又十分真實的呈現出明代商賈與市井人民生活的面貌，在文學藝術的成就上也是不容忽視的，所以又與《水滸傳》、《三國演義》與《西遊記》並列於「四大奇書」之列。在明代謝肇淛〈金瓶梅跋〉中就以公允的態度，真實的道出《金瓶梅》在文學藝術與小說貢獻上的成就：

> 書凡數百萬言，為卷二十，始末不過數年事耳。其中朝野政務，官私之晉接，閨闥之媟語，市里之猥談，與夫勢交利合之態，心輸背笑之局，桑中濮上之期，尊罍枕席之語，馴儈機械意智，粉黛之自媚爭妍，狎客之從臾逢迎，奴怡之稽唇淬語，窮極境象，駴意快心。譬之范工摶泥，妍媸老少，人鬼萬殊，不徒肖其貌，且并其神傳之。信稗官之上乘，爐錘之妙手也。[1]

《金瓶梅》真實描寫了明代社會的生活，對於世俗之人、市井之徒，上至官場的權力核心，下至妓院中的鶯燕笑語，都有生動而真實的描述，「它是一部很偉大的寫實小說，赤裸裸的毫無忌憚的表現著中國社會的病態，表現著『世紀末』的最荒唐的一個墮落的社會的景象。」[2]而其中對於性愛的大量描寫，也絕不是為了增加讀者感官上的刺激而已，而是想要藉由「人慾的橫流」來揭示這墮落社會中失序以及慾望無限放縱的現象。

　　《金瓶梅》中的性愛場面也許過於淫穢，不過這就是作者想要真實呈現的社會，現有一些校注本卻將此類文字或多或少加以刪除，例如陶慕寧所校注的《金瓶梅詞話》在前言中即言：「詞話本內容有少量淫穢描寫，雖與刻畫人物性格不無關係，考慮到其負面影響，仍作了必要刪節。全書共刪去了四千三百字。」[3]可見《金瓶梅》至今仍難脫「道

1　方銘編：《金瓶梅資料匯錄》（合肥：黃山書社，1986），頁168。

2　鄭振鐸：〈談《金瓶梅詞話》〉，收入盛源、北嬰編：《名家解讀金瓶梅》（濟南：山東人民出版社，1998），頁13。

3　陶慕寧校注：《金瓶梅詞話》（北京：人民文學出版社，2000），頁9。

德」的枷鎖，不過試想，如果文本中的西門慶少了和眾多女子的性愛場面與淫穢的描寫，其人物的性格必定無法十分全面的展現出來；潘金蓮少了對性愛雲雨的著墨，這「古今第一淫婦」的鮮活形象，只怕也不會如此深深的印在讀者的心版上。

雖然至今《金瓶梅》仍難脫淫穢的惡名，但近年來學術界對於《金瓶梅》已經給予相當的重視，研究成果相當斐然，在學界《金瓶梅》的研究也成相當的氣候，而被稱為《金學》。歷年來已有許多的學者，在這一部頗受爭議的小說上，投注了大量的心力，其研究成果主要可分為三個方面：一是「考證」方面，主要針對作者、成書時代與版本的確認；二是「文學藝術」方面，對於小說貢獻與影響、文學藝術思想以及人物性格作主要的分析研究；三是「社會習俗」方面，主要針對《金瓶梅》中所呈現的世俗風尚與民間信仰等等，作一社會現象方面的探討。

關於「考證」方面的研究成果，一般集中對於作者、成書時代與版本方面。對於作者的考證有，黃霖〈《金瓶梅》作者屠隆考〉[4]、徐朔方〈《金瓶梅》的寫定者是李開先〉[5]、潘開沛〈《金瓶梅》的產生與作者〉[6]、張遠芬〈《金瓶梅》作者新證〉[7]等等文章；關於成書年代的文章有，日下翠〈《金瓶梅》成書年代考〉[8]、杜維沫〈談談《金瓶梅》的成書及其他〉[9]、王利器〈《金瓶梅詞話》成書新證〉[10]、梅節〈《金瓶梅》成書的上限〉[11]等文；關於討論版本的文章有，朱星〈《金瓶梅》的版本問題〉[12]、戴不凡〈張竹坡評本《金瓶梅》〉[13]、鳥居久靖〈《金瓶梅》版本考〉[14]等文。不過截至目前為止，我們對於《金瓶梅》的作者與成書的確切年代，仍然是莫衷一是、眾說紛紜。

在「文學藝術」方面的研究，近年來也出版了不少的專書研究，例如甯宗一與羅德榮主編的《《金瓶梅》對小說美學的貢獻》一書中，即從「美學意蘊」、「創作心態」與「社會風俗」等等方面，來討論《金瓶梅》在小說美學方面的貢獻；又如吳紅、胡邦煒《金瓶梅的思想和藝術》，將「時代背景」、「人物性格」、「社會習俗」與「小說

4   盛源、北嬰編：《名家解讀金瓶梅》，頁 409-427。

5   復旦大學編輯部：《金瓶梅研究》（上海：復旦大學出版社，1984），頁 150-163。

6   潘開沛：〈《金瓶梅》的產生與作者〉，《論金瓶梅》，頁 73-82。

7   張遠芬：〈《金瓶梅》作者新證〉，《論金瓶梅》，頁 94-115。

8   黃霖、王國安編譯：《日本研究《金瓶梅》論文集》，頁 124-129。

9   杜維沫〈談談《金瓶梅》的成書及其他〉，《論金瓶梅》，頁 67-75。

10   劉輝、杜維沫編：《金瓶梅研究集》，頁 1-16。

11   中國金瓶梅學會編：《金瓶梅研究 第一輯》，頁 84-92。

12   朱星：〈《金瓶梅》的版本問題〉，《名家解讀金瓶梅》，頁 466-476。

13   戴不凡：〈張竹坡評本《金瓶梅》〉，《論金瓶梅》，頁 327-330。

14   鳥居久靖：〈《金瓶梅》版本考〉，《日本研究《金瓶梅》論文集》，頁 15-54。

主題」等方面綜合論述，來討論小說所呈現出的思想與藝術；另外也有一些專書以「人物性格」為討論的重點，例如孔繁華《金瓶梅的女性世界》、羅德榮《金瓶梅三女性透視》、陶慕寧《金瓶梅中的青樓與妓女》、閻增山與楊春忠合著《金瓶梅女性文化導論》以及程自信《金瓶梅人物新論》等書。

在「社會習俗」方面的研究成果，其專書也有不少，例如尹恭虹《《金瓶梅》與晚明文化——《金瓶梅》作為「笑」書的文化考察》，對於《金瓶梅》與晚明社會中的儒家、佛教、道教、性文化、家庭、倫理、市井與游民等等文化面向進行討論；又如蕭夢、屈仁合著的《金瓶梅風俗談》一書，對於《金瓶梅》中的「拜金風尚」、「性風俗」、「社會眾生相」、「人生禮儀」、「飲食風尚」、「服飾習俗」、「民間信仰」、「節日風俗」與「游藝活動」各方面加以討論；而張金蘭《金瓶梅女性服飾文化》一書，便是以服飾的外在表現與內在意涵，對《金瓶梅》中的女性服飾加以研究。除了專書之外，也有一些單篇的論文，例如李時人〈《金瓶梅》中「金華酒」非「蘭陵酒」考辯〉[15]、蔡國梁〈燈市‧圓社‧卜筮‧相面——《金瓶梅》反映的明代風習〉[16]、蔡國梁〈磨鏡‧畫裱‧銀作‧雕漆‧織造——《金瓶梅》反映的明代技藝〉[17]、鄭培凱〈《金瓶梅詞話》與明人飲酒風尚〉[18]、戴鴻森〈從《金瓶梅詞話》看明人的飲食風貌〉[19]、田秉鍔〈《金瓶梅》與中國酒文化〉[20]、戴不凡〈《金瓶梅》中的戲曲和紡織史料〉[21]等文。

綜合上述，發現前人的研究文章中，缺乏對於《金瓶梅》中「鞋腳文化」的論述，筆者以期能針對這部分研究之不足，作一深入的討論與分析，對於《金瓶梅》文本中意蘊的挖掘能更有所發揮。

崇禎本在第1回中即有言：「羅襪一彎，金蓮三寸，是砌墳時破土的鍬鋤；枕上綢繆，被中恩愛，是五殿下油鍋中生活。」其中的「金蓮三寸」指的即是女子最美麗的三寸金蓮，在小說中自然是指向擁有最美麗小腳的潘金蓮，潘金蓮即因「纏的一雙好小腳兒，因此小名金蓮」，潘金蓮又因自己這一雙美麗的三寸金蓮而得到西門慶的喜愛，開始了這一連串的縱慾之旅。

日本學者池本義男在〈金瓶梅詞話之文獻分析略論〉中就發現蘭陵笑笑生對纏足的

---

15 復旦大學編輯部：《金瓶梅研究》，頁201-208。

16 復旦大學編輯部：《金瓶梅研究》，頁291-302。

17 復旦大學編輯部：《金瓶梅研究》，頁303-315。

18 鄭培凱：〈《金瓶梅詞話》與明人飲酒風尚〉，《金瓶梅西方論文集》，頁49-88。

19 戴鴻森：〈從《金瓶梅詞話》看明人的飲食風貌〉，《論金瓶梅》，頁372-380。

20 中國金瓶梅學會編：《金瓶梅研究 第一輯》，頁166-178。

21 戴不凡：〈《金瓶梅》中的戲曲和紡織史料〉，《名家解讀《金瓶梅》》，頁358-372。

熱愛：

> 笑笑生是纏足的愛好者，他建立在玩賞的意識上，用特殊的感情，隨時隨地描述
> 纏足之美。笑笑生讚美纏足，在第二十六回、二十九回、五十七回和五十八回裡，
> 表現得淋漓盡致。這是明代描寫纏足的重要文獻，同時也是一篇纏足論。它比姚
> 靈犀的《采菲錄》還具有更大的現實意義。[22]

在《金瓶梅》中幾乎所有美麗的女性，都纏縛著一雙金蓮小腳，作者在描述她們的長相與體態時，也都不忘對她們的小腳作一番著墨，文本中的男主角西門慶對女性的金蓮小腳也十分熱愛與著迷。

小說中對於女性鞋腳的大量著墨，引起筆者研究的興趣。因為小腳的纏裹對於女性有著極大的影響，在兩性的互動中，女子總是努力拾掇自己的小腳，以求得到西門慶的寵愛；在女性的爭寵中，小腳又扮演的重要的角色；為了務求自己腳下金蓮的美麗，每日努力的做鞋以求出奇制勝得到青睞。

「鞋腳」除了在兩性互動中扮演著重要的角色之外，在《金瓶梅》中又成為了禮物往來的物品，例如可以作為見面禮與謝禮等等；以及巫術使用的物品，例如用來占卜鞋卦與剟鞋巫術等等。而這些現象並不是指孤立的存在於《金瓶梅》之中，而是當時社會中普遍存在的社會習俗與風尚。基於以上的原因，筆者決定以《金瓶梅》中的「鞋腳」為主要的研究對象，對於其中鞋腳的所蘊含的情色與文化意涵作一番探討。

本文主要以《金瓶梅》中的「鞋腳」作為主要的研究對象。所謂「鞋腳」，是《金瓶梅》中常用的詞語，根據白維國《金瓶梅詞典》的解釋，「鞋腳」之義也細分為三：一是指「鞋襪」，例如詞話本第 9 回「武松回到下處，房裡換了衣服鞋腳」；二是「特指婦女親手做的，作為見面禮物以顯示自己手藝的鞋襪之類」，例如第 9 回潘金蓮「走來後邊大娘子吳月娘房裡，拜見大小，遞見面鞋腳」；三是「泛指婦女用的鞋襪裹腳之類不讓外人見的物品」[23]，例如第 7 回孟玉樓對張四說道：「莫不奴的鞋腳也要瞧不成？」其實，總的來說，「鞋腳」一詞主要是指「腳上的鞋襪及其附件」，例如女性裹腳等等之物，自然也包含在其中。不過，值得注意的是，「鞋」因為保護「腳」而產生的，故本書亦將「腳」列入討論範圍，例如在討論「三寸金蓮」時，就一併將「蓮鞋」與「蓮腳」一起討論了。

討論《金瓶梅》中的「鞋腳情色與文化」，可以由三方面著手進行，第一部分是「鞋

---

22 池本義男：〈金瓶梅詞話之文獻分析略論〉，《國際金瓶梅研究集刊》，頁 138。

23 白維國：《金瓶梅詞典》「鞋腳」條，頁 590。

腳與情色」，指的就是女子腳上的「三寸金蓮」，在《金瓶梅》成書的時代，也正好是纏足盛行的年代，當時普遍以三寸金蓮作為對女性審美的標準，在《金瓶梅》中幾乎所有美麗的女性，腳上都纏裹著一雙周正堪憐的金蓮小腳。而金蓮三寸對於男性也有著異常的吸引力，在兩性互動的過程中，占著重要的地位，於是小腳成了女性性感之所在，使「三寸金蓮」始終蒙著一層情色的面紗。

第二部分指的是作為「禮物意涵的鞋腳」，指的是以鞋腳作為禮物的現象，在《金瓶梅》中在某些情況之下，女性常將自己親手製作的鞋腳送給他人，例如結婚時與公婆初次見面時，所贈送的「見面鞋腳」；以及以鞋作為謝禮的「謝禮鞋腳」；以及在情人之間互換定情信物時，女性所送的「表記鞋腳」等等。

第三部分指的是作為「巫術意涵鞋腳」，即指出在《金瓶梅》中鞋腳有時成為巫術使用下的工具，例如可用來占卜情人的歸期，稱為「鞋卦」或「相思卦」；又如將敵人的頭髮放在自己鞋底踩踏的巫術；又如將情敵的送給丈夫或情人的表記鞋腳，拿刀子剁個粉碎的「剁鞋」巫術等等。

在《金瓶梅》的版本上，本書主要是以「崇禎本」為主，在引文方面採用的是閆昭典與王汝梅等所點校之《新刻繡像批評金瓶梅》，由香港三聯書局在 2012 年出版的會校重刊本；而以「詞話本」為輔，在引文時會加以註明為「詞話本」，所採用的是梅節校注之《金瓶梅詞話》由里仁書局所出版。以崇禎本為主，是因為其中對於情色與三寸金蓮的材料較詞話本豐富，便利於情色與鞋腳關係的討論。

在研究方法上，首先，先對《金瓶梅》的崇禎本與詞話本，進行詳細的閱讀，然後將文本中有將鞋腳的材料，加以爬梳與整理。其次，便對明清時期的言情小說、筆記小說、詩詞歌謠與史料等等進行閱讀，以求互相輔助證實，對《金瓶梅》的內在蘊意能有更進一步的了解與分析。

在「鞋腳與情色」部分，主要還參考了《采菲錄》初編、續編、三編、四集與新編的材料，因為姚靈犀收集了許多寶貴的纏足史料，有助於對纏足文化全面的分析。其次，在輔以性學研究、美學、纏足研究、服飾研究、文學象徵等等相關的知識，以求對於《金瓶梅》中情色鞋腳的三寸金蓮能有全面有深入的剖析與了解。

在「禮物意涵的鞋腳」部分，除了整理古籍中對於禮物的文獻之外，並參考了人類學家們對於人際關係中「交換形式」——「禮物」的研究，例如法國學者牟斯（Marcel Mauss）的《禮物：舊社會中交換的形式與功能》，以及中國學者閻雲翔《禮物的流動：一個中國村莊中的互惠原則與社會網絡》等書，以及費孝通、金耀基、王崧興、楊國樞、朱瑞玲與黃光國等學者，對於中國人際關係與人情的研究，使得能對《金瓶梅》及其時代中「見面鞋腳」、「謝禮鞋腳」與「表記鞋腳」個方面能有所探討與了解。

在「巫術意涵的鞋腳」部分，除了原始文獻之外，還參考了許多人類學家對於巫術的理論，例如弗雷澤的《金枝》、江紹原《髮鬚爪：關於它們的迷信》以及孔飛力《叫魂：1768年中國妖術大恐慌》等書，以期望對巫術鞋腳部分能有所探討。

本文主要透過「鞋腳與情色」、「禮物意涵的鞋腳」與「巫術意涵的鞋腳」來對《金瓶梅》的中的鞋腳情色與文化進行討論，以期對該範疇能有一番了解與剖析。

上編：鞋腳與情色

第一章　三寸金蓮概述

　　在《金瓶梅》中對於女性美的描述，常常言及其三寸金蓮之小巧與美好，而書中的女主角之一的潘金蓮，就因其有一雙三寸金蓮而命名為「金蓮」。其實，以金蓮之大小作為女性美的標準的審美文化現象，從宋代到清代持續發燒蔓延，成為審現女性形體美的主流，在這近千年的歲月中，女性的腳越纏越小，從四寸到三寸，再從三寸到二寸半，似乎女性的美麗與否，全在於她是否有一雙小巧的金蓮。這種兩性的審美觀是不斷的互相流動影響的，女人因為男人愛小腳，在取悅男性的意圖下自願或被迫纏足；男人又因為女性的小腳，增添女性嬌柔的媚態，而對女性的小腳更加愛不釋手，於是乎在這種審美觀的影響下，這近千年中的中國男性都或多或少的感染了這種「金蓮的狂熱」，情形嚴重的有一個專有名詞喚作「蓮癖」或「蓮痴」，在近人姚靈犀所編的五大冊《采菲錄》中，處處可見此類人的存在。

　　在《金瓶梅》中的男主人翁西門慶，也是這種審美觀下的產物，他對女性的小腳有著異常的愛戀，例如初見潘金蓮時，「往下看，尖趫趫金蓮小腳，雲頭巧緝山牙老鴉。鞋兒白綾高底步香塵，偏襯登踏，紅紗膝褲扣鴛花。行坐處風吹裙褲，口裡常噴出異香蘭馨。櫻桃初笑臉生花，人見了魂飛魄散，賣弄殺偏俏的冤家！」也正因為這一雙窄又尖的小腳，開啟了西門慶與潘金蓮的一段風流故事，敷演出這洋洋灑灑道盡男女情事的《金瓶梅》。

第一節　纏足的起源與名義

　　中國婦女纏足的風氣，究竟是由何時而起，歷來的文人學士也多有討論，早在宋代

張邦基的《墨莊漫錄》中即言：

> 婦人之纏足，起於近世，前世書傳，皆無所自。《南史》齊東昏侯為潘貴妃鑿金
> 為蓮花以帖地，令妃行其上，曰：「此步步生蓮華。」然亦不言其弓小也。如古
> 樂府、玉臺新詠，皆六朝詞人纖豔之言，頗多狀美人容色之殊麗，又言粧飾之華，
> 眉目唇口腰枝手指之類，無一言稱纏足者。如唐之杜牧、李白、李商隱之徒，作
> 詩多言閨帷之事，亦無及之者。惟韓偓《香奩集》有詠屧子詩云：「六寸膚圓光
> 緻緻。」唐尺短，以今校之，亦自小也，而不言其弓。[1]

處於宋代的張邦基，對於當時婦女纏足的風氣，只簡單的說了一句「起於近世」，並沒
有確切的說明纏足究竟是因何而起、為何而起。再加上前代的書傳，對於女子纏足的紀
錄缺乏，使得連靠近纏足發軔時間較近的張邦基，也不免採取保留的態度。不過，《墨
莊漫錄》的記載，對於後來探討纏足起源的學者而言，卻提供了一些探尋的線索。例如，
像《南史》齊東昏侯為潘妃鑿金蓮花以貼地，當潘妃婀娜多姿的行走於金蓮花之上時，
東昏侯不禁發出「此步步生蓮華」的感嘆。就文意上來看，潘妃的傳說和纏足的起源並
無關聯，《墨莊漫錄》卻先由此傳說談起，是因為這和纏足的另一名稱──「金蓮」有
關。「金蓮」原指纏足婦女所穿的鞋子，因其是小腳婦女所特有的鞋子，於是「金蓮」
便成為纏足的代名詞，在宋代李元膺的〈十憶詞〉：「屏帳腰支出洞房，花枝窣地領巾
長。裙邊遮定雙鴛小，只有金蓮步步香。」[2]就已經以「金蓮」作為小腳的代稱，來增加
其文學藝術的美感，後來的詩詞小說中更是常見，在《金瓶梅》中也是如此。由張邦基
的「不言其弓小」，可以推知宋代的小腳除了求其「小」之外，也要求其「弓」。當他
反駁韓偓的〈詠屧子詩〉時云：「亦自小也，而不言其弓。」在分析潘妃傳說、古樂府
及玉臺新詠時，也以「弓小」和「纏足」作為反駁，其言外之意即在說明，當時的「纏
足」已和「弓足」畫上等號了。當纏足和「金蓮」、「弓足」相聯繫在一起時，所謂的
「弓足」，就是將雙足經過一定時間的緊纏，到了一定的大小程度之後，再將以拗折至弓
形，古人認為最美小腳是纖小如弓的。其實「以布帛纏繞雙足」的習慣，很早以前便已
經有了，至宋以後便由纏足進行到弓足，[3]由「暫時性」的纏裹到「永久性」的變形，而

---

1   張邦基：《墨莊漫錄》，引自《筆記小說大觀正編二冊》（臺北：新興書局，1962），頁 521。
2   張邦基：《墨莊漫錄》，引自《筆記小說大觀正編二冊》，頁 509。
3   而「纏足」與「弓足」在意義上是有著一些演變上的時代意義，廣義的解釋「纏」則是指「以布
     帛纏繞其足」，如以此定義來看，在古代不只女性會纏足，男性也有纏足的習慣，而且時代還相當
     的早，胡應麟在《少室山房筆叢》中反駁楊慎以為樂府〈雙行纏〉為纏足之始的時候，就說：

這種「纖彎如弓」的弓足即是「金蓮」，這種專指女性永久裹纏的弓形小腳，也才是本文所主要討論的對象。

　　繼《墨莊漫錄》之後，元代的陶宗儀在其《南村輟耕錄》中，引用《道山新聞》的說法，認為纏足以窅娘為始作俑者：

> 惟道山新聞云，李後主宮嬪窅娘，纖麗善舞，後主作金蓮，高六尺，飾以珠寶細帶纓絡，蓮中作品色瑞蓮，令窅娘以帛繞腳，令纖小，屈上作新月狀，素襪舞雲中，回旋有凌雲之態。唐鎬詩曰，蓮中花更好，雲裡月常新。因窅娘作也。由是人皆效之，以纖弓為妙。以此知札腳自五代以來方為之，如熙寧元豐以前人猶為者少。近年則人人相效，以不為者為恥也。[4]

《道山新聞》的說法，認為窅娘以帛纏腳，使其纖小如新月，而翩翩起舞有凌雲之姿態，再加上唐鎬詩的稱頌，使其蔚然成為風尚。《道山新聞》的說法，雖不知其本為何，不過這段紀錄卻透露出一些纏足在起源之初的特點，首先，是由暫時性的纏裹到永久性的纏束，窅娘的纏足是一種「暫時性」的纏足，其作用只是為了增加舞蹈的美姿與便利。在傳統的舞蹈中，原就有穿著「尖頭鞋」的傳統，此種尖頭鞋為「利屣」，俞正燮《癸巳類稿》中云：

> 樂府雙行纏，蓋婦人以襯襪中者，即今俗談裹腳也。唐以前婦人，未知扎足，勢必用此，與男子同。男子以帛，婦人則羅為之，加文繡為美觀，以蔽於襪中，故他人不言好，獨所懽知之。語意明甚。考《御覽》〈屨詩〉云：「足躡承雲屨，豐趺鬭春錦。」夫足趺不言小而言豐，則古婦人不纏扎，可決千載之疑矣。

由此可知，在古代不論男女都有裹腳的習慣，男性以帛繞之，女性則以羅裹之，並加以刺繡。其實，男性裹腳的習慣到明清時代也還是有的，在《金瓶梅》第50回中，玳安帶著琴童到魯長腿家去嫖妓時，要找的金兒和賽兒正在接客，玳安藉著酒意撒潑，硬闖進去：

> 這玳安不繇分說，兩步就撞進裡面。只見燈也不點，月影中，炕上有兩個戴白氈帽子的酒太公——一個炕上睡下，那一個纔脫裹腳，便問道：「是甚麼人進屋裡里來？」……颼的只一拳去，打的那酒保叫著：「阿嚛！」裹腳襪子也穿不上，往外飛砲。那一個在炕上扒起來，一步一跌也走了。

此處的「裹腳襪子」便是男子裹足布。另外在採蘅子的《蟲鳴漫錄》中也有一則記載說到，一男子因為其寵愛的妓女不願幫他清洗裹腳布，而他的糟糠妻卻不嫌污穢的縫紉其未濯洗的穢襪，甚至以口齧斷縫紉之線，使他深受感動而回心轉意，不再出入妓院勾欄。男性使用這種裹足布有其實用的功能，根據翟灝《通俗編》的說法：「裹腳，釋名偪謂行縢。言以裹腳可以使跳騰輕便也。」這種裹腳布不像襪套那樣鬆落，故可以使行動更加的靈活，比較方便實用。這是屬於「暫時性」的纏足，這種纏裹不會使雙足永久變形，反而增加其行動之便利。

4　陶宗儀：《南村輟耕錄》（北京：中華書局，1997），頁127。

其弓足小而銳者，求之於古，亦有所出，出於古之舞服。《史記》：「躡利屣。」《集解》徐廣云：「利屣，舞屣也。足容重，舞則見屣。舞屣，赤色，花文，薄底，頭利銳，綴珠。」蓋舞先見足。故言屣。履、靴、利屣本纖，因而裹之。窅娘裹足者，舞人也。《南唐書》言小周后剗襪步香階，手提金履鞋。是南唐貴人不弓足，弓足出舞利屣。明也。大足利屣，則屣前銳利，有鼻而弓。古弓靴履，不弓足。南唐弓足束指，就屣鼻利處，而纖向上。宋理宗時，纖直，後乃纖向下。此其大略也。[5]

可見窅娘纏足只是用布帛纏繞，使其代替利屣的功能，能增加舞姿的優美，而在錢泳《履園叢話》中：「蓋古者女衣長而拽地，不見足，惟舞見足，故言履言屣也，因知窅娘裹足舞服也。」[6]也同樣認為窅娘的纏足，只是「舞服」之一種。在五代時纏足的行為，還只是屬於舞姬這一階層的特殊行為，因南唐的其它貴族女子並沒有纏足的習慣。只是當這一時興起的「作意好奇」，引起帝王的正面的回應時，其跟隨者便會日益增多，原因只為了「討帝王的歡心」。帝王的愛好會深深牽動著社會的流行風尚，「上有所好，下必甚焉」，所以在上古楚國流行纖腰，宮人以纖腰作為追求的時尚，故餓死者多有。故當纏足的風氣流行之初，在男性方面以「小腳」為美的審美，由帝王至官員，再由官員至平民，逐漸的擴散開來；在女性方面遵循著「女為悅己者容」的至理名言，使原本只有在跳舞才「暫時性」纏足的風氣，也逐漸蔓延開來，使不跳舞的女性也開始纏足，而且為了使小腳愈來愈小，由暫時性的纏裹進入了永久性的纏足。至宋代車若水《腳氣集》的記載：「婦女纏足，不知起於何時。小兒四五歲，無罪無辜，而使之受無限之苦。纏得小來，不知何用。」[7]當纏足行為由四五歲便開始，我們可以得知纏足已經演變為「永久性」纏足了，而不再只是為了跳舞才暫時性的纏足。

纏足成為一個社會的主流審美觀，除了帝王的愛好之外，還有一個更具有推波助瀾功能的，就是文人的歌頌與提倡。在《道山新聞》的記載中，唐鎬的詩句便扮演著這樣的角色。帝王身邊的文人，善於察言觀色，對於帝王的喜愛能馬上給予附和，而這種附和便成為一種流行的先聲，在上層社會與市井民間逐漸流傳開來，其中所代表的審美價值也就跟著被流傳著。關於文人對纏足的推波助瀾功用，高洪興的《纏足史》也有提及：

風俗的形成，絕非晴天霹靂般突然出現的，必須有人提倡，甚至是經過長時期的

5　俞正燮：《癸巳類稿》（臺北：世界書局，1965），頁503。
6　錢泳：《履園叢話》（北京：中華書局，1997），頁628。
7　車若水：《腳氣集》，見《筆記小說大觀四編三冊》（臺北：新興書局，1975），頁1580。

許多人的不斷宣揚，才能見諸實行，才能由少數人而漸及於多數人，才能普及到整個社會，從而成為大眾自覺執行的風俗。纏足是一種風俗，一種舉國上下一致實行的風俗，它的形成更是由於有人不斷地提倡和讚美。在提倡讚美者之中，文人是極為重要的角色，起到的作用不可忽視，因為他們最善於謳歌，通過他們的謳歌，使得人人真的以為纏足是美的。[8]

可見纏足風尚的流行，除了窅娘的首創先例與帝王的喜好外，還要有一群文人的提倡鼓吹與不時的歌頌，才能使一個新興的流行得以廣泛的傳播蔓延。其實，早在明代胡應麟的《少室山房筆叢》中，也注意到文人對時尚流行的影響，並進一步用來反駁一些學者以為六朝便有纏足的說法：

> 而足者當今自面目外，便為第一義。宋元間詠婦人，舉筆關涉。六朝前文士，詎榮全置弗言。宋玉〈登徒賦〉，婦人之陋極矣，而不云其足之巨。陳思甄后賦，婦人之妍極矣，而不云其足之纖。又史傳所載，古今美婦人，必有大異於眾者，果六朝前知纏足，則積習之久，其創意出奇，豈無一二殊絕，而史傳杳不聞。又楚宮之腰，漢宮之髻，皆以風俗崇尚，昭灼簡書。至足之弓小，今五尺童子，咸知艷羨，當時寧無一酷好者。[9]

胡應麟以為文士的文章反映一個時代風氣，如果在六朝前便有永久性的纏足存在，那麼曹植在〈洛神賦〉中讚美足之美時，何以不其弓小。這和張邦基指出古樂府、玉臺新詠、李白、杜牧和李商隱，皆不言及足之弓小，而證明唐以前並無「永久性」的纏足存在，是一樣的道理。

纏足的起源，還有其他不同的說法，例如高士奇《天錄識餘》以為起於戰國、《雜事秘辛》以為漢代、胡震亨《唐音癸籤》以為起於晉代、楊慎以為起於六朝、伊世珍《琅嬛記》以為起於唐代等。[10]如果由文獻的資料來看，纏足的起源，嚴格說來，最早也只能在唐末、五代的時候，在《花間集》毛熙震〈浣溪沙〉：「捧心無語步香階，緩移弓底繡羅鞋」之句，由於資料不足，我們無法確實指出此處所指的「弓底」是否真是指「後來纏足婦女所穿的弓底鞋」。不過，纏足的習俗最晚至北宋時便已經出現了，在羅大經

8　高洪興：《纏足史》（上海：上海文藝出版社，1995），頁101。

9　胡應麟：《少室山房筆叢》（臺北：世界書局，1963），頁146。

10　關於起源的說法，還有起於上古、秦漢、晉、六朝、隋和唐，各種說法，可參考高洪興：《纏足史》，頁1-16；徐海燕編著：《悠悠千載一金蓮：中國的纏足文化》（瀋陽：遼寧人民出版社，2000），頁10-26。

《鶴林玉露》中講述了一個柔福帝姬的史事：

> 靖康之亂，柔福帝姬隨北狩。建炎四年，有女子詣闕，稱為柔福，自虜中潛歸。詔遣老宮人視之，其貌良是，問以宮禁舊事，略能言彷彿，但以足長大疑之。女子顰蹙曰：「金人驅迫如牛羊，跣足行萬里，寧復故態哉？」上惻然不疑其詐，即詔入宮，授福國長公主，下降高世榮。[11]

柔福帝姬因為靖康之亂而被俘虜，最後逃回南方的時候，因其足大而被懷疑，可見在北宋的宮中已經有纏足的習慣。只是纏足在北宋時還不是很普遍，到元代才逐漸普遍，由元曲中多所描寫「三寸金蓮」的情形便可得知，例如在《朝野新聲太平樂府》中便有徐甜齋〈水仙子〉「家人釘履」云：「蓮脫瓣載雲輕，紅葉浮香帶雨行。漬春泥印在蒼苔徑，三寸中數點星。」[12]還有杜善夫〈鴈兒落帶過得勝令〉「美色」：「半折慢弓鞋，一搦俏形骸。」[13]等句，可見纏足在元代已經成為對女性審美的普遍要求，社會上也普遍認為女子不纏足是一件可恥的事情，所纏的小腳在尺寸上以「三寸為美」，而且還要彎折成為「弓足」才行，「三寸金蓮」便成為纏足女子小腳的代名詞。

到了明清時代，纏足的風氣更是臻於鼎盛，為了附和這樣的審美觀，父母在女子四、五歲時便會替其纏足，因為在當時女子的小腳的美醜，是她未來婚姻幸福的關鍵，有一雙人人稱羨的小腳，夫家的人會覺得有面子，丈夫也會因此而更加疼愛，為了這個理由，父母雖知孩子纏足時必然疼痛，卻仍然必須狠下心為其纏足，錢泳《履園叢話》中對元明清的纏足風尚與情形，有一番詳實的紀錄：

> 大凡女人之德，自以性情柔和為第一義，容貌端莊為第二義，至足之大小，本無足重輕。然元、明以來，士大夫家以至編民小戶，莫不裹足，似足之不能不裹，而為容貌之一助也。其足之小者，莫如燕、趙、齊、魯、秦、晉之間，推其能小之道，蓋亦有法焉。凡女子兩、三歲便能行走，四、五歲之間，即將兩足以布條闌住，不使長，不使大，至六、七歲已成，片段不纏而自小矣。而兩廣、兩湖、雲、貴諸省，雖大家亦有不纏者。今以江、浙兩省而言，足之大莫若蘇、松、杭、嘉四府，為其母者，先憐其女纏足之苦，必至七、八歲方裹。是時兩足已長，豈不知之，而不推其故，往往緊纏，使小女則痛楚號哭，因而鞭撻之，至鄰里之所不忍聞者，此蘇、杭人習焉不察之故。然則蘇、杭皆大足耶？曰否，得其法則小，

---

11 羅大經：《鶴林玉露》（北京：中華書局，1997），頁206。
12 楊朝英編：《朝野新聲太平樂府》（臺北：世界書局，1968），頁12。
13 楊朝英編：《朝野新聲太平樂府》，頁3。

不得其法則大。[14]

在《金瓶梅》成書的明代，「三寸金蓮」已經成為對女子小腳的普遍要求，凡言女子之美，多言及其小腳之如何美麗，如何勾動人心，而派生出許多關於「三寸金蓮」的愛戀與兩性交往之間的情趣。

「纏足」一詞，前文做了一些簡單的介紹，此處再作一些深入的討論。「纏足」指的是「即用長的裹腳布條，把足一層一層的圍著纏繞而上」[15]，但在不同的時間空間下也有著不同的稱呼，鄒英〈蒪菲閑談〉中提到：

> 纏足之稱，因各地方言之互殊，其稱謂亦不一。如蘇滬一帶及各處普遍均言「纏腳」，杭州獨曰「繞腳」，北方稱「裹腳」，長江一帶謂「包腳」，廣東名「紮腳」，尚有稱「縛腳」者，已不憶為何地。一名之微，猶紛歧至此。[16]

由此可知，在明清時代凡所謂女子「纏腳」、「繞腳」、「裹腳」、「包腳」、「紮腳」及「縛腳」等，指的都是「女子的纏足」，只是各地方語言的差異，而發展出許多「異名而同實」的稱呼。而在文學上，關於纏足的美化的代名詞，最常見的就是「金蓮」，還有其他許多別名，依照〈採蓮新話〉的分類，天文類有「新月」、「春雲」；宮室類有「重臺」；植物類有「竹萌」、「蓮瓣」、「菱角」、「筍尖」；動物類有「鳳頭」、「雀頭」、「雙鳧」、「鷺尖」；珍寶類有「金縷」、「金齒」、「玉香」、「玉香」、「玉鉤」；雜類有「香鉤」、「春纖」、「春弓」、「合歡」；地理類有「凌波」[17]。可知小腳在文學作品中，常藉由作家的想像力來加以美化，譬諸於不同的事物上，不過早在清代方絢的《香蓮品藻》中，就將這些林林總總的別名加以整理簡化，分為〈香蓮五式〉：「家家踏月，戶戶凌波，然踐規判矩，毀方瓦合，譬諸草木，區以別矣。約略蓮式，總不越此五等。蓮瓣、新月、和弓、竹萌、菱角。」[18]在《金瓶梅》中除了稱小腳為「金蓮」之外，還有「新月」、「雙彎」、「紅鴛」、「鳳嘴」等異名，也有將其比喻為「錐靶」、「藕芽」、「蛾眉」等等例子。

關於「金蓮」的稱呼，究竟是如何成為小腳的代名詞，清代的李漁也覺得無法解釋：

14　錢泳：《履園叢話》（北京：中華書局，1997），頁 629-630。

15　保蓮女士述；喜蓮生撰：〈纏足概說〉，見姚靈犀編：《采菲新編》（天津：天津書局，1941），頁 13。

16　鄒英：〈蒪菲閑談〉，見姚靈犀編：《采菲錄續編》（天津：時代公司，1936），頁 231-232。

17　姚靈犀編：《采菲錄初編》（天津：時代公司，1934），頁 80。

18　方絢：《香蓮品藻》，見周光培編：《清代筆記小說 10》（石家莊：河北教育出版社，1996），頁 101。

> 古人取義命名，纖毫不爽。如前所云，以蟠龍名髻，烏雲名髮之類是也。獨於婦
> 人之足，取義命名，皆與事實相反。何也？足者形之最小者也。蓮者花之最大者
> 也，而名婦人之足者，必曰金蓮，名最小之足者，則曰三寸金蓮。使婦之足，果
> 如蓮瓣之為形，則其闊而大也，尚可言乎！極小極窄之蓮瓣豈止三寸而已乎！此
> 金蓮之義之不可解也。[19]

李漁認為蓮花乃是群花之中，花形最大的花朵，卻用來稱呼女人之腳最小者，令人十分
不解。近人胡懷琛則認為金蓮的名詞，應當是受到印度神話的影響：

> 中國舊時把女子足稱為「金蓮」，據清代的考據家說。金蓮名稱事起於南朝某帝。
> 他將宮女的鞋底，作成夾層。靠地的一面，挖空作蓮花形。夾層中間。灌滿了白
> 粉。因此每走一步，夾層中間的白粉就落在地上，印成一朵蓮花。因為鞋底是用
> 金屬作成的，所以稱為金蓮。但這根本的出處是出在玄奘的《西域記》上：「昔
> 有仙人，隱居巖谷。仲秋之月，鼓濯清流。塵鹿隨飲，感生女子。姿貌過人，惟
> 腳似鹿。仙人見已，收而養焉。其後命令求火，置他仙廬。足所履地。皆生蓮華。
> 彼仙見已，心甚奇之。……」故事的前半是這樣。後來呢？是說：這個鹿女，因
> 為足所經過的地方，都生出蓮花，為某國王所見，於是就做了王后。我想：中國
> 女子足之所以稱為「蓮」，根本的出處，便是這一個神話罷！南朝某帝的故事。
> 也是有的：但他是摹仿印度國王的故事，用人工造成的蓮花，代替天然的蓮花。
> 所以說：根本的出處，還是一個印度的神話。經過南朝某地的摹仿，只不過在「蓮」
> 字上再加起一個「金」字罷的。[20]

前文提過，「金蓮」的名稱和東昏侯讚美潘妃「步步蓮華」的傳說有關，雖然潘妃並未
纏足，不過以蓮花來讚美女性的姿態優美的例子，卻不斷的被文人雅士所沿用。而齊東
昏侯的傳說，明顯是受佛教的影響，在印度神話中，鹿女所經過之處也生出蓮花，和潘
妃的傳說實在是相似性過高。佛教從漢代傳入中國之後，便對中國社會起了很深遠的影
響，連帶使蓮花成為了一種具有美好象徵的花朵。高洪興認為不論是潘妃的傳說，還是
窅娘的故事，都是受佛教文化影響的產物：

> 蓮花在佛教文化中又有著特殊的意義，蓮是西方淨土的象徵，是孕育靈魂之
> 處。……同時蓮花出污泥而不染，因而佛門又視之為清淨高潔象徵。產生於古印

---

19 李漁：《閒情偶寄》（臺北：長安出版社，1979），頁147-148。
20 胡懷琛：〈印度神話與金蓮〉，《采菲錄初編》，頁352。

度的佛教自西漢末、東漢出傳入中國以後，蓮花作為一種美好、高潔、珍貴、吉
祥的象徵也進入了中國社會生活之中。南朝以來，蓮花作為佛教藝術的一種標誌
在青瓷器上得到普遍的應用就是一個例證，在中國的吉祥話語、吉祥圖案中蓮花
佔有相當的地位也是一個例證。潘妃步步生蓮花也好、窅娘在蓮花台上跳舞也好，
都是佛教文化影響的產物。[21]

而以金蓮來稱呼小腳，前文提到在宋代李元膺的詩中便有，而之後「金蓮」一詞，普遍
被使用的原因，高洪興認為主要有三個原因，首先，是因為蓮花在人們心中已經成為一
個美好高貴的象徵；其次，是因為蓮花出污泥而不染的的性質，和蓮鞋鎮日踩踏而依然
清潔艷麗的性質相近；最後是因為佛教藝術中，菩薩常赤腳站在蓮花上，使人自然會把
蓮花和女子足聯繫在一起。[22]其實，蓮花固然有著文人雅士所喜愛的高潔、珍貴、吉祥
的象徵，然而「金」字卻透露出更多人民對富貴的喜愛，金子在中國是一種富貴的象徵，
在所有的金屬中位階最高，人們也最喜愛，在許多祝福詞與吉祥語中都鑲嵌著「金」字，
例如金玉滿堂、金相玉質與金蘭之交等。「金」除美好的意象之外，更富有富貴氣，和
「蓮」字相結合成為「金蓮」之後，更加強其雅俗共賞的特質，與作為美好象徵的意涵。
而在小腳為美的時代，最美麗的小腳以三寸為佳，所以「三寸」稱為「金蓮」，腳越大
便不美、不珍貴，所以稱「四寸」長的小腳為「銀蓮」，四寸以上則一概稱為「鐵蓮」。
[23]「金蓮」一詞的盛行，除了佛教的影響以及蓮花本身所被賦予的美好特質之外，還要
注意到中國社會中對「金」的富貴氣質的特殊喜愛，兩者合而為一便加速了「金蓮」一
詞的接受度與普遍程度。

在《金瓶梅》中，「金蓮」一詞被普遍的使用，除了「潘金蓮」人名的使用外，在
描寫小腳時也多用「金蓮」一詞，例如在描寫孟玉樓的小腳時，「裙下映一對金蓮小腳，
果然周正堪憐。」（第7回）；王六兒的裝扮則是「下邊顯著趬趬兩隻金蓮」（第42回）；
在第75回描寫吳月娘的小腳時，也道「尖尖趬趬一副金蓮」；在第77回描寫鄭愛月的
小腳時，也說「高高顯一對小小金蓮」，由此可知在《金瓶梅》中「金蓮」已經成為了
「小腳」的同義詞。

除了「金蓮」的稱呼之外，小腳還有其它的異名，以及其他的比喻物，例如在第77
回中描寫鄭愛月的小腳時，「高高顯一對小小金蓮，猶如新月，狀若蛾眉；好似羅浮仙
子臨凡境，神女巫山降世間。」在第28回中，陳經濟由小鐵棍兒手中得到金蓮鞋時，「經

21　高洪興：《纏足史》，頁43。
22　高洪興：《纏足史》，頁45。
23　阿難：〈續「足下」〉，《采菲錄續編》，頁144。

濟接在手裡,曲似天邊新月,紅如退瓣蓮花。把在掌中,恰剛三寸,就知是金蓮腳上之物。」「新月」一詞,出於窅娘的傳說,「窅娘以帛繞腳,令纖小,屈上作新月狀」,於是「新月」也成為描寫女性小腳時,經常被使用的語詞。用「新月」來描述小腳,主要是側重在「腳的形狀」,小腳在纏裹的過程中主要分為四個階段,第一個階段為「試纏」,此時只將腳稍以腳帶纏裹,將足趾輕輕攏著,使其略略往下彎曲,大約過了兩個月之後,便進入了第二階段,稱為「試緊」,這時才進入真正的纏裹階段,主要是把除了大拇趾以外的四個趾頭拗著指腳底下,每三天就要重裹一次,而且一次比一次纏的更緊,第二階段大約要費時半年。等到大拇指已經裹尖,其餘四趾也都周正的裹到腳底時,便進入了第三階段「緊纏」,是將中腳骨向下彎曲,主要在求小腳的「瘦」與「正」。之後進入了第四階段「裹彎」,要將小腳拗折使腳後跟與大拇指的距離能在三寸以內,腳背也會自然的隆起,使所纏的小腳能夠符合「小」與「彎」的要求。由此可知,當小腳纏裹完成之後,是呈現一個彎曲的弓形,阿難在〈續「足下」〉一文中認為以新月來比喻小腳是再適當不過的了:

> 「新月」一名,譬之趾足,極為恰當,人不知其出處者。由上下文語氣視之,自能知為喻纖足。蓋纖足之美點,曰瘦、曰尖、曰彎。瘦則體自嬌小,尖則態自伶行,彎則形自秀媚。世間百事物,既具此瘦尖彎三字者,舍新月外,無能當者。惟此名似宜加之僅著羅襪之纖足,以羅襪色尚淺,或純白、或微綠,纖趾微彎,瘦不盈握,其秀麗尖俏之姿,豈遜於冰魂玉魄之新月也哉。除「新月」一名外,尚有「蟾魂一魄」、「一彎皓魄」等詞。[24]

文人雅士經常以「新月」比附小腳,明代風流才子唐寅有〈排歌〉云:「第一嬌娃,金蓮最佳。看鳳頭一對堪誇,新荷脫瓣月生芽,尖瘦幫柔滿面花。」[25]孟彬的〈十國宮詞〉則有:「凌波素襪獨翩翩,掌上輕盈宛若仙。學得纖纖新月樣,春趺裏就舞金蓮。」[26]葉小鸞的〈艷體連珠〉中也有:「蓋聞步步生蓮,曳長裙而難見,纖纖玉趾,印芳塵而乍留。故素縠蹁躚,恒如新月。輕羅婉約,半蹙瓊鈎。是以遺襪馬嵬,明皇增悼。凌波洛浦,子建生愁。」[27]之句。

著重小腳的形狀所派生出來的語詞,除了「新月」之外,還有「和弓」和「雙彎」,

24　阿難:〈續「足下」〉,《采菲錄續編》,頁 146-147。
25　周之標編:《吳歈萃雅》(臺北:臺灣學生書局,1984),頁 397。
26　摘自《清代筆記小說 20》(石家莊:河北教育出版社,1996),頁 77。
27　蟲天子輯:《香豔叢書》第一冊(臺北:古亭書屋,1969),頁 148。

有時也合稱為「弓彎」或「彎弓」。根據阿難的解釋是：

> 「彎」，按〈說文〉關弓而射也，是弓者曲也。纖足而求其小，曲其足背以趾就踵，
> 足心穹然作小漥，故鞋底皆彎曲如弓，女子鞋稱「弓鞋」即本此意。「雙彎」言者，
> 蓋謂經纏裹彎曲而成之纖足。「雙」指其數也，此名雖係指足而言，應用之時，
> 必須另加其他形容詞句，如「雙彎」之上，再冠以「裙下」二字，其意方顯。[28]

「彎」指的是纏足時腳被經過拗折之後，腳背隆起，所形成的腳形弧度。在《金瓶梅》中
在描寫小腳時，「雙彎」（或「雙灣」）一詞也被使用，例如第 9 回潘金蓮嫁入西門家時，
初次見到孟玉樓時見「惟裙下雙灣與金蓮無大小之分」；第 86 回寫春梅的「腳上雙彎尖
趫趫」等。

除此之外，也有以動物來比喻小腳，例如「鳳頭」與「紅鴛」。關於「鳳頭」在《金
瓶梅》中稱為「鳳嘴」，其實是相同的意思，只是「鳳嘴」更顯出金蓮的「尖」的形狀，
李漁在《閒情偶寄》中提到：

> 從來名婦人之鞋者，必曰「鳳頭」。世人顧名思義，遂以金銀製鳳，綴於鞋尖以
> 實之。誠思鳳之為物，止能小於大鵬，方之眾鳥，不幾洋洋乎大觀也哉。以之名
> 鞋，雖曰贊美之詞，實類諷譏之氣味，如曰鳳頭二字。但肖其形，鳳之頭銳而身
> 大，是以得名。然則眾鳥之頭，儘有銳於鳳者，何故不以命名，獨有取於鳳。且
> 鳳較他鳥其首獨昂，婦人趾尖妙在低而能伏。使如鳳凰之昂首，其形尚可觀乎，
> 此鳳頭之義之不可解者也。[29]

李漁的認為「鳳頭」的名稱與小腳的實際形狀不相符，其實用「鳳頭」來稱呼金蓮，主
要還有一個原因就是「婦女的金蓮鞋常以鳳凰作為刺繡的圖案」，在阿難的〈續「足下」〉
一文中也提到：「鳳頭，鞋名。鞋尖綴以流蘇，狀如鳳頂彩毛，彩繡燦爛，亦惟鳳之遍
身錦羽霞裳，略能比擬，故名鳳頭鞋。風行江浙皖湘間，文人假借，稱纖足亦曰鳳頭。」
[30]根據高承《事物紀原》的說法，「宋元嘉元年始有鳳頭履，故今人亦有鳳頭鞋也。」[31]
可知在宋代的時候，便已經有鳳頭鞋的存在。在《金瓶梅》中就有吳月娘的「金紅鳳頭
高底鞋」（第 56 回），鄭愛月兒的「大紅鳳嘴鞋兒」（第 68 回）。此外，「紅鴛」的稱呼

28　阿難：〈續「足下」〉，《采菲錄續編》，頁 148-149。
29　李漁：《閒情偶寄》，頁 148。
30　阿難：〈續「足下」〉，《采菲錄續編》，頁 145。
31　高承：《事物紀原》（臺北：臺灣商務印書館，1966），頁 114。

在《金瓶梅》中常和「鳳嘴」連在一起，例如在第 13 回中，西門慶初次仔細端詳李瓶兒的穿戴時，「藕絲對衿衫，白紗挑線鑲邊裙，裙邊露出一對紅鴛鳳嘴尖尖趫趫小腳，立在二門裡台基上。」而在第 59 回寫到鄭愛月兒的裝扮與長相時，「上著白藕絲對衿仙裳，下穿紫綃翠紋裙。腳下露一雙紅鴛鳳嘴，胸前搖珊瑚寶玉玲瓏。」除此之外，也有「紅鴛」單獨使用的例子，例如第 32 回李桂姐的小腳是「尖尖趫趫一對紅鴛」，由此可以發現，常有「一雙」、「一對」的量詞伴隨著「紅鴛」出現，可知紅鴛的使用，還強調其小腳的兩兩成對，如同鴛鴦一般。而「紅鴛」所描寫的蓮鞋顏色，通常是指「紅色」金蓮鞋。

還有用植物來形容小腳的，如「玉笋」、「藕芽」。先說「玉笋」，「笋之為物，破土而生，穎銳於錐，瘦過於竹。玉笋二字相連，是蓋謂溫如玉、暖如玉、滑膩如玉、柔緻亦如玉。有玉之光潔、有玉之白嫩，且具有笋之尖瘦之纖足也。」[32]「藕芽」在性質上和「玉笋」相似，同樣具有「嫩白」與「尖瘦」的特色，《金瓶梅》在第 68 回，西門慶見到鄭愛月兒的小腳，「露來玉笋纖纖細，行步金蓮步步嬌」，而在第 52 回則形容李桂姐的小腳「賽藕芽」。

值得注意的是，在《金瓶梅》中還有一種特殊的稱呼來比喻金蓮，那就是以工具來比附，在崇禎本第 1 回有「羅襪一彎，金蓮三寸，是砌墳時破土的鍬鋤」，在詞話本第 52 回指李桂姐的小腳為「好錐靶」。以「砌墳的鍬鋤」來比喻金蓮，除了形象的描寫之外，最重要的是作者以「金蓮」作為「女色」與「性」的象徵，認為過度的沉迷女色，是會使自己招致滅亡的，此時的金蓮不再單純的指涉女性的小腳而已，而已經轉化成為性生活中主要的「淫具」——慾望代表物。而「錐靶」在形象的塑造上，則和「笋」的取象十分相似，有「破土而生，穎銳於錐」之意。

在明代對於小腳還有一個特別的稱呼，稱為「清水粽」。在明代的民歌中有「五月端午是我生辰到，身穿一領綠羅襖。小腳兒裹得尖尖趫，解開香羅帶，剝得赤條條，插上一根梢兒，把奴渾身上下來咬。」[33]主要是因為小腳和粽子的形狀相似的緣故，「小足與角黍形極相似，故有呼小足為粽子者。而粽子除尋常之斧頭粽之外，又有所謂小腳粽，形尤酷肖。」[34]還有一種傳說，認為如果在端午節的時候開始替女子纏足的話，此女子的小腳既不容易生疾病，而且小腳會纏得十分完美，知憐在〈建蓮紀實〉中就記載著：「端午則因習俗於是日洗濯不生疾病，又有糉子可為象徵。始纏之際，每央姊輩，

32　阿難：〈續「足下」〉，《采菲錄續編》，頁 147。

33　馮夢龍等編：《明清民歌時調集》（上海：上海古籍出版社，1999），頁 185。

34　鄒英：〈葑菲閒談〉，《采菲錄續編》，頁 247-248。

纏時其母頻念曰：『姊姊纏較死』，蓋姊死叶韻，所謂死者，意即使足死性，不再放鬆也。」[35]

　　一般而言，有關小腳的異名，其比喻的依據大多根據小腳的幾個特點，在數量方面，取其「雙」數的特質，故有「雙鴛」、「雙彎」等；在形狀方面，根據所偏重點的不同又有「輕如蓮瓣，窄如和弓，彎如新月，瘦如竹萌，尖如菱角。」[36]等名稱；在顏色方面，形容紅色的蓮鞋，多用「紅鴛」、「紅菱」等名。在「小腳人人愛」的時代，文士們竭盡所能的去描繪她們所熱愛的小腳，其注重的地方不同，便派生出這許許多多形容金蓮的名稱以求標新立異，可說是蔚為大觀了。

第二節　金蓮之美

　　在以金蓮為美的時代，人們對於金蓮的美醜有一套的品評之法，在清代方絢的《香蓮品藻》便有一系列關於品評金蓮的方法，方絢認為金蓮有三貴：「肥、軟、瘦」並說明「瘦則寒，強哉矯，俗遂無藥可醫矣。故肥乃腴潤，軟斯秀媚，秀方都雅。然肥不在肉，軟不在纏，秀不在履。且肥軟或可以形求，秀但當以神遇。」[37]又依金蓮之形狀美醜定為九品，「神品」、「妙品」、「珍品」、「清品」、「艷品」、「逸品」、「凡品」及「贗品」。更進一步說明，品評金蓮美醜有所謂的「香蓮三十六格」，一雙金蓮可由「平、正、圓、直、曲、窄、纖、銳、穩、稱、輕、薄、安、閑、妍、韻、媚、艷、弱、瘦、腴、潤、雋、整、柔、勁、文、武、爽、雅、超、逸、潔、靜、樸、巧」等三十六個方面去評定其特色與美醜。

　　之後又演化出較「香蓮三十六格」簡單的品蓮之法，在《采菲錄初編》中陶報癖認為就整體的小腳而言，可以用「小、瘦、彎、軟、稱」五字去看，如只就形體而言則有「短、窄、薄、銳、平、直」六字：

> 小腳易求，小而好者，則難見。如何算得好小腳？在品評之先，須設一標準，然後劃分區域，分別言之。
>
> 足之佳者，就其全部言之，須具小瘦彎軟稱五字。小者非僅狀其短，乃包括窄薄而言，此其一。須介乎肥瘦之間，方稱佳絕，即有玉軟香溫之妙，而乏臃腫癡肥之態，但肥者終易流入臃腫，故與其肥，毋寧瘦，此其二。彎之一字，最不易言，

35　知憐：《建蓮紀實》，姚靈犀編：《采菲錄四編》（天津：天津書局，1938），頁244。

36　姚靈犀編：《采菲錄初編》，頁80。

37　方絢：《香蓮品藻》，《清代筆記小說10》（石家莊：河北教育出版社，1996），頁101。

譬如畫山，或雄峻或秀麗，悉是其彎勢之如何，往往失之毫釐，謬以千里，可以
會意而不能以言傳也，此其三。軟之足珍，盡人皆知，無煩辭費，此其四。有五
寸之足，而玲瓏剔透者。又有三寸之足，而不堪入目者。此無他，乃各部能相稱，
與不能稱耳。必短窄薄之配合，悉如其度，乃有相得益彰之妙。稱字之重要也，
此其五。至於香，則可遇而不可求，可偶遇而不能頻遇者。故暫不置論焉。
次就其形體分析言之。須具短窄薄銳平直六字。短指前後之度，自宜短不宜長，
窄指左右長度，宜窄不宜寬，且須前後相稱。尋常之足，往往前殺而後豐，不足
觀也。薄謂上下之度，宜薄不宜厚。銳指足尖而言，宜銳不宜禿。銳而能稍稍上
翹，則尤饒媚態。惟上翹過甚及下垂，均不足取。平指足背而言，宜乎不可隆起，
如能向下微凹尤妙。然南方之足，十九皆坐背高之病，往往足則窮纖極小，而背
則隆起如山，棋輸一著滿盤皆錯矣。直指足跟而言，宜直不宜歪。再就行動言之，
則宜穩宜捷，穩者行實不翹指，不左右偏，無扭捏態也，捷者步武自如也。[38]

除此之外，還有所謂的「七字訣」，「瘦、小、尖、彎、香、軟、正」[39]，所謂「瘦」
指的是「瘠也。足纖者恆瘠，為益求瘦削，依然用力緊勒。四趾既蜷伏足底，足面祇盛
大趾骨，是瘦無可瘦，削無可削，自然苗條可愛。所謂『尖尖窄窄，憐他瘦生，似牡丹
初出紅芽』是也。」[40]強調小腳的瘦削，寧可是過於瘦薄清秀的骨腳，也不要癡肥臃腫
的肉腳，這一點和方絢的「香蓮三貴」中的「肥」不太相同，可看出小腳的審美也有其
時代上的些微不同。

「小」指的就是小腳的尺寸，一般以三寸為佳，三寸約今十公分左右的長度。在元明
的詩詞作品中，便可常見「三寸金蓮」的字樣或以「三寸」來點出金蓮，如徐甜齋的〈水
仙子〉有：「金蓮脫瓣載雲輕，紅葉浮香帶雨行。漬春泥印在蒼苔徑，三寸中數點星。」
另外周清德〈柳營曲〉中有：「不知他行出瑤階，見剛剛三寸跡。想窄窄一雙鞋，猜，
多早晚到書齋。」在《金瓶梅》中更是常見以「三寸」來稱呼金蓮的大小，例如潘金蓮
的小腳便是「剛三寸」。至清代小腳的流行尺寸便要小於三寸，成為了「二寸半」或「二
寸」，在華廣生所編的《白雪遺音》中就有「小金蓮，周正正只有二寸半」[41]以及「扎

38　陶報癖：〈採蓮新語〉，《采菲錄初編》，頁 128。

39　貫伸：〈中華婦女纏足考〉，收入陝西人民出版社編：《守節・再嫁・纏足及其他：中國古代婦女
　　生活面面觀》（西安：陝西人民出版社，1990），頁 171。

40　知蓮：〈蓮藻〉，《采菲新編》，頁 113。

41　馮夢龍等編：《明清民歌時調集》，頁 537。

一扎金蓮無有三寸大」[42]之句。另外，在題為烏有先生所撰的《繡鞋記》中，描寫葉蔭芝初次見到張鳳姐的小腳時，寫道「只見門邊有位佳人，露出足下二寸金蓮，恍如潘妃再世，真乃俊俏銷魂。」[43]由此可知，在小腳的尺寸上，由元明的「三寸金蓮」逐漸過渡到清代的「二寸半」或「二寸」金蓮，有著越來越小的趨勢。

　　在《金瓶梅》中除了以「三寸」來表示金蓮的大小之外，還使用「半扠」一詞，潘金蓮的小腳「尖尖趫趫剛三寸，恰半扠一對小小金蓮」（第4回），孟玉樓的小腳也是「一對剛三寸恰半扠，一對尖尖趫趫金蓮」（第7回）。「半扠」的大小是和「三寸」一樣的，在《警世通言》的「崔待詔生死冤家」中，秀秀養娘的小腳也是「蓮步半折小弓弓」，根據駱崇騏的說法「『折』為拇指和食指伸開時間距。『半折』指這一間距的一半。一般來說，『折』為五寸至六寸，那麼半折當為二點五寸至三寸」[44]，可知所謂的「半扠」即等於「半折」的大小，也是約二寸半到三寸的大小。使用「半扠」這一名詞和「三寸」較不同的是，「半扠」強調了小腳的「可一手掌握」的特性，在陸人龍《型世言》第六回中，當汪涵宇玩弄朱寡婦的繡鞋時，「把手指來量一量道：『真三寸三分！』又在手中攝一攝，道：『真好在手掌上撤！』」[45]強調了小腳尺寸與男人一手掌握之間的關聯。而在李榮楣的〈浿南蓮話〉中談到了「蓮足的長度律」，也以為：

> 金蓮三寸，已成普通準則，然實際不盡如是也。鄉間母氏為女束足，以「孤拐」裏下去，「腳朗跟」裏折，為達到目的，固不必期以三寸，非此不可。大抵將纏成之腳，順放成人掌上，兩頭不出梢，即為適宜之長度。[46]

小腳的最適宜長度，不一定要死守三寸的標準，而是要以不出成人男子的手掌為標準，充分表露出男性對小腳能夠「一手掌握」的渴望，此時小腳不再視為單純的小腳，而是已經轉化成為「男性中的玩物」，供男人拿在手中把玩的玩具，可見「三寸」與「二寸半」乃至於「半折」與「半扠」的標準，主要是滿足男性翫蓮的方便與控制掌握的慾望。

　　「尖」主要是指小腳拇指的部分，小腳裹成之後，除了拇指以外，其餘的四指全被壓至足底，對於拇指則要求其「尖」，「蓮端宜尖，是在嚴其拇趾，迫之使然。細瘦如指，

42　馮夢龍等編：《明清民歌時調集》，頁535。

43　烏有先生：《繡鞋記》，見林辰等點校：《中國古代珍稀本小說10》（瀋陽：春風文藝出版社，1995），頁14。

44　駱崇騏：《中國鞋文化史》（上海：上海科學技術出版社，1990），頁66-67。

45　陸人龍：《型世言》，侯忠義主編：《明代小說輯刊》第一輯第二冊（成都：巴蜀書社，1995），頁135。

46　李榮楣：〈浿南蓮話〉，《采菲錄三編》，頁78。

銳似解結之錐,玉笋尖尖,觸膚若刺,其妙無窮。」[47]拇指要如笋尖之銳,才可以稱得上美的標準,其實在小腳纏裹的過程,四指被壓至足底,除了要縮小腳板的寬度與小腳的長度之外,另外就要加強突出拇指「尖」的特質。在《金瓶梅》中「尖」常和「趫」聯繫在一起,第 2 回中潘金蓮的小腳「尖尖趫趫」,第 7 回中孟玉樓也有「一對尖尖趫趫金蓮腳」,第 13 回李瓶兒的小腳也是「尖尖趫趫」的,第 32 回描寫李桂姐也有「尖尖趫趫一對紅鴛」,第 75 回中吳月娘也有「尖尖趫趫一副金蓮」,也有「趫」字單獨使用的例子,例如在第 37 回及第 42 回中描寫王六兒的小腳為「趫趫的兩隻金蓮」,何謂「趫」呢?「趫」即是指金蓮的「翹」,也根據知蓮〈蓮藻〉的解釋「翹指蓮之拇指尖瘦而翹然如鉤者,式樣益見俊俏。在纏時另以帶專束拇趾,扳之向上微翹,宛如新月一彎,更增一番嬌曼風致,轉覺媚人尤甚。」[48]可知在纏足的時候,拇指的部分要另用布帛纏裹,除了使拇指要達成「尖」的標準外,還要稍微拗折使拇指能微微的上翹,使小腳的曲線更為突出完美。

其實,拇指的尖趫,主要也是為了使小腳更符合「彎」的美感要求,金蓮在達到了「瘦小尖趫」的標準之後,便要進一步要求金蓮的線條美感──「彎」,知蓮〈蓮藻〉一文解釋:

> 彎者,曲也。蓮之曲線美,在底曰弓,在面曰鉤。蓮求尖瘦,又貴弓彎。尖瘦易致,弓彎則非拗骨折筋,裹出足縫不能成。亦為全足由長而短,由大而小,所必經之階段。為底弓曲,玲瓏有緻,再加以緊束蓮趾,使之尖瘦上翹。渾如新月一鉤,凌雲欲仙,亦臻美化。故蓮鉤一彎,實最堪尋味者也。[49]

「彎」也是纏足第四階段「裹彎」最主要的目的,當纏足歷經了「試纏」、「試緊」及「緊纏」三個階段,已經達到了「瘦小尖趫」的標準,再將小腳拗折成為弓彎之形,才算完成了纏足的工作,無怪乎在明清時代,會稱一雙完美的小腳為「雙彎」。

「香」是小腳在嗅覺上的要求。有一句俗語形容人說話沒個終了時,會說像「老太婆裹腳布又臭又長」,對於小腳的味道,一般以為終年裹在腳布中的小腳,不透氣又有腳汗臭,再加上纏足過程中小腳的腐爛與傷口的味道,長年下來自然是不好聞的,在《采非錄初編》中有位署名「炳」寫作了〈足話〉,描述了小腳婦人之足臭難當:

> 北方婦女,喜食蔥蒜,故口臭。不洗陰,故陰臭。不濯足,故足臭,此三臭之稱

47　知蓮:〈蓮藻〉,《采菲新編》,頁 113。
48　知蓮:〈蓮藻〉,《采菲新編》,頁 115。
49　知蓮:〈蓮藻〉,《采菲錄新編》,頁 114。

所由來。余以君故北籍，依理當不至污及鄉人，乃漫應之。其後顧曲劇園，偶座
鄰北地臙脂，果每覺異味陣陣，發自其身，聞之欲嘔。唯此種異味，並非人人皆
具，大抵中年以上而纏足者，多不免耳。因憶民元，余方供職金陵，某日邀友作
方城戲，飛箋召花，興致殊豪。友人楊君所徵，曰楊小貴，適坐余側，忽舉蓮鉤
加余膝上，瞥覺臭氣一縷，直達鼻端。急急推下。倏又加上，屢推屢加，莫由趨
避。坐受穢惡薰蒸，頭腦涔涔欲暈。勉強終局，所負特多，誠無妄之災也。然彼
固綠楊城郭中人，可見臭足並不限於北方婦女耳。[50]

不過，對於小腳的味道也有持不同看法的，認為小腳只要時常加以洗滌，遍撒上香粉，
即所謂「刻意修飾，沐以香湯，散以麝屑，反有一種溫馨之味，足以滌人肺腑，蕩人心
魄。否則臭氣難當，不可嚮邇，安能握于掌而接于鼻耶。」[51]勤加洗滌及刻意的加以修
飾，撒上香粉便會有一雙充滿香味的金蓮。在春寂寂室主〈圓膚纖趾談〉中記載了觀看
鄰居女郎洗滌小腳的情況：

社會上一般人對於纖趾，率多厭惡，又有小腳多臭之譏，多引避之。昔者稱僦居
於北平西城，鄰居相望，與王姓女郎嫻熟。固裙下雙鉤者也，夏日晚間，曾詳詢
其纏裹之手續。伊云：小足必須時常濯洗潔淨，以白礬粉加香料為之，灑於纖指
足心之間，然後以細布裹之。每裹一層，必舖香面於其間，故其中並非世俗所傳
之不潔。若再以凌波小襪鴛鴦繡履襯之，蓋益為世人所重也。其言至詳且盡。古
人有喜聞纖趾之癖，蓋因此也。[52]

濯足對於纏足女子來說，是一件重要的工作，想要有一雙馨香撲鼻的小腳，就要常常的
清洗，方不會有足臭之譏。只是在經過洗滌撒上香粉之後的小腳究竟是何種味道呢？其
實當濯足之後，並不完全蓋過小腳足垢的味道，根據記載實際上小腳的味道是一種「臭
中含香」或「又香又臭」的味道，「一鉤入握，自意嗅舐。甚至趾間積垢，臭同鮑魚，
匪特不惡其穢，若一經鼻觸，蘭麝無以過之，吮垢咀穢，津津品味。雖烹龍炰鳳，似遠
不逮也。」[53]只是對於有嗅足癖好的蓮迷來說，這種難以名狀的混合著香臭的味道，正
是金蓮吸引他們之處，所以他們「匪獨不嫌其臭，反覺臭中含香，把玩不能盡興，所以

50 炳：〈足話〉，《采菲錄初編》，頁139。
51 知蓮：〈蓮藻〉，《采菲新編》，頁118。
52 春寂寂室主：〈圓膚纖趾談〉，《采菲錄續編》，頁129。
53 趙亦新：〈采菲錄補〉，《采菲錄初編》，頁291-292。

嗅之吮之。」[54]在古人的詩詞中，有「一嗅餘香死也甜」的句子，充分表現出對小腳香味的迷戀。

「軟」是小腳在觸覺上的要求，要使小腳達到軟的程度，「是在行纏有法，佐以薰沐，使骨酥肌柔，達於綿軟。然後『靡靡綿綿，有若無骨』，入握軟緻，別有情趣。」[55]小腳的柔軟若無骨的觸覺，主要是為了迎合男性在將女性金蓮入握時的喜好，「柔如新絮」、「軟若無骨」正是男性喜愛的女性特質，當一手可掌握的小腳又有著柔軟的特質時，更增加男性把玩女性小腳的興趣。「握足」成為男性翫蓮的方法之一，最後甚至發展一套握蓮的方法，教導其他男性在手握金蓮時，可採用「正握」、「反握」、「順握」、「逆握」、「側握」、「緊握」、「豎握」、「橫臥」、「前握」及「後握」等等不同的握法。[56]可知金蓮「軟」的要求，符合了男性在翫蓮時的觸感需求，無怪乎女子為了達到這個要求，在纏足時流傳著「越爛越好」的一句話，因為這樣的小腳更能達到「無骨」的柔軟要求。

當小腳完成了「瘦小尖彎香軟」六個要求之後，還有一個的標準就是「正」。不偏不倚謂之正，就小腳而言即指「蓮趾端正，毋左右拐。蓮身平貼，無內外歪。蓮底周整，不偏不傾。蓮踵挺直，不倒不挫。端端正正，無反無側，四面鑑賞，俱堪入目。」[57]由此可知，「正」指的是一雙小腳的端正之形，沒有拐歪的毛病。在《金瓶梅》第7回中便形容孟玉樓的小腳「果然周正堪憐」，另外在第43回中則有一段潘金蓮與西門慶的鬥嘴，將小腳之「正」與「歪」巧妙運用：

> 幾句話說的西門慶急了，走向前把金蓮按在月娘炕上，提起拳來，罵道：「狠殺我罷了！不看世界面上，把你這小捱剌骨兒，就一頓拳頭打死了！單管嘴尖舌快的，不管你事也來插一腳。」……金蓮道：「你怎的叫我是捱剌骨來？」因蹺起一隻腳來：「你看老娘這腳，那些兒放著歪？你怎罵我是捱剌骨？」月娘在旁笑道：「你兩個銅盆撞了鐵刷帚。常言：惡人自有惡人磨，見了惡人沒奈何。自古嘴強的爭一步。六姐，也虧你這個嘴頭子，不然，嘴鈍些兒也成不的！」那西門慶見奈何不過他，穿了衣裳往外去了。

「捱剌骨」一詞，根據白維國《金瓶梅詞典》中的解釋，為「罵人的話，指行為不端的婦

54　趙亦新：〈采菲錄補〉，《采菲錄初編》，頁293。

55　知蓮：〈蓮藻〉，《采菲新編》，頁117。

56　知憐：〈握蓮方式〉，《采菲錄四編》，頁207-209。

57　知蓮：〈蓮藻〉，《采菲新編》，頁114。

女」[58]。其實，在《金瓶梅》中「捱剌骨」在詞話本又被稱為「捱辣骨」，在崇禎本則被用為「歪辣骨」與「歪剌骨」，由此可知，「捱」與「歪」當是相同的。除了 43 回使用到「歪剌骨」以外，第 11 回西門慶罵孫雪娥為「好賊歪剌骨」；第 24 回吳月娘罵惠祥用「歪辣骨」；第 75 回潘金蓮罵如意兒為「歪剌骨」，可知「歪剌骨」在《金瓶梅》中確實為罵人語，而且專門用來罵女人。不過，將「歪剌骨」來比喻「行為不端的女子」，應該此詞引申之後的意思。其表面意思或者說原始意義，應為第 43 回中潘金蓮所指出的「腳歪」的意思，此處西門慶用的慣用的罵人語說潘金蓮「歪剌骨」，潘金蓮採用了字面上的意思，認為她的小腳如此「周正」一點都不「歪」，還要西門慶看看她的腳那裡是他所說的「歪剌骨」，惹得西門慶轉怒為喜一陣好笑。可見在當時，小腳的周正與否應為相當重要的審美觀，不然不會以「歪腳」的形象來形容「行為不端的女子」，在《燈月緣》及《巫夢緣》中也有使用「歪剌骨」與「歪剌骨」罵女子的例子。

在《金瓶梅》中品評小腳時所用的字眼，除了這「七字訣」──「瘦、小、尖、彎、香、軟、正」之外，還曾使用到「窄」字。詞話本第 2 回描寫潘金蓮的小腳時用到「窄多多」一詞，崇禎本用的是「窄星星」，「窄」指的是小腳的寬度，「是在纏時使足趾尖細而足跟亦窄小，不逾長度三分之一，（北方纏足，有用竹片夾入行纏者。）並將四趾緊勒，使完全蜷伏足底，則足底窄窄，纖如秋葉，得毋令人愛煞。」[59]為了使小腳能夠「窄星星」的惹人憐愛，在纏足的過程中就要特別注意小腳的足跟寬度，其小腳的寬度不過長度的三分之一，也就是說如果小腳的長度為三寸，那小腳的寬度則以不超過一寸為佳，有的甚至會在纏足時加上竹片來約束小腳的寬度，將竹片與小腳緊緊的用裹腳布纏裹起來，其痛苦自然是不足為外人道的。在《朝野新聲太平樂府》收錄一首無名氏〈柳營曲〉：「桃臉艷，柳腰纖，窄弓弓半彎羅襪尖。」以及仇周判唱和貫酸齋所作的〈陽春曲〉中寫道：「窄弓弓怕立蒼苔冷，小顆顆宜踏軟地兒行。鳳帷中觸抹著把人蹬，狠氣性，蹬殺我也不嫌疼。」都以「窄」作為小腳惹人憐愛的特質，而加以歌詠讚美。

這些品評金蓮的「七字訣」，是眾多品蓮方法中較為簡潔與普遍的，但令人省思的是，這些品蓮的方法究竟是誰定下的？所依照的又是那些人的審美價值呢？在以上所說的品蓮方法中，我們似乎不曾聽到女性自己的聲音，清一色是男性所認為的金蓮美，這些金蓮的審美價值卻也很快很普遍的為女性所接受，女性在纏足的過程中，也把「瘦、小、尖、彎、香、軟、正」當作纏足的標準，以期自己的金蓮能符合這些標準，成為一雙人人稱羨的金蓮。可知對女性而言，金蓮的美麗與否，或如何才是美金蓮的標準，並

58　白維國編：《金瓶梅詞典》（北京：中華書局，1991），頁 543。

59　知蓮：〈蓮藻〉，《采菲新編》，頁 115。

不是女性自己訂定的,而是跟隨著男性的標準。

前文提及對金蓮的喜愛,是一種由上層社會影響下層社會的過程,「人君倡其上,士庶和於下,重以文字形容,俚詞歌頌,雖走卒販夫,莫不以三寸金蓮,為女子審美唯一之條件」[60],當男性普遍以金蓮為女性美的主要價值取向時,女性也會不由自主以「金蓮」作為時髦的美觀來追求。老宣在〈對於采菲錄之我見〉中,對於女性追求時髦有一些看法:

> 天下古今的婦女,全是愛美成性,全是時髦的奴隸。她們只要能獲得「美」的稱譽,縱然傷皮破膚,斷筋折骨,在所不辭。男子所不能受的苦楚,她們全能甘之如飴。當日「楚王愛細腰,宮中多餓死」就是最好的先例。以前女子有因纏足而喪命的,然而纏者,並不視為前車之鑒。現在,女子有因穿高跟鞋而跌折腿的,但是穿者,仍變本加厲。在她們的心中對於或死或傷,毫不關切,惟對「不美」之見解,尤甚於死,對增「美」的修飾,無不拼命追求,決不知「衛生」是什麼東西!並且她們對於「美」,也沒有一定的主見,只要有一二婦女「作俑」於前,必要有無量數的婦女,接踵於後。較無知的男子,盲從一種學說,更踴躍千倍。不過婦女發明一種自傷骨肉的修飾,與男子創出一種惑亂人心的學說不同,男子創出學說,是以別人為試驗;女子發明修飾,是要以自己為犧牲。[61]

老宣的說法,只片面解釋了女性追求金蓮美的現象,但是卻忽略了這些被認為是「時髦」的價值觀,所依附的其實是男性對三寸金蓮的熱愛,如果當時男性並未以金蓮作為美的唯一標準,那麼就算有一二女人作俑,只怕這種風氣也不會如此沸沸然蔓延開來。

而男性控制女性審美價值觀,最有效的方法就是「婚姻」。在女性未能外出工作自謀衣食的時代,「婚姻」是女性生活的重要的一環,丈夫是她幸福的唯一來源,於是乎當丈夫以「金蓮為美」時,作為妻子的就只好約束雙足,以取悅丈夫。而父母為女兒未來的婚姻幸福,即便是纏足會帶來莫大的痛苦,有語云「小腳一雙,眼淚一缸」,其痛苦可想而知,母親為了女兒未來的幸福,只狠下心來在女兒四五歲時便為其纏足,因為一雙好小腳保證了女兒未來丈夫的喜愛與婆家的疼愛,即使到了民國有些地區仍是如此:

> 燕趙風氣,婦女最重纖足。如女子面貌粗醜,尚不致被人十分憎惡。倘裙下蓮船盈尺,則娶婦者視為莫大之恥辱。故貧苦之家,明知其女長大嫁人不能免提汲勞

60　燕賢:〈小足談〉,《采菲錄續編》,頁 130。

61　老宣:〈對於采菲錄之我見〉,《采菲錄初編》,頁 15。

苦之役，但足不纖削，必為翁姑夫婿所棄離，姊娌親戚所恥笑，故不得不注重雙行纏，為其女求將來幸福也。富貴家女子有婢媼侍奉，不必井臼親操，猶自幼以纏足為重要之事。小女子愛好自然，亦自雙翹纖纖如錐，為足驕其閨侶，雖受血肉糜爛筋骨折斷之苦痛，亦所甘心。[62]

這種不斷教導女性小腳與婚姻幸福有密切關聯的現象，在民歌中也可見一般，例如劉經菴所收錄的一首彰德民歌「裏小腳嫁秀才，吃饃饃就肉菜；裏大腳嫁瞎子，吃糠饃就辣子。」[63]還有另一首雲南民歌「大姨媽，莫多說，人家男兒能寫又能作；只要姪女日日來把小腳裏，後來餓著凍著來找我。」[64]在那個時代，女子的纏足與否，跟隨的是夫家的意願，而非自身的想法，在《采菲陸續編》中有一「孟女士」便自述此種經歷：

> 至光緒二十七年，予已至纏足之年，會清廷重下禁纏之諭，吾家又因遇庚子之亂，知小足不便，乃有不纏之意。予夫家以漢人天足，裝飾難看，託媒轉告，不贊此舉。予母為從全人意，即對予云：「小兒裏腳，為一生難關。世上既有此風，為母者若違習俗，恐受人指謫。汝欲將來人前顯貴，此時須忍痛嚴裏，須知女子好腳，全由淚珠換來。」言罷即為起始束纏。[65]

於是只要男子的觀念改變，女子也會隨之搖擺，這也可由解放纏足運動得到印證，當天足成為新的時髦時，小腳反成為一種過時、落伍的象徵，於是乎許多原本纏足的女子，在丈夫的要求又只好放足，當初「為郎纏足」，現在又「為郎放足」，當時的女性在「纏與不纏」之間真是「妾身千萬難」。阿難〈足下〉一文中對於當時社會這種審美價值的變易，與女性的矛盾與痛苦有著深刻的描寫：

> 女娘行為，適應當時風尚，投社會所好，不惜斷骨殘身，以博世人評贊。情固可憫，其志可嘉。至於為郎愛好，強自約束，含苦忍痛，無間寒暑，窮年累日，自朝至暮，不敢稍懈。不顧一切，勇往直前之精神，實足以感天地而泣鬼神。無論其事是否正當，以此舍己從人之行為，若非篤於情者，豈能如此。若一旦風氣變更，鄙薄纖足，其人非趨炎附勢之儈夫，定為朝秦暮楚之薄倖，以其徒知為己，不知為人故也，好惡本無定制。今日是者，明日未必是。賞鑑者或是或非，但憑

62　佚名：〈燕趙女子之弓足〉，《采菲錄初編》，頁 141-142。

63　劉經菴：《歌謠與婦女》（臺北：東方文化書局，1971），頁 207。

64　劉經菴：《歌謠與婦女》，頁 209。

65　孟女士：〈蓮鉤痛語〉，《采菲錄續編》，頁 57。

己意，以追摹風尚。然被鑑賞者，何適何從。昔以纖足為美，使億萬女子，斷趾殘身。今尚天足，然此億萬已成纖足之女子，趾斷焉能復續。其足非生而如是者，鑑賞者使之也。今既纖矣，不能復矣，社會不美之矣。[66]

由此可知，纏足的風氣之始也許是由女性作俑，不過其風行與審美觀的建立，則非得到男性的推波助瀾與大力提倡不可，女性為了取悅男性使自己能得到幸福，便只有在依附男性的美感價值。而男性又為何覺得金蓮為美呢？又會對其如此迷戀呢？這就牽扯到男性眼中所以為三寸金蓮具有的功用與誘惑。

第三節　金蓮的功用與誘惑

　　小腳的裹束，起初或因「作意好奇」，或因舞蹈的便利，只是當纏足的風氣進入了明清時代，成為女性人體審美的主流時，其內在的意涵就不再那麼單純的只為了「好奇」與「舞蹈」。女性從小裹束小腳的原因，絕大部分為了能取悅丈夫，以博得丈夫的憐愛使自己能得幸福，在那樣的社會中，女性缺乏謀生的能力，婚姻對她而言，維繫著她一生的幸福與保障，當她得知一雙好小腳和婚姻得幸福有著絕對的關聯時，她也就只有忍痛就雙腳緊緊纏裹。根據 Sandra Adams〈從束腰與裹腳看東西方婦女的地位〉一文中的研究，中國女人在婚姻中是不得不纏裹小腳的，為了能取悅丈夫進而得到婚姻帶來得利益：

> 在一個社會裡，中產階級的婦女祇有很少甚至毫無獨立性，她們唯一的就是所謂「女性的詭計」以獲取對自己命運的掌握。母親、父親與社會的重壓，合謀使她們發展一種依賴思想，覺得自己在智力和體力都低人一等，女性只有一個選擇，就是找一個丈夫。沒有丈夫，她在社會上就毫無地位，就沒有由婚姻帶來得各種好處。如果男人喜歡小腳和細腰，大胸脯或長頸鹿脖子，女孩不去強行把外表弄成那個模樣，就會在婚姻市場的競爭中敗下陣來。[67]

艾汀詩的話在某種程度上，解釋了婚姻與小腳的關聯，和三寸金蓮流行的理由。只是除此之外，我們還是需要去深入討論小腳是否還因某些因素而和婚姻畫上關聯？而小腳究竟在婚姻中扮演那種角色？又蘊含著哪些意涵呢？

66　阿難：〈足下〉，《采菲錄續編》，頁 134。

67　艾汀詩（Sandra Adams）：〈從束腰與裹腳看東西方婦女的地位〉（《文化雜誌》24 期，民 84 秋），頁 82。

一、小腳與婚姻

　　在明清時代，小腳在婚姻扮演重要角色的情形，在「說媒」時便可以看出。當時的男女雙方要締結婚事時，女方小腳的尺寸是男方家長詢問的重點，「昔時頑固家庭訂婚，往往不問女郎之賢慧，恆詢雙鉤之巨細。偶聞其尚未就範，則必託媒轉達，必令加緊約束。」[68]可見「小腳」是進入婚姻市場的敲門磚，如果擁有一雙令人稱羨的小腳，在婚姻市場的第一關——「說媒」，就已經穩穩的佔著優勢。在《金瓶梅》中也有著類似的情節，在第 7 回「薛嫂兒說娶孟玉樓」中，薛嫂兒以三寸不爛之舌，說動西門慶去相一相孟玉樓，兩人於是走到孟家，初見孟玉樓時：

> 不多時，只聞環珮叮咚，蘭麝馥郁，薛嫂忙掀開簾子，婦人出來。西門慶掙眼觀那婦人，但見：「月畫煙描，粉粧玉琢。俊龐兒不肥不瘦，俏身材難減難增。素額逗幾點微麻，生的天然俏麗；絀裙下露一雙小腳，周正堪憐。行過處花香細生，坐下時淹然百媚。」西門慶一見滿心歡喜。……婦人起身，先取頭一盞，用纖手抹去盞邊水漬，遞與西門慶，道箇萬福。薛嫂見婦人立起身，就趁空兒輕輕用手掀起婦人裙子來，正露出一對剛三寸、恰半扠、尖尖趫趫金蓮腳來，穿著雙大紅遍地金雲頭白綾高底鞋兒。西門慶看了，滿心歡喜。

孟玉樓此時已是想要再嫁的寡婦，故西門慶便可連同媒婆公然登堂入室的去相親，此次相親的重點便是——看孟玉樓的長相，而其中最重要的便是她是否有一雙惹西門慶憐愛的小腳。當孟玉樓由簾後走出來時，西門慶只隱隱約約見到裙邊有一雙「金蓮小腳」、「周正堪憐」，等到薛婆用手掀起孟玉樓的裙子時，他這才將這小腳看個仔細，正是一雙「剛三寸、恰半扠、尖尖趫趫金蓮腳」，西門慶此時才真正的滿心歡喜，許下這門親事，安心的迎娶孟玉樓過門。崇禎本在此處作了如此的眉批「賣弄腳好處，妙在都不開口，只悄悄畫出」，可見小腳也是孟玉樓能成為西門慶小妾的原因之一，除了孟玉樓手中的「幾分錢」之外，還有這一雙周正尖趫的小腳。這一場相親——主要是相腳的場景，在無聲的情況下上演，小腳作為這場婚姻的決定性關鍵，就更顯得舉足輕重了。

　　如果雙小腳在婚姻的成功與否佔著優勢，那麼相反的，如果擁有的是一雙「蓮船盈尺」的巨足，那可就顯得處境堪憐了，有時甚至連說媒的機會也沒有，李榮楣在〈中國婦女纏足史譚〉中提到，纏足確實有利於婚配：

> 纏足之苦，為母者身所親受，而不憚煩累，竭力為女纏者，以男性用此為擇偶標

68　彭稚青：〈孤芳自賞錄〉，《采菲錄三編》，頁 130。

準，有以促成之也。閫斧記三十年前北京男女之修飾有言：「……說媒的媒人，皆以天足女子，無人聘娶，甚且老大無問名者，實受天足之影響。故有女之家，無論品貌如何，先將兩支腳裹得齊齊整整，方不致悞在家中。」[69]

在民歌中也有描述大腳婦女，找不到夫家的窘境，其歌云：「一個大腳嫂，抬來抬去沒人要，一抬抬到城隍廟，兩個和尚搶仔要。」[70]可見在婚姻市場中，腳的大小在一開始就受到嚴重的差別待遇，無怪乎父母會在女兒小的時候，便狠狠地將其腳努力裹小，「因為做父母的要是能夠把女兒纏起纖小的腳，無論如何，是不怕沒人要的。」[71]在近代的廢纏足運動中，常怪罪為女纏足的母親，認為其自身深受纏足之痛，卻又將此種疼痛附加於女兒身上，是父權體制的幫兇。其實還原歷史現場我們可以發現，母親並非是為了蓄意虐待女兒而幫其纏足，相反的她們認為這是一種愛女的表現，只有會為女兒未來幸福打算的母親，才會從女兒四、五歲開始便為她纏足，以便她未來能有一個好歸宿。

　　而且小腳在婚姻的重要性，還不僅於在「說媒」階段，等到真正成婚的時候，小腳更是成為眾所矚目的焦點，在孟女士自述的〈蓮鉤痛語〉中言：

> 予於壬子年二月出閣，事前親製弓底女鞋十雙，平底坤鞋二十雙。（因吾鄉有充子孫之風俗，即於花燭之日，由婆家將新婦鞋箱開開，任人觀看，批評女紅，或指量大小。）結婚之日，賀客咸贊腳小周正。予心暗喜。日後婆母愛惜吾足，繁重活計，皆命僕婦操作。遇賓客來亦命吾坐談。每隔二十餘日，則命換鮮豔小鞋，以炫鄰里。至是予方知幼小吃苦並未白受也。獨異者結婚多日，每日行纏，羞為夫婿所見，此種心理不知何故。[72]

在結婚的當天，新娘在進入婆家之時，還有許多的關卡在等著她。首先，就是要先瞧其女紅，女子通常要向夫家展示其做好的鞋子，以供夫家的長輩批評，所以「一般閨中少艾，於出閣之前，每與其女友預做鞋數十雙，以為出嫁時著用。並誇示其刺繡之工緻，及式樣之美麗焉。」[73]而女子穿腳上的喜鞋，有的甚至要找一個「全合人」幫忙製作，以討福氣與吉利，而喜鞋的製作更有著一些特殊的禁忌以及求吉利的習俗，喜鞋一般分為：黃道鞋與踩堂鞋。在姚靈犀的〈喜鞋〉中曾提到：

69　李榮楣：〈中國婦女纏足史譚〉，《采菲錄續編》，頁 6。

70　劉經庵：《歌謠與婦女》，頁 209。

71　李榮楣：〈中國婦女纏足史譚〉，《采菲錄續編》，頁 7。

72　孟女士：〈蓮鉤痛語〉，《采菲錄續編》，頁 58-59。

73　抱真：〈履話〉，《采菲錄初編》，頁 201。

新嫁娘於于歸吉日，所著之鞋。在昔纏足時代，皆事前親自繡製，鞋料例不用緞，
因音與斷同，為不吉也。南方名為踩堂鞋，係以紫綾為幫，白綾包鞋底之尖，取
百子之意。其底內襯為絲綿，外用黃綾。絲綿者，瓜瓞綿綿也。黃底者，腳踩黃
金也。所繡皆吉祥花綵，如富貴白頭、百年和合等名。鞋葉拔作蓮瓣樣。足之纖
小者，於喜鞋之製，無不精益求精，用博親朋之喝采也。聞北方之俗，即名喜鞋
為黃道鞋，純用黃色，富者絲綢，貧者用布，其製法則不得而詳。（吉日均屬黃
道日，製鞋之時，用鞋之日，皆擇黃道，初非黃色之道鞋也。）[74]

依照姚靈犀的說法，南方稱為「踩堂鞋」，北方稱為「黃道鞋」。南方的踩堂鞋以白綾
包鞋尖，紫綾為鞋面，「白紫」取其「百子」的諧音；襯裡用絲綿，取「瓜瓞綿綿」之
意，鞋上所繡之圖案，也都有吉祥的意涵。姚靈犀對於北方的黃道鞋所知不多，兩位署
名「采風」與「亞飛」者，加以補充說明。北方的黃道鞋根據地區不同，則稍有差異。
開封附近確如姚靈犀所言，「純用黃色，富者綾綢，貧者用布」，但在天津某些地方，
則是用杏黃色的京布折成，新娘上轎後直接套在鞋外，進入洞房後在秘密脫下，仔細收
藏不能讓新郎看見。之所以取名「黃道鞋」，相傳桃花女與周公鬥法之時，曾以黃道鞋
破其法術，故黃道鞋在婚禮上被認為有破除不祥之事的效用。[75]

當然結婚除了穿踩堂鞋與黃道鞋之外，也有穿著紅鞋的習俗。此種紅婚鞋，又稱為
「上廳鞋」。在鞋面上繡著鶴、鹿、龜與石榴等圖案，代表著「福祿壽喜」與「多子」的
吉利象徵：

> 惟新嫁娘之上廳鞋（即喜鞋），必須透幅紅緞。又必全鞋面刺繡福祿壽喜，福以
> 鶴代，祿以鹿代，壽用龜，喜用石榴，取其多子。底又須用苧線納，如男子鞋底
> 然，平常不爾也，大禮時每著之。善於保守者，每留至臨終時穿以入殮。婦女弓

---

[74] 姚靈犀：〈喜鞋〉，《采菲錄三編》，頁192。在馮驥才《三寸金蓮》的小說中也採用此婚俗，戈
　　香蓮出嫁時，奶奶所說的喜鞋習俗，基本上與姚靈犀的說法一致，見馮驥才：《三寸金蓮》，收錄
　　在馮驥才：《怪世奇談》（臺北：谷風出版社，1988），頁143。而踩堂鞋除了在結婚當天使用外，
　　還在女子做月子時穿著，聽說婦女如果在做月子時穿著結婚時的踩堂鞋，則可免足痛之患。姚靈犀
　　在〈蓮瓣一鉤似分符〉一文中提到：「嵊亭鍾君寄示弓鞋一鉤，由魏病俠君轉致。……此鞋實為新
　　嫁娘所御者，即俗名踩堂鞋。證以所繡之荷藕知之，荷藕為和偶之諧音。從前喜鞋，莫不如此，年
　　老婦人多能知之。底部確有污漬，因喜鞋僅吉夕用之，踏於紅氈，當無塵土，然斷難不染一塵。此
　　後必待生子時，房中將息一月，始重御之，俗云可免足痛。」見《采菲錄四編》，頁119-120。

[75] 姚靈犀：〈喜鞋〉，《采菲錄三編》，頁194。

> 鞋只有柴底向男子購來,餘均自製。[76]

這種上廳紅鞋,除了木頭的鞋跟為向她人購買之外,其餘的部分全是女子自己縫製而成,有的甚至保存至臨終時,成為作終鞋腳。

當結婚的花轎到了男方家門口,此時等在轎外的是一群集著想要一窺新娘小腳的新郎、男方家長與賓客,一個剛下轎的新娘,面對的是一群想窺看其小腳的人群,婚禮的重心全在新娘的小腳上,此時的觀腳決定著新娘一生的夫家對她的「愛」與「憎」:

> 境內蓮風盛時,新嫁娘之夫家,重纖蓮逾於姿首。入門後,足之大小,榮辱繫之矣。初娶至門,村眾環喜轎或喜車凝眸逼視者,首為蓮足。吉時既至,舒足下車,纖妙者立邀高譽,戚朋以為贊,翁姑以為慰。拜堂後,新郎以覘真象,小則安,大則感,愛憎已預判焉。[77]

如果她的小腳受到眾賓客的讚美,夫家的人便會覺得十分光榮,以後會對她特別疼愛。但也有丈夫不滿意其小腳,當場離開婚禮現場的或表示不滿的,在李榮楣〈湄南蓮話〉記載著這樣的實例:

> 侉子莊某君,每在戚友家觀婚禮,輒評議新婦足式以快口。比己婚,而妻足適為臃腫歪大者,乃大恚。抵夕,家人遍覓新郎不得,終於寺內搜遇之。已淚眼紅腫,泣不成聲矣。又某村寡媼之獨子成婚,當夕審妻為四寸許大足。大憤,翌晨欲束裝逃關外。母百央,許躬纏媳足,始未行。三朝後,阿母喚媳,曉以失婿意,令子碎碗成渣,以帛浸水敷滋渣,為媳束足,嚴束一週,足以腐潰。半載後,縮小及三寸,乃休役焉。又某村有舉孝廉某翁,子授室,新婦娶至門,適媳蓮足碩肥,下轎觀眾騰笑。翁睹狀,悲極而暈僵,比救醒,終生憎媳,需役皆不喚之。[78]

眾人的訕笑小腳臃腫,竟然讓公婆終身憎恨其媳婦,現在聽來讓人匪夷所思,不過在纏足的年代,這樣的事情卻是屢見不鮮的,當媳婦入門之後,其小腳的妍媸便與整個家庭的面子與寵辱畫上等號了,媳婦的小腳被人恥笑,就等於自己的家庭被人恥笑,那媳婦的醜腳便也就成為家庭的恥辱,令公婆覺得十分難堪和萬分厭惡。

在婚禮上的「觀腳」之後,拜了天地,新娘進入洞房,接著便有一群好事之徒要來鬧房了,鬧房的習俗在楊慎的《丹鉛雜錄》中「戲婦」一條便有記載:

76　知憐:《建蓮記實》,《采菲錄四編》,頁242。
77　李榮楣:〈湄南蓮話〉,《采菲錄三編》,頁80。
78　李榮楣:〈湄南蓮話〉,《采菲錄三編》,頁80。

《抱朴子‧疾謬篇》云，「俗有戲婦之法，於稠眾之中，親屬之前，問以醜言，責以慢對，其為鄙瀆，不可忍論。或憼以楚撻，或繫足倒懸，酒客酗酗不知限濟，至使有傷於流血踒折肢體者，可歎也。古人憼離別而不滅燭，悲代親而不舉樂，禮論娶者羞而不賀，今既不能動蹈舊典，至於德為鄉閭之所敬，言為人士之所信。宜正色，矯而呵之，何為同其波流，長此敝俗哉。」今此俗世尚多有之，娶婦之家，新婚避匿，羣男子競作戲調以弄新婦，謂之謔親。或褰裳而緘其膚，或脫其履而規其足，以廟見之婦同於倚市門之倡，誠所謂敝俗也。然以《抱朴子》考之，則晉世已然矣，歷千餘年而不能變，可怪哉。[79]

可知鬧房習俗之淵源流長，不過按照中國的民間婚俗，鬧房主要根據著「越鬧越發」與「人不鬧鬼鬧」兩種巫術的聯想[80]，才在中國長期流行而沒有停止。在纏足流行的時代，鬧房的重點自然也不離開小腳，而鬧房的花招，有「關平奪印」與「巧翻酒盃」等：

我國各地，當男女結婚之日，均有鬧房之趣。就用金蓮為樂者，比比皆然。僅錄山西大同及綏遠趣事二則：
一、關平奪印：即是使新婦站起，把一隻纏的小腳擎起，新郎單腿跪在地上，雙手把新婦一隻小腳，捧在手上。此時新婦問說：「下跪何人？」新郎答說：「小將關平。」又問：「來此作甚。」郎答：「前來奪印。」
二、巧翻酒盞：即是置小盅在棹上，使新婦用腳尖，以翻酒盅。明知棹面光滑，不易翻起，不過藉此觀看金蓮的大小而已。[81]

由此可知鬧房的花招，無論是以尺量足、關平奪印或巧翻酒盞等，其感興趣的重點永遠是新娘的小腳，眾人都趁此機會摸捏新娘的小腳，因為只有在這種時候摸別人妻子的小腳，才不會受到輿論責罰與譴責。

鬧完房眾人散去之後，新房中只剩下兩新人，此時該上場的就是那雙《三寸金蓮》小說中戈奶奶要戈香蓮與新郎一起觀看的五彩絲繡的睡鞋，這種睡鞋[82]又稱為「過床

79 楊慎：《丹鉛雜錄》（臺北：宏業書局，1972），頁 10282-10283。
80 尚會鵬：《鬧洞房》（北京：中央民族大學出版社，2000）第七章「鬧洞房習俗的巫術功能」便言及「越鬧越發」與「人不鬧鬼鬧」兩種巫術功能，以為鬧房在民眾的信仰中具有「祈求家族興旺」與「辟邪」兩種作用。
81 保蓮女士述；喜蓮生撰：〈纏足概說〉，《采菲新編》，頁41-42。
82 一般纏足的女子，在睡覺時為防止腳帶鬆脫，使腳放大，皆會穿著一種軟底的睡鞋。在蓉夫〈津沽婦女靴鞋之變遷小史〉：「睡鞋為纏足婦女歷史不可分離之物，因恐睡時裏腳布鬆開，必須穿以睡鞋。繫以鞋帶以防脫落，更免將腳於不知不覺中放大。」見《采菲錄三編》，頁65。

鞋」,「洞房之夜,更換睡鞋,名曰過床鞋,由新郎代為穿脫。」[83]此習俗又稱之為「遞和諧」[84],而這種過床鞋究竟隱藏何種玄機,戈香蓮在花轎中不小心打開瞧瞧,才發現裡面:

> (戈香蓮)哭著哭著忽怕臉上脂粉給眼淚沖花了,忙向懷中摸帕子,竟摸出納雙軟底繡花睡鞋。想到奶奶剛才的話,起了好奇,打開瞧,鞋幫黃綢裏子上,竟用紅線黑線繡著許多小人兒,賽是嬉戲打鬧的小孩兒,再看竟是赤身光尾股抱在一堆兒的男女女。男的黑線,女的紅線,幹的嘛雖然不甚明白,總見過雞兒貓兒狗兒做的事。這就咯噔一下臉一燒心也起勁撲騰起來。[85]

原來在過床鞋中,所畫的圖案竟是一幅幅的「春宮畫」。此處涉及了中國人對性教育的態度,通常是藉由「暗示」的方法,例如像「嫁妝畫」與「壓箱底」等,壓箱底「是一種有蓋的瓷器,外形呈各種水果狀或船狀,打開盒子裡面是一對男女交合的瓷塑。平時人們把此物至於箱底以壓邪,當女兒出嫁前夕,母親取出『壓箱底』,揭開蓋子以示女,讓女兒明白『夫妻之道』」[86],過床鞋與壓箱底有著異曲同工之妙,除了都有著性教育與辟邪的作用,也同樣具有激發性慾的作用。新婚之夜,新郎先替新娘換睡鞋——「新婚夜首重和諧,須倩良人代易鞋。臥履覓來仍怯遞,含情無語擲郎懷」[87],開始調情的第一步,然後再一起觀看鞋內的春宮畫,情慾自然挑起。睡鞋到了此時,不僅僅只是女人腳上的鞋子,已成為「性啟蒙者」與「性教育」的存在。

在婚後的生活裡,小腳的美醜依然關係著女性的幸福,小腳纖妙自然集三千寵愛於一身,會得到翁姑與丈夫的疼愛,妯娌對她也會敬畏三分。相反的,如果是擁有一雙大腳的話,進門之後不僅丈夫不喜歡她,連公婆與妯娌也會嘲笑她,有一首四川蓬安的民歌,便道出大腳婦女婚後的悲苦生活,其歌云:

> 一張紙兒兩面薄,變人莫變大腳婆;妯娌罵我大腳板;翁姑嫌我大腳婆;丈夫嫌我莫奈何!白天不同板凳坐,夜晚睡覺各睡各,上床就把鋪蓋裏,奴家冷的莫奈何。輕手扯點鋪蓋蓋,又是錠子又是腳,背時媒人害了我,滿腹苦處對誰說?二

83　姚靈犀:〈知足談〉,《采菲錄初編》,頁182。
84　雙園〈詠弓鞋詩〉云:「洞房送喜遞和諧。」詩注云:「杭俗,成婚之夕,新人以睡鞋遞交新郎,謂之遞和諧,取鞋諧同音。」見《采菲錄初編》,頁105。
85　馮驥才:《三寸金蓮》,見《怪世奇談》,頁145。
86　艾之玉:〈中國歷史上的性教育〉(《歷史月刊》128期,民87.9),頁52。
87　蓮意:〈竹枝詞〉,《采菲新編》,頁59。

爹媽莫想我，兒女只怕不得活。[88]

由「說媒」開始，小腳就便扮演著重要的腳色，無論在拜堂時、鬧房時、洞房時乃至於婚後的生活，小腳依然是眾所注目的焦點，決定女人一生的寵辱。不禁讓人思索，這「三寸金蓮」究竟蘊藏何種意涵？使它在婚姻中受到如此的關注。

二、「裹足教貞」：貞節與身分的表徵

纏足的作用，在元代伊世珍的《瑯嬛記》中，便明白指出之所以要將女子的雙腳緊緊纏裹，乃是要將其活動的範圍限制於閨門之中，以防止淫奔的行為：

> 本壽問于母曰：「富貴家女子必纏足何也？」其母曰：「吾聞之聖人重女，而使之不輕舉也，是以裹其足，故所居不過閨閫之中，欲出則有帷車之載，是無事于足者也。聖人如此防閑，而後世猶有桑中之行、臨邛之奔。」[89]

相傳早在南宋朱熹治漳之時，為防止淫奔便鼓吹婦女纏足穿高底鞋，來整飭當地的風氣，「廈門婦女皆纏足，腳跟離地一兩寸許，底為高跟。父老相傳，昔風俗不佳，朱文公治漳時，以纏足防其淫奔也。」[90]不過，由本壽與母親的對話中，還可以發現纏足在流行之初也是一種身分的表徵，因為只有「富貴女子必纏足」，富貴人家為使其女養在深閨人不識，再加上其本身不用從事粗重的勞動，於是父母便有錢也有閒的將其雙腳僅僅裹束。

到了明代，「明太祖且有丐戶不得纏足之令，是以纏足者為文明，纖趾者為華貴」[91]，在《萬曆野獲編》中〈丐戶〉條便有記載：

> 今浙東有丐戶者，俗名大貧，其人非丐，亦非必貧也。或云本名惰民，訛為此稱。其人在里巷間任猥下雜役，主辦吉凶及牙儈之屬。其妻入大家為櫛工，及婚姻事執保媼諸職，如吳中所謂伴婆者。或迫而挑之，不敢拒，亦不敢較也。男不讀書，女不纏足，自相配偶，不與良民通婚姻。即積錙巨萬，禁不得納貲為官吏。[92]

可知在明代，賤民是不許纏足的，纏足也就成為良家婦女的專利。於是乎漸漸的，當富貴之家的女子都習慣的將腳纏小，自然的便出現的一種階級劃分的現象。「小腳」成為

88　劉經庵：《歌謠與婦女》，頁208。

89　伊世珍：《瑯嬛記》，引自《元代筆記小說》第一冊（石家莊：河北教育出版社，1994），頁405。

90　姚靈犀：〈采菲錄小識〉，引自《采菲錄初編》，頁121。

91　姚靈犀：〈采菲陸續編自序〉，引自《采菲錄續編》，頁3。

92　沈德符：《萬曆野獲編》（北京：中華書局，1997），頁624。

一種富貴人家的象徵，有身份、有錢、不用勞動的女性，才會有一雙小腳；相反的，「大腳」成為下層勞動階級的標誌，於是腳的大小也成為了「區分貴賤」的標誌。類似於 Marilyn Yalom 在《乳房的歷史》一書中，對文藝復興時女性乳房的分類一樣，她說：「女人乳房可以分成兩類，一類是供男人欣賞、堅挺圓小的『上流社會乳房』；另一類是巨大泌乳、哺育小孩的『下層社會乳房』。」[93]中國女人的腳，到了明清時代也可分為兩類，一種是供男人玩弄、瘦小纖彎香軟正的「上流社會的小腳」；另一類是巨大盈尺、提供勞動僕役的「下層社會的大腳」。

在禮教與守貞的觀點之下，纏足除了能達到約束女性的行動使其不出閨門以及區分貴賤之外，還有加強「男女有別」的作用。在儒家的道德要求中，一向講求男女有別，即便是在家庭之中亦是如此，當纏足產生之後，將男女之間的分別做了更明確的分別。纏足成為「女人味」的象徵，沒纏足的女性，之所以受到歧視的原因，便是代表著——不守閨訓、家教不嚴、身分低下、沒有女人味的女人。在明清時期，如果男性要裝扮成為女性，首先要做的就是先將小腳纏起，明代有名的社會案件「桑沖事件」，便是男子藉纏足裝扮成女子，進入閨房侵犯女子的社會事件，謝肇淛《五雜俎》便記載此事：

> 女子詐為男，傳記則有之矣。男人詐為女，未之見也。國朝成化間，太原府石州人桑沖，自少纏足習女工，作寡婦妝，遊行平陽真定順德濟南等四十五州縣。凡人家有好女子，即以教女工為名，密處誘戲與之姦淫。有不從者，即以迷藥噴其身，念咒語使之不得動。如是數夕，輒移他處，故久不敗。閨男子聲輒奔避，如是十餘年姦室女以數百。後至晉州，有趙文舉者酷好寡婦，聞而悅之，詐以妻為妹，延入共宿。中夜啟門就之，大呼不從，趙扼其吭，褫其衣，乃一男子也。擒之送官，吐實且云：其師谷才，山西山陰人也。素為此術，今死矣。其同黨尚有任茂張端王大喜任昉等十餘人，獄具磔於市。[94]

在陸粲《庚巳編》中稱此事「人妖公案」，此事在當時相當有名，在許多文人的筆記中皆有記載，如俞樾《茶香室三鈔》亦有紀錄。這類男子藉纏足行騙的事件，在明代似乎層出不窮，行騙的對象除了女子之外，也有騙男子的，陸容《菽園雜記》中載：

> 京師有婦女嫁外京人為妻妾者，初看時，以美者出拜，及臨娶，以醜者換之，名曰戳包兒。有過門信宿，盜其所有逃去者，名曰挈殃兒。此特里閈奸邪耳。又有

93　Marilyn Yalom 著；何穎宜譯：《乳房的歷史》（臺北：先覺出版社，2000），頁 91。
94　謝肇淛：《五雜俎》（臺北：新興書局，1971），頁 599。

幼男詐為女子，傅粉纏足，其態逼真。過門時，乘其不意，即逸去。成化間，嘗
有嫁一監生者，是無鬚可逸。及暮，近之，乃男子也。執於官，併其媒罪之。有
男詐為女師者，京城內外人家，留教鍼指。後至真定一生家，生往狎之，力辭不
許。生強之，乃男子，遂繫之於官，械送京師法司，奏置極刑。此皆所謂人妖也。[95]

由此可知，在女性纏足的年代，一個男子想要「男扮女裝」，非要把腳纏小不行，只要
將腳纏小，再換上女性的裝束，便不容易為人所識破，因為在當時正常的男子是不會、
也不知道如何纏足的，纏足的知識只在女性的社群中流通，它是女性的特有知識。

　　除此之外，「小腳」的所代表的身分地位，也反映在妻、妾與女婢的身分上。鄒英
〈葑菲閑談〉中說道：

昔時大家艷婢，十九皆纖趾，蓋主人為預儲後房之選。為婢者亦思充巨室之姬妾，
凡此皆非赤足婢所能廁選。潮汕舊俗，納妾必足小者，即得稱姨。否則終日赤腳，
與婢等耳。惟鬻身時年事已長者，以主婦督纏之嚴，其痛苦亦彌甚。《均耀有記》
云：「婢女面貌略端整者，先為之修飾清潔，而最要條件，尤在纏小其雙足。往
往有十齡外婢女，未經其父母纏足，必于最短期內，將其足緊緊纏裹。以致傷折
筋骨，步履艱難，甚有因之殞命者。此婢女之苦況，在北方時有所見聞也。」[96]

可知當女婢晉身於妾的地位，便要先將其大腳纏裹成為小腳才行，因為纖纖小腳代表著
其擺脫了奴婢的身分。由此觀之，便知為何當潘金蓮為攏絡春梅時，在西門慶收用了春
梅之後，便幫其纏小腳——「纏的兩只腳小小的」，因為當春梅纏起了小腳，其身分便
已經不同於一般的僕婦，已經進入了準小妾的階段。於是當李銘趁酒意調戲她時，她便
罵道：

「好賊忘八！你怎的捻我的手，調戲我？賊少死的忘八，你還不知道我是誰哩！一
日好酒好肉，越發養活的你這忘八靈聖兒出來了，平白捻我的手來了。賊忘八，
你錯下這個鍼檋了。你問聲兒去，我手裡你來弄鬼！爹來家等我說了，把你這賊
忘八，一條棍撐的離門離戶！沒你這忘八，學不成唱了？愁本司三院尋不出忘八
來？櫬臭了你這忘八！」被他千忘八，萬忘八，罵的李銘拿著衣服，往外走不迭。
（第22回）

95　陸容：《菽園雜記》（北京：中華書局，1997），頁89。
96　鄒英：〈葑菲閑談〉，《采菲錄續編》，頁251。

其實李銘是李嬌兒的弟弟，但春梅在罵他時根本沒把他放在眼裡，相對的就是也不把李嬌兒放在眼裡，之後西門慶便也聽了春梅的話，「分付來興兒，今後休放進李銘走動」，這一個事件春梅得到全面的勝利，不僅痛罵了李銘，也戰勝了李嬌兒，更加向西門家證明了自己已不是一般女婢的身分。潘金蓮幫春梅纏的小腳，更幫助她順利進入守備府，得到周守備的寵愛，「周守備見了春梅生的模樣兒，比舊時越好，又紅又白，身段兒不短不長，一對小腳兒，滿心歡喜。」從此春梅「飛入枝頭作鳳凰」，成了守備府最得寵的「小奶奶」，這雙小腳對春梅身份的上升有著推波助瀾的功用，無怪乎春梅總是死心踏地的忠於潘金蓮，因為在這麼多的主子中，只有潘金蓮以實際的行動幫著她脫離奴婢的身分。

值得注意的還有，明清時代在描寫美女與醜女時，腳的大小也常常成為比較的項目，通常是美女有一雙纖小周正的金蓮，而醜女則正好有一雙巨大盈尺的蓮船，在《金瓶梅》中便有這樣的情形，在第91回中在描述李衙內的女僕玉簪兒時，說道：

> 原來衙內房中，先頭娘子丟了一個大丫頭，約三十年紀，名喚玉簪兒，專一搽胭抹粉，作怪成精。頭上打著盤頭楂髻，用手帕苦蓋，周圍勒銷金箍兒，假充作鬏髻，身上穿一套怪綠喬紅的裙襖，腳上穿著雙撥船樣四個眼的剪絨鞋，約長尺二。在人根前輕身浪顙，做勢挐班。

這樣的玉簪兒和「長挑身材，粉妝玉琢。模樣不肥不瘦，身段兒不短不長。面上稀稀有幾點微麻，生得天然俏麗；裙下映一對金蓮小腳，果然周正堪蓮」的孟玉樓相比，自然是美醜立判。「小腳」與「大腳」在描寫女性美貌時，常有著畫龍點睛的效果，形容醜女再加上一雙盈尺的大腳，便加強了其形貌的不完美與醜陋，這樣的女人在有意無意間常成為人們所厭棄的對象；相對的，形容一個美女再加一雙周正堪憐的小腳，也加強了其婦容的美好，而這樣的女人則容易成為男人爭相追求的女性。在華廣生《白雪遺音》中，便有兩首民歌形容大腳醜女與小腳美女的例子，一首為〈久聞大名〉：

> 久聞姑娘名頭大，見面也不差。腳大臉醜，賽過夜叉，渾身怪骯髒。桌面上，何曾懂的說句交情話，開口令人麻。若問他的床鋪兒，放屁咬牙說夢話。外代著爭開發，一張臭嘴，焦黃的頭髮，虱子滿身扒。唱曲兒，好似狼叫人人怕，又不會彈琵琶。要相好，除非倒貼兩吊大，玩你後庭花。[97]

另一首則是〈又久聞大名〉：

97　華廣生：《白雪遺音》，《明清民歌時調集》，頁516。

久聞大名今相見，前世前緣。果然你的美貌，賽過天仙，話不虛傳。楊柳腰，剛剛紙一卡半。言語輕談，櫻桃口，糯米銀牙似雪片。貌不非凡，杏眼桃腮，柳眉雙灣，兩耳墜金環。小金蓮，周正正只有二寸半，步步連環。你若不棄嫌，今晚與你同作伴，你要包含。[98]

這兩首「久聞大名」的內容，有著強力的性暗示與性諧謔，美女與醜女除了比較容貌之外，又加上大腳與小腳的對比，強化了女性形貌的美醜，而這樣的美醜影響著人們的好惡。所以對於美女而言，一雙小腳是不可少的，「步步生蓮，美人所必不可少者，石榴裙底，羅襪一鉤，最足令人魂銷」[99]。在那個審美「重腳」甚於「重面」的時代，即便女子有著漂亮的臉蛋，卻擁有一雙盈尺的蓮船，也會讓男人覺得索然乏味，美貌大為失色。在芬利宅利者編的《竹西花事小錄》中便記載：「此間有名黃魚者，大率村野女郎，飾貌修容，僑居城市，茆簾竹舍，作夜度娘，亦間有姝麗，可悅時目。惟蓮船盈尺，湘裙徐起，滿床蹣跚，不免令人索然乏味。」[100]

　　一雙美好的小腳背後，常代表這個女人本身的高貴身分、家境富裕、道德完美與美貌，可說是一個完美的女人。而這一切的完美，全都可由這一雙是否符合標準的金蓮中看出，因為富貴人家的小姐，才有錢有閒的裹小腳；也只有裹了小腳才能「大門不出，二門不邁」，成全其美好的道德與貞節。這也是說，對整個家族而言，如果娶來的媳婦有一雙「瘦小尖彎香軟正」的小腳，即代表此媳婦具有富貴氣與家教，在眾家賓客面前，會增加自家的光彩，代表自己的媳婦是一個具有完美婦德的女人。

　　而讓人好奇的是，如果纏足只是作為身分與貞節的表徵，又為什麼會在婚姻中站著如此重要的地位呢？在男女兩性的生活中，也如此的受到重視呢？其實纏足還有著另一個重要的作用。柯基生以為：

　　如果小腳的用途是為了防閒，為了守貞，為了表現舞蹈技巧，為人母者恐怕不會那麼費心的為幼女纏裹，為自己加強裹束。纏足風俗逐漸形成後，弱不禁風、楚楚可憐的少女成為男人戀愛的偶像，顫顫危危扶牆摸壁的姿態，在情人眼裏是一種飄然若仙的感覺，一種隱密的魅力，引人遐思，纏足攸關著婚嫁。在那個時代娶妻託媒人探聽女方的重點，除了在對方的家世背景外，最重要的就在一雙腳的大小。只要是擁有一雙傲人的小腳，就會成為爭相說媒的對象，在新婚過門的時

98　華廣生：《白雪遺音》，《明清民歌時調集》，頁 537。

99　芬利宅利者編：〈竹西花事小錄〉，《香豔叢書六》，頁 3373。

100　芬利宅利者編：〈竹西花事小錄〉，《香豔叢書六》，頁 3378。

候,成為眾親友聚集爭睹的焦點。小腳在結婚時扮演這麼重要的角色,不禁讓人好奇,小腳與男女間的性生活有什麼關係。[101]

接下來就來討論小腳的另一個作用——作為性誘惑的存在,來揭開金蓮與性的神秘面紗。

三、「造作淫具」:性誘惑的存在

纏足後的金蓮是「女人味」的象徵,它是女性團體中的特有物,這樣的關係使它在兩性的關係中成為一種神秘的存在。就女性而言,在纏足的過程中,除了母親和自己以外,沒有其他人看過自己人工整形過小腳:

> 昔時禮教森嚴,女性一切,自以遮掩為是。況蓮鉤自幼包裹,已成習慣。當其始纏,往往膿血淋漓,污穢難當,女則哭泣,母則呵叱。若當人行纏。不徒觀之不雅,亦實有不便。故阿母教纏之際,亦必緊閉房門,雖家人亦不令私窺。及長而自束,常羞為郎見,乃習慣自然也。又蓮鉤之形,下凹上凸,四趾壓底,一趾朝天,畸形異狀,成屬奇觀。日夜密裹,不無惡味。結束停當,或可炫耀於人。若足紈弛去,則自慚形污。且昔時視蓮鉤為增助性慾之具,竊視行纏,無異調戲。賢媛淑女,不徒雙鉤不令人見,即繡鞋藕覆,關於蓮鉤一切附物,亦必深藏不露,不足為外人道也。[102]

女性的小腳是不輕易展露於人前的,一般都會裹著腳帶,或者穿著金蓮鞋,不僅良家婦女如此,在娼家與春宮畫中的女性也是如此。高羅佩對此也很感興趣,在其《秘戲圖考》一書中言:

> 就我們現在的目的來說,只要讓學者知道女子的裸足完全是禁忌就夠了。即使最淫猥的春宮版畫的描繪者也不敢冒犯這種特殊的禁忌。大多數的春宮版畫把男女畫的精赤,連性器官也纖毫畢露,但我從未見過有一幅畫上的女子是裸足的。在正統的中國人眼裡,《花營錦陣》的第二十二圖無疑是徹頭徹尾地猥褻的:因為圖中那個女子的右腳裹腳布半散——對此連配圖艷詞都做了特別的提示。[103]

由此可知,「女人身體的這一部分是嚴格的禁區,就連最大膽的藝術家也只敢畫女人開

---

101 柯基生:〈金蓮秘性:纏足與性的解析〉(《歷史月刊》128 期,民 89.9),頁 70。
102 評蓮使者:〈答二〉,《采菲錄續編》,頁 341-342。
103 高羅佩著;楊權譯:《秘戲圖考:附論漢代至清代的中國性生活(公元前二○六一公元一六四四年)》(廣州:廣東人民出版社,1992),頁 184。

始纏裹或鬆開裹腳布的樣子。」[104]小腳成為一個女人身上最神秘的部位，其神秘的禁區必不僅止於「裸足」，更有擴大至「其它繡舄藕覆足紈羅韤，凡觀蓮鈎一切附物，亦必深藏不露。」[105]正因為這種緣故，小腳在社會上成為一種女性的特有物，一種專屬於女性的神秘。

　　這種神秘，對於男性而言，具有一種強大的誘惑，因為「足小則須層層包裹。密密深藏。其神秘作用。俱有偉大之魔力」[106]讓人想要一揭其神秘的面紗。這種經由遮掩隱蔽而產生的性誘惑，Marilyn Yalom 套用法國詩人馬拉美的話，稱為「遮掩的情色」[107]。當女子的身體有一部分，成為社會規範中的必須遮掩部位時，這一部位對異性而言就會充滿著神奇的誘惑力，對明清時代的中國男性而言，女子身體上的幾個部位是充滿著性誘惑力的，例如女子的胸部與陰部，不過在兩處的誘惑力都不及小腳來的吸引男性的目光：

　　男女身體各部，隱秘愈足以動性慾。故接吻之樂不如摸乳，因男女之吻相同，而又皆看得見也，乳則若隱若現，男女大小不同。摸乳不如撫弄性具，蓋陰陽二物，形狀互異，平時隱秘不輕易露現，想像起來，極為奇怪，故一見，性神經便起變化，興奮緊張，思欲接觸。則因二物又大不相同也。各民族歡樂時之階級，僅此而已。若我族則多一把玩金蓮之妙境。其程序愈多，則慾情愈熾。故握金蓮之樂，已不遜於交歡，或且比此尤甚。蓋女人之小足，其隱秘尤甚於陰溝。男子欲見女子私處，雖難，然在小女孩身上頗不遮蔽，有妻妾者可以不時摸索之。若小足，則雖女孩，一經纏束之後，便不得見天日，恍如神聖令人不可侵犯，夫婦非在雲行雨施時，女子終不肯使男子解脫而觀摩之。故男子常見三寸金蓮，轉而顧彼天足者，兩相比較，每思如此細小，其骨肉到底消縮何處，因此愈欲觀其究竟。一

---

104 高羅佩著；李零、郭曉惠等譯：《中國古代房內考》（上海：上海人民出版社，1996），頁286。

105 彭稚青：〈孤芳自賞錄〉，《采菲錄三編》，頁132。

106 燕賢：〈小足談〉，《采菲錄續編》，頁131。

107 Marilyn Yalom 在《乳房的歷史》中提到有關於兩性裝飾所產生的「遮掩的情色」：「對多數人而言（尤其男人），乳房是性感的裝飾品、女性氣質的王冠權杖，但這並非放諸全球皆準的想法，在美洲與南太平洋的部分文化裡，女人自古以來就是袒胸露乳，這些文化因而不像西方世界那麼強調乳房的情色意義。非西方文明有它們自己的拜物對象，譬如中國人迷戀小腳，日本人喜歡女人的頸背，而非洲與加勒比海地區的人則執迷於女人的臀部。不管那種拜物，單獨的身體部位之所以充滿性感意味，是在於它的「若隱若現」，套依據法國詩人馬拉美的話，是『遮掩的情色』。」參見 Marilyn Yalom 著；何穎宜譯：《乳房的歷史》（臺北：先覺出版社，2000），頁3。

旦有可得見，安有不驚喜欲狂耶，故一摸便足動興。[108]

對於男子而言，女性身體上越神秘的部位，越能挑動性慾與好奇之感。男女身體上最明顯的不同，就在於胸部與陰部。這種兩性身體的自然不同，常能引發啟性誘惑的衝動，即便在現今進步的社會中，對於兩性的認識已較前代社會來的進步，但在兩性的身體的控管機制中，為了避免性器的過分赤裸暴露，普遍存在著「女性三點不露」的原則，女性以胸衣與內褲將胸部與陰部遮蔽起來。不過弔詭的是，這種「隱蔽」卻相對的「彰顯」了性器的存在與價值，即如上野千鶴子所言「藏起來就會想看，因為隱藏而把胸部的價值提高。若不加以隱藏，只不過是擺在那裡的『東西』，沒什麼大不了的。……若不隱藏即毫無價值，隱藏之後才提高身價」[109]。對於中國古代的男子而言，女性的胸部與陰部自然有其強烈的性誘惑力，不過這兩個「天然的性徵」似乎比不過小腳這個「人工的性徵」，天然的性徵是每個正常女人身上都會有的，但是小腳這「人工性徵」卻不是每個女人都有，只存在於某些女性的身上，而且男人無法想法如何能將不斷成長的大腳，約束成為小小二、三寸的小腳，再加上「金蓮秘不示人」，這一切的神秘與不可思議都不斷牽動著男人的性幻想，加強男性想一窺究竟的慾望。於是乎沒有小腳可把玩的男性就想盡辦法去得到女人的小腳來把玩；得到小腳把玩的男性就想出各種方法來玩弄女人的小腳，無怪乎《鏡花緣》第12回說小腳「細推其由，與造淫具何異？」《蘭花夢奇傳》第28回也說「我看纏足這一層，不啻造作淫具。」由此可知，對當時的男人而言，「金蓮」已經成為女性的「第三性徵」——人工性徵，有小腳的女人才配稱為「真正的女人」，在性生活中「金蓮」也成為一個極為重要的「淫具」，加強性生活的快感與刺激。

而女性來說，在整個纏足的過程中，小腳也帶來屬於女性特有的「禁區」神秘性，這種神秘與遮蔽的結果，引發了一種女性「羞澀」的心理反應：

> 因為一切事物（衣服本身就是一種炫示）底新奇不僅容易引起好奇心，並且容易引起羞澀之心。身體上某部分已經習慣露示在外面的，若是把它遮蔽起來，其本身必有羞澀之感。因此有人報告，野蠻婦女習慣裸體的，要是她底身體的一部分驟然穿起衣服，必將變得羞澀難為情。[110]

在尚未纏足的時代，女子可以在溪邊濯足，像謝靈運〈東陽溪中贈答兩首〉中有「可憐誰家婦，綠水濯素足」，即在描寫女子濯足的情景。但在明清時代的女子，小小年紀就

108 愛特生：〈蓮妙〉，《采菲錄四編》，頁47-48。
109 上野千鶴子著；洪金珠譯：《裙子底下的劇場》（臺北：時報文化出版公司，1995），頁38-39。
110 弗留蔂爾：《服裝心理學》（臺北：水牛圖書公司，1991），頁50。

已經將腳緊緊纏裹，一切關於小腳的事物都只能在自己的閨房中進行，根本不可能在溪邊整理清洗自己的小腳，因為在公共場合露出自己小腳，就像是露出自己的性器一樣的難為情。這種「羞澀」的情緒，來自於社會的目光，對於女性而言，從小纏足的過程中就不斷被教導小腳是「禁忌區」，「所謂禁忌區，是指他人不可碰觸的地方。每個人所要求的身體隱密性，因個人、文化、關係的不同而有異，只有愛人之間，以及父與母嬰兒之間才幾近毫無禁忌，他人若誤碰禁區，即可能構成極大的侮辱。」[111]故纏足女性對於小腳總是密密防護，因為那是只有丈夫才能窺探的秘區，有的女子即便是在丈夫面前也仍會感到羞澀。不過有趣的是，當女子越是對小腳密密防護而羞答答，似乎越能勾起男子的慾望，弗留葛爾就說：

> 應該記住的一點是：「羞澀」與「慾望」頗有重要關係。「羞澀」底目的在攻擊慾望，而在這樣做的時候，倒反激起了慾望：因此必然掀起一個循環的歷程。法朗士（Anatole France）說得好「婦女於羞答答之際，無形中必然傳其嫵媚之態。」（Il est certainque la pudeur communi que aux femmes un attrait invincible）其實「自然」已經排定「羞澀」決不能達到它底最後目的，除非它底本身消滅而此種消滅就需要某種慾望底刺激性之損失，而此種刺激性只有當「慾望」和「禁抑」巧妙地混合之際才會發生的。這裡真正的困難發生了，最合理的疑懼是：在抑制「羞澀」的外衣掩護之下，往往可以找出某種性衝動之微妙的因素。這是一種奇異的聯繫。[112]

纏足的起源也許是為了「關住女子」，抑制慾望的橫流與私奔的事件，不過弔詭的是，到了明清時代，男女私通的事件並不因為纏足的盛行而消失，相反的，當女子想要看到意中人想要私通時，只要小露出自己的金蓮，先讓對方銷魂與明瞭自己的心意，男子就可安排三姑六婆來打通門路，「挨光」之事即可成，《金瓶梅》中的潘金蓮與西門慶的偷情就是此種例子。所以對有心想要發展私情的男女而言，「小腳」起了一個指標性的作用，女子想要主動對某男子表示愛意時，就將美麗的小腳露出來，用來勾引男子的心；相對的，男子如果見一女子主動露出小腳，就可知其心意了。

　　纏足原是為了防止女性淫奔，沒想到發展到最後，纏足後的金蓮反而成為勾起淫亂的主要原因。對女性而言，纏足可以成為誘惑男性的一種手段；對男性而言，小腳成為增強慾望的一種媒介，老宣在〈對於采菲錄之我見〉中言：

---

111 戴斯蒙·莫里斯：《觀人術》（臺北：好時年出版社，1983），頁 223。
112 弗留葛爾：《服裝心理學》，頁 180-181。

> 兩性所以能互相吸引，是因為生理上的差別，一切動物，無不如此。兩性的生理
> 上的形狀，既根本奇異，人類中的女性，又能額外加上一份人工的修飾，所以她
> 們吸引男性的能力，較一切動物尤大。而以前中國的女性，於塗脂抹粉描眉畫鬢
> 之外，又將雙足，改了天然的型態，於不同之上，復增奇異，所以吸引男性的能
> 力，更特別的大了。可見女子纏足，正是誘惑男子的一種手段，是增加男子慾念
> 的一種媒介。[113]

纏足盛行了好幾個朝代而不衰，除了一些冠冕堂皇的理由，如纏足守貞、身分的表徵之
外，在兩性之間的性生活，小腳也已經成為不可或缺的一部分，也許該說是必須具有的
一部分，男子需要它加強性幻想與性衝動；女子需要它加強自的性資本與性魅力，這才
是纏足能「代代不衰」的真相，也才是纏足能在婚姻中佔有如此重要地位的原因。

---

113 老宣：〈對於采菲錄之我見〉，《采菲錄初編》，頁 11。

第二章　三寸金蓮與 《金瓶梅》中的婦女生活

　　《金瓶梅》中的婦女，大多都有纏小腳，書中對於纏足婦女特有的生活習慣也有一些描述，日本學者池本義男以為《金瓶梅》是「明代描寫纏足的重要文獻，同時也是一篇纏足論。它比姚靈犀的《采菲錄》還具有更大的現實意義。」[1]可見由《金瓶梅》中我們可以窺見一些纏足婦女的生活方式，以下分為五部分來闡述，第一節「《金瓶梅》中的纏足婦女」，主要介紹《金瓶梅》中女性纏足的情形與遍佈的階層的廣度，在女性的分類上主要還是以與西門慶有關的女性為主軸，分為「西門慶的妻妾們」、「女婢與僕婦」和「妓女」三部分。

　　第二節「蓮鞋與製鞋」，則在介紹《金瓶梅》蓮鞋的形式與製鞋的過程，纏足的婦女在《金瓶梅》裡滿滿皆是，每人腳底踩踏蓮鞋在形製與用色方面都有著或多或少的相似與相異，也可看出當時流行的樣式與用色；至於「納鞋」的場面在《金瓶梅》中常常出現，是婦女的生活中重要的活動之一，也起著重要的作用。

　　第三節「整理行纏與比腳」，第一部分主要講述女性如何打理自己的那一雙小腳，其內容包括清晨起床的重新裹腳、清洗小腳與晚上換睡鞋的部分；第二部分主要是講人們對於女人小腳的關注，由第一次見面時便已經開始「相腳」——看看對方的小腳纏裹的如何，通常女性之間很容易又由「相腳」進入「比腳」的階段，即是在觀看其他女性的小腳之後，再進而和自己的小腳做比較，或者對對方的小腳進行一段品評，來評斷孰優孰劣。

　　第四節「活動能力與節慶活動」，是由女性常自稱的「沒腳蟹」一詞切入，講述裹小腳的女性的行動不便與能力有限；其次講述《金瓶梅》中女性在某些特殊節慶時，才能群聚出遊與遊戲，例如正月十六夜的「走百病」與清明時節的「打鞦韆」均是婦人家的活動，平常鮮有活動的婦人，在這些節日才做些運動與遊戲。

1　池本義男：〈金瓶梅詞話之文獻分析略論〉，收入王利器主編：《國際金瓶梅研究集刊》（成都：中國金瓶梅學會，1991），頁 138。

· 45 ·

第一節 《金瓶梅》中的纏足婦女

《金瓶梅》所營造的世界,是一幅是男人和女人所勾勒出來的人慾橫流的世界,其中最主要的男性當然是西門慶,整部小說的情節圍繞著西門慶在發展。《金瓶梅》中的人物遍佈各個階層,有官宦世家,也有販夫走卒,而書中的女性也是如此,有官宦世家的夫人王招宣的遺孀林太太,也有中產階級商賈之家的妻妾,也有屬於社會下層的三姑六婆與娼妓。不過就小說整體的架構而言,敘述的主體還是放在平民階層的商人之家的妻妾、女婢與僕婦,還有每日送往迎來的娼妓之家,以及「全憑兩腿走殷勤」的三姑六婆,這些女性也是和西門慶接觸最頻繁的,小說以西門慶為主要的線絡,講述和西門慶有關的男男女女的故事,真實呈現出著作時代的社會環境,也真實呈現出在那樣環境下生存的女性。

一、西門慶的妻妾們

西門慶的妻妾,除了過世的正房陳氏與小妾卓丟兒之外,還有一妻五妾,這六人在長相上各有千秋,潘金蓮在進門第一天就將吳月娘、李嬌兒、孟玉樓和孫雪娥看得十分仔細:

> 這婦人坐在傍邊,不轉晴把眾人偷看。見吳月娘約三九年紀,生的面若銀盆,眼如杏子,舉止溫柔,持重寡言。第二個李嬌兒,乃院中唱的,生的肌膚豐肥,身體沉重,雖數名妓者之稱,而風月多不及金蓮也。第三個就是新娶的孟玉樓,約三十年紀,生的貌若梨花,腰如楊柳,長挑身材,瓜子臉兒,稀稀多幾點微麻,自是天然俏麗,惟裙下雙灣與金蓮無大小之分。第四個孫雪娥,乃房裡出身,五短身材,輕盈體態,能造五鮮湯水,善舞翠盤之妙。這婦人一抹兒都看到在心裡。(第9回)

作者透過潘金蓮之眼,為讀者呈現出西門慶妻妾長相的大致輪廓,大老婆吳月娘看起來是個溫柔、穩重以及寡言的女人,對於長相只提及「面若銀盆、臉如杏子」。對於吳月娘是否纏小腳,在此並沒有說明,第56回中只說她穿了一雙「金紅鳳頭高底鞋」,一直到詞話本第75回才對吳月娘的小腳做了確實的描述,這時的吳月娘正因春梅罵申二姐的事情和潘金蓮大吵一架,西門慶為了怕吳月娘動了胎氣,傷了腹中胎兒,特地請了任醫官來替吳月娘把脈,吳月娘在眾女眷的勸解中方才起來梳妝打扮,只見:

> 吳月娘方動身梳頭兒,戴上冠兒。玉簫拿了鏡子,孟玉樓跳上炕去,替他拿抿子

掠後鬢；李嬌兒替他勒鈿兒，孫雪娥預備拏衣裳。月娘頭上止撇著六根金頭簪兒，戴上臥兔兒；也不搽臉，薄施胭粉，淡掃蛾眉；耳邊帶著兩個金丁香兒，正面關著一件金蟾蜍分心；上穿白綾對衿襖兒，下著柳黃寬襴挑繡裙子；襯著綾波羅襪，尖尖趫趫一副金蓮；裙邊紫錦香囊、黃銅鑰匙、雙垂繡帶。

直到這時才知原來吳月娘也有一雙符合「尖」及「趫」標準的金蓮小腳，作者對於吳月娘的外表及梳妝打扮，只有在這一回才有比較多的著墨，一般吳月娘總是有著家主母的穩重及威嚴，在作者刻意對描寫之後，此時的吳月娘似乎少了那種大老婆的高姿態，多了一種屬於嬌羞的女性美感，作者評此時的月娘云「羅浮仙子臨凡世，月殿嬋娟出畫堂」。

西門家的二娘李嬌兒，是一個由勾欄出身的小妾，她的體態豐肥、肢體沉重，書中對於他是否纏足沒有做明確的說明，不過由她出身勾欄以及同為李家妓院的李桂姐是有一雙小腳的情況來看，李嬌兒應該是有一雙小腳的。在明代以「小腳為美」的情況下，作為取悅男性為第一要務的妓院，自然是加緊纏裹小腳，作為吸引男性顧客的本錢。李嬌兒在未嫁給西門慶之前，就在勾欄裡討生活，「小腳」是她討生活與勾引西門慶的必備之物，出身於妓院的她，小腳是一定要仔細纏裹的。

孟玉樓的長相，在薛嫂兒向西門慶說親時便稍微提到，「這娘子今年不上二十五六歲，生的高挑身材，一表人物。打扮起來，就是個燈人兒，風流俊俏，百伶百俐」，等到西門慶親見到她時，「長挑身材，粉粧玉琢；模樣兒不肥不瘦，身段兒不短不長。面上稀稀有幾點微麻，生的天然俏麗；裙下映一對金蓮小腳，果然周正堪憐」，她的這「一對剛三寸恰半扠」又「尖尖趫趫金蓮腳」，看得「西門慶滿心歡喜」，由此可知孟玉樓擁有一雙符合「小」、「尖」、「趫」及「正」的小腳。她的財富也許是最初讓西門慶心動的原因，不過在相親的時候，她的這一雙美麗周正堪憐的金蓮，才是西門慶決定娶她進門的關鍵。看來孟玉樓的小腳，應該是贏過吳月娘、李嬌兒以及孫雪娥，所以在潘金蓮進門初見面時，在西門慶的妻妾中，她只提到孟玉樓的小腳「惟裙下雙灣金蓮，無大小之分」，一向以小腳自傲的潘金蓮，也說孟玉樓的小腳和她無分大小，可見孟玉樓的小腳應當是十分美麗的，符合當時當時對小腳的審美標準。

在西門家最早成為潘金蓮攻擊對象的孫雪娥，是否有一雙小腳呢？由文本中並不容易得知，不過由她的婢女出身來看，她纏足的機會不大。再加上在第100回「普靜師薦拔群鬼」時，同樣是自縊身亡的宋蕙蓮與西門大姊都是「頸纏腳帶」，只有孫雪娥是「項上纏著索子」，「腳帶」是纏足婦女必備之物，因為俯拾即是，通常也會成為自縊時最常使用的用具，但孫雪娥卻使用了索子，再加上文本中並沒有對孫雪娥的小腳作特別的描寫，所以孫雪娥也許並沒有一雙「周正堪憐」的小腳。在《清稗類鈔》中曾紀錄「凡

納妾，惟纏足者，入門即稱姨」[2]，剛好可以解釋為什麼在第 58 回中孫雪娥對董嬌兒自
稱「四娘」時，潘金蓮嘲笑她說：「沒廉恥的小婦奴才，別人稱你便好，誰家自己稱是
四娘來。這一家大小，誰興你、誰數你、誰叫你是四娘？」其實以妻妾的排行來論，孫
雪娥這個「四娘」是名正言順，不過因為她並沒有一雙堪憐的小腳，做的事情仍然不離
灶房的僕役之事，所以潘金蓮才會說「奴才不宜逞，小孩兒不宜哄」，如此欺負和鄙視
她。

潘金蓮的小腳自然是妻妾之中最美的，也是她最引以為傲的，她名字就是因為「纏
得一雙好小腳兒，因此小名金蓮」，她的小腳究竟有多美呢？小說中說的小腳「窄多多
尖趫腳兒」、「尖尖趫趫剛三寸，恰半扠一對小小金蓮」，在尺寸上潘金蓮的小腳「剛
三寸、恰半扠」正好符合「一手可以盈握」的「窄小」標準；在型態上，尖趫的「曲如
新月」是相當美麗的姿態。難怪在潘金蓮與西門慶的性愛場面中，「金蓮」始終扮演著
吃重的角色，從初次見面時潘金蓮的「金蓮示人」就讓西門慶銷魂，趕緊請王婆想辦法
挨光成功；等到兩人終於有機會同桌吃飯時，還故意將筷子拂到地下，以「拾箸」的名
義偷捏潘金蓮的小腳，開始了兩人肉體上的出軌；等到最後潘金蓮正式進了西門家，在
眾多的性交場面中，潘金蓮的小腳仍是「全身佳趣」之所在，例如號稱最淫蕩性愛場面
的「潘金蓮醉鬧葡萄架」中，西門慶把潘金蓮的小腳用腳帶懸吊起來，在極盡蹂躪之能
事，然後才從事性交的動作；又如在一般的性交情節中，西門慶常常是見到了潘金蓮的
紅鞋之後，便淫心輒起要和潘金蓮雲雨一番。[3]可見對於潘金蓮而言，西門慶如此熱愛自
己的小腳，小腳自然就成了她拴住西門慶的利器，只要拴住了西門慶那麼她在西門家自
然可以囂張跋扈、目中無人。

最後再來說說晚於潘金蓮進門的李瓶兒，在小說文本中最早是借由吳月娘之口說
出，在第 10 回中吳月娘向西門慶講到隔壁花家的娘子：

> 月娘便向西門慶道：「咱這花家娘子兒，倒且是好，常時使過小廝丫頭送東西與
> 我們。我並不曾回些禮兒與他。」西門慶道：「花二哥娶了這娘子兒，今不上二
> 年光景。他自說娘子好箇性兒。不然房裡怎生得這兩箇好丫頭。」月娘道：「前
> 者他家老公公死了出殯時，我在山頭會他一面。生的五短身材，團面皮，細彎彎
> 兩道眉兒，且自白淨，好箇溫克性兒。年紀還小哩，不上二十四五。」

2　徐珂：《清稗類鈔》「容止類」，頁31。

3　關於潘金蓮的小腳，在第三章「《金瓶梅》中對三寸金蓮的異常愛戀」中會有更加詳盡的解析，此
　　處先做一些背景的介紹。

從吳月娘的敘述中，可以知道李瓶兒「生的五短身材、團面皮、白淨」，而且性情溫和，年紀輕卻懂得禮數。等到西門慶正式見到李瓶兒之時，一見便驚為天人，第 13 回中：

> 他（花子虛）渾家李瓶兒，夏月間，戴著銀絲鬐髻，金鑲紫瑛墜子，藕絲對衿衫，白紗挑線鑲邊裙，裙邊露出一對紅鴛鳳嘴尖尖趫趫小腳，立在二門裡臺基上。那西門慶三不知走進門，兩下撞了簡滿懷。這西門慶留心已久，雖故庄上見了一面，不曾細玩。今日對面見了，見他生的甚是白淨，五短身材，瓜子面皮，生的細灣灣的兩道眉兒，不覺魂飛天外，忙向前深深的作揖。婦人還了萬福，轉身入後邊去了。

由此可知，李瓶兒也有一雙「尖趫」的小腳，不過李瓶兒真正吸引西門慶的倒不是那一雙小腳，而是身體上的「白淨」，潘金蓮就曾因為西門慶留戀李瓶兒的「白」，還故意也將身上抹粉變白，在第 29 回中便說：

> 原來婦人因前日西門慶在翡翠軒誇獎李瓶兒身上白淨，就暗暗將茉莉花蕊兒攪酥油定粉，把身上都搽遍了，搽的白膩光滑，異香可愛，欲奪其寵。西門慶見她身體雪白，穿著新做的兩隻大紅睡鞋。

雖然西門慶愛的是李瓶兒身上的白，但李瓶兒對自己的裙下雙彎仍是十分重視的，由她鞋櫃中有百十雙鞋，可以看出李瓶兒不只富有，而且還十分重視自己腳下蓮鞋的替換。在李瓶兒在世時作者並沒有刻意說出這一點，反而是在她過世之後，大家幫她找鞋當作作終鞋腳時，才側面點出李瓶兒蓮鞋之多與對蓮鞋的重視，在詞話本第 62 回中：

> 李嬌兒因問：「尋雙甚麼顏色鞋，與他穿了去？」潘金蓮道：「姐姐，他心裡只愛穿那雙大紅遍地金鸚鵡摘桃白綾高底鞋兒，只穿了沒多兩遭兒。倒尋那雙鞋出來，與他穿了去罷。」吳月娘道：「不好。倒沒的穿上陰司裡好教他跳火炕。你把前日門外往他嫂子家去，穿的那雙紫羅遍地金高底鞋，也是扣的鸚鵡摘桃鞋，尋出來與他裝綁了去罷。」這李嬌兒聽了，走來向他盛鞋的四個小描金箱兒找，約百十雙鞋，翻遍了都沒有。迎春說：「俺娘穿了來，只放在這裡。怎的沒有？」走來廚下問繡春。繡春道：「我看見娘包放在坐廚里。」扯開坐廚子尋，還有一大包，都是新鞋。尋出來了，眾人七手八腳都裝綁停當。

在文本中作者雖不常強調李瓶兒的金蓮之美，但在此處點出其擁有蓮鞋的數量之多，可見李瓶兒也是一個相當用心打理小腳的人，她不像潘金蓮常以自己的小腳自傲的在人前展示，不過她對自己蓮鞋的講究與樣式的翻新，都是不容忽視的。

西門慶這一妻五妾,作者在形容個人的小腳時,在比重上是相當不均勻的,潘金蓮的小腳是最常被提及的,也是作者刻意要去書寫的;其次是孟玉樓與李瓶兒,孟玉樓在他剛出場的那幾回,她的小腳也常常的被寫及,而李瓶兒則注重其對蓮鞋的收藏量的繁多,其它吳月娘、李嬌兒與孫雪娥就絕少被提及了,因為在潘金蓮的面前,大家的小腳都相形失色了,作者也有意營造潘金蓮藉由「三寸金蓮」這個性資本,擄獲西門慶的寵愛以期自己能在西門家橫行。

二、女婢與僕婦

在西門家中有著為數不少的女婢和僕婦,女婢有玉簫、小玉、元宵、夏花兒、蘭香、小鸞、翠兒、中秋、春梅、秋菊、迎春與繡春等;僕婦有來旺之妻宋蕙蓮、來保之妻惠祥、來爵之妻惠元、來招之妻一丈青、賁四之妻賁四娘子、韓道國之妻王六兒以及奶媽如意兒。在其中和西門慶有過性關係的,主要有春梅、宋蕙蓮、王六兒與如意兒,這四人在小說中都有著小腳的記載。

龐春梅原是吳月娘房中的丫頭,在潘金蓮嫁到西門家之後,「西門慶把春梅叫到金蓮房內,令他伏侍金蓮,趕著叫娘。卻用五兩銀子另買個一個小丫頭,名喚小玉,伏侍月娘。」(第9回)又替潘金蓮花了六兩銀子另買了一個上灶丫頭,名喚秋菊。於是當潘金蓮一進西門慶的家門,便有春梅和秋菊兩個丫頭服侍她,不過這兩個丫頭中,由於春梅比較聰明又善於應對,對於剛進門的潘金蓮而言,如果能夠得到春梅的忠心,她絕對會是個絕佳的幫手,不僅能幫她打探消息攻擊孫雪娥及其他女性,還能幫她合力攏絡西門慶的心,要贏得春梅的忠心,潘金蓮最直接的動作就是幫春梅纏起了小腳,在第 10回中寫道:

> 西門慶叫春梅到房中,收用了這妮子。正是:「春點杏桃紅綻芷,風欺楊柳綠翻
> 腰。」潘金蓮自此一力擡舉他起來,不令他上鍋抹灶,只叫他在房中鋪床疊被,
> 遞茶水,衣服首飾,揀心愛的與他,纏得兩隻腳小小的。原來春梅比秋菊不同,
> 性聰慧,喜謔浪,善應對,生的有幾分顏色,西門慶甚是寵他。秋菊為人濁蠢,
> 不諳事體,婦人常常打的是他。正是:「燕雀池塘語話喧,蜂柔蝶嫩總堪憐。雖
> 然異數同飛鳥,貴賤高低不一般。」

潘金蓮願意幫春梅纏小腳,對春梅而言是天大的恩惠,因為這個動作預告著她身份的即將轉變,再加上西門慶對她的寵愛,讓她覺得自己早已經不是一般的女婢,已經是一個「準妾」的身分。即便春梅之後並沒有成為西門慶的小妾,不過潘金蓮幫她纏的小腳,還是讓春梅被趕出西門家再次面臨被買賣的時候,可以被買賣成周守備的小妾,而不是女

婢；在這一點我們可以從孫雪娥的命運中得到反證，孫雪娥在逃出西門家時，再被賣賣時身分是不斷下降的，原本她在西門家是一個小妾，但她再被買賣時卻只能成為他人的女婢或娼妓；春梅的再次被買賣，她的身分得到了一種提昇，從原本西門家的「女婢」變為周守備的「寵妾」，而孫雪娥則相反，她由西門慶的「妾」變為守備府的「女婢」，最後又被轉賣為倚門賣身的「娼妓」。這種身份的上升與下降，腳的大小也許是決定的關鍵，孫雪娥的大腳決定了她再被轉賣時，只能成為女婢或娼妓的身分，春梅的小腳卻使她能被周守備看中，入門即成為備受寵愛的姨娘。對春梅來說，當初幫她纏腳的潘金蓮是她最大的恩人，再加上潘金蓮確實對她不錯，她自然也對潘金蓮推心置腹、忠心耿耿，直到潘金蓮死後依然如此。

　　不過，讓人好奇的是，當春梅纏足的時候，她的腳骨早已定型，又是如何能纏成「尖趫」的小腳呢？其實在明清時代，除了一種在小時趁腳骨未長好之前就纏足的方法之外，還有一種「纏足速成法」，主要借助藥物的幫助，相傳威靈仙即是速成纏足的絕佳藥物。在《滇黔上司婚禮記》中即云：「長官家女有縛足者，民聞多不縛，便于工作也。其縛也甚易，山中有草曰威靈仙者，取其根汁煎灌之，不數日而步步金蓮矣。」[4]另外在《弁而釵》中〈情奇紀〉第3回中也記錄這種纏足速成的方法：

> 對匡子道：「倒也依稀似個女身。只是腳大耳無眼孔，如之奈何？」匡子道：「這個一發不難，只要你肯，我到劉鶴家軟骨丹買兩服來，連洗數次，不消一月，便小了。耳多只消兩個銅錢，買副耳箝，七日變通竅了。」摘凡道：「一惟遵命而行便是。」匡子大喜，連備二物。果然不上二月，腳已小，而耳已穿。頭髮梳服，規模習成，真是裙拖六幅瀟湘水，髻挽巫山一段雲。比之女子，更勝十倍。匡子狂喜不勝。

一般來說，要幫腳骨已經定型的人纏足，一定要先用軟骨散或其他藥物，將雙腳刷洗與浸泡一些時間，讓雙腳的骨頭變軟或者軟爛，讓腳上的骨肉先爛小，再使用布帛纏裹才會使大腳變小腳，才能在短時間內「纏的兩隻腳小小的」。當潘金蓮幫春梅纏腳的時候，春梅早已過了纏足的最佳年紀，雙腳早已長成定型了，這時也只能用這個藥物的纏足速成法，才能使春梅有一雙「尖趫」的小腳。

　　接著再來看看宋蕙蓮的小腳。宋蕙蓮的出現對潘金蓮來說，是一個莫大的威脅，因為她擁有一雙比潘金蓮還要小、還要美的金蓮小腳。宋蕙蓮是賣棺材宋仁的女兒，原本嫁給蔣聰為妻，又與來旺有私，後來蔣聰被人打死之後，她就嫁與來旺為妻，以僕婦的

4　陳鼎：《滇黔上司婚禮記》，見《香豔叢書1》，頁380。

身分進入了西門家,在第22回中云:

> 後來,來旺兒哄月娘,只說是小人家媳婦兒,會作針指。月娘使了五兩銀子,兩
> 套衣服,四疋青紅布,并簪環之類,娶與他為妻。月娘因他叫金蓮,不好稱呼,
> 遂改名蕙蓮。這個婦人小金蓮兩歲,今年二十四歲,生的白淨,身子兒不肥不瘦,
> 模樣兒不短不長,比金蓮腳還小些兒。性明敏,善機變,會粧飾,就是嘲漢子的
> 班頭,壞家規的領袖。若說他底本事,他也曾:「斜倚門兒立,人來側目隨。托
> 腮並咬指,無故整衣裳。坐立頻搖腿,無人曲唱低。開窗推戶牖,停針不語時。
> 未言先欲笑,必定與人私。」

可知宋蕙蓮的原名為「宋金蓮」,和潘金蓮同名,應當也是因其「纏得一雙好小腳」的
緣故,吳月娘因她和潘金蓮同名「不好稱呼」,就將她改名為「蕙蓮」。宋蕙蓮在《金
瓶梅》中就像彗星般光輝而短暫,從22回進入西門家到26回自縊身亡,宋蕙蓮在這短
暫的5回中完全佔據了西門慶的心,使潘金蓮不得不除之而後快。宋蕙蓮的小腳是她吸
引西門慶的利器,卻也是使她致死的原因——潘金蓮是不容許有另一個小腳比她美的女
人,存在於西門家中與她爭寵。

宋蕙蓮面對著潘金蓮的敵意,卻依然表現的十分天真,她全然不覺得自己可能因為
這雙小腳而惹來殺身之禍,相反的,還盡可能的去炫耀自己的這雙小腳比潘金蓮還美、
還小,第23回中,她與西門慶偷情時,就說自己的小腳比潘金蓮還小、還周正:

> 西門慶道:「我兒,不打緊,到明日替你買幾錢的各色鞋面。誰知你比你五娘腳
> 兒還小!」婦人道:「拿甚麼比他!昨日我拿他的鞋略試了試,還套著我的鞋穿。
> 倒也不在乎大小,只是鞋樣子周正纏好。」金蓮在外聽了:「這個奴才淫婦!等
> 我再聽一回,他還說甚麼?」

宋蕙蓮最直接炫耀自己小腳的方式,就是套著潘金蓮的鞋子穿。向人宣示著她的小腳可
是西門家第一,在第24回元宵節放炮障時,她當著眾人的面將她套著潘金蓮的事情展示
出來,讓潘金蓮非常下不了臺:

> 那宋蕙蓮……一回又落了花翠,拾花翠;一回又吊了鞋,扶著人且兜鞋;左來右
> 去,只和敬濟嘲戲。玉樓看不上,說了兩句:「如何只見你吊了鞋?」玉簫道:
> 「他怕地下泥,套著五娘鞋穿著哩!」玉樓道:「你叫他過來我瞧,真個穿著五娘
> 的鞋兒?」金蓮道:「他昨日問我討了一雙鞋,誰知成精的狗肉,套著穿!」蕙
> 蓮摳起裙子來,與玉樓看。看見她穿著兩雙紅鞋在腳上,用紗綠線帶兒扎著褲腿,

一聲兒也不言語。

宋蕙蓮因得知潘金蓮與陳敬濟有曖昧，故在元宵節時故意陳敬濟調笑，甚或張揚的將潘金蓮的鞋套在自己的鞋子外面，顯示自己的腳比潘金蓮還要小許多，宋蕙蓮對於自己的小腳是十分驕傲的，她覺得「金蓮」之名，只有她是實至名歸的。她處處展示自己的小腳來和潘金蓮做比較，卻不曾意識到已經得罪了潘金蓮，得罪了心狠手辣的潘金蓮，死亡將是她最終的歸宿。

　　僕婦中另一個擁有美麗小腳的女性是王六兒，王六兒是韓道國的妻子，是一個凡是以「利益」為觀點出發的女性，她將婦女的貞節視若無物，高越峰稱她為「賣淫者的典型」，其《金瓶梅人物藝術論》一書中說道：

> 王六兒在《金瓶梅》中是個賣淫者的典型。她的全部思想說明：在資本主義因素開始萌芽的明代後期，金錢、物質作為一種社會力量，它在衝擊著封建的道德、倫理觀念。一切良心、廉恥無不受著金錢、物質的支配。[5]

這一點在王六兒對韓道國說自己已經與西門慶私通時，更能明顯看出，而這一對夫妻的對話更耐人尋味的，在第 38 回中：

> 老婆如此這般，把西門慶勾搭之事，告訴一遍……婦人道：「這不是有了五十兩銀子，他到明日，一定與咱多添幾兩銀子，看所好房兒。也是我輸了身一場，且落得他些好供穿戴。」韓道國道：「等我明日往舖子裡去了，他若來時，你只推我不知道，休要怠慢了他，凡事奉他些兒。如今好容易撰錢，怎麼趕的這箇道路！」老婆笑道：「賊強人，倒路死的！你到會吃自在飯兒，你還不知道老娘怎樣受苦哩！」兩個又笑了一回，打發他吃了晚飯，夫妻收拾歇下。

從一開始韓道國夫妻就是以從西門慶身上得到好處為目的，和西門慶維持著好關係，王六兒在西門慶生前，也確實是「凡事奉他些兒」，使西門慶從開始到死前都一直和王六兒保持著性關係上的交往。王六兒究竟長相如何，讓西門慶一見就起心搖目蕩？在第 37回中西門慶因要為翟管家找妾，經由媒婆介紹要去看王六兒的女兒韓愛姐，才進入韓家門他便盯著王六兒：

> 良久，王六兒引著女兒愛姐出來拜見。這西門慶且不看他女兒，不轉睛只看婦人。見他上穿著紫綾襖兒玄色段紅比甲，玉色裙子下邊顯著趫趫的兩隻腳兒。生的長

5　高越峰：《金瓶梅人物藝術論》（濟南：齊魯書社，1989），頁 129。

> 挑身材，紫膛色瓜子臉，描的水鬢長長的。……西門慶見了，心搖目蕩，不能定
> 止，口中不說，心中暗道：「原來韓道國有這一個婦人在家，怪不的前日那些人
> 鬼混他。」

可見王六兒應當是頗有些姿色的，再加上擁有一雙「趫趫」的小腳，真讓西門慶魂飛天
外、心神搖蕩，急急的透過馮媽媽來試探王六兒。再加上王六兒有意的奉承與順從，西
門慶在性遊戲上更是將她當作最佳的試驗品，在第一次偷情時西門慶就帶了淫器包去。
在性行為中西門慶總是要享受著主導的樂趣，王六兒的逆來順受讓他更充分享受著當主
人的樂趣，任意擺佈著王六兒。王六兒自然也是看透了他這種心理，更是屈意奉承讓西
門慶為所欲為，這樣的性關係下，西門慶便更大膽的只要有任何新的玩意兒就會來找王
六兒試驗，在得到胡僧藥時西門慶第一個想到的女人就是王六兒，碰巧王六兒又剛好找
人來請他：

> 且說西門慶送了胡僧進來，只見玳安悄悄說道：「頭裏韓大嬸使了他兄弟來請爹，
> 說今日是他生日，請爹好歹過去坐坐。」西門慶得了胡僧藥，心裡定要去和婦人
> 試驗，不想來請，正中下懷。即吩咐玳安備馬，使琴童先送一罈酒去。於是逕走
> 到潘金蓮房裡取了淫器包兒，便衣小帽，擎著眼紗，玳安跟隨，逕往王六兒家來。
> （第50回）

除了使用淫器和試藥之外，西門慶還要求在王六兒的身上燒香疤，對女性而言這是一種
疼痛的性方式，不過王六兒為了能得到西門慶這個財主的贈與，在表面上依然表現出欣
然接受的姿態。老實說王六兒在與西門慶性交的過程中，常要忍受許多的痛苦，除了要
當試驗品與燒香疤之外，在性交時西門慶也總喜歡將王六兒的雙腳「用腳帶弔在床頂
上」，這和潘金蓮之吊葡萄架有異曲同工之妙。伯龍〈玉蠶紅繭記〉中言由解開腳帶懸
吊的方式，可知王六兒與潘金蓮的蓮膚之美，腳上定少纏足留下的醜陋疤痕：

> 閒嘗與好友談金瓶梅說部，以小腳著稱，其蓮膚之美者，端屬潘五王六二人。或
> 問以何為證。曰：西門慶嘗除去二人腳帶，懸以為戲，設或瘢疤遍膚，意興當必
> 索然矣。[6]

可知文本中雖只言王六兒有雙「趫趫」的小腳，由懸吊方式則可知王六兒的蓮膚定也不
遜色，其小腳也為西門慶喜愛之處。不過，王六兒是以「利益」為出發，和西門慶交往

6　伯龍：〈玉蠶紅繭記〉，《采菲錄續編》，頁157。

的，當西門慶還能給予她金錢與贈與時，她自然是竭力的奉承，不論身體遭受何種待遇，她都能忍受；相反的，當西門慶過世之後，她再也不能由他身上獲得利益時，「捲款潛逃」是她夫妻倆從西門家大撈一筆的最後機會，他們自然不會輕易放棄。

如意兒原是西門慶請回來帶官哥兒的奶媽，在官哥死後，李瓶兒仍然留她在房中，直到李瓶兒死後，西門慶乃留她在李瓶兒房中為李瓶兒守靈。西門慶在李瓶兒剛死時候，晚夕還常來李瓶兒房中，要伴靈歇宿，看著李瓶兒穿過的「一對小小金蓮鞋」，西門慶不禁悲從中來，如意兒常在跟前「遞茶遞水，挨挨搶搶，掐掐捏捏」，就在一個偶然的機會下：

> 如意兒便來遞茶。因見被拖下炕來，接過茶盞，用手扶被，被西門慶一時興動，摟過脖子就親了個嘴，遞舌頭在他口內。老婆就咂起來，一聲兒不言語。西門慶令脫去衣服上炕，兩個摟接在被窩內，不勝歡娛，雲雨一處。……次日，老婆早辰起來，與西門慶挈鞋腳，疊被褥，就不靠迎春，極盡慇勤，無所不至。西門慶開門尋出李瓶兒四根簪兒來賞他，老婆磕頭謝了。迎春知收用了他，兩個打成一路，老婆目恃得寵，腳跟已牢，無復苦求於人，就不同往日，打扮喬眉喬樣，在丫鬟夥兒內，說也有，笑也有。早被潘金蓮看在眼裡。（第65回）

其實對如意兒而言，此時惟有讓西門慶收用才能讓她繼續在西門家的生活，她是以奶媽的身分進入西門家，她當時「年三十歲，新近丟了孩子，不上一個月，男子漢當軍，過不的。恐出征去無人養贍，只要六兩銀子要賣它。月娘見他生的乾淨」就留她在西門家當官哥兒的奶娘。按理說當官哥兒死後，家裡留她已經無用，但是李瓶兒卻依然留她在身邊服侍，直到李瓶兒也死了，如意兒真為自己的處境尷尬，她唯一的靠山李瓶兒已經倒了，她只有再尋另一個靠山——西門慶，以使得自己能「有人養贍」。

如意兒生得十分乾淨，這是吳月娘相中她當奶媽的原因，而她的白淨，也是西門慶移情的所在。西門慶在李瓶而死後傷心不已，如意兒在這個時候成為李瓶兒的替身，在詞話本第67回中：

> 西門慶說：「我兒，你原來身體皮肉也和你娘一般白淨，我摟著你，就如同和他睡一般。你須用心伏侍我，我看顧你。」老婆道：「爹沒的說，將天比地，折殺奴婢，拿甚麼比娘？奴婢男子漢已沒了，早晚爹不嫌醜陋，只看奴婢一眼兒就夠了。」……早晨起來，老婆先起來伏侍拿鞋襪，打發梳洗，極盡慇勤，把迎春、繡春打靠後。又問西門慶討蔥白紬子，做披襖兒與娘穿孝。西門慶一一許他。叫小廝舖子裡挈三疋蔥白紬來：「你每一家裁一件。」以此見他兩三次，打動了心。

瞞著月娘，背地銀錢、衣服、首飾甚麼不與他。

西門慶收用如意兒，一方面逞了自己的獸慾；另一方面如意兒的白淨肌膚，讓他對如意兒有了移情作用，藉以舒緩失去李瓶兒的傷痛，讓西門慶覺得摟著如意兒就像摟著李瓶兒一樣，在第 75 回中他依然如此對如意兒說：「我的兒，你達達不愛你別的，只愛你這好白淨皮肉兒，與你娘一般樣兒。我摟著你就如同摟著他一般」。而在如意兒方面，她並不在意自己是李瓶兒的替身，因為她和西門慶的性關係，讓她得到許多物質上的實際贈與，例如三疋蔥白紬子、四根簪兒、金赤虎、還有半個紅段子，這半個紅段子西門慶要如意兒作一件小衣兒外，再做一雙「紅段子睡鞋」，這睡鞋是纏足女子晚間穿的鞋兒，可知如意兒是纏裹小腳的，她其它的鞋子還有「蔥白段子紗綠高底鞋兒」和「紗綠路紬白綾高底鞋兒」等。不過，因為如意兒是以李瓶兒替身的身分，成為西門慶的性伴侶，在文本中多強調其與李瓶兒相似的「身體皮肉白淨」，而並不十分強調其小腳的美麗，但讀者仍可以從如意兒的裝扮中，得知他是纏裹著小腳的。

三、妓女

在西門慶與幫閒們的應酬，妓女占相當重要的地位，石昌渝在討論《金瓶梅》中的妓女時發現，《金瓶梅》中的都是清河縣的以賣皮肉為主的小妓女，而且多是家族事業：

> 《金瓶梅》的作者似乎什麼也不願意遮飾。他寫的李桂姐以及她的青樓姐妹，都是清河縣城後巷里的小妓女，這些妓女一概沒有令人洒淚的落難史，她們的家庭多半就是賣唱賣笑的世家，她們沒有半點的忸怩就加入到這個古老又時興行業中來，至少在作品中，她們沒有改變這種骯髒生活的企圖，只是一心一意地多接客多賺錢，為了維持生意的興隆，巴結著官府和地方豪強，與同行的姊妹進行緊張的競爭。[7]

《金瓶梅》中和西門慶比較親密的妓女，主要有李桂姐、吳銀兒與鄭愛月，在時間的出現與西門慶寵愛的早晚，也以李桂姐最早，吳銀兒居中，鄭愛月最後，這三人可為《金瓶梅》中妓女的代表人物，分別見證了西門家的興盛與衰敗。

李桂姐是李嬌兒的姪女兒，是李家妓院中的紅牌，她是藉由應伯爵介紹給西門慶的，在第 1 回中應伯爵向西門慶說到李桂姐：

> 西門慶因問道：「你這兩日在那裡來？」伯爵道：「昨日在院中李家瞧了箇孩子

---

7 石昌渝、尹恭弘：《金瓶梅人物譜》（南京：江蘇古籍出版社，1988），頁 150。

兒，就是哥這邊二嫂子的姪女兒桂卿的妹子，叫做桂姐兒。幾時兒不見他，就出
落的好不標緻了。到明日成人的時候，還不知怎的樣好哩！昨日他媽再三向我說：
『二爹，千萬尋箇好子弟梳攏他。』敢怕明日還是哥的貨兒哩！」西門慶道：「有
這等事！等咱空閑了去瞧瞧。」謝希大接過來道：「哥不信，委的生得十分顏色。」

應伯爵這類的幫閑，主要的工作就是陪著西門慶找樂子，以便在其中得到吃喝玩樂的機
會，而妓院和這類的幫閑是存有一種互惠關係的，根據陶慕寧《金瓶梅中的青樓與妓女》
一書的研究，幫閑的「身分在可上可下之間……是完全有能力促成主人與某個妓女的交
易，也完全有能力破壞這種交易」[8]，「幫閑頻繁往來於某一妓院，往往能夠說明該妓院
生意興隆、粉頭標緻。沒有哪一家青樓希望自己門前冷落，所以幫閑在不知不覺之中，
又往往為妓院盡了作廣告的義務」[9]，所以在嫖客、幫閑與妓女之間，有著相當微妙的依
存關係。嫖客需要幫閑幫他尋找可愛的粉頭以及玩樂的場所，幫閑則需要嫖客這個大主
顧來供給衣食，妓女也需要幫閑來幫她做廣告，來招攬生意。在這裡應伯爵作為西門慶
最得力的幫閑，正在為西門慶仲介李桂姐，來為李家妓院作宣傳，使自己也能從中得到
玩樂的機會。

　　在應伯爵的介紹之下，西門慶的確梳攏了李桂姐，在西門慶的眼中李桂姐也確實生
得十分標緻、十分顏色，讓他留連在李桂姐身邊「約半月不曾來家」，而冷落了在家中
苦等他的潘金蓮，以至潘金蓮與琴童私通，演出另一段故事。李桂姐除了具有姿色之外，
還有妓女交際應酬和吹彈歌舞的本事，常讓西門慶歡喜的沒入腳處。在李桂姐深得西門
慶寵愛，相當風光的那一陣子，西門慶對她的要求幾乎有求必應，甚至為了讓她高興，
還逼著潘金蓮剪下頭髮，讓李桂姐放在鞋底日日踩踏。因為李桂姐與李嬌兒的關係，她
和其他妓女相比和西門家的關係十分親近，常在西門家走動，這也是李嬌兒十分樂見的，
最後李桂姐竟拜吳月娘作乾娘，使得關係更加密切。雖然李桂姐拜了吳月娘為乾娘，但
在實際的身分上她仍然是一個妓女，仍然要陪著西門慶與應伯爵飲酒作樂，有一次她在
吳月娘房裡，應伯爵仍纏著西門慶要他叫李桂姐出來作樂，李桂姐也只好依從：

于是向月娘鏡臺前，重新粧照打扮出來。眾人看見他頭戴銀絲鬏髻，周圍金纍絲
釵梳，珠翠堆滿。上著藕絲衣裳，下著翠綾裙。尖尖趫趫一對紅駕。粉面貼著三
個翠面花兒，一陣異香噴鼻。（第 32 回）

8　陶慕寧：《金瓶梅中的青樓與妓女》（北京：文化藝術出版社，1993），頁 56。
9　陶慕寧：《金瓶梅中的青樓與妓女》，頁 57。

重新梳妝過的李桂姐，自然美艷非凡，除了衣飾上的光彩奪目之外，那一對「尖尖趫趫的紅鴛」更是可愛。一般來說，妓院與妓院之間存有生意上的競爭，而且競爭的十分激烈，在《金瓶梅》中由李桂姐與吳銀兒的競爭中就可窺見，每家妓院為了能招攬更多的生意，只好極力打扮和培養手底下的妓女，在當時「以腳小為美」的時代，這些妓院家庭事業中出身的妓女，對於裙下雙彎是十分重視的。有的鴇母在妓女到了纏足的年齡，就會請專業的腳婆來幫她們纏腳，在虞麓醉翁《賽金花傳》中就言：

> 當時批評美人的標準，除面貌體態之外，就在于一雙腳。……只要一雙腳裏的好，人家總說某人相貌長的平常，那一雙腳卻玲瓏可愛，不易多得呢。趙母一見彩雲，已到了纏腳的時期，便東也打聽，西也訪求，欲覓一個善于纏腳的人，因為纏腳的的式樣好壞，全憑纏者的經驗和手術，結果居然訪到了一個著名的金蓮太太。這老婦纏足的手術，當時全蘇州允推獨步，人家因為她善裏三寸金蓮，就送她一個金蓮太太的雅號。據說，蘇州有不少著名的小腳女人，都是出於她的法手。她的裏足，是因材施教，須先看了小女子的腳樣，宜于新月的，就裏新月。宜于弓的，便裏弓形。一經她的估定，無不著手成形。她竟以此做他專門的營業。[10]

在纏足盛行的時代，像「金蓮太太」這樣的腳婆，是一種專門的職業，許多能纏得好小腳的女人，多以此為謀生之具，甚至有的大家氏族也會請她們，「有以纏足為業之婦嫗，此輩操技絕精，經其纏裏，收效甚速，痛苦甚少，而式樣又甚巧，故縉紳大家皆常年僱用料理纏事。」[11]有的妓院的鴇母本身就是一個專業的腳婆，替自己手下的雛妓親自纏足，在禮蓮居士〈瓊鈎憶語〉中講述阿翠「值所喬稱之外祖母，乃專以養雛兒為生活者。對於纏足，別擅不傳之秘，僅兩三年，蓮型之美，無出其右。」[12]一般來說，明清時代自小在妓院長大的妓女，通常都會在鴇母的安排下纏裏一雙小腳，李桂姐自小在李家妓院長大，自然有著一雙「尖趫」的小腳，詞話本《金瓶梅》在第 52 回中，便說李桂姐有一雙「剛半扠，恰三寸，好錐靶，賽藕芽，步香塵，舞翠盤，千人愛，萬人貪，兩隻小小金蓮」的小腳。李桂姐這一雙恰半扠的三寸金蓮，是「千人愛、萬人貪」，自然也十分贏得西門慶的歡心，讓西門慶有很長的一段時間對李桂姐十分疼愛，其疼愛的程度甚至遠遠超出李嬌兒，由「央留夏花兒」這件事情便可看出。不過，西門慶忘了一件事，李桂姐始終不是他的妻妾，他是沒有權利要求她從一而終的，即便最初梳攏李桂姐的是

---

10 鄒英：〈蒔菲續談〉，《采菲錄四編》，頁 160-161。
11 鄒英：〈蒔菲閑談〉，《采菲錄續編》，頁 196。
12 禮蓮居士：〈瓊鈎憶語〉，《采菲錄三編》，頁 104。

西門慶，但李桂姐始終要為自家妓院的生計著想，不可能只接西門慶這一個客人，於是當西門慶三番兩次發現李桂姐接別的客時，心中對她的喜愛也就逐漸消失了。

　　吳銀兒與李桂姐一向是競爭的對手，當李桂姐拜吳月娘為乾娘時，她也聽從應伯爵的建議，馬上也拜李瓶兒為乾娘，唯恐自己失去生意上的優勢。她是為了自家生計才拜李瓶兒為乾娘，但李瓶兒卻待她不薄，甚至在她死後還特地留下東西與吳銀兒，但吳銀兒在李瓶兒身體不舒服時，卻不曾探望過她，連吳月娘和孟玉樓都覺得看不過去。吳銀兒在李桂姐受寵時，便將李桂姐當作主要競爭的對手，當李桂姐失去西門慶的寵愛後，鄭愛月成為西門慶新寵時，競爭的對手就從李家妓院轉為鄭家妓院，有一次當吳銀兒得知西門慶在鄭愛月家，還主動送茶來請西門慶喝，只是為了要得到陪酒賺錢的機會，在詞話本第 68 回中道：

> 原來吳銀兒就在鄭家後邊住，止隔一條巷。聽見西門慶在這裡吃酒，故使送茶。西門慶喚入裡面，吳惠、臘梅先磕了頭，說：「銀姐使我送茶來與爹吃。」揭開盒兒，斟茶上去。……西門慶吃了茶，賞了他兩個三錢銀子。即令玳安同吳惠：「你快請銀姨去。」……不一時，吳銀兒來到。頭上戴著白縐紗鬏髻、珠子箍兒、翠雲鈿兒，周圍撇一溜小簪兒，耳邊戴著金丁香兒；上穿白綾對衿襖兒，粧花眉子；下著紗綠潞紬裙，羊皮金滾邊；腳上墨青素緞雲頭鞋兒。笑嘻嘻進門，向西門慶磕了頭，後與溫秀才等各位都道了萬福。

在這裡吳銀兒特地選了以綠色為主調的服飾，連金蓮鞋都特地穿「墨青素緞雲頭鞋」，甚至還帶著白鬏髻，喬裝出一副替李瓶兒帶孝的模樣，來討西門慶的歡心。吳銀兒自小就出生妓院，在妓院中成長，自然和李桂姐一樣有一雙小腳，這是她們吸引客人的必備之物。

　　鄭愛月在《金瓶梅》的後半部，是最得西門慶喜愛的妓女。她和李桂姐、吳銀兒一樣，都是在妓院的環境中長大的，也十分美麗且纏有一雙小腳兒，在詞話本第 59 回中當西門慶見到鄭愛月時：

> 西門慶坐下，看見上面楷書「愛月軒」三字。坐了半日，忽聽簾攏響處，鄭愛月兒出來：不戴鬏髻，頭上挽著一窩絲杭州攢，梳的黑鬒鬒光油油的烏雲；露著四鬢，雲鬢堆縱猶若輕煙密霧，都用飛金巧貼；帶著翠梅花鈿兒，周圍金累絲簪兒齊插，後鬢鳳釵半卸；耳邊帶著紫瑛石墜子；上著白藕絲對衿仙裳，下穿紫綃翠紋裙，腳下露一雙紅鴛鳳嘴；胸前搖珊瑚寶玉玲瓏；正面貼三顆翠面花兒，越顯那芙蓉粉面；四周圍香風縹紗，偏相襯楊柳纖腰。正是：若非道子觀音畫，定然

延壽美人圖。

在詞話本第 77 回中，對鄭愛月裝扮也做了細節的描寫：

> 先是鄭愛香兒出來相見了，遞了茶，然後愛月兒纔出來。頭挽一窩絲杭州攢，翠
> 梅花鈿兒，金鈒鈒梳，海獺臥兔兒。打扮的霧鬢雲鬟，粉妝玉琢。上穿白綾襖兒，
> 綠遍地錦比甲，下著六幅湘紋裙子。高高顯一對小小金蓮，猶如新月，狀若蛾眉；
> 好似羅浮仙子臨凡境，巫山神女降世間。

可知鄭愛月在裝扮與姿色上，也是十分講究與華美，她的那一雙小腳在形象上宛如「新
月」、「娥眉」，應當是一雙尖尖彎彎十分美麗的了。其實，鄭愛月深得西門慶的寵愛，
主要是她不像李桂姐一般恃寵而驕，甚至她為了體貼西門慶的心意，還主動向西門慶提
供結識林太太的方法。

在《金瓶梅》中纏足的女子很多，除了以上介紹的西門慶妻妾、女婢、僕婦和妓院
的妓女之外，還有林太太、韓愛姐以及楚雲等。一般來說，《金瓶梅》中的小腳多符合
「瘦小尖彎香軟正」的標準，在尺寸上，仍以三寸或半扠為主，讓男人能夠一手掌握的把
玩；在形象上，多以尖趫為主，以期像新月、娥眉般又瘦、又尖、又趫、又彎，看來才
覺無限可愛盡在不言中；在觸覺上，自然是不脫香軟的要求，如果一雙臭腳，自然會大
殺風景；在整體上，小腳還是要符合周正的要求，即如宋蕙蓮言「周正才好」。這樣一
雙雙「瘦小尖彎香軟正」的美金蓮，每每讓西門慶銷魂愛之無限，也耗盡了自己的精力
去淫人妻女，自己也獲得了淫死的下場，無怪乎作者言「羅襪一彎，金蓮三寸，是砌墳
時破土的鍬鋤；枕上綢繆，被中恩愛，是五殿下油鍋中生活」。

第二節　蓮鞋與製鞋

《金瓶梅》中女性角色眾多，所穿的金蓮鞋也有許多不同的樣式，根據張金蘭的歸納，
在妻妾方面，吳月娘的蓮鞋有「金紅鳳頭高底鞋」、「紫遍地金扣花白綾高底鞋」、「玉
色緞高底鞋」；孟玉樓有「大紅鞋兒」、「大紅遍地金雲頭白綾高底鞋」、「桃紅素羊
皮金滾口高底鞋」、「大紅綾子繡鞋」；潘金蓮有「大紅鞋兒」、「山牙老鴉雲頭白綾
高底鞋」、「老鴉緞子鞋」、「繡花鞋」、「大紅緞子白綾高底鞋」、「白綾高底羊皮
金雲頭鞋」、「睡鞋」、「高底鞋」、「大紅繡花鞋」、「大紅平底鞋」、「紗綢子睡
鞋兒，大紅提跟」、「白綾平底鞋兒，鞋尖兒上扣繡鸚鵡摘桃」、「粉紅花羅高底鞋」、
「大紅緞子新鞋」；李瓶兒有「大紅鞋兒」、「淺藍玄羅高底鞋兒」。

在女婢與僕婦方面，王六兒的蓮鞋有「老鴉緞子羊皮金雲頭鞋兒」、「老鴉緞子紗綠所線的平底鞋」、「老鴉青光素緞子高底鞋兒，羊皮金緝的雲頭兒」、「大紅潞綢白綾平底鞋」；如意兒有「蔥白緞子紗綠高底鞋」、「紗羅扣花鞋兒」、「紗綠潞綢白綾高底鞋」；龐春梅有「大紅繡花白綾高底鞋」。

在妓女與其他方面，李桂姐有「大紅素緞白綾高底鞋」，吳銀兒有「墨青素緞雲頭鞋」，鄭愛月有「大紅鳳嘴鞋」，另外和西門慶有過私情的女人中，身分最高的林太太則有「老鴉白綾高抵扣花鞋兒」[13]。

這些林林總總不同的蓮鞋，反映出蓮鞋在明代流行的一些風尚。而這些美麗的蓮鞋，大多是婦人自製的，在那個時代「女紅」是婦女必修課。一般來說，婦女身上穿的衣裙、腳上踩踏的蓮鞋，大都出於自己之手，及至家中丈夫和子女的衣鞋也都是婦女一針一線縫紉出來，當時婦女幾乎每人都是家庭裡專業的裁縫師。就連西門慶這豪賈家中的妻妾也不例外，她們腳上的蓮鞋大多出於自己之手，在第29回中潘金蓮、孟玉樓與李瓶兒一起做鞋和討論蓮鞋樣式的情節：

> 話說到次日，潘金蓮早起，打發西門慶出門。記掛著要做那紅鞋，拿著針線筐兒，往翡翠軒臺基兒上坐著，描畫鞋扇。使春梅請了李瓶兒來到。李瓶兒問道：「姐姐，你描金的是甚麼？」金蓮道：「要做一雙大紅素段子白綾平底鞋兒，鞋尖兒上扣繡鸚鵡摘桃。」李瓶兒道：「我有一方大紅十樣的錦段子，也照依姐姐描恁一雙兒。我要做高底的罷。」于是取了針線筐，兩個同一處做。金蓮描了一隻丟下，說道：「李大姐，你替我描這一隻，等我後邊把孟三姐叫了來。他昨日對我說，他也要做鞋哩。」一直走到後邊。玉樓在房中倚著護炕兒，也衲著一隻鞋兒哩。看見金蓮進來，說道：「你早辦！」金蓮道：「我起來的早，打發他爹往門外與賀千戶送行去了。教我約下李大姐，花園裡趕早涼做些生活。我纔描了一隻鞋，教大姐替我描著，逕來約你同去，咱三箇一搭兒裡好做。」因問：「你手裡衲的是甚麼鞋？」玉樓道：「是昨日你看我開的那雙玄色段子鞋。」金蓮道：「你好漢！又早衲出一隻來了！」玉樓道：「那隻昨日就納了，這一隻又納了好些了。」金蓮接過看了一回，說：「你這箇，到明日使甚麼雲頭子？」玉樓道：「我不得你每小後生，花花黎黎。我老人家了，使羊皮金緝的雲頭子罷，週圍拿紗綠線鎖，好不好？」金蓮道：「也罷。你快收拾，咱去來，李瓶兒那裡等著哩。」

13　關於《金瓶梅》中女鞋的歸類，參考張金蘭：《金瓶梅女性服飾文化研究》（臺北：萬卷樓圖書公司，2001），頁96-98。

> 玉樓道：「你坐著吃了茶去。」金蓮道：「不吃罷，拿了茶，那裡吃去來。」玉
> 樓分付蘭香頓下茶送去。兩箇婦人手拉著手兒，袖著鞋扇，逕往外走。吳月娘到
> 上房穿廊下坐，便問：「你每那去？」金蓮道：「李大姐使我替他叫孟三兒去，
> 與他描鞋。」說著，一直來到花園內。三人一處坐下，拿起鞋扇，你瞧我的，我
> 瞧你的，都瞧了一遍。玉樓便道：「六姐，你平白又做平底子紅鞋做甚麼？不如
> 高底鞋好看。你若嫌木底子响腳，也似我用毡底子，卻不好？」金蓮道：「不是
> 穿的鞋，是睡鞋。他爹因我不見了那隻睡鞋，被小奴才兒偷去弄油了，吩咐教我
> 從新又做這雙鞋。」

潘金蓮因為「醉鬧葡萄架」之後，弄丟了一隻紅睡鞋，西門慶給了她一些鞋面，讓潘金
蓮再做一雙美麗的紅睡鞋，於是她就找了李瓶兒和孟玉樓一起做鞋。從這一段描寫中，
可以看到婦女日常居家的生活，一起做針黹，一起討論與閒話。

一般來說，蓮鞋的製作過程為「剪樣、選料、描花、刺繡、斲底、合幫、綻拔」[14]。
在正式作鞋之前，首先要先知道「腳樣」或「鞋樣」，指的就是「腳的大小」，如果是
幫自己做鞋自然是一定知道尺寸，但如果是幫他人做鞋，那就先要「討到對方的鞋樣兒」
才行，在第 13 回中李瓶兒想幫潘金蓮和吳月娘各做雙鞋以討好她們，就先要西門慶先想
辦法討到她們的腳樣兒：

> 婦人道：「他五娘貴庚多少？」西門慶道：「他與大房下同年。」婦人道：「又
> 好了，若不嫌奴有玷，奴就拜五娘做箇姐姐罷。到明日，討他大娘和五娘的腳樣
> 兒來，奴親自做兩雙鞋兒過去，以表奴情。」

崇禎本稱「鞋樣兒」在詞話本稱「腳樣兒」，兩個名詞是相同的。在有了鞋的尺寸剪了
大小之後，就要開始挑選製造鞋面的布料，主要是以「緞」和「綾」為主，例如在第 29
回潘金蓮就是正要做一雙「大紅光素段子白綾平底鞋」，孟玉樓則在做一雙「玄色段子
鞋」。在挑好布料之後，就要開始「描花」，鞋子主要分為「鞋幫」與「鞋底」兩部分，
「鞋幫」即是鞋面的部分，會因為製作的蓮鞋款式的不同，由不同塊「鞋扇」組成，由「左、
右」兩塊鞋扇組成的鞋幫可做「網子鞋」、「尖口鞋」、「坤鞋」及「合臉鞋」；由「前、
後左、後右」三塊鞋扇組成的鞋幫可做「方口兩截鞋」；還有直接用相連的「獨幫」做
「深尖口鞋」、「深圓口鞋」及「沒臉鞋」等。[15]

14　〈採蓮新語〉，《采菲錄初編》，頁 79。

15　關於蓮鞋的樣式，可參看寬譬齋主：〈濟南蓮事述略〉，《采菲新編》，頁 189-196。

　　婦女通常會在鞋扇上先描繪刺繡的圖案，而「鞋幫之花，多刺於尖端，及腳裡面邊緣處」[16]，像在第 29 回中潘金蓮所描畫的鞋樣就是要在鞋尖的地方扣繡上「鸚鵡摘桃」的圖案，另外在《金瓶梅》中還有繡以鳳凰或雲紋的「鳳頭鞋」及「雲頭鞋」。在描完鞋樣之後，就要開始刺繡的工作，等到所有的花樣都繡好了之後，再將鞋扇用針在逢合成完整的鞋幫，這樣鞋面的部分就大抵完成了。不過，有時還會在加上「提跟」——「縫在鞋後跟上供提鞋用的小布條」[17]，在第 58 回中就有孟玉樓、潘金蓮看西門大姐做鞋，在配色與提跟方面給西門大姐建議：

> 潘金蓮隨即叫孟玉樓：「咱送送他兩位師父去，就前邊看看大姐，他在屋裡做鞋哩。」兩箇攜著手兒往前邊來。賁四同薛姑子、王姑子去了。金蓮與玉樓走出大廳東廂房門首，見大姐正在簷下納鞋，金蓮擎起來看，卻是紗綠潞紬鞋面。玉樓道：「大姐，你不要這紅鎖線子，爽利著藍頭線兒，好不老作些！你明日還要大紅提跟子？」大姐道：「我有一雙是大紅提跟子的。這箇，我心裡要藍提跟子，所以使大紅線鎖口。」

提跟雖是為了提鞋而設，不過在顏色的配置方面，還是有它的講究。由這一段就可以看出些端倪，如果想要做紅色的提跟，在鎖口部分就不宜再用紅色線，最好用藍色或其他顏色為佳，相反的如果要做藍色提跟，其原則也是如此。

　　在做完鞋幫的部分之後，接下來就要做鞋底了，在第 29 回中潘金蓮去找孟玉樓時，孟玉樓正好在「衲鞋」——同「納鞋」，即縫鞋底。一般來說，鞋底是有許多層的，用舊布或紙張一層層的先黏貼，然後再用線「納」起來：

> 鞋底也有各種不同的做法，最常見的是把舊布洗乾淨、曬乾，再用麵粉調成漿糊塗在布上，層層相粘，一般要鋪二到三層，曬乾以後即成硬襯。將硬襯剪成鞋底的樣子，再鋪約半寸厚的碎布，最上面一層用整塊布，然後用粗粗的麻繩密密地納起來，最後將鞋面與鞋底連接，一雙手工布鞋就做成了。[18]

> 在她們靈巧的手裡，誕生了一雙雙巧妙絕倫、精美如畫的小腳繡花鞋。這種小鞋，鞋底是用「袼褙」製成的，上面佈滿了疏密有致、整齊排列的線點。這是力量與

16　《采菲錄初編》，頁 226。

17　白國維編：《金瓶梅詞典》，「提根」條，頁 520。

18　張道一：〈中國的女紅文化：母親的藝術〉，收錄在吳美雲輯：《中國女紅：母親的藝術》（臺北：漢聲雜誌社，1998），頁 45。

> 線條及智慧的最佳結合點和結合面，因而它很堅韌和牢固，它可以長久地承受地
> 面磨損而保護著主人的肉腳。[19]

這種稱為「袼褙」的鞋底製法，是「用碎布或舊布加補紙裱成的厚片」，而將鞋底一層層的黏貼、納好，不僅可以增加鞋子的耐磨力，降低鞋子的磨損程度，另一方面，鞋底納的堅固，也可以保護腳不容易受傷。

將繡好的鞋面和納好的鞋底縫合之後，一雙鞋子便算完成了，這是一雙「平底鞋」。有些婦女為了增加鞋子的美觀，使穿起來後腳會有「縮小」作用，還會額外在後跟加上高底，這樣的鞋稱為「高底鞋」，也是《金瓶梅》中女性所熱愛的樣式。「高底，削木為之，上峰下殺，略如弓形」[20]，所以又可稱為「弓底」。高底又可分為兩種：在鞋根後加上高底的，稱為「外高底」，類似現今之高跟鞋；有的婦人會在鞋內也加上一塊高底，使腳看起來更小，稱為「內高底」或「裡高底」，類似現今之隱形鞋跟，從鞋外觀上看不出有鞋跟。高底的材質主要是以木頭為主，在整雙蓮鞋中只有高底不是假於婦人之手，一般來說有專門在販賣高底的小販，「江蘇各縣，皆男子貨之，手提成串，沿街叫賣，用刀照樣修切，名曰車木底。或由貨郎兒代售。」[21]婦人喜著高底鞋，往往是因為高底鞋會使小腳看起來更小，在李漁《閒情偶寄》中便言：

> 鞋用高底，使小者愈小，瘦者愈瘦，可謂制之盡美而又盡善者矣。然足之大者，
> 往往以此藏拙，埋沒作者一段初心，是止供醜婦笑顰非為佳人助力。近有矯其弊
> 者，窄小金蓮，皆用平底，使與偽者有別，殊不知此制一設，則人人向高底乞靈。
> 高底之為物也，遂成百世不祧之祀，有之則大者亦小，無之則小者亦大。嘗有三
> 寸無底之足，而與五寸有底之鞋，同立一處，反覺四五寸之小，而三寸之大者。[22]

可見高底鞋對於小腳的尺寸，有著明顯的縮小作用，使「四寸看上去賽三寸」[23]，難怪方絢《香蓮品藻》中稱「高底」為「香蓮媚友」。有的婦人還會將高底鏤空，刻上梅花形內貯香粉，稱為「梅花底」，「所謂梅花底者，即將弓鞋之木底鏤空，坐五瓣梅花形，中實白粉，姍姍行動，步步留痕。另備小袋，預貯香粉，防其用罄，時為增益。御此種

19　楊楊：《小腳舞蹈：滇南一個鄉村的纏足故事》，頁 191。

20　鄧英：〈葑菲閒談〉，《采菲錄續編》，頁 264。

21　素女：〈木底號數（木徑尺）〉文後姚靈犀之按語，《采菲錄四編》，頁 42。

22　李漁：《閒情偶寄》（臺北：長安出版社，1979），頁 147。

23　馮驥才：《三寸金蓮》，頁 179。

鞋者，多係富貴婦女，非貧家小戶財力所能辦焉。」[24]在馮驥才《三寸金蓮》中就描寫白金寶也是用這種方式驚艷全座賓客，只是她的鞋子是鏤刻成「蓮花底」：

> 白金寶坐在凳上，把腳腕子擱在另一條腿上，輕輕一掀裙邊，將金煌煌月彎彎小腳露出來，眾人全站起身，不錯眼盯著看。白金寶一掰鞋幫，底兒朝上，原來木底子雕刻一朵蓮花，凹處都鏤空，通著裡邊。她再打底牆子上一拉，竟拉出一個精緻小抽屜，木幫，紗網做底，盛滿香粉。待眾人看好，她就把抽屜往回一推，放下腳一踩一抬，粉漏下來，就把鞋底鏤刻的蓮花清清楚楚印在地上。[25]

將高底鏤空後刻以蓮花或梅花形，再將香粉充實其中，每走一步香粉便會從鏤空的花形中流瀉出來，真正做到了「步步生蓮花」，讓觀者為之讚嘆不已，不僅僅讚嘆這種美態，更讚嘆女性對於腳下蓮鞋所發揮的無限創意。

　　高底主要以木底為主，不過卻有著「響腳」的缺點，在第 29 回中孟玉樓就建議潘金蓮說：「你若嫌木底子響腳，也似我用氈底子，卻不好？」所謂「氈底子」(詞話本為「氈底子」)就是在鞋底再加上一片氈底，以減低走路時的聲響。其實潘金蓮是有這樣「氈底子鞋」的，在小說中曾有多處提及她走路時沒有腳步聲響，進行竊聽而使人嚇一跳，詞話本第 73 回中孟玉樓就被嚇了一跳：

> 不防金蓮慢慢躧足潛蹤，掀開簾兒進去……這玉樓扭回一瞟，看見是金蓮，便道：「是這一個六丫頭，你在那裡來？猛可說出句話，倒唬我一跳。單愛行鬼路兒！你從多咱踮在我背後？怎的沒看見你進來腳步兒響？」小玉道：「五娘在三娘背後好小一回兒。」

潘金蓮走路能沒有一點兒聲響，一方面是因為故意想要竊聽或者嚇人，另一方自然是拜氈底子鞋之賜，詞話本第 75 回中孫雪娥的話就曾提到：

> 小玉道：「俺們都在屋裡守著爐臺站著，不知五娘幾時走來，在明間內坐著，也不聽見他腳步兒響。」孫雪娥道：「他單為行鬼路兒，腳上只穿氈底鞋，你可知聽不見他腳步兒響！想著起頭兒一來時，該和我合了多少氣，背地打夥兒嚼說我，教爹打我那兩頓。娘還說我和他偏爭好鬥的！」月娘道：「他活埋慣了人，今日還要活埋我哩。你剛纔不見他那等撞頭打滾撒潑兒，一徑使你爹來家知道，管就

24　大雄：〈談足〉，《采菲錄初編》，頁 140。
25　馮驥才：《三寸金蓮》，頁 206-207。

把我翻倒底下！」

可見不用孟玉樓在第 29 回中教潘金蓮使用「氈底子」能使腳步兒不響，潘金蓮自己早已知道，因為「氈底子」是她竊聽別人消息時最佳利器，能使別人一點兒也不察覺自己的來到。

將鞋幫、鞋底和鞋跟縫合在一起之後，一雙蓮鞋便算完成了。而在《金瓶梅》中蓮鞋的顏色，一般來說，還是以紅色系鞋為主，例如有「金紅鳳頭高底鞋」、「大紅遍地金雲頭白綾高底鞋」、「桃紅素羊皮金滾口高底鞋」、「粉紅花羅高底鞋」、「大紅潞綢白綾高底鞋」、「大紅素緞白綾高底鞋」等；其次就是偏向青黑色系鞋，例如有「老鴉段子鞋」、「老鴉青光素段子高底鞋」、「墨青素緞雲頭鞋」、「紗綠潞綢白綾高地鞋」等。在選色方面和年紀也有些關係，通常年紀較輕的會偏愛紅色系鞋，所以當孟玉樓見李瓶兒和潘金蓮都在做紅鞋時，便說：「我比不得你每小後生，花花黎黎。我老人家了」，於是她做一雙青黑色系的蓮鞋。可見在色系方面，紅色是較年輕人的主色，再加上許多顏色的繡線，使鞋子呈現「花花黎黎」的豐富明亮的色彩；年紀較長或性情穩重的多以青黑色為主，再輔以紅色系的鞋，刺繡的花樣通常也較為樸素。

而在第 29 回中潘金蓮所要做的雖是一雙紅鞋，不過「不是穿的鞋，是睡鞋」。「睡鞋」是纏足婦女夜間上床睡覺時所著的鞋，「蓋非此，則行纏必弛，且藉以使惡臭不外洩也。」[26]主要的功能還是以怕行纏脫落為主：

> 睡鞋為纏足婦女須臾不可分離之物，因恐睡時裹腳布鬆開，必須穿以睡鞋。繫以鞋帶以防脫落，更免將腳於不知不覺中放大。顏色大都趨尚大紅，除孷婦不著紅色另換暗紅色外，無不尖紅瘦小，楚楚可憐，實撩人春思之導火線也。……睡鞋亦有婦人因穿靴子時太緊於清晨脫下多置於衾底。更有婦人，雖白日操作之時，亦穿睡鞋於靴內。故我鄉婦人均以睡鞋呼為「軟底鞋」，而不稱睡鞋。[27]

睡鞋的製作和一般穿的蓮鞋製作方式相同，只是睡鞋多為平底之鞋，在鞋底的部分以柔軟舒適為主，因為睡鞋通常是不下地行走的，只在夜晚休息的時候穿著，為了使睡鞋更能撩人春思，也有一些別出心裁的製作：

> 睡鞋之製作尤精，軟底者除以香屑縫入幫中外，底上亦以錦繡，更有以檀香或玉

26 徐珂：《清稗類鈔》〈服飾類〉「睡鞋」條，稗 91，頁 103。
27 蓉夫：〈津沽婦女靴鞋之變遷小史〉，《采菲錄三編》，頁 65。

作底者，蓋一則嗅之有香，一則握之生涼也（夏日用之）。[28]

（胡雪巖家中）睡鞋不論婢妾，悉用紅羅為幫，分滿幫繡鞋頭繡以別。婢妾至當夕之所御鞋幫中置有蘭麝之屑，嗅之有香。夏日以玉為底，握之生涼，可謂完美矣。[29]

在《金瓶梅》中的睡鞋，雖沒有以玉為底能握之生涼，不過大多也是「紅睡鞋」，這是因為西門慶自己十分喜愛「紅睡鞋」的緣故，在第 28 回西門慶便自言喜歡紅鞋：

晚夕上床宿歇，西門慶見婦人腳上穿著兩隻綠紬子睡鞋兒，大紅提根兒，因說道：「阿呀，如何穿這箇鞋在腳上？怪怪的不好看。」婦人道：「我只一雙紅睡鞋，倒吃小奴才將一隻弄油了，那裡再討第二雙來？」西門慶道：「我的兒，你到明日做一雙兒穿在腳上。你不知，我達達一心歡喜穿紅鞋兒，看著心裡愛。」

西門慶看見潘金蓮穿著綠色的睡鞋，覺得怪怪的不喜歡，便叫她再做雙新的紅睡鞋。因為西門慶自己對紅睡鞋十分喜愛，在很多時候，西門慶總是一見紅睡鞋淫心輒起，婦女為了投其所好，自然就多穿紅睡鞋了。

其實婦女做鞋的對象，除了自己以外，還會為其他人做鞋。在《金瓶梅》中有替其他女性做鞋的，例如潘金蓮送給吳月娘的見面鞋腳（第 9 回），以及李瓶兒送給吳月娘的壽鞋（第 19 回）；也有為心儀的男性做鞋的，例如潘金蓮送給西門慶的鞋（第 8 回）；也有為小廝與女僕做鞋當為謝禮的，例如第 8 回中潘金蓮答應做雙鞋來答謝玳安，以及第 83 回潘金蓮答應做雙「雙滿臉花鞋兒」來答謝龐春梅不將她與陳經濟私通之事說出去；也有母親替子女做鞋的，例如王六兒替韓愛姐做鞋腳，在第 51 回中王六兒請來保捎鞋給韓愛姐：

來保道：「……我明日早起身了，剛纜書也有了。」……又說：「嫂子，我明日東京去，你沒甚鞋腳東西捎進府裡，與你大姐去？」王六兒道：「沒甚麼，只有他爹替他打的兩對簪兒，并他兩雙鞋，起動保叔捎捎進去與他。」于是用手帕包縫停當，遞與來保。……王六兒便把女兒鞋腳遞與他，說道：「累保叔，好歹到府裡問聲孩子好不好，我放心些。」兩口兒齊送出門來。

王六兒替韓愛姐做的鞋兒，傳達了一種家庭的溫暖以及母親的關愛。通常婦人會為他人做鞋，傳達出一種「友好」的訊息，希望能藉親手做的鞋子，牽起友好的感情橋樑，促

28　鄒英：〈蒝菲閒談〉，《采菲錄續編》，頁 196-197。
29　三友：〈金屋蓮花記〉，《采菲錄初編》，頁 267。

成一種「和諧」的關係。

一般來說，家庭中婦女一塊做鞋、納鞋，也具有建立「友好」關係的作用。因為在家庭中能一起做生活、針指、鞋腳的婦女，一般會被認定為「感情較好」、「關係較親近」。在潘金蓮剛進入西門家時，為了拉攏吳月娘，所做最主要的動作就是「和吳月娘一起做鞋腳」，在第9回中即寫道：

> 過三日之後，每日清晨起來，就來房裡與月娘做針指，做鞋腳，凡事不拏強拏，不動強動。指著丫頭赶著月娘，一口一聲只叫大娘，快把小意兒貼戀幾次，把月娘喜歡的沒入腳處，稱呼他做六姐。衣服首飾揀心愛的與他，吃飯吃茶和他在一處吃。因此，李嬌兒等眾人，見月娘錯敬他，都氣不忿，背後常說：「俺們是舊人，到不理論。他來了多少時，便這等慣了他。大姐姐好沒分曉！」

潘金蓮以一個剛進門小妾的身分，在吳月娘面前極力討好，陪伴著一起做針指，扮演著一個安分守己的新媳婦，陪伴大婦做針指做鞋，兩個人在有商有量討論女紅之外，自然也會家常閒聊、東聊西扯，無形之間距離自然縮短。潘金蓮在剛進門的那一段時間，確實用這種方法贏得了吳月娘的好感，讓李嬌兒、孫雪娥好生嫉妒。類似的例子在宋蕙蓮身上也看的到，在第23回中她被潘金蓮識破機關之後，「每日只在金蓮房裡，把小意兒貼戀，與他頓茶頓水，做鞋腳針指，不拿強拿，不動強動。正經月娘後邊，每日只打個到面兒，就來前邊金蓮這邊來」，宋蕙蓮就是希望藉由一起做鞋腳針指，能改善她和潘金蓮之間的關係，增進兩人的主僕情誼。

對婦人來說，常常一起勞動家務的人，是很容易建立起類似同盟的小團體，在陸圻《新婦譜》中也說針指女紅中的互相幫忙，可以促進彼此之間的情感：

> 其或還家，饋問往來，不可失禮，寧存過厚之心。又當謂親戚分勞，如做鞋作針指之類。他日新婦若有急切事，彼亦相助為理，不唯見情厚，且亦得人之驗也。[30]

日常時為親戚分勞做些針黹工作，它日自己忙不過來時，也會得到他人的幫助，在一來一往中感情自然親近。而在《金瓶梅》中一起做針指和鞋腳的女性，通常也很容易出現比較親近的情誼，因為在勞動的過程中，勞動的事物本身固然重要，但最重要的還是在其中婦女常常會藉由做針指閒聊以及分享秘密和消息，對女性來說「分享秘密」是拉近距離，製造親密感相當重要的過程，通常兩女性知道的秘密越多的時候，表示兩人的關係越近、越沒有距離。

30　陸圻：《新婦譜》，收錄於《香豔叢書二》，頁731。

　　古代婦女的活動範圍十分狹窄，就是《金瓶梅》中的西門慶家中的女性也是如此。通常她們都只在家中活動，所見的外人也多為親戚女眷、三姑六婆或妓女等，人際關係是十分狹隘的，也正因為活動範圍的狹窄、人際關係擴展有限，在這樣的情形下，碰來碰去都是這同一群人，再加上之間妻妾地位的不均等，摩擦誤會也容易產生，為讓自己不會孤立無援，「同盟小團體」的關係是十分重要的。女性同盟之間互相流通交換著新訊息，對自身的人際關係掌握有相當的幫助，婦女一起做鞋有助於同盟友好關係的建立，更能在閒聊之際有效掌握消息的流動。在第 29 回中潘金蓮就是藉由和孟玉樓一起做鞋子的機會，才得知吳月娘對潘金蓮唆使西門慶打鐵棍兒事情的十分不滿：

> 金蓮問：「大姐姐沒說甚麼？」玉樓道：「你還說哩，大姐姐好不說你哩！說：『如今這一家子亂世為王，九條尾狐狸精出世了，把昏君禍亂的眨子休妻，想著去了的來旺兒小廝，好好的從南邊來了，東一帳西一帳，說他老婆養著主子，又說他怎的拿刀弄杖，生生兒禍弄的打發他出去了，把箇媳婦又逼的吊死了。如今為一隻鞋子，又這等驚天動地反亂。你的鞋好好穿在腳上，怎的教小廝拾了？想必吃醉了，在那花園裡和漢子不知怎的錫成一塊，纏吊了鞋。如今沒的摭羞，拿小廝頂缸，又不曾為甚麼大事。』」……玉樓見金蓮粉面通紅，惱了，又勸道：「六姐，你我姊妹都一箇人，我聽見的話兒，有箇不對你說？說了，只放在你心裡，休要使出來！」金蓮不依他。到晚等的西門慶進入他房來，一五一十告西門慶說：「來昭媳婦子一丈青怎的在後邊指罵，說你打了他孩子，要邐揸兒和人嚷。」這西門慶不聽便罷，聽了記在心裡。到次日，要攆來昭三口子出門。多虧月娘再三攔勸下，不容他在家，打發他往獅子街房子裡看守，替了平安兒來家看守大門。後次月娘知道，甚惱金蓮，不在話下。

孟玉樓替潘金蓮將她所不在場的事件，重新講述了一遍，使潘金蓮得知了吳月娘對這一件事情的態度，孟玉樓並非是為了挑撥吳月娘與潘金蓮，她純粹是想讓潘金蓮知道這件事，盡到姐妹同盟中互通消息的義務。其實，在《金瓶梅》中孟玉樓和潘金蓮的感情真的不錯，潘金蓮被迫離開西門家時，只有孟玉樓真心感到難過：

> 金蓮穿上衣服，拜辭月娘，在西門慶靈前大哭了一場。又走到孟玉樓房中，也是姊妹相處一場，一旦分離，兩箇落了一回眼淚。玉樓瞞著月娘，與他一對金碗簪子、一套翠藍段襖、紅裙子，說道：「六姐，奴與你離多會少了，你看個好人家往前進了罷。自古道：千里長蓬，也沒箇不散的筵席。你若有了人家，使箇人來對奴說聲。奴往那裡去，順便到你那裡看你去，也是姊妹情腸！」于是洒淚而

別。（第86回）

相較於吳月娘冷漠的表現，孟玉樓確實表現出對潘金蓮離開的不捨與難過，還送了些物件，讓潘金蓮能有些財物傍身。只是沒想到孟玉樓「你若有了人家，使箇人來對奴說聲。奴往那裡去，順便到你那裡看你去」的話，卻一語成讖。孟玉樓再次得知潘金蓮消息的時候，潘金蓮卻已經歸葬永福寺了。在第89回孟玉樓在永福寺遇見春梅，得知潘金蓮死後被春梅葬在永福寺時，不同於吳月娘的無動於衷，孟玉樓拿了紙錢便到潘金蓮的墳上祭拜了一番：

> 孟玉樓起身，心里要往金蓮墳上看看，替他燒張紙，也是姊妹一場。見月娘不動身，拏出五分銀子，叫小沙彌買紙去。長老道：「娘子不消買去，我這裡有金銀紙，拿幾分燒去。」玉樓把銀子遞與長老，使小沙彌領到後邊白楊樹下金蓮墳上。見三尺墳堆，一堆黃土，數柳青蒿。上了根香，把紙錢點著，拜了一拜，說道：「六姐，不知你埋在這里，今日孟三姐誤到寺中，與你燒陌錢紙。你好處生天，苦處用錢。」一面放聲大哭。

可知孟玉樓對潘金蓮是確有情誼的，不然何必在潘金蓮被趕出家門與過世之後，還特地到墳前大哭一場。孟玉樓對潘金蓮確如她所說的「你我姊妹都一個人，我聽見的話兒，有個不對你說」，在第29回中她對潘金蓮說吳月娘的事，只是盡到了姊妹同盟中，傳遞消息的義務，她也希望潘金蓮「說了只放在心裡，休要使出來」，只是依潘金蓮的個性自然是不會罷休的。其實，在西門家中孟玉樓會和潘金蓮的感情較好，常在一起做針線活，主要還是因為兩人的遭遇相似──都是丈夫死後沒多久就改嫁西門慶。吳月娘總是在有意無意間透露出他二人的難堪處，在第18回中吳月娘講李瓶兒嫁蔣竹山時便說道：

> 月娘道：「如今年程，論的甚麼使的使不的。漢子孝服未滿，浪著嫁人的，纏一個兒？淫婦成日和漢子酒裡眠酒裡臥底人，他原守的甚麼貞節！」看官聽說：月娘這一句話，一棒打著兩個人──孟玉樓與潘金蓮都是孝服都不曾滿再醮人，聽了此言，未免個人懷著慚愧歸房，不在話下。正是：不如意處常八九，可與人言無二三。

潘金蓮和孟玉樓的境遇相似，在這充滿衝突與暗潮洶湧的西門大家中，很容易有著同病相連、物傷其類之感，一起做針指鞋腳溝通消息，建立起同盟姊妹的情誼，自然可以避免自己孤立無援之感。

「做鞋腳」對於婦女而言，固然是為了修飾裙下雙彎，使蓮鞋美輪美奐以贏得讚美；

在一起做鞋的過程中，婦人有可建立起一個親密的情誼同盟，成為消息傳遞互通有無的資訊網，則又是在勞動本身之外，另一個實際的收穫。

第三節　整理行纏與比腳

在《金瓶梅》中的女人，多以取悅西門慶為主要的目的，既然西門慶喜愛女性的金蓮，那麼婦女們在整理清理小腳時自然十分留意。整理行纏對於纏足婦女而言，是一個相當的重要的工作，一般來說包括了裹腳的動作、更換睡鞋、洗滌雙足以及其他物件的清洗等等的工作。如果婦女能好好的打理自己的雙腳，那麼在小腳的形狀與氣味上都能達到令男人賞心悅目的效果，反之則會有一雙醜陋而臭氣薰天的臭小腳，令心愛的男人掩鼻而拒之。一般來說，當女子早上起床時就會重新「纏腳」，將睡鞋換下並且整理因睡時稍有鬆亂的腳帶，重新加以整理纏裹，換上平常穿的金蓮鞋，在第 21 回中潘金蓮與孟玉樓去找李瓶兒湊錢來為吳月娘和西門慶和解時，李瓶兒方才起床：

> 這李瓶兒一面穿衣纏腳，叫迎春開箱子，拿出銀子。拿了一塊，金蓮上等子秤，重一兩二錢五分。玉樓叫金蓮伴著李瓶兒梳頭：「等我往後邊問李嬌兒和孫雪娥要銀子去。」金蓮看著李瓶兒梳頭洗面，約有一個時辰，只見玉樓從後邊來。

可見婦女起床的第一件事，即為「穿衣纏腳」，然後才下床梳頭洗面。纏腳主要是先將睡鞋脫下，腳帶重新整理再繫緊些，然後換上一般穿在腳上行走的金蓮鞋，因為睡鞋一般是不落地行走的。當穿好了蓮鞋和衣服，才進行一般臉面的梳洗和梳頭化妝等事宜。另外在第 74 回中當如意兒送皮襖來給潘金蓮時，「金蓮纏起來，在床上裹腳」，可見「裹腳」確為女人起床後的第一件事。

而婦人也會在清晨或白天天氣較為暖和的時候，進行清洗雙足的重要工作。在《綠野仙蹤》第 53 回中金鐘兒就是在早飯後進行洗腳的工作，在冷香〈西陲選艷記〉中也說「清洗蓮鉤」為清晨第一事：

> 金寶雖日罹百苦，而性喜整潔，天然愛好，顧盼生姿。每日侵晨第一事，即先理其雙翹，下床作盆邊，先用沸水浸兩足，緩緩溼透，再解纏足布，赤足入水，摩洗移時，始起坐榻前。換新纏，套羅襪，襪緊迫足上，不許有一絲皺痕，平整香潔，入握香軟。[31]

31　冷香：〈西陲選艷記〉，《采菲錄四編》，頁 265-266。

可知喜愛整潔的婦女，對於裙下雙彎自會細心清洗。除了在清晨和白天溫度較高時會洗腳之外，依照生活習慣的不同，有的婦人也會在睡前較有空閒時才清洗小腳：

> 昔人評騭婦人，往往頭足並稱，故愛美女子，於整理雲鬢，勻面塗脂之外，以整理纖足為唯一要務。勤快女子除早晚裹紮外，每於臨睡時必加意洗裹。成習之後，非但為去穢易裹，亦藉以暢舒其血液，而生快感。若隔日不洗即使不穢，人能耐得，伊自己亦覺耐不得也。此事不獨近代纖足為然，即往時女子亦皆如此。非阿難撰揣測之詞，亦有可據。不信觀元明人所撰說部筆記，往往有之。最普遍而盡人皆知者，如施耐庵水滸，王鳳洲金瓶梅，皆可見昔人每日洗腳之習俗，故當纖足盛行之時，欲求嬌小周正，尖彎適意之三寸標準金蓮，自屬不易。然瘦窄可人，伶仃俐落之纖足，則不甚為難。苟非懶婦人，或因纏足致腐者之纏足，因勤於洗濯整理之故，亦絕不至於如笠翁李漁所言，腳小致穢，令人掩鼻攢眉也，故雖其足之小，大過三寸，亦自有其尖瘦動人處，蓋以清潔俏利勝也。[32]

洗腳對於婦人而言，是一件相當繁複的工作，首先先要燒了足夠的熱水，倒入腳盆內，也有使用專門的「纏足洗方」[33]，然後將雙腳浸泡於熱水之中，才將腳帶細細解開，將指縫、腳縫細細的洗乾淨。對於有流膿潰爛的傷口處，更要小心的清洗，等到都洗滌乾淨的之後，用乾布小心的擦乾，然後在傷口處擦上藥方，或明礬粉，因為「雙足層層包裹，皮膚常覺濕癢難當。白礬性澀，灑於縫中，可去濕止癢，使足感清涼，不發惡味。又有歛性，可收束皮膚，合癒瘡口，雞眼痛處，洒礬末即止，其除風去熱，使足汗不生，尤其最大作用也。」[34]有的還會再灑上增加香味的香蓮粉，使小腳的味道更加宜人。

在灑上藥粉和香粉之後，就要用腳帶將小腳細細緊緊的纏裹起來。纏裹的方法也是很講究的，主要可以分為「七層裹法」和「五層裹法」，以固定小腳的形狀和大小，然後「用針線密縫使纏腳布固定住，這種情況較為多見，但也有人另用細帶細繩綁縛，還有些人在纏腳布的頂端縫製帶子用於綁縛固定」[35]，當腳帶確實固定之後，就再穿上羅

32　阿難：〈續「足下」〉，《采菲錄續編》，頁 151-152。
33　在《采菲錄四編》中有記載著一則「纏足洗方」，「歸尾四錢、蘇木二錢、荊芥二錢、紅花二錢、桂枝一錢五分、白芷一錢五分、蒼朮二錢、沒藥二錢、大腹皮三錢、北鴉草三錢、甘草節一錢半、石昌蒲三錢，此為纏足以前之洗腳方。如足腫爛太甚，用豬蹄煎水（豬骨亦可），煎後攪以豬蹄等物，再將經煎之水和煎右藥，乘熱將水淋洗數次。由膝淋洗至腳趾，但不可濕其腳甲，便能消腫散瘀止痛矣。倘有潰爛流膿，淋洗之後，用乾布抹淨，再用左列散方（削刺金刀散）搽患處自癒，和白蠟燭油搽亦妙。」見《采菲錄四編》，頁 123-124。
34　評蓮使者：〈答二〉，《采菲錄續編》，頁 341。
35　高洪興：《纏足史》，頁 49。

襪或者直接就穿上蓮鞋睡鞋，這樣洗腳的工作才算是完成了。

正因為洗腳的工作相當麻煩，所以纏足的婦女通常將洗澡和洗腳分開來進行。婦女在洗澡的時候也會盡量避免自己的雙腳進入浴盆弄濕，在《金瓶梅》第 29 回「潘金蓮蘭湯邀午戰」中，西門慶和潘金蓮一起「同浴蘭湯，共效魚水之歡」的時候，潘金蓮「赤露玉體」，腳上仍然穿著「兩隻大紅睡鞋」，可見在洗浴的過程中她並沒有洗腳的打算，在過程中也會盡量避免弄濕鞋子與腳帶，於是她和西門慶就在浴板之上交歡。其實，纏足婦女由於怕洗澡時弄濕雙腳，通常在獨自洗澡時，雙腳是翹在浴盆之外的，由《巫山艷史》第 12 回中李芳偷窺飛瑤洗澡時就可以看出：

> 公子走到房前，門是掩的，先在窗格裡一張。那飛瑤脫得精光，正在洗浴。只有凌波小襪與繡鞋不脫，蹺在兩邊浴盆之外，愈覺風流，分外雅趣。玉體光潤如脂，紅白爭妍，無不可意。從那桃腮粉頸，酥乳纖腰，烏雲雪股，春彎妙牝，件件絕佳。真個驚人刮目，意滿心迷。

洗澡時如果弄濕了繡鞋和腳帶，對於小腳婦人而言，其實是一件相當麻煩的事。因為她必須被迫進行洗腳的工作，重新燒水、解行纏、洗腳、裹腳和穿鞋等等繁複的工作，對於婦人而言是相當費時的。而且還有一個傳說流傳，如果婦人將雙腳一起進入浴盆的話，來世是會變成豬的，在〈瓊鉤蓮語〉就有記載：

> 一日午後，暴雨大作，女伴皆不獲臨，其姑已為人邀去午餐，鬥葉子戲。嫂偭予為之應門戶，云將澡身，提湯入室，不聞其扃窗鍵寢，私忖此其時矣，可以一逞。潛至窗下內窺，見赤身坐浴板上，蘸巾反臂，自拭背，面響門，側視不能快意。又怪其雙彎擱盆緣，履襪未解，若懼沾濕，胡為不併足一落。……予詢何以不浴兩足，豈待余潛來，不及纏束。對曰：纏足婦女，若弛帛入浴盆，來世定變豬，且起盆不便。予以其迷信，解譬百端，終不可改。後聞人言，婦女皆若是，雙鉤同浴，來生託生為豕，深信此傳說，不敢違也。[36]

「雙鉤同浴，來生託生為豕」的傳說，再加上避免麻煩的實際考量，將雙腳翹上浴盆外緣，成為小腳婦女洗澡時的習慣。正因為鞋濕了以後，婦女會不得不進行整理行纏的繁複工作，所以當婦女的金蓮鞋被弄髒或弄濕時，常會大發雷霆，如果再加上心情不好的話，那麼奴婢就難逃被咒罵與毆打的命運。在詞話本第 58 回中潘金蓮因為嫉妒西門慶對李瓶兒的寵愛，心裡早已不痛快，再加上自己的新紅鞋被狗屎弄髒，於是潘金蓮就藉機打狗

36　綺樓：〈瓊鉤綺語〉，《采菲錄三編》，頁 299-300。

和秋菊出氣：

> 不想天假其便，黑影中躧了一腳狗屎。到房中叫春梅點燈來看，大紅緞子新鞋上，
> 滿幫子都展污了。登時柳眉剔豎，星眼圓睜。……一面把那狗打了一回，開了門
> 放出去了，又尋起秋菊的不是來。看著那鞋，左也惱，右也惱。因把秋菊喚至跟
> 前……叫春梅：「拿過燈來，教他瞧躧的我這鞋上的齷齪！我纔做的恁雙心愛的
> 鞋兒，就教你這奴才遭塌了我的！」哄得他低頭瞧，提著鞋拽巴兜臉就是幾鞋底
> 子。打的秋菊嘴唇都破了，只顧搵著搽血。那秋菊走開一邊。婦人罵道：「好賊
> 奴才，你走了！」教春梅：「與我採過跪著。取馬鞭子來，把他身上衣服與我扯
> 了，好好教我打三十馬鞭子便罷。但扭一扭兒，我亂打了不算！」春梅於是扯了
> 他衣裳。婦人教春梅把他手拴住，雨點般鞭子輪起來，打的這丫頭殺豬也似叫。
> 那邊官哥纔合上眼兒，又驚醒了。又使了綉春來說：「俺娘上覆五娘，饒了秋菊，
> 不打他罷。只怕唬醒了哥哥。」

剛做的新鞋子沾到狗屎，讓潘金蓮平白又損失了一雙鞋，還要忙把鞋脫下來，整理一下金蓮小腳。再加上西門慶對自己的冷落，讓她越想越氣、越想越不甘心，就把秋菊當作出氣筒，打她來出出心中這一口悶氣，並且讓這聲音攪得官哥兒不安寧，以報復李瓶兒。在明清小說中，家中行事跋扈的寵妾常常會藉由「弄髒蓮鞋的事情」引發一場風波，除了《金瓶梅》中的潘金蓮外，在《聽月樓》中的秀林也是如此，「這日，有一雙紅睡鞋晒在窗前，因小姐的丫鬟如鉤，潑水濺濕睡鞋，又被秀林撞見，連皮切肉，打丫鬟罵主人，大鬧起來。」老實說，雖然蓮鞋沾到狗屎或弄濕睡鞋，都會使婦女接下來的善後比較麻煩，或者根本失去這雙新蓮鞋，但在明清的小說中，當寵妾心情不好時，「弄髒蓮鞋」常成為她牽怒奴婢的藉口。

　　至於弄髒弄濕的蓮鞋與洗腳換下來的腳帶，在清洗與曝曬時是有一些禁忌，例如「俗以婦女下體一切用品與飾物，皆不可置於高處，尤忌取越男子之首而過，故婦女曬鞋曬腳帛，多不敢置在要街。」[37]在《金瓶梅》中自然是由各房的丫頭來清洗，也都在各房院中曝曬，在潘金蓮房裡是由春梅負責，在小說中有春梅替潘金蓮捲裹腳及洗裹腳的情節，例如在第29回中當秋菊因拿了冷酒，而被潘金蓮責罵時，春梅就說：「我替娘後邊捲裹腳去來，一些兒沒在跟前，你就弄下碴兒了。」又如在第72回中春梅要替潘金蓮洗裙子和裹腳，便要秋菊向如意兒借棒槌，沒想到如意兒不借，使得潘金蓮終於逮到機會毆打如意兒。其實，主婦和女婢之間，通常會將洗裹腳的事情，交託給比較信任的心腹

37　知憐：〈建蓮紀實〉，《采菲錄四編》，頁247。

女婢，例如潘金蓮就將收拾裹腳睡鞋的工作交給春梅負責，而不交給秋菊。正因為這其中有著微妙的親近關係，所以當宋蕙蓮想要對潘金蓮示好，增加主僕之間的情感，縮短她和潘金蓮之間的距離時，她向潘金蓮提出捲收裹腳和睡鞋的提議，不過馬上被潘金蓮拒絕了，在第 23 回中就言：

> 金蓮正在臨鏡梳粧。蕙蓮小意兒，在傍拿抵鏡、掇洗手水，慇懃侍奉。金蓮正眼也不瞧他。蕙蓮道：「娘的睡鞋裹腳，我捲平了收去？」金蓮道：「繇他。你放著，教丫頭進來收。」……金蓮道：「你別要管他，丟著罷，亦發等他來收拾。歪蹄潑腳的，沒的展污了嫂子的手。你去扶持你爹，爹也得你恁個人兒扶持他，纔可他的心。俺們都是露水夫妻，再醮貨兒。只嫂子是正名正頂轎子娶將來的，是他的正頭老婆，秋胡戲。」這老婆聽了，正道著昨日晚夕他的真病。

宋蕙蓮在這裡一心示好，希望替潘金蓮捲收裹腳，不過在潘金蓮的心裡卻不能釋懷宋蕙蓮前一晚對西門慶所說自己的壞話，所以故意貶低自己是「歪腳潑蹄」，「沒的展污了嫂子的手」，拒絕了宋蕙蓮的曲意奉承，還是寧可等自己「貼心」的春梅梳完頭之後，再來替自己收拾「貼身」的裹腳和睡鞋。

在纏足盛行的年代，男子對於女子的小腳金蓮總是十分喜愛，女子也總是十分細心的整理著裙下雙彎，務求其盡善盡美。在當時看女子主要是看臉面與小腳來判定女子的美醜，李漁在《閒情偶寄》中就說：「相女子者，有簡便訣云：『上看頭，下看腳。』似二語可概通身矣。」注重臉面的長相，是相當自然的事，因為臉部是人類社會區別個人最主要的方式，也是評斷美醜做主要的部分；不過，在明清時代，小腳成為女性身體上最性感的所在，小腳的美醜更重於臉部的美醜。如果一個長相十分甜美的女孩，卻有著一雙盈尺的蓮船，那麼她的美貌便會減色不少，在袁枚《隨園詩話》中有這樣的例子：

> 杭州趙鈞臺買妾蘇州。有李姓女，貌佳而足欠裏。趙曰：「似此風姿，可惜土重。」土重者，杭州諺語，腳大也。媒嫗曰：「李女能詩，可以面試。」趙欲戲之，即以《弓鞋》命題。女即書云：「三寸弓鞋自古無，觀音大士赤雙趺。不知裹足從何起，起自人間賤丈夫！」趙悚然而退。[38]

袁枚舉出趙鈞臺的例子，以為注重小腳而不重女子美貌與德性是相當可笑的。不過，在當時的社會上如趙鈞臺之流，可說滿滿皆是。這樣的「相腳文化」，可用當時流行的一句俗話來概括，就是吳月娘一見到潘金蓮時所描述的：

38　袁枚：《隨園詩話》，收入袁枚：《袁枚全集三》（南京：江蘇古籍出版社，1997），頁 111。

> 吳月娘從頭看到腳，風流往下跑；從腳看到頭，風流往上流。論風流，如水晶盤
> 內走明珠；語態度，似紅杏枝頭籠曉日。看了一回，口中不言，心中暗道：「小
> 廝每家來，只說武大怎樣一個老婆，不曾看見，不想果然生的標致，怪不的俺那
> 強人愛他。」（第 9 回）

這句「從頭看到腳，風流往下跑；從腳看到頭，風流往上流」，在明清時代是相當流行
的，在《一片情》中也有「從腳瞧至頭，風流往上流；從頭瞧至腳，俏麗滿身發。」正
好反映出相腳文化的普遍程度。一般來說，「相腳」的行為，最常與婚姻發生關聯，例
如男子想要娶妾時，通常都會在媒婆的陪同下，一起去相女子之腳，在《金瓶梅》第 7
回西門慶對孟玉樓即是如此。這樣的文化在明代是相當流行的，由張岱《陶庵夢憶》「揚
州瘦馬」條中更可清楚看出：

> 揚州人日飲食於瘦馬之身者數十百人。娶妾者切勿露意，稍透消息，牙婆駔儈咸
> 集其門，如蠅附羶，撩撲不去。黎明，即促之出門，媒人先到者先挾之去，其餘
> 尾其後接踵伺之。至瘦馬家，坐定，進茶，牙婆扶瘦馬出曰：「姑娘拜客。」下
> 拜。曰：「姑娘往上走。」走。曰：「姑娘轉身。」轉身並向明立，面出。曰：
> 「姑娘借手睄睄。」進褫其袂，手出、臂出、膚亦出。曰：「姑娘睄相公。」轉眼
> 偷覷，眼出。曰：「姑娘幾歲了？」曰：幾歲，聲出。曰：「姑娘再走走。」以
> 手拉其裙，趾出。然看趾有法，凡出門裙幅先響者必大，高繫其裙，人未出而趾
> 先出者必小。曰：「姑娘請回。」一人進，一人又出，看一家必五六人，咸如之。[39]

在這裡女子被當作商品一樣的被觀看和販售，重頭戲自然還是「相腳」的部分，在這樣
的傳統與文化積澱之下，便可以更清楚知道為何一向持重的孟玉樓，會對西門慶相腳的
舉動，接受的如此自然，因為這是婚姻市場中的銷售手法，也是媒婆們慣用的手段。除
了買妾時相腳外，在平民小戶的家中要娶媳婦時，相腳的工作通常會由婆婆專門來負責，
在《閨艷秦聲》中便說：「聽說婆婆來相我，從新梳頭另裏腳；塗臙抹粉戴上花，扎裏
的好像花一朵。……丟丟修修往外走，婆婆迎著拉住手；想是心裡看中了，怎麼祇管裂
著口。」[40]

　　不過，除了婚姻關係中的「相腳」行為外，在婦女們第一次見面的時候也會自然而
然的有著相腳的反應，在《金瓶梅》中的吳月娘第一次見到潘金蓮時即是如此。只是女

39　張岱：《陶庵夢憶》（臺北：大鴻圖書公司，1997），頁 76。
40　古高陽西山樵子譜：《閨艷秦聲》，附錄於《桃花艷史》（臺北：雙笛國際事務公司，1996），頁
　　141-142。

子之間的「相腳」，很容易因為加上批評比較的心態，而成為了「比腳」，在《金瓶梅》中潘金蓮就是最好的例子。潘金蓮在剛進西門家，就對西門慶的眾妻妾品頭論足了一番，在看到孟玉樓時就有了比腳動作，說孟玉樓「惟裙下雙彎，無大小之分」；在第 58 回中潘金蓮又拿鄭愛月兒的小腳和自己比較：

> 潘金蓮且揭起他裙子，撮弄他的腳看，說道：「你每這裡邊的樣子，只是恁直尖了，不像俺外邊的樣子趫。俺外邊尖底停勻，你裡邊的後跟子大。」月娘向大妗子道：「偏他恁好勝，問他怎的！」

潘金蓮一向以自己的三寸金蓮自豪，只有在宋蕙蓮出現的那一時期，短暫地受到挫折，不過在其他時候，她確實是《金瓶梅》中擁有最美麗小腳的女人。在西門慶的後期性生活中，鄭愛月兒在佔著頗為重要的地位，當鄭愛月兒第一次介紹給吳月娘以及西門慶眾妾時，潘金蓮就又將自己的小腳和鄭愛月兒做比較，並且當著眾人的面，直說鄭愛月兒的小腳有著「恁直尖」以及「後跟子大」的缺點，藉以讚美自己的小腳「樣子趫」又「尖底停勻」。即便鄭愛月兒只是一個娼妓，但西門慶邀請她來家裡彈唱，潘金蓮的當著眾人的面批評鄭愛月小腳的不美之處，實在有些讓鄭愛月兒下不了臺，於是作為主家婆的吳月娘適時的出來打圓場，說潘金蓮「偏他恁好勝」，又讚美了鄭愛月兒頭上的金魚撇杖兒，化解了一些尷尬的氣氛。

　　潘金蓮十分自豪自己的小腳，認為是自己成就感的來源，和別人比較的結果能更加確定自己小腳的美麗。其實，「比腳」風氣在纏足的年代，是相當普遍的，小至婦人閨房之中，大至城市鄉鎮都可看到比腳的例子。在女子未出嫁，和家族中姊妹相聚時，聊天玩笑之際，通常也會互相觀看對方的小腳，以比腳和交換纏裹的心得，在《金粟閨詞百首》即有一首寫到此種情形，「天然一色繡羅裳，姊妹齊肩並蒂芳。共脫紅鞋更換著，湘鉤看取是誰長。」[41]在李榮楣〈浭南蓮話〉中「閨友攀談之賽足」一則中也說到：

> 纏足婦女，閨女攀談之時較多，若輩正言之外，時互驗捏雙蓮，彼此企譽，遇有鞋式新穎，取紙仿剪。或艷其足軟，頻以質詰，靦然應答，無復秘借，誠閨閣之韻事也。[42]

這時在閨房中的比腳，一般來說是不含有任何惡意的，通常只是閨中密友之間的遊戲，以及交換纏腳心得的場所。但是等到女子出嫁之後，到了婆家在妯娌之間的比腳，就顯

41　《金粟閨詞百首》，收錄於《香艷叢書7》，頁 3705。
42　李榮楣：〈浭南蓮話〉，《采菲錄三編》，頁 96。

得十分的嚴酷,在〈莳菲聞見錄〉中就有這樣的例子:

> 大姊仕族女,然來自田間,足亦纖小,長約四寸許,平直端正,了無神妙之處。
> 二姊自聘定後,僕媼均傳其足小不盈三寸,二舅戲以粗紙剪一鞋樣擲大姊前,而
> 言曰,新婦足纖如此,吾家恐無出其右矣。大姊有慚色,以尺約之,長僅二寸七
> 八分。惟時剛值冬初,大姊足生凍瘡,深坐閨中。家人初不之異。迨至暮春,二
> 姊歸來,卻扇之夕,賓眾臚歡,均艷稱二姊蓮足不置。時大姊亦正酬應,有好事
> 者,連帶大姊之足。方注意間,見大姊之足,纖小與二姊無殊,舉座驚異。次日
> 會于姑所,外祖母尤為愜意,戲令互易繡履,則大姊之足,較短二分,而二姊秀
> 雅則過之。迨窮詰之,方悉詭云足患凍瘡者,厥惟用力苦纏,閱數月而大功告成。
> 昔為家人所詬病者,一朝渲雪,深堪慰藉者矣。[43]

在妯娌之間的比腳,是相當普遍而且嚴酷的,「腳的大小」關乎女性在婆家的地位,在馮驥才《三寸金蓮》中戈香蓮和白金寶、董秋蓉妯娌之間的比腳,其中的輸贏甚至代表著日後誰能在家中掌權,誰才是可以在家中大聲講話的人,所以妯娌之間的比腳,再也不像未出嫁時閨中姊妹的遊戲比腳,這是一場家中權力的爭奪戰,小腳越美的人,才是家中得寵的女性,能夠家中呼風喚雨。

在《金瓶梅》中潘金蓮愛和他人比腳,也有著這樣的心態,藉以宣示自己的小腳無人能比,西門慶會寵愛她也是其來有自的。不過,在西門家中即便潘金蓮的小腳再美,也是無法動搖吳月娘正頭娘子的地位,因為吳月娘不是以「色」事西門慶,在西門慶的心中,吳月娘無論如何與他嘔氣,他還是不會輕易更換這個大老婆。尤其當潘金蓮與吳月娘發生衝突時,西門慶總也還是站在吳月娘這邊,潘金蓮也許正是認識到這一點,所以她比較的對象通常是家中其他的小妾與外邊的娼妓。潘金蓮可以對吳月娘這個家中掌權的大老婆不計較,但她絕不容許家中其他的女人能夠和她爭比小腳,甚至小腳還比她美,宋蕙蓮就是不曾認識到潘金蓮在小腳比較上的好勝,才處處故意「套著潘金蓮的鞋子穿」,對於好勝的潘金蓮而言,這是無法忍受的事情。宋蕙蓮的行為被潘金蓮理解為宣戰,而且是潘金蓮在西門家中地位的爭奪戰,宋蕙蓮也許只是天真的炫耀自己的小腳,不過對潘金蓮而言,她可不容許有另一個比她更有資格稱為「金蓮」的女人存在於西門家中,於是只有宋蕙蓮徹底消失,潘金蓮才能在西門家中鞏固自己的地位。

比腳除了在家庭之中盛行外,還有更極致的表現,那就是「賽腳會」的舉行。所謂的「賽腳會」,「就是女性展露小腳的特定場合,在這些特定的場合中,男性對小腳的

---

43 英友:〈莳菲聞見錄〉,《采菲錄三編》,頁 276。

欣賞是公開且被鼓勵的。」[44]而「賽腳會又稱為小腳會、晒腳會、亮腳會、晾腳會等等」[45]其他的名稱，主要的目的就是在比較女性的小腳。在山西太原、大同以及河北蔚縣、武安等等地方，幾乎每年在特定的時間，都會舉行女性小腳的選美比賽，這也成為鄉鎮之中的大事，在陶報癖〈賽蓮彙誌〉中就有記載：

> 太原府某集上，每逢賽小腳之際，女子悉臥於車內，以腳置車外以相比賽，一任人品題比較。凡得小腳狀頭者，視為非常之榮幸。
>
> 大同城內，有小腳會焉。例於八月中秋，閭巷中婦女，戶內垂簾置雙鉤于外，任遊者品評。且以得邀讚賞為榮。聞有一般少年，節會品評。以最小者為狀頭，贈以彩帛花粉等褒獎之，其家非特不以為忤，且互相標榜。父鍾其女，夫寵其妻。惟亦有規例，觀會者，不得揭簾瞻婦女顏色，犯者輒至門毆受辱。若凌波菱角，翹置街頭，非特目營，且許手握。斯會聞起於明正德時。[46]

這樣的盛會讓一鄉一鎮之人，都為之瘋狂，男人可以在這樣得場合中公開欣賞其他女人的小腳，女人在這樣的場合中，也可用自己美麗精心打扮的小腳，替自己贏得「小腳狀頭」的美名。這樣的虛名會為她在家庭中贏得「父鍾其女、夫寵其妻」的實質利益，對於女性而言，「寵愛」才是她們努力纏裹小腳、忍痛拗折雙足與比腳之後，最甜蜜也最奢侈的慰藉。

第四節　行動能力與節慶活動

　　纏足的婦女因為腳部被長期的拗折，行走起來是十分吃力的，古人以為這樣女子就會乖乖的呆在閨房之中，不會到處的亂走亂跑，來確實的保衛自己的貞節。「小腳弱行」幾乎是每個纏足女子的特色，這種嬌弱的步態看在文人的眼中，更覺增添的幾許女性柔弱嬌羞的美感，例如在《瑤臺片玉》中〈金蓮子〉即寫道：「轉花陰，弓鞋小不支花徑。行不動，郎心甚憐，直送到轉迴廊，又猩猩絮語進朱門。」這樣的腳小不利行的柔弱姿態，對於男性而言容易興起一種憐惜之感，寸心就曾談到女性此種柔弱之美的吸引力：

> 曹大家〈女戒〉有云，「陰陽殊性，男女異行。陽以剛為德，陰以柔為用；男以強為貴，女以弱為美。」詩人有「一彎軟玉凌波小，兩辦紅蓮落地輕」之句，柔

---

44 林秋敏：〈腳的選美：賽腳會〉（《歷史月刊》129 期，民 87.10），頁 22。

45 高洪興：《纏足史》，頁 134。

46 陶報癖：〈賽蓮彙誌〉，《采菲錄初編》，頁 273。

弱如柳，若不禁風，步步生嬌，我見猶憐。[47]

女子這種「輕移蓮步」、「金蓮不穩，手兒扶著牆」的步態，加強了女性柔弱的特質，相對的，也使男性覺得自己的男性氣概被相對的鼓舞起來，對於嬌柔的小腳女性易生起保護、疼惜與愛憐的情感。

　　但對於女子自身而言，這樣行動不便她們則有著另一番的體驗。在天下太平安定的時期，小腳的女性因為行動不便，主要的活動的範圍僅限於閨房之中，只有在拜訪親戚女眷與一些節慶時才會出遊，這時小腳的不利於行僅僅為自己帶來「鞋弓襪小難移步」的疼痛。但是面對一些突發的災難時，小腳就成為女性最大的阻礙，特別是在逃難時，小腳常使女性的行動落後，在《珊珊集》中一首〈擲破地錦花〉即有此描寫，「繡鞋兒，分不得幫和底。一步步提，百忙裡，褪了跟兒，冒雨迎風，帶水拖泥，步難移，全沒些氣和力。」一旦和家人失散，尋找親人的路途就倍顯漫長了，例如在《金瓶梅》中描寫韓愛姐在尋找雙親的過程中，因「本來嬌嫩、弓鞋又小」而顯得「萬苦千辛」；又如在出遊時，碰到落水或強盜時，小腳也會成為她們最大的阻力，在《野叟曝言》中鸞吹因和父親家人出遊而不慎落水，當素臣來解救她時，她的小腳因泡水過久而羅襪漸褪，雙腳也疼痛不已，找不到施力點而寸步難行：

> 不防鸞吹落水已久，足下兩瓣蓮花早經褪出，羅襪之上繡花褲管本來紮緊，卻是被水浸透，脹胖不過，鞋小足大，竟如柄鑿，又礙素臣當面，不便細加整束。此正是女子說不出的苦處，素臣那里見得到？[48]

小腳的纏裹，其原意也許是為了使女子「不輕舉也」，使他們「所居不過閨閫中，欲出則有帷車之載」。但是事實上，這樣冠冕堂皇的「美意」，卻相對的削弱了女子面對危機時自我保護的應變能力，使女子不得不受到牽制。

　　除此之外，小腳的纏裹也相對的影響了女子的人際關係，一般女子接觸的人，多為家中的女性、親戚的女眷與三姑六婆，人際關係是十分狹窄的。而對外訊息的流通，則多是通過三姑六婆的告知，在《金瓶梅》第88回中薛嫂兒告訴吳月娘有關陳敬濟去營父親棺柩的事情，吳月娘就很感慨的說：「你不來說，俺怎得曉的？又無人打聽。」人際關係與訊息的封閉，一旦婦女碰到訴訟案件纏身時，更是束手無策，直呼自己是「沒腳蟹」。在《金瓶梅》詞話本第14回中李瓶兒得知花子虛被官府捉起來時，請西門慶幫忙

47　寸心：〈金蓮美〉，引自《采菲新編》，頁122。
48　夏敬渠：《野叟曝言》（北京：人民文學出版社，1999），頁36。

時說道：

> 「……因奴拙夫不聽人言，把著正經家事而不理，只在外信著人，成日不著家。今日只當吃人暗算，弄出這等事來。著緊這時節方對小廝說將來，叫我尋人情救他。我一個女婦人家，沒腳蟹，那裡尋人情去？發狠起將來，想著他怎不依人說，拿到東京打的他爛爛不虧，只是難為過世老公公的名字。奴沒奈何，請將大官人來，央及大官人把他不要題起罷。千萬只看奴之薄面，有人情，好歹尋一個兒，只休教他吃凌逼便了。」

李瓶兒這段話正顯出人際關係封閉，當碰到外來的困境時，常無處尋人情的窘境，使婦女常自稱是「沒腳蟹」的例子。這種情形在明清小說中十分普遍，例如在《檮杌閒評》中侯七官欠債出逃，當面臨債主將要上門討債時，其母黃氏無計可施，只能無奈的說道：「明日是年終了，再等到幾時哩？像我這等沒腳蟹，坐在家裡，怎麼圓得來？」；另外在《醒世恆言》〈賣油郎獨占花魁〉中當瑤琴得知自己被賣入妓院時，王九媽就勸她說：

> 「你是個孤身女兒，無腳蟹。我索性與你說明罷：那姓卜的把你賣在我家，得銀五十兩去了。我們是門戶人家，靠著粉頭過活。家中雖有三四個養女，並沒個出色的。愛你生得整齊，把做個親女兒相待。待你長成之時，包你穿好喫好，一生受用。」[49]

可見「沒腳蟹」不僅形象的寫出女子行動上的不便，更生動的表達出女性面臨危難時的無能為力，當女性自稱「沒腳蟹」時，是有著莫大的無奈與絕望的。以男性為主體的社會，愛著纏著小腳的女性，女性仔細的裹纏的小腳和外界的逐漸斷絕了關係。在湖南華容有一首民歌寫道：「裹腳呀，裹腳，裹打腳，難過活。腳兒裹得小，做事不得了；腳兒裹得尖，走路只喊天；一走一蹩，只把男人做靠身磚。」[50]只是當有一天自己依靠的男性垮台時，自己也就只有聽天由命的份了。這一聲聲的「沒腳蟹」，道出的是許許多多女性無奈的悲苦與絕望。

《金瓶梅》中的女性，在西門慶還在世的時候，是不至於碰到官司纏身的窘境，她們在西門慶的保護大傘下生活著、豢養著。西門慶家中的女眷生活的範圍也是以西門家中的內室為主，所接觸的人也多是家中女性僕婦、三姑六婆、以及親戚女眷，所見的男性也僅止於家中的小廝與娘家的兄長等，其他的男性通常是不許見的。如果當女性在大廳

49　馮夢龍編：《醒世恆言》（臺北：里仁書局，1991），頁 36。
50　劉經菴：《歌謠與婦女》，頁 208。

中聽見有西門慶的朋友來訪，通常都要在客人未進門前急忙逃回內室，因為在西門大戶的家中，男客與女眷中是不能輕易見面的。由此可知，在西門家中的女性交遊的圈子是十分窄小的，平常的日子多被關在家中，所以一旦碰到可以出遊或者玩樂的機會，即便「小腳弱行」，也會十分的高興與興奮。出遊的機會，除了一般官員女眷的應酬與自家親戚走動之外，最主要的就是在節慶時候的群聚出遊。在《金瓶梅》中女性結伴出遊的日子，主要在元宵節的時候；而最能體現女性活潑特質的遊戲，就是清明節盪鞦韆了。

在《金瓶梅》中有許多回都描寫到元宵節的活動，主要是集中描寫前後三次的元宵節景況。元宵節主要的活動，自然還是以「賞燈」為主，在明代沈榜《宛署雜記》中記載，明代元宵燈市的情景：

> 每年正月初十日起至十六日止，結燈者，各持所有，貨於東安門外迤北大街，名曰燈市。燈市之名不一，價有至千金者，是時四方商賈輻輳，技藝畢陳，珠石奇巧，羅綺畢具，一切夷夏古今異物畢至。觀者冠蓋相屬，男婦交錯。近市樓屋賃價一時騰踊，非有力者率不可得。十四日日試燈，十五日正燈，十六日罷燈。[51]

燈市也有從初八到十七日的例子，在《帝京景物略》中就記載「而上元十夜燈，則始我朝；太祖初建南都，盛為綵樓，招徠天下富商，放燈十日。今北都燈市起初八，至十三而盛，迄十七乃罷也。」[52]燈市是元宵節的重頭戲，因為狂歡節慶的氣氛感染，平常被限定待在家中的婦女，也有了能夠出遊看看熱鬧的機會。

在《金瓶梅》中的婦女，在這個時候也會一起結伴出遊湊湊熱鬧，享受一下節慶熱鬧的氣氛，在第15回中吳月娘就帶著李嬌兒、孟玉樓以及潘金蓮，一起到獅子街燈市李瓶兒新買的的房子裡來。為了這樣難得的出遊機會，西門家中的婦女自然是精心打扮，在燈樓上看著燈市，「笑箇不了，引惹的那樓下看燈的人，挨肩擦背，仰望上瞧」，使得「內中幾箇浮浪子弟，直指著談論」。其實，對於潘金蓮而言，在樓上看著樓下浮浪子弟對她仰望觀看，她是十分興奮的，所以她才會藉由「瓜子殼」和「大聲嘻笑」來引起路人對她的注意，這樣被浮浪子弟觀看的樂趣，自從她嫁進西門家之後，就不曾有過，所以她才會一直故意「搭伏著窗子」，直到有人說出她不光彩的過去以及吳月娘的叫喚，她才和孟玉樓「歸席坐下」。文本在此處著力描寫李瓶兒與吳月娘等人的聚會，除了是為了描寫元宵燈節的情形之外，還有著另一個用處，就是讓李瓶兒藉由邀請西門家妻妾來家中賞燈的機會，讓李瓶兒與吳月娘等人在吃吃喝喝間，增進彼此的情誼，順便也讓

---

51 沈榜：《宛署雜記》（北京：北京古籍出版社，1982），頁190。
52 劉侗、于奕正：《帝京景物略》（臺北：世界書局，1963），頁20。

李瓶兒能夠了解眾人的個性，為日後進入西門家做準備。由之後李瓶兒對西門慶所說的話就可看出，李瓶兒就賞燈之時，將西門慶的妻妾做了一番觀察，而對西門慶說出將來嫁進西門家，想和潘金蓮住近一點的願望：

> 婦人因指道：「……你若不嫌奴醜陋，到家好歹對大娘說，奴情願與娘們做個姊妹，隨問把我做第幾個也罷。親親，奴捨不的你。」說著，眼淚紛紛的落將下來。西門慶忙把汗巾兒抹拭，說道：「你的情意，我已盡知。待你這邊孝服滿，我那邊房子蓋好纔好。不然娶你過去，沒有住房。」婦人道：「既有實心娶奴家去，到明日好歹把奴的房蓋的與他五娘在一處，奴捨不的他好個人兒，與後邊孟家三娘，見了奴且親熱。兩個天生的打扮，也不相兩個姊妹，只相一個娘兒生的一般。唯有他大娘性兒不是好的，快眉眼裡掃人。」（第16回）

這是李瓶兒藉由這次燈市的聚會，做下的結論。因為見到潘金蓮和孟玉樓的相處，兩人嘻嘻哈哈的玩鬧，看在李瓶兒的眼裡，便覺得他二人應該是極好相處的，反倒是吳月娘就覺得有些嚴肅不好相處，不似潘金蓮親切，反而是西門慶說了句公道話：「俺吳家的這個拙荊，他到是好性兒哩。不然手下怎生容得這些人。」只是此時的李瓶兒哪裡知道，日後的潘金蓮正因為這地利之便，而對她及官哥兒下毒手。

在元宵節慶中，除了賞燈之外，通常婦女還有一個專門的活動，稱為「走百病」。所謂「走百病」，是指「婦女相率宵行，以消疾病，曰走百病，又曰走橋。」[53]又云「婦女著白綾衫，對而宵行，謂無腰腿諸疾」[54]，另外在《宛署雜記》中也說：

> 正月十六夜，婦女群遊祈免災咎，前令人持一香辟人，名曰走百病。凡有橋之所，三五相率一過，取度厄之意。或云終歲令無病，暗中舉手摸城門釘一，摸中者，以為吉兆。是夜弛禁夜，正陽門、崇文門、宣武門俱不閉，任民往來。廠衛校尉巡守達旦。[55]

在《金瓶梅》第24回中孟玉樓、潘金蓮和李瓶兒就帶著家中的幾個丫頭、僕婦和女婿陳敬濟一起到大街上「走百病」。「走百病」的習俗意義，主要是希望女子在經由正月十六的「走百病」之後，一年之中能不要有所病痛，最主要是不要有「腰腿諸疾」。一般認為纏足的婦女，因為腳部長期的被外力纏裹，血氣流行不順，常會造成身體的不適：

53　劉侗、于奕山：《帝京景物略》，頁21。

54　《帝京景物略》，頁24。

55　沈榜：《宛署雜記》，頁190。

> 余既習於醫，對於婦女百病，靡不深切研究，而後知纏足之害，往往為月經病致
> 疾之因。蓋每月紅潮，皆應去瘀生新，氣不足則瘀不能去。纏足婦女，缺乏運動，
> 氣先不足，已成定論。加以足帛之層層壓迫，使血管受擠，血行至足，紆除無力，
> 一人每日之血液，本應環行全身一週，若在足部發生障礙，則其周流必生遲滯之
> 弊。一日如此，日日如此，積年累月，莫不如此，欲求月經上不發生疾病，可以
> 得乎，故中國纏足婦女，對於月經之應時不潮，或潮而不暢，或種種病態，或腹
> 痞酸腰，或頭暈反嘔，皆視為至平常之事，從未加以注意。迫為日久，成為痼疾，
> 腹中血塊成痂，崩漏與經閉種種疾患，皆一發而不可制。[56]

對於纏足婦女而言，腳痛與腿痛乃是通常會有的病痛，例如在 24 回中李嬌兒就是因為「害腿疼」而不能和他們一起走百病。如果經年累月的「月經應時不潮、或潮而不暢」則容易有血崩與經閉之疾，在《金瓶梅》中李瓶兒的生病的主要症狀，就是「下邊月水淋漓不止」，這其中的原因除了「精沖了血管起，然後著了氣惱」之外，也和纏足所帶來的長期「經血不暢」的後遺症有關。「走百病」的習俗正好反映出女子日常生活常為病痛所苦，希能藉由「走百病」的習俗，能讓自己在未來的一年，身體上無病無痛、舒舒服服的過日子。

不過，「走百病」的習俗在《金瓶梅》裡又稱為「走百媚」。在這一天女子因為難得出遊，通常會精心打扮，例如在第 24 回中宋蕙蓮在要臨出門前，趕緊回房重新打扮一番：

> 于是走到屋裡，換了一套綠閃紅段子對衿衫兒、白挑線裙子。又用一方紅銷金汗
> 巾子搭著頭，額角上貼著飛金并面花兒，金燈籠墜耳，出來跟著眾人走百媚兒。
> 月色之下，恍若仙娥，都是白綾襖兒，遍地金比甲。頭上珠翠堆滿，粉面朱唇。

因為女子精心打扮「或有房中換衣者，或有燈下整粧者，或有燈錢戴花者」，準備出門遊玩，處處展現自己最嬌媚的一面，和其他的婦女之間自然興起一種「爭奇鬥艷」的心理。而在這種時刻也最容易造成女子之間的嫌隙，宋蕙蓮在出門前回房的打扮中，就將潘金蓮的舊鞋套在自己的蓮鞋外面，還故意在人前掉鞋顯示自己的腳比潘金蓮還小，而且怕自己的鞋弄髒才把潘金蓮的鞋套在外面，認為髒了潘金蓮的鞋是沒有關係的，還故意和陳敬濟互相嘲戲、言來語去，這一切對潘金蓮而言充滿著挑釁的意味，兩人之間的嫌隙也日漸擴大。

56　陳微塵：〈采菲錄序〉，《采菲錄續編》，頁 1。

　　除了元宵節的出遊外，在清明節左右的鞦韆遊戲，更能表現出纏足婦女較為少見的活潑的一面。關於鞦韆，王三聘《古今事物考》中說：

> 北方山戎，寒食為鞦韆，以習輕趫。齊桓公伐之，始傳中國。唐明皇為樂宮中，呼為半仙之戲。一云，正作千秋，字為秋千，非也。本出自漢中，祝壽詞也。後世語倒為秋千耳。[57]

除了在寒食節盪鞦韆外，也在燈節之後就架設鞦韆以為戲，來消卻疾病的例子：

> 西北鞦韆之戲，其人及三而止，其高丈五而止，距地數尺餘，皆富貴家婦女戲也。有輪子者，加以轆轤，轉可容數十人，高二三丈許，距地已十尺餘，貧婦村女，必與焉，謂春天可借以卻疾云。元夕後輒共事此。[58]

可知習俗上架設鞦韆的時間，在燈節過後以及清明節之前，在詞話本第 25 回中，就是在「燒燈已過，又早清明將至」，「吳月娘花園中扎了一架鞦韆。至是，西門慶不在家，閒中率眾家姊妹遊戲一番，以消春晝之困」。眾婦女藉由這個機會遊戲運動一下，活動一下筋骨。吳月娘在過程中一直提醒玩樂的婦女，在鞦韆上「休要笑」，但潘金蓮在鞦韆上仍然是「笑成一塊」，並不理會吳月娘的勸告：

> 那金蓮在上面笑成一塊。月娘道：「六姐，你在上頭笑不打緊，只怕一時滑倒，不是耍處。」說著，不想那畫板滑，又是高底鞋，趻不牢，只聽得滑浪一聲把金蓮擦下來，早時扶住架子不曾跌著，險些沒把玉樓也拖下來。（第 25 回）

潘金蓮因為不聽勸告，再加上鞦韆板滑，一下子高底鞋重心不穩，擦了下來。這倒符合潘金蓮本來的個性，她一向是我行我素，在生活中即便有許多人向他提出警示，吳月娘以女子三從四德表示女子立身之法，吳神仙以相術道出未來警語，不過在潘金蓮的心中，還是覺得「人生在世，痛快就好」，「隨他明日街死街埋，路死路埋，倒在洋溝裡就是棺材」，這是潘金蓮的生活原則，所以她在玩鞦韆時，想笑就大聲笑，才沒想到不小心跌下來的後果。相對於潘金蓮的不小心擦下來，宋蕙蓮就表現的像是玩鞦韆的能手，在詞話本第 25 回中寫道：

> 這蕙蓮手挽彩繩，身子站的直屢屢，腳趻定下邊畫板。也不用人推送，那鞦韆飛

57　王三聘：《古今事物考》（臺北：臺灣商務印書館，1965），頁 11。
58　劉鑾：《五石瓠》〈輪子〉條，引自《香豔叢書四》，頁 2174。

> 起在半天雲裡，然後抱地飛將下來，端的卻是飛仙一般，甚可人愛。月娘看見，
> 對玉樓、李瓶兒說：「你看，媳婦子他到會打。」正說著，被一陣風過來，把他
> 裙子刮起，裡邊露見大紅潞紬褲兒，扎著臟頭紗綠褲腿兒，好五色納紗護膝，銀
> 紅綾帶兒。玉樓指與月娘瞧，月娘笑罵了一句：「賊成精的」，就罷了。

鞦韆展現了女子體態輕盈的一面，在飛盪的過程中，女子自身享受了一種異樣的飛揚之
感，是相當暢快淋漓的。鞦韆的遊戲過程中，常會使不該顯露出的小腳部分，自然的被
展露出來，連同為女子的吳月娘都覺得有些不好意思，笑罵說到「賊成精的」。不過看
在男性的眼中，這時正好觀賞金蓮，在方絢《香蓮品藻》說「香蓮宜稱二十六事」中就
有一個是「為鞦韆畫板」，另外王廷紹《霓裳續譜》中更有女子打鞦韆時叫喚心愛之人
觀賞金蓮的例子：

> 二月子二來，三月柳兒三。娘家接我去打鞦韆，起在了半懸天，喲起在了半懸天。
> 大紅的褲兒稱著柳楪兒衫，肉兒小心肝。重風擺羅裙，露出金蓮。肉兒小心肝。
> 重風擺羅裙，露出金蓮。[59]

可見鞦韆之戲，對於女子而言，可以活動筋骨好好玩樂一番；對於男子而言，也可以看
到女子較為活潑可愛的一面，以及觀賞金蓮，真可說是一舉數得了。

明清時代的婦女，一般來說生活圈是相當封閉的，這和社會規範自然脫不了關係，
而小腳的纏裹更是限制了身體上的行動能力，除了一般的家庭的應酬外，他們也只能藉
由節慶的時候，理所當然的出門遊玩，一年也只有在這些時候才能稍微的透口氣，看看
外面的世界。

---

59 王廷紹：《霓裳續譜》，收錄於馮夢龍等編：《明清民歌時調集》，頁397。

第三章 《金瓶梅》中
對三寸金蓮的異常愛戀

　　《金瓶梅》的成書時代，正是三寸金蓮的盛行時期，在書中我們常常能看見三寸金蓮在兩性的互動中，佔在著舉足輕重的位置，例如潘金蓮在第一次見到西門慶時就露出其美麗尖蹺的三寸金蓮，使西門慶為之銷魂，開始了這一段風流韻事。而本章所謂的「三寸金蓮的異常愛戀」，主要著眼於《金瓶梅》一書中，在兩性情慾發動時，「三寸金蓮」所代表的無可取代的地位，在「金蓮示人」主要著重於兩性在初見面時，女性如何以「金蓮」告訴男性她的心意，以及分析《金瓶梅》中不同的「金蓮示人」的類型；在「調情捏腳」主要是在闡明當兩性好不容易有了近距離的接觸，男性如何藉由捏弄女性的小腳，試探對方的心意，以使得雙方情慾高張，達到性交或偷情的目的。第三部分則是在闡述「鞋盃」的內在意涵。歷來研究《金瓶梅》學者對於鞋盃的部分，主要多以「性變態」或「色情狂」斥之，本文則希望藉由文獻爬梳能為「鞋盃」尋出一條歷史的軌跡，便藉以說明「鞋盃」之所以歷久不衰的原因。[1]最後，「腳帶與紅鞋」的部分，主要在說明女性的

1　歷來研究者對於《金瓶梅》中「鞋盃」的部分都有著不太好的評價，朱星在《金瓶梅考證》（臺北：木鐸出版社，1983）一書中斥其為「神經病」、「瘋子」及「色情狂」：

　　《金瓶梅》還反映了那個時代壓迫婦女的最壞的風尚，就是士大夫提倡的纏小腳，所謂三寸金蓮。書名「金瓶梅」，金是潘金蓮，就是因腳小而得名。瓶是李瓶兒，梅是春梅，都是小腳。三人都是丫環出身，一般說大腳丫頭。但窮人女兒為了出賣抬高身價，也纏了腳。當然士大夫貴族家的女兒也不能倖免，女子慘遭這種摧殘是可悲的。這是明代才開始，女子一律纏足。……這種暴行全世界所未見，成為中國特產。而全國士大夫竟因此形成變態心理，所謂愛蓮成癖。陳經濟拾得潘金蓮的小紅鞋而瘋狂。西門慶也愛上了潘金蓮宋蕙蓮的小金蓮。當時的大名士王世貞原來也是一個愛蓮癖者。《野獲編》卷二十三有「妓鞋行酒」一題說：「隆慶中，雲間何元朗覓得南院王賽玉紅鞋，每出以觴客，坐中多因之酩酊。王弇州至，作長歌以紀之。」王賽玉是一個名妓，她丟了一隻臭紅鞋就使一批名士瘋狂顛倒。王弇州（王世貞）還寫長歌以歌頌。在那個時代，真有逐臭之夫，把臭物當寶貝，真不可理解。只能稱之為神經病，瘋子，色情狂者！（頁188-189）

李建中在《瓶中審醜》（臺北：文史哲出版社，1992）一書中，以為「鞋盃」是西門慶將戀物症發展到「惡癖」的行為：

原本用來裹腳的腳帶與腳上所穿的紅鞋，是如何在性行為被利用，及這其中的意涵。

第一節　金蓮示人：賣弄風情

在纏足的年代，男女之防甚嚴，女性的雙腳被緊緊的纏裹住，使得其只能乖乖的待在閨房之中，「大門不出、二門不邁」地被關在家中，以守護其貞節的美名。但是這雙被嚴密控管的小腳，對於千千萬萬的男子而言，卻生出了無限的魅力，因為小腳是女性的專利，一種女人味的象徵，小腳使女性更增其嬌弱嫵媚之感，讓男人想要將女人一手掌握於手中，好好玩弄溫存，對這雙小腳進行一段揭秘與玩弄的過程。這種小腳的魅力，不僅男性知道，對於一些存心勾引男性的女性而言，她們也知道如果自己擁有一雙令人稱羨的小腳，那麼他也就等於有了勾引男性的性資本，也有了主動對男性示愛的工具。

做為淫婦象徵的潘金蓮，對於男女之事自然知之甚詳，當她對自己的婚姻不滿意時，心想以自己這般「羊脂玉體」，那「三寸丁、谷樹皮」的武大郎如何配得上。對武大郎的不滿成為她婚姻生活中苦悶，為了消除這樣的苦悶再為自己創造另外的性艷遇與性邂逅，她開始以自己最具有致命吸引力的部位——金蓮，來作勾引男性、賣弄風情的動作，於是她就在武大外出時：

> 武大每日自挑炊餅擔兒出去賣，到晚方歸。婦人在家，別無事幹，一日三餐吃了飯，打扮光鮮，只在門前簾兒下站著，常把眉目嘲人，雙睛傳意。左右街坊，有幾個奸詐浮浪子弟，睃見了武大這個老婆，打扮油樣，沾風惹草，被這干人在街上撒謎語往來嘲戲唱叫：「這一塊好羊肉，如何落在狗口裡？」人人自知武大是個懦弱之人，卻不知他娶得這個婆娘在屋裡，風流伶俐，諸般都好。為頭的一件，好偷漢子。……這婦人每日打發武大出門，只在簾子下嗑瓜子兒。一徑把那一對小金蓮故露出來，勾引的這夥人日逐在門前彈胡博詞、扠兒機，口裡油似滑言語，無般不說出來。（詞話本第 1 回）

西門慶的戀物症也有發展為惡癖的時候，比如第六回寫他把酒杯放在潘金蓮的鞋子裡喝酒。其實，這也是對當時社會上士大夫性變態行為的真實寫照。如當時江南名士何元朗，在宴客時就公然以妓鞋行酒，王士禎竟「作長歌已紀之」。可見，即使從性變態的角度論，《金瓶梅》也是「曲盡人間醜態」了。（頁 114）

其實，「鞋盃」對於現代不纏足的我們而言，也許真是難以理解的變態行為。不過，對於那個在「小腳為美」時代的人們而言，「飲鞋盃」本身也許是一種「常態」的作樂方式，筆者站在承認此歷史現象的角度上，希望能為「鞋盃文化」尋出一條發展脈絡，並能進一步說明其流行久遠的原因。

潘金蓮在舉手投足間在在的表現出「自己非良家婦女」的形象，以及「賣弄風情」的意圖。潘金蓮每日趁著武大郎不在家的時候，「便到門前簾兒下站著」，在從前一般有家教的婦女，是不許站立於門前的，那是有損婦德的表現，代表著「不正經的女性」，女性應該只能待在「私空間」——家中、閨房中。「門」是公共空間與私密空間的過渡，「站在門前簾兒下」代表著「女人外向、不安於室」，這也正是潘金蓮此刻的心境。其實，在《金瓶梅》中作者還安排了另一個人和潘金蓮一樣喜歡在門前搔首弄姿，那就原名為「宋金蓮」的「宋蕙蓮」，文本中說她「斜倚門兒立，人來倒目隨；托腮並咬指，無故整衣裳；坐立隨搖腿，無人曲唱低；開窗推戶牖，停針不語時；未言先欲笑，必定與人私。」這兩人都是風月場中的能手，「嘲漢子的班頭，壞家規的領袖」。

　　除了在「門前簾兒站著」之外，潘金蓮還有一些其它的姿態輔助其賣弄風情的意圖，或者該說是「加強」了她賣弄風情的魅力。首先，先以「眉目傳情」——「常把眉目嘲人，雙睛傳意」，在明清小說中稱此種為「色眼」，在《鬧花叢》中的余順姑便也有一雙「色眼」：

> 門內僑寓一家姓余的，有一閨女，名喚順姑，年紀有十五六歲，尚未受茶。文英一日在他門首盤桓，只見她上穿一領桃紅線綢棉襖，下著一條紫緊身湘裙，金蓮三寸，站在門首。這還是他通身的俊俏，不過言其大概。獨有一雙眼睛生得異樣，這種表情，就是世上人所說的色眼。大約不喜正視，偏要邪瞧，別應用不著，為有偷看漢子集是嵩門。他又不消近身，隨你隔幾十丈路，只消把眼光一瞬，便知好醜。遇著好的，把眼色一丟。那男人若是正氣的，低頭而過，這眼丟在空處了。若是一合色眼的男子，那邊丟來，這邊丟去，眼角上遞了情書，就開交不得了。[2]

可以想見潘金蓮在門前簾下站立時，便是以她那雙「杏子眼兒」像路過的浮浪弟子丟「色眼」，這一向潘金蓮也許都沒有遇見合適的。於是仍然在門前站立，直到西門慶的出現，這兩人「那邊丟來，這邊丟去，眼角上遞了情書」，詞話本第2回中對西門慶與潘金蓮這無言的眉目傳情有詳細的描寫，兩人一看「就開交不得了」：

> 一日，三月春光明媚時分，金蓮打扮光鮮，單等武大出門，就在門前簾下站立，約莫將及他歸來時分，便下了簾子，自去房內坐的。一日也是合當有事，卻有一個人從簾子下走過來。自古沒巧不成話，姻緣合當湊著：婦人正手裡拿著叉竿放簾子，忽被一陣風將叉竿括倒，婦人手擎不牢，不端不正，卻打在那人頭巾上。

2　姑蘇癡情士：《鬧花叢》（臺北：雙笛國際事務公司，1994），頁111-112。

婦人便慌忙陪笑。把眼看那人,也有二十五、六年紀,生的十分博浪:頭上戴著
纓子帽兒,金玲瓏簪兒,金井玉欄杆圈兒,長腰身穿綠羅褶兒;腳下細結底陳橋
鞋兒,清水布襪兒;腿上勒著兩扇玄色挑絲護膝兒,手裡搖著灑金川扇兒。越顯
出張生般龐兒,潘安的貌兒,可意的人兒,風風流流,從簾子下丟與奴個眼色兒。
這個人被叉竿打在頭上,便立住了腳。待要發作時,回過臉來看,卻不想是個美
貌妖嬈的婦人。但見他:黑鬒鬒賽鴉翎的鬢兒,翠彎彎的新月的眉兒,清冷冷杏
子眼兒,香噴噴櫻桃口兒,直隆隆瓊瑤鼻兒,粉濃濃紅艷腮兒,嬌滴滴銀盆臉兒,
輕嬝嬝花朵身兒,玉纖纖蔥枝手兒,一捻捻楊柳腰兒,軟濃濃白面臍肚兒,窄多
多尖趫腳兒,肉奶奶胸兒,白生生腿兒。

這一天潘金蓮一如往常的在門前的簾下站著,當潘金蓮欲拿著竹竿收簾子時,一
陣風將竹竿刮倒,打到剛好路過的西門慶的頭巾上,當下這兩人就只這樣看了一
眼,就把對方從頭到腳打量了一番。潘金蓮看見了風流瀟灑的西門慶,西門慶看
見了美貌妖嬈的潘金蓮,潘金蓮的「色眼」正好碰著西門慶的「賊眼」,兩人「互
丟眼色」眉目傳情一番,當下兩人都有意了。

潘金蓮在門前賣弄風情,除了以「眉目傳情」以外,還搭配著些物件——「瓜子」。浦
安迪說:「當我們回想起第二回金蓮倚門而立的同一姿勢時,甚至連瓜子也成了既是賣
弄風情的標誌,又是危險的調情工具。」[3]而根據西美爾的研究發現:

賣弄風情的女人喜歡擺弄彷彿位於旁邊的東西:狗、花或者小孩。這一方面是轉
離針對的那個他,另一方式通過那種轉向讓他明白:她多麼迷人。這也同樣意味
著:「不是你讓我感興趣,而是旁邊的這些東西」。[4]

而潘金蓮在門前簾下勾引浮浪子弟時,最喜歡嗑瓜子,藉此以表達出一種假象「我只是
在嗑瓜子,還不是專門在門前勾引男人囉」,其實是司馬昭之心路人皆知。瓜子是潘金
蓮最喜歡的零食,在《金瓶梅》中常見她在「嗑瓜子」,除了在第 1 回出現外,在第 15
回「佳人笑賞翫月樓」中,「那潘金蓮一徑把白綾襖袖子摟著,顯他遍地金掏袖兒,露
出那十指春蔥來,戴著六個金馬鐙戒指兒,探著半截身子,口中磕瓜子兒,把磕了的瓜
子皮兒都吐下來,落在人身上,和玉樓兩個嘻笑不止。」崇禎本在此處眉批云:「金蓮
輕挑處,曲曲摹盡。」浦安迪也認為,嗑瓜子動作加深了潘金蓮輕挑的形象:

---

3   浦安迪:〈金瓶梅藝術技巧的一些探索〉,收錄於中國金瓶梅學會編:《金瓶梅研究 第一輯》(南
     京:江蘇古籍出版社,1990),頁 238。
4   西美爾著;顧仁明譯:《金錢、性別、現代生活風格》(上海:學林出版社,2000),頁 159。

潘金蓮初次出現時漫不經心地嗑著瓜子的描寫一開始就給了我們一個輕佻的鮮明
形象。隨著故事情節的逐步展開，這一細節隨同他輕微的色情意味逐漸發展成為
潘金蓮淫蕩不堪的標誌之類的東西，終至具有更深廣的象徵作用。影響所及，寫
到其他婦女也會給人以相似的印象。[5]

「瓜子」在《金瓶梅》中隨著情節的發展逐漸成為了「春膳」[6]，含有越來越濃的色情意
味。在 72 回中，瓜子成為了潘金蓮與西門慶在床笫之間的果品，潘金蓮將口中的瓜子仁
「滿口哺與西門慶吃」，使得西門慶「淫心輒起」，「瓜子」在此時成為性愛場面中的調
情春膳。無獨有偶，宋蕙蓮在文本中也常見她在嗑瓜子，例如在詞話本第 24 回中：

> 那來旺兒媳婦宋惠蓮，不得上來坐，在穿廊下一張椅兒上，口裡磕瓜子兒，等的
> 上邊呼喚要酒，……畫童兒道：「這地上乾乾淨淨的，嫂子磕下恁一地瓜子皮，
> 爹看見又罵了。」惠蓮道：「賊囚根子！六月債兒，還得快。掃就是，甚麼打緊，
> 教你雕佛眼兒？便當你不掃，丟著，另教個小廝掃。他問我，只說得一聲。」畫
> 童兒道：「耶嚛嫂子！將就些兒罷了，如何和我合氣！」于是取了苕帚來，替他
> 掃瓜子皮兒。這宋惠蓮外邊磕瓜子兒不題。

宋蕙蓮其實只是家中小廝的妻子，其地位也只是家中的一名僕婦，但因為與西門慶發生
了性關係，便以為自己的不同於一般的小廝與僕婦，這一段描寫她嗑瓜子的文字，將她
那種飛揚囂張的神情，描寫的盡致淋漓，而那種輕挑、囂張與跋扈的情態，與潘金蓮如
同出一轍。

而「瓜子」在《金瓶梅》中還作為另一種用途，即「女子送與男子表達情意的零嘴」，
在詞話本第 67 回中鄭愛月就託鄭春，將她親口嗑好的瓜子仁送給西門慶：

> 西門慶又問：「那小盒兒內是甚麼？」鄭春悄悄跪在西門慶跟前，揭開盒兒說：
> 「此是月姐稍與爹的物事。」西門慶把盒子放在膝蓋兒上，揭開纏待觀看，一邊伯
> 爵一手過去，打開，是一方迴紋錦雙攔子細撮古碌錢同心方勝結、桃紅綾汗巾兒，
> 裡面裹著一包親口嗑的瓜仁兒。這伯爵把汗巾兒掠與西門慶，將果仁兩把喃在口

5　浦安迪：〈金瓶梅藝術技巧的一些探索〉，收錄於《金瓶梅研究第一輯》，頁 236。
6　胡衍南認為「瓜子」在性愛的場面中具有「春膳」的作用：「說到瓜子兒，這可是潘金蓮最酷嗜的
　零嘴。……作者的細膩之處在於，這個小說前半部用來提示金蓮本性的果仁兒，到後來竟然成為一
　種『春膳』！金蓮用她含著淫情的溫柔，把浸著唾津的瓜子仁兒輕輕用舌遞送到西門慶口中，雖然
　他不像胡僧藥一般能夠令男人『金鎗不倒』，但絕對是一帖上乘的性欲催化劑。」參見胡衍南：《飲
　食情色金瓶梅》（臺北：里仁書局，2004），頁 215。

> 裡都吃了。比及西門慶用手奪時，只剩下沒多些兒。便罵道：「怪狗才，你害饞癆饞痞？留些兒與我見見兒，也是人心！」伯爵道：「我女兒送來，不孝順我，再孝順誰？我兒，你尋常吃的夠了。」

在明清時代女子送親自嗑的瓜子仁給心愛的男人，似乎是情人之間的習慣。在馮夢龍的《掛枝兒》中便有一首民歌為〈贈瓜子〉：

> 瓜仁兒本不是箇希罕貨，汗巾兒包裹了送與我親哥。一箇箇都在我舌尖上過，禮輕人意重，好物不須多，多拜上我親哥也，休要忘了我。[7]

另外在華廣生《白雪遺音》中也收有一首名為〈瓜子嗑了〉的民歌：

> 瓜子磕了三十個，紅紙包好，藏在錦盒，叫丫鬟，送與我那情哥哥。對他說，個個是奴家親口磕，紅的是胭脂，濕的是吐沫。都吃了，管保他的相思病兒全好。都吃了，管保他的相思病兒全好。[8]

可見在當時女子送親口嗑的瓜子仁，是有相當的含義的，因為經過女子嗑好的瓜子仁上沾有著女子的胭脂與吐沫，當男子在拿到這些瓜子仁並且把它們吃了，就像是兩人藉由這些瓜子人而進行接吻，有一種「意淫」的想像，為男女之間製造一種想像的交感接觸，使兩人的情慾有所表達。

而當潘金蓮站立於門前簾下，一邊嗑著瓜子，向路過的男人拋擲色眼時，她又接著做了一件良家婦女絕對不允許，但對男人而言卻是強烈性暗示的舉動——「一徑把那一對小腳做露出來」，來勾引路過的浮浪子弟，享受著被觀看的快感，以稍稍減輕自己嫁給武大郎的鬱悶。在纏足盛行時代，女性的金蓮小腳是要被好好隱藏起來的，一般的良家婦女為避免小腳被浮浪子弟覷見，不輕易外出，即便不得已外出或在門前佇立也要有同伴隨行：

> 婦女珍惜其足，恒秘不示人，一經傖氓覷及，多以為恥。北方各省縣，此風尤深。故婦女深處閨中，最憚外出，出亦依門自障，非伴侶叢立，不肯佇立門前也。[9]

但潘金蓮不僅獨自一人在門前佇立，還「一徑地」露出自己那一對美麗的小腳，其賣弄風情與勾引男子的意圖更加表露出來。在明清的小說中大凡描寫不安於室的女人，多有

---

7 馮夢龍：《掛枝兒》，見《明清民歌時調集》，頁 56。

8 華廣生：《白雪遺音》，見《明清民歌時調集》，頁 650。

9 李榮楣：〈湮南蓮話〉，《采菲錄三編》，頁 84。

「主動」小腳露出來勾引男主人翁的情節，例如《鬧花叢》裡的秋香：

> 文英三人尚站在一家門樓之下，正在閒絮，只見裡面有個美艷女子，年紀約有二
> 八，端坐簾內，又有一小青衣女，輕移蓮步，娉娉婷婷，乃向文英凝眸遙望，把
> 那纖纖玉手相招。有詩一絕為證：「面如冠玉體含香，能亂閨中少婦腸。邂逅相
> 逢情自熱，纖纖玉筍豈容藏。」文英平日閉戶讀書，何曾親見女色？今日一見，
> 不覺神魂飄蕩。尾在女子門首，見那青衣女子依舊半身露出，又把一雙腳兒故意
> 跨門限露出，那小腳尖尖約有三寸長。文英此時，恨不能即時走進去，便立住對
> 看。[10]

又如《二刻拍案驚奇》卷 14 中趙縣君：

> 話說宣教郎吳約，字叔惠，道州人。兩任廣右官，自韶州錄曹赴吏部磨勘。宣教
> 家本饒裕，又兼久在南方，珠翠香象蓄積奇貨頗多，盡帶在身邊，隨行作寓在清
> 河坊客店，因吏部引見留滯，時時出遊伎館，衣服鮮麗，動人眼目。客店相對有
> 一小宅院，門首掛著青簾，簾內常有個婦人立著，看街上人做買賣。宣教終日在
> 對門，未免留意體察，時時聽得他嬌聲媚語，在裏頭說話，又有時露出雙足在簾
> 外來，一灣新筍，著實可觀。[11]

在明清的情色小說中，女子主動將小腳露出來，已經成為了勾引男性的主要橋段之一。
在這裡原為「怕她水性與楊花，裹住足來關住她」[12]的小腳，卻成為女子主動勾引男子
的利器。以潘金蓮為例，她從小便以自己的一雙金蓮為傲，她的名字也是因為「纏得一
雙好小腳兒」而起的，對於她自己而言，她自認為自己除了「生得有些顏色之外」，她
更擁有一種雄厚的性資本——「一雙尖尖趫趫的三寸金蓮」。在當時三寸金蓮是男性對
女性的審美標準，擁有一雙金蓮的女人，才能稱得上是一個「具有女人味的女人」或是
「真正的女人」，而擁有「標準三寸金蓮」的女人，除了是具有女人味之外，更可以稱得
是「真正的美女」。當時社會存有如此的審美標準，潘金蓮是那種社會下的產物，受著
這種觀念的影響，自然對自己的「三寸金蓮」感到自豪，便認為自己是真正的美女，只
是沒想到她這樣的「巧婦」竟嫁給了武大郎這樣的「拙夫」，讓她感到無比的鬱悶。對
於她而言，武大郎那樣猥瑣的長相是令她十分厭惡的，那種婚姻生活壓的她透不過氣來，

10　姑蘇癡情士：《鬧花叢》，頁 44。
11　凌濛初：《二刻拍案驚奇》（臺北：三民書局，1991），頁 251-252。
12　〈放足歌〉，引自《采菲錄續編》，頁 47。

為了舒解自己嫁給武大郎不滿以及另外尋求性生活上的快慰，她讓自己日日趁著武大出門賣餅時，坐在門前簾下，假意嗑著瓜子以引人注意，大膽故意的露出自己最引以為傲的「三寸金蓮」，而路過的浮浪子弟在見過她的美貌時，也會大嘆「這一塊好羊肉，如何落在狗口裡？」使她能經由他人語言的共鳴與感嘆，對自己的處境能稍稍也有所寬慰；並且由浮浪子弟對自己美貌的讚美與觀看，得到一種「被觀看」的快感，認為自己仍然是魅力無法擋。在未遇到西門慶之前，浮浪子弟的語言與觀看的快慰，也許就已經令潘金蓮感到有些滿足了，但在遇到西門慶之後，兩人天雷勾動地火的邂逅，使她達到了「金蓮示人」的最終目的——外遇。其實，潘金蓮剛開始坐在門前也許只是為了排遣嫁給武大郎的鬱悶，而浮浪子弟白日的讚美也使得她對自己的美貌與魅力仍然深具信心，但是在遭受武松的拒絕之後，她開始對自己的美貌與魅力感到懷疑與喪失的恐懼，而西門慶的適時出現，除了給了她擺脫武大郎的機會，也讓她證明自己能憑藉著自己的美貌，獲得一段「可堪匹配」的美好姻緣，即便是「露水姻緣」也罷。潘金蓮在這不美滿的婚姻中，令她必須為自己尋找另一種快樂，坐在門前嗑著瓜子，露出自己最美麗的金蓮，是她為自己尋求快樂的一種捷徑，她知道她的「三寸金蓮」一定會令她心儀的男子上鉤，既然武松拒絕她，她就只好再另尋目標。她「露出金蓮」主要是為了勾引男人以達到外遇的目標，而果不其然，西門慶一見她「窄多多尖趫」便「人見了魂飛魄散，賣弄殺偏俏的冤家」「先自酥了半邊」，再加上兩人「惹起春心不肯休」眉來眼去，也都對方互有偷情之意，於是西門慶就找王婆想辦法「挨光」與潘金蓮這一段風流姻緣的開端。

在《金瓶梅》中除了潘金蓮這種「主動金蓮示人」的類型之外，還有另外一種「被動的金蓮示人」類型，可以以孟玉樓為代表。第 7 回中西門慶與薛媒婆一同來孟玉樓家相親時，孟玉樓起身為西門慶倒茶：

> 婦人（孟玉樓）起身，先取頭一盞，用纖手抹去盞邊水漬，遞與西門慶，道了萬福。薛嫂見婦人立起身，就趁空兒輕輕用手掀起婦人裙子來，正露出一對剛三寸、恰半扠、尖尖趫趫金蓮腳來，穿著雙大紅遍地金雲頭白綾高底鞋兒。西門慶看了，滿心歡喜。

在這裡薛媒婆趁著孟玉樓不注意時，將孟玉樓的裙子掀起來使西門慶能夠瞧見孟玉樓的小腳，這種「金蓮示人」是屬於被動的，和潘金蓮的在門前故意露出金蓮是不相同的。而且孟玉樓露出小腳是有功能性的，是為了相親能夠成功，希望西門慶經過「相腳」之後，能夠中意她、娶她。在這個過程中，孟玉樓的「金蓮示人」雖是屬於被動的，在不經意間被薛嫂掀起裙子，才將金蓮露出，不過十分奇怪的是，這樣突如其來的舉動，在文本中孟玉樓卻沒有任何驚慌失措的舉動，似乎薛嫂的舉動已在她的預料之中，所以當

西門慶看見她的金蓮之後，她依然還是泰然自若的「取第二盞茶來遞與薛嫂」。這是因為在明清時代，寡婦再嫁從己，當她看見薛嫂直接帶西門慶登堂入室，再加上當時相親常伴隨有「相腳」的習俗，故當薛嫂掀起的她裙子時，她也就不感到意外了。不過，在孟玉樓的心裡還是存有「小腳不輕易示人」的觀念，由第 7 回中她對張四所說：「莫不奴的鞋腳，也要瞧不成？」其中的含義即指出「女子的鞋腳是看不得的」，由此可知，對孟玉樓而言，她並不是那種隨時可以露出金蓮勾引男人的女人，只有在相親時「相腳」的時候，才不得已由媒婆間接而被動的將金蓮露出來，使來相親的男性能夠知道自己是擁有一雙美麗小腳的，讓自己能再嫁成功。不過，在其它的時候，孟玉樓則是不輕易露出自己的小腳。

　　除了潘金蓮和孟玉樓的「金蓮示人」類型之外，宋蕙蓮的金蓮示人則又是另一獨特的類型。宋蕙蓮的露出金蓮，在在顯示出要與潘金蓮的三寸金蓮一較長短的企圖心，她是為了和潘金蓮「比較」小腳而多次露出金蓮，是屬於「比腳型」的金蓮示人。最明顯的例子就是第 24 回，宋蕙蓮與陳經濟在元夜互相嘲戲時，宋蕙蓮在這裡大剌剌的露出自己的小腳，在潘金蓮、孟玉樓與眾人面前，公開自己是將潘金蓮的鞋子套在自己的鞋子外面，以防外出的泥土弄髒了自己的鞋子。宋蕙蓮這種舉動，等於是公開挑戰了潘金蓮的權威。在西門家中的眾女人中潘金蓮一直以自己有一雙「三寸金蓮」而自豪，宋蕙蓮這種舉動正是公開宣示她的金蓮比潘金蓮的小腳還美、還小，這讓潘金蓮很沒面子也下了台，同時也下定決心非要除掉宋蕙蓮不可。一向知道和平共處與明哲保身的孟玉樓，看到宋蕙蓮的表現時已經知道潘金蓮一定會除掉宋惠蓮的，於是為了避免自己淌入這場渾水，她選擇「一聲兒也不言語」。其實，潘金蓮對宋蕙蓮的殺機，在第 23 回便已經埋下了，那時潘金蓮偷聽宋蕙蓮和西門慶偷情時：

> 西門慶道：「我兒，不打緊處，到明日替你買幾錢的各色鞋面。誰知你比你五娘腳兒還小！」婦人道：「拿甚麼比他！昨日我拿他的鞋略試了試，還套著我的鞋穿。倒也不在乎大小，只是鞋樣子周正纏好。」金蓮在外聽了：「這個奴才淫婦！等我再聽一回，他還說甚麼。」

潘金蓮聽到宋蕙蓮在西門慶面前比較小腳，而且西門慶也承認宋蕙蓮的小腳「比妳五娘小」，潘金蓮在門外聽的氣憤，知道宋蕙蓮並不是安份的僕婦。如果今天宋蕙蓮和春梅一樣對潘金蓮忠心耿耿，那麼潘金蓮也許容得下她；但是當潘金蓮知道宋蕙蓮對自己有異心之後，為避免自己在西門慶家的地位受到動搖，自己的位置被宋蕙蓮取代，就已經埋下將宋蕙蓮除之而後快的想法。後來宋蕙蓮也知道潘金蓮偷聽的事，也還故意想潘金蓮示好：

　　這婦人自從被金蓮識破他機關，每日只在金蓮房裡，把小意兒貼戀，與他頓茶頓水，做鞋腳針指，不拿強拿，不動強動。正經月娘後邊，每日只打個到面兒，就來前邊金蓮這邊來，每日和金蓮、瓶兒兩個下棋、抹牌，行成夥兒。

不過在宋蕙蓮知道潘金蓮與陳敬濟有曖昧時，又故態復萌的挑釁潘金蓮，還趁機與陳敬濟調笑，才演出第 24 回「套著潘金蓮鞋子」這一段情事。潘金蓮此時也下定決心一定要除掉宋蕙蓮這個心腹大患，張竹坡評曰：「然則窗外一覷，春風早為一付勾魂帖。蕙蓮自為得意，不知其賈禍之機實本於此。」由此可知，在《金瓶梅》中宋蕙蓮露出小腳示人時，常懷有著「和潘金蓮一較長短」的比腳心理，是屬於「比腳型」的「金蓮示人」，她每每露出金蓮，並不是為了勾引男人與相親，而是為了讓眾人來比較自己的小腳和潘金蓮的小腳孰美，這種比較的心理，雖為她贏得腳小的勝利，卻也為自己帶來了殺身之禍。

　　在《金瓶梅》中的「金蓮示人」，可以分為三種類型：第一種是潘金蓮的「勾引型」，潘金蓮日日在門前露出金蓮，是為了勾引男人，使自己能得到擺脫武大郎的機會，與外遇的快樂；第二種是孟玉樓的「相腳型」，這種金蓮示人只在相親時不得以而為之，平常時候她的金蓮仍是不輕易示人的；第三種則是宋蕙蓮的「比腳型」，宋蕙蓮露出小腳主要伴隨著比較的心理，想要藉著自己的小金蓮，來和潘金蓮一較長短。

　　這三種不同類型的「金蓮示人」，還是以潘金蓮「勾引型」的金蓮示人，對於男性最具吸引力，女子露出金蓮是總有著強烈的性暗示，也有著強烈的吸引力。鄒英在談到「美人魔力」時就說：「以言乎蓮鉤：有時故意一縮、有時故意流露、有時故意整一整、有時故意蹴一蹴。」[13]而這種故意的露出金蓮，更會讓男人的眼睛為之一亮，目光不由自主的被吸引住。潘金蓮在門前露出金蓮，勾引路過的浮浪子弟，其用心是「有意」而且「自願」，所以在她的展現金蓮的過程中，完全少了那一種屬於女性的羞澀。對於自己「人工性徵」的展露完全不曾感到一絲一毫的的難為情，打破了女性自然羞澀的原理，而且還十分得意自己的「三寸金蓮」能成為男人眼中矚目的焦點，製造自己似乎「近而可及」和「遙而不可及」的擺盪，「讓她針對的男人感覺的是和否之間搖擺不定的遊戲」[14]，根據西美爾的賣弄風情的理論，這賣弄風情對女性的獨特之處是：

　　賣弄風情的女人的獨特之處在於：通過迎合和拒絕的交替或者同時施展，通過象徵、暗示、「宛如遙不可及」地有效說是和否，通過給和不給，或者用柏拉圖的

13　鄒英：〈蒔菲續談〉，《采菲錄四編》，頁 188。

14　西美爾：《金錢、性別、現代生活風格》，頁 160。

話來說，有還是沒有，她運用這樣的兩極張力方式，但卻仍然使它們像一下子那樣被人感覺到——這些就是賣弄風情的女人特有的，她通過這種無與倫比的反題和綜合激發了男人對她的喜歡和渴望。[15]

潘金蓮就是透過自己的「三寸金蓮」，製造出一種似乎「可與之偷情」又似乎「不能與之偷情」的兩種張力，讓路過的男人個個「想偷腥」又個個「不敢偷腥」。潘金蓮主宰著這一切的肯定與否定，她似乎也樂見著那些男人渴望她的目光，否則便不會「日日在門前簾下嗑瓜子」並「一徑把那一對小腳做露出來」，而對男人而言，正如西美爾所言：「在賣弄風情的女人對自己的興趣中，在她吸引自己的願望中，就已經感覺到擁有她的某種隱約魅力，好像期望得到的幸福已經預示了獲得的那部分的幸福。」[16]在這一場由潘金蓮主導、主演，武大家門前上場的「金蓮示人」的賣弄風情的好戲，通過「是與否」、「可能與不可能」和「有與沒有」的心理，不斷牽扯著路過男子的心情，而這些就是潘金蓮所刻意傳達的暗示：

> 通過買弄風情的刻意，每一種相互滲透非常深的對立因素都在其他因素身上較為明顯地顯現出來：賣弄風情彷彿給「沒有」以一種實在的鮮明性，通過「擁有」的遊戲性、暗示的假裝使人真正感覺到「沒有」，就像它反過來用沒有的威脅性裝假格外提高「擁有」的魅力。如果那種基本關係表明：我們雖然在確定的「擁有」中，仍然以某種方式沒有「擁有」，賣弄風情會為此努力，保證我們在確定的「沒有」中也能以某種方式「擁有」。[17]

這一場由潘金蓮的肢體語言獨挑大樑的無聲好戲，她的肢體語言在在傳達出一種「可進可退」的策略。首先，「門前簾下站著」就傳達出一種若隱若現的意象，「門前」是一個「可進可退」的過渡位置，如果一旦企圖被武大或正經人仕質疑，她自可為自己開脫說「只是在門前而且又有簾子擋著，不算不正經」，而另一方面這種過渡的位置，也讓自己有機會見到路過的男人，讓路過的男人能夠看到他；其次，「嗑瓜子」的動作，更是可以轉移別人對她企圖的質疑，因為她可以說自己自在嗑瓜子而不是在勾引男人，而另一方面瓜子殼的四處散落，也是會引起別人注意的一種事物；最後，「金蓮示人」的部分，對於男人而言是一種強烈的引人注目之物，不過由於潘金蓮是在自家門前簾下露出金蓮，她是可以說是「不小心才露出金蓮」，否認自己是「故意」露出金蓮的企圖。

15　西美爾：《金錢、性別、現代生活風格》，頁158。

16　西美爾：《金錢、性別、現代生活風格》，頁161。

17　西美爾：《金錢、性別、現代生活風格》，頁168。

由此可知，潘金蓮在門前賣弄風情的每個動作，都為自己找到了「可進可退」的理由，而這種「似有若無」的暗示，更是吸引浮浪子弟每日到她門前閒晃，與她「撒謎語、往來嘲戲」的原因。

第二節　調情捏腳：慾望的牽動

當西門慶與潘金蓮在門前一見定情之後，彼此都有意了，臨去時，西門慶「回頭了七八迴」，潘金蓮也「見那人生的風流浮浪，言語甜淨，更加幾分留戀」「眼巴巴的看不見那人，方纔收了簾子，關上大門，歸房去了」。這離去的西門慶並不是回家，反而轉入了王婆的茶肆，這王婆也是「慣調風月巧排，常在公門操鬥毆」的厲害傢伙，且看作者描述她：

> 原來這開茶坊的王婆子，也不是守本分的。便是積年通殷勤，做媒婆，做賣婆，做牙婆，又會收小的，也會抱腰，又善放刁。……端的看不出這婆子的本事來！但見：開言欺陸賈，出口勝隨何。只憑說六國唇鎗，全仗話三齊舌劍：隻鸞孤鳳，霎時間交仗成雙；寡婦鰥男，一席話搬唆擺對。解使三里門內女，遮麼九級殿中仙。玉皇殿上侍香金童，把臂拖來；王母宮中傳言玉女，攔腰抱住。略施奸計，使阿羅漢抱住比丘尼；纔用機關，交李天王摟定鬼子母。甜言說誘，男如封陟也生心；軟語調和，女似麻姑須亂性。藏頭露尾，攛掇淑女害相思；送暖偷寒，調弄嫦娥偷漢子。這婆子，端的慣調風月巧排，常在公門遭鬥毆。（詞話本第2回）

這樣能「調弄嫦娥偷漢子」的三姑六婆，最適合幫西門慶完成偷情的任務。當西門慶說明來意，要請王婆幫忙促成，王婆於是提出了有名的「十件挨光計」，何謂的「挨光」，指的就是現今的「偷情」。在講「十件挨光計」之前，男性必須要先具有「潘、驢、鄧、小、閑」的條件，這五字即指男性要有「潘安的貌」、「驢大的行貨」、「鄧通般有錢」、「青春少小」與「要有閑工夫」，這五個要求對於從小在「三街兩巷游串」又有「幾貫錢財」的西門慶而言，自然是樣樣具備並非難事。接著王婆才逐一的說出自己設下的「十件挨光計」：

> 王婆笑哈哈道：「……武大這兩日出門早。大官人如幹此事，便買一匹藍紬，一匹白紬，一匹白絹，再用十兩好綿，都把來與老身。老身卻走過去，問他借曆日——央及人揀個好日期，叫個裁縫來做送終衣服。他若見我這般來說，揀了日期不肯與我來做時，此事便休了；他若歡天喜地，說『我替你做』，不要我叫裁縫，

這光便有一分了。我便請得他來做，就替我裁，這便二分了。他若來做時，午間我卻安排些酒食點心，請他吃。他若說不便當，定要將去家中做，此事便休了；他不言語吃了時，這光便有三分了。……直到第三日晌午前後，你整整齊齊打扮了來，以咳嗽為號。……我便出來請你入房裡坐，吃茶。……他若見你入來，不動身時，這光便有四分了。坐下時，……你便賣弄他針指。若是他不來兜攬答應時，此事便休了。他若口裡答應，與你說話時，這光便有五分。我卻說道：『難為這位娘子，與我作成出手做。虧殺你兩施主，一個出錢，一個出力。不是老身歧路相央，難得這位娘子在這裡，官人做個主人，替娘子澆澆手。』你便取銀子出來，央我買。若是他便走時，不成我扯住他？此事便休了。若是不動身時，事務易成，這光便有六分了。我卻拿銀子，臨出門時，……若是他不起身，又好了，這光便有七分了。待我買得東西，擺在桌子上，……若是只口裡說要去，卻不動身，此事又好了，這光便有八分了。待他吃得酒濃時，正說得入港，我便推道沒了酒，再教你買；你便拿銀子，又央我買酒去，並菓子來配酒。我把門拽上，關你和他兩個在屋裡。若焦躁跑了歸去時，此事便休了；他若由我拽上門，不焦躁時，這光便有九分，只欠一分便完就。這一分倒難。」（詞話本第3回）

王婆這一到九計，一步步的將潘金蓮引入西門慶的圈套中，王婆先以裁製送終衣裳為由，要先請潘金蓮替她看曆日選一個適合裁衣的吉日，然後等到潘金蓮自告奮勇替她做衣服時，也就一步步進入王婆佈好的局中。這樣潘金蓮在王婆家做衣裳並且吃酒食點心的日子，過了三日之後，就該西門慶現身了，然後王婆趁機藉口出外買酒，只留潘金蓮和西門慶在屋內，如果這時潘金蓮並不焦躁的要歸家去，那西門慶就可用王婆的「挨光第十計」來試探潘金蓮的心意，這第十計便是「調情捏腳」：

王婆道：「……大官人，你在房裡，便著幾句甜話兒說入去，卻不可燥爆便去動手動腳，打攪了事。那時我不管你。你先把袖子向桌子上拂落一雙箸下去，只推拾箸，將手去他腳上捏一捏。他若鬧將起來，我自來搭救，此事便休了，再也難成。若是他不做聲時，此事十分光了，他必然有意。」（詞話本第3回）

等到事情真正上演，潘金蓮也正如王婆所料的一步步走入這「挨光十計」的圈套中。直到「調情捏腳」時，西門慶就如同王婆教導的一樣，先假裝將筷子不小心掉到地上，再以撿筷子為由俯身去捏潘金蓮的小腳，在詞話本第四回寫道：

這西門慶故意把袖子在桌子上一拂，將那雙箸拂落在地下來。一來也是緣法湊巧，那雙箸正落在婦人腳邊。這西門慶連忙將身下去拾箸，只見婦人尖尖趫趫剛三寸，

> 恰半扠一對小小金蓮,正趫在箸邊。西門慶且不拾箸,便去她繡花鞋頭上只一捏。那婦人笑將起來,說道:「官人休要囉唕!你有心,奴亦有意。你真個勾搭我?」西門慶便雙膝跪下,說道:「娘子作成小人則個!」那婦人便把西門慶摟將起來說道:「只怕乾娘來撞見。」西門慶道:「不妨!乾娘知道。」當下兩個就在王婆房裡脫衣解帶,共枕同歡。

西門慶借拾箸之名,往潘金蓮的繡花鞋頭上只一捏,潘金蓮便笑了起來,兩人心照不宣,就在王婆的房裡雲雨交歡。詞話本的描寫與《水滸傳》中相似,但和崇禎本相比,崇禎本就顯得較為生動活潑,尤其對潘金蓮的的反應,描寫的更加細膩一些,崇禎本第4回寫道:

> (西門慶)一面伸手隔桌子搭到床炕上去,卻故意把桌上一拂,拂落一隻筯來。卻也是個姻緣湊著,那隻筯兒剛落在金蓮裙下。西門慶一面斟酒勸那婦人,婦人笑著不理他。他卻又待拿筯子起來,讓他吃菜兒。尋來尋去不見了一隻。這金蓮一面低著頭,把腳尖兒踢著,笑道:「這不是你的筯兒!」西門慶聽說,走過金蓮這邊來道:「原來在此。」蹲下身去,且不拾筯,便去他綉花鞋頭上只一捏。那婦人笑將起來,說道:「怎這的囉皂!我要叫起來哩!」西門慶便雙膝跪下說道:「娘子可憐小人則簡!」一面說著,一面便摸著他褲子。婦人又開手道:「你這個歪廝纏人,我卻要大耳刮子打的呢!」西門慶笑道:「娘子打死小人,也得簡好處。」于是不繇分說,抱到王婆床炕上,脫衣解帶,共枕同歡。

和詞話本相比,崇禎本將潘金蓮的反應做了更活靈活現的描寫,尤其對於語言方面的傳情,潘金蓮的「笑道:『這不是你的筯兒!』」更為兩人之間的交談,增加了調情的味道,兩人在語言的一來一往中,對於雙方的心意可以更加確定。雖然潘金蓮說道:「我要叫起來哩!」不過由她「笑將起來」,與不拒絕西門慶捏她腳的反應,這句話不過是欲迎還拒的虛張聲勢之語罷了。

不過,在這裡值得注意的是為何這最後壓軸的一計是「捏腳」呢?西門慶捏腳的動作與潘金蓮的反應,在兩人的交往中究竟是帶有何種重要的意義呢?纏足婦人的小腳,是一種專屬女人的禁忌存在,卻也意外成為女性身上最性感的所在。纏足女人的小腳,除了自己以及丈夫之外,別的男人是不可觸摸的,「觸碰他人妻子的小腳」是嚴重的違反社會禁忌,老宣在〈對於采菲錄之我見〉一文中便言:

> 在正重的圖畫與戲劇中的女子決不見小腳,並且纏足的女子對於兩足,認作不可示人的東西。以前的婦女既重貞節,所以將金蓮,也視同神秘,以為是應代丈夫

保護的私產。甚至親如父兄子姪，對她的腳與鞋，也避如蛇蠍，不敢挨近。一些缺德的男子們，也以為摸著某些女子鞋腳，如同與那女子發生了深切關係。彷彿得了極大的便宜！婦女的腳，若被丈夫以外的男子摸著，或是她鞋襪被人偷了去，即如同受了人的姦淫。[18]

女性的小腳一直被嚴密的保護著，那是屬於丈夫的財產之一，「玩蓮」、「捏腳」也都是作為丈夫才有的特權，其他男子是不可隨便僭越的。於是對於想要偷情的男子而言，當他對別人的妻子「捏腳」、「摸腳」之時，其內涵其實是等同於「淫人妻女」。當潘金蓮不拒絕西門慶的捏腳時，兩人已經進行著一種「性交」（所謂男女性器官交合的性行為）之前的「調情」。對於一向缺乏綿長細膩「前戲文化」的中國言情小說而言，在性交前的「調情捏腳」其實可說是「屬於中國社會特有的短暫前戲」，通常這樣的過程只是為了再次確定女方的心意，已確定是否能緊接著發生「乾坤好合」的性交。高羅佩《中國古代房內考》中就曾言：

> 女人的腳是她的性魅力所在，一個男人觸及女人的腳，依照傳統觀念就已是性交的第一步。幾乎每部明代以後的色情小說，都以同樣的方式描寫這一步。當一個男子終於得以與自己傾慕的女性促膝相對時，要想摸清女伴的感情，他絕不會以肉體接觸來揣摩對方的情感，甚至連她的袖子也不會碰一下，盡管他不妨做某種語言上的試探。如果他發現對方對自己表示親近的話反應良好，他就會故意把一根筷子或一塊手帕掉在地上，好在彎腰檢東西的時候去摸女人的腳。這是最後的考驗，如果她並不生氣，那麼求愛就算成功，他可以馬上進行任何肉體接觸，擁抱或接吻等等。男人碰女人的乳房或臀部或許還說得過去，會被當成偶然的過失，但摸女人的腳，卻常常會引起最嚴重的麻煩，而且任何解釋都無濟於事的。[19]

由於「捏腳」是屬於一種社會上的嚴重禁忌，男子在真正要捏腳之前，也會先做足了試探的工作。以潘金蓮為例，西門慶和王婆的挨光前九計，都是不斷在試探潘金蓮心意，在每一個步驟裡，潘金蓮都可以隨時抽身的，王婆也曾對西門慶說只要潘金蓮在任何一個步驟裡「起身歸家」則「此事便休」。但是潘金蓮這一路卻都沒有起身歸家的舉動，隨著每一步驟的進行，西門慶的試探就越接近肯定的答案，最後才孤注一擲的使用「調情捏腳」來確定。但西門慶也還不敢貿然的直接去捏潘金蓮的小腳，而是借由「拾箸」

18　老宣：〈對於采菲錄之所見〉，《采菲錄初編》，頁 11。
19　高羅佩著；李零、郭曉慧譯：《中國古代房內考》，頁 286-287。

的動作來掩飾，而潘金蓮看到西門慶捏她的腳時，便知更加確定西門慶對自己的性企圖，於是她笑將起來說道：「你有心，奴亦有意」，可知「捏腳」的動作雖是十分冒險的行為。如果對女性的意圖會錯意的話，貿然的捏弄女性小腳是會引起公憤的；不過，如果是「郎有情、妹有意」的話，「捏腳」的動作不只能更加確定雙方的心意，而且兩人之間的關係，也會從「目對目」——眉目傳情以及「話對話」——互通款曲的接觸，進展到「手對身」即進行著肢體對肢體的碰觸，男性接著玩弄女性的小腳開始調情的動作，使雙方的情慾能開始加溫，以盡速達到「陰對陽」——乾坤好合的目的。[20]

由於「捏腳」屬於一種禁忌，正如高羅珮所言「常常會引起最嚴重的麻煩，而且任何解釋都無濟於事的」，所以當男性想確定女方心意，而起「捏腳」之心時，通常會採取一種障眼法來掩飾自己捏腳的企圖，通常使用的方法就是「拾箸」。除了《金瓶梅》之外，在《巫山艷史》第13回中李芳也是藉著這種方法來挑弄江氏：

> 公子（李芳）的慾心早動，假意失箸，丟在江氏腳邊，蹲下去拾，把他金蓮輕輕捏了一把。江氏不覺春心搖曳，花魂無主。勾定公子親一個嘴道：「裡邊去罷！」自己先行。公子隨起身，一路捏奶親嘴，相摟相偎，同進臥房。脫衣上床。[21]

江氏被李芳一捏，不由得春心蕩漾，兩人就一徑的臥衣上床了。「捏腳」除確定雙方的心意外，還起著「調情」、「調戲」的作用：

> 曩昔男女調情，每以蓮鉤為工具，蓋蓮之與性，關係至為密切。倘男撫蓮鉤而女不拒，則好事近矣。其方式或則佯拾墜物，潛捏鳳頭，或拜倒裙下，偷嗅餘香。前若西門慶之與潘金蓮，後則說部中亦屢見之。[22]

> 至於男子之喜捏弄，如西門慶於王婆茶坊，故意拂箸著地，藉以一捏金蓮之足尖，此屬於調戲者，亦即手足勾引之類。或加諸膝上，或握之掌中，輕捏緊攥，無非勾動春情，增加性慾而已。[23]

---

[20] 莫理斯在分析親密行為時，分為十二步：「目對體：驚鴻一瞥」、「目對目：眉目傳情」、「話對話：互通款曲」、「手對手：攜手挽臂」、「臂對肩：勾肩搭背」、「臂對腰：輕攬柳腰」、「嘴對嘴：一親芳澤」、「手對首：撫摩蓁首」、「手對身：祿山之爪」、「嘴對乳：新剝雞頭肉」、「手對私處：尋幽探勝」以及「陰對陽：乾坤好合」等。參見莫理斯著；黃潔譯：《親密行為》（臺北：國際文化事業公司，1987），頁77-114。

[21] 不題撰人：《巫山艷史》（臺北：雙笛國際事務公司，1996），頁170。

[22] 鄒英：〈葑菲續談〉，《采菲錄四編》，頁196。

[23] 姚靈犀：〈答三〉，《采菲錄續編》，頁312。

當男女有了「捏腳」的肢體接觸之後，如果女性並不躲避捏腳的行為，接下來的兩人主要便以「脫衣上床」作為收尾，這主要是因為在古代男女雙方要相見並不容易，通常要通過許多的關卡以及紅娘、三姑六婆等人的牽線，才能好不容易的見面，一旦見面知道雙方的心意，便會盡可能快速的達到交歡的目的。這也許就是小說中常缺乏正式性交前的細膩前戲的原因，於是「捏腳」的行為就起了前戲的作用，有著如同性交前愛撫的作用：

> 在性行為學裏，愛撫被稱為戀愛中的主要性行為也就是性選擇中主要性行為，這是進入性結合前的必要步驟。在愛撫的過程中，男女雙方不但感受到一種強烈的性快感，感受到由衷的深切的愛，還使雙方感受到對方的形體和肉體的美。可以說，就女子而言，唇、頰、額、髮、胸、乳、頸、臀、胯、腿、足、手及外生殖器這些敏感部位也正是女性形體美的「美點」所在。[24]

在這樣的捏捏弄弄中，加強了兩人肢體的接觸的頻率與面積，使兩人的情慾持續加溫，馮夢龍《掛枝兒》中〈眼裡火〉即寫此種情形：「看上了妙人兒，不能勾成就。背地裏只將那小腳兒勾，眉來眼去情兒厚。待教開開口，人面前又怕羞，假意兒傳杯也，捻捻他的手」[25]。

　　正因為古人男女相見不易，而通常只有宴會的場合是例外的，故只要男女能找到同桌吃飯的機會，便會在桌子底下進行一些檯面下的行為，例如男子藉由此時將筷子掉落，趁撿拾的機會捏弄女子的小腳，因為有「撿筷子」作為正當的理由，所以即使被人識破或女子嚷叫起來，自己能有為自己開脫的理由，至少可說是因為撿筷子而不小心碰到或撿錯了。「拾箸捏腳」其實是一個相當高明的手法，一方面可以確定女方的心意，如果女方並不反抗，還能得到進一步的發展；另一方面如果情況相反，被人發現或者女方嚷叫起來的話，也可為自己找一個台階下，正因為此方法「可進可退」，無怪乎明清以來的登徒浪子都喜歡用此方法。「調情捏腳」也可為此輩偷情時的一種公式，這方法也通常屢試不爽，在《繡榻野史》中大里在東門生宴請他吃飯時，就在桌子底下捏起東門生妻子金氏的小腳：

> 後遇東門生生日，三人同坐吃酒，大里金氏偷眼調情，兩人慾火，不能禁止。大里假意將箸兒失落於地上，拾起時，手將金氏腳尖一捏，金氏微微一笑。金氏取

24　潘立勇：《形體美與性選擇》，頁48。
25　馮夢龍等編：《明清民歌時調集》，頁70。

> 了楊梅一個咬了半邊，剩下半邊，放在棹上，大里見東門生不來看，即偷吃了。
> 金氏又微笑了一聲。[26]

可見「拾箸捏腳」對於好不容易見面而又有心偷情的男女而言，是一種極佳的試探和調情方式，一方面有拾箸的遮掩，一方面當著眾人的面，暗地裡偷偷捏腳傳達情意，更增加的調情的曖昧與刺激感，更能激發偷情男女的慾望。

藉由宴會的時機來傳遞情意，在《金瓶梅》中陳敬濟與潘金蓮還使用過另一方式，調情的重點仍脫離不開潘金蓮的小腳，是「輕勾履爲訂先交」的方式，在第24回中：

> 卻說西門慶席上，見女婿陳敬濟沒酒，吩咐潘金蓮去遞一巡兒。這潘金蓮連忙下來，滿斟杯酒，笑嘻嘻遞與敬濟，說道：「姐夫，你爹吩咐，好歹飲奴這杯酒兒。」敬濟一壁接酒，一面把眼兒斜溜婦人，說：「五娘請尊便，等兒子慢慢吃！」婦人將身子把燈影著，左手執酒，剛待的敬濟用手來接，右手向他手臂只一捻。這敬濟一面把眼瞧著眾人，一面在下戲把金蓮小腳兒踢了一下。婦人微笑，低聲道：「怪油嘴，你丈人瞧著待怎麼？」看官聽說：兩個自知暗地裡調情玩耍，眾人到不曾看出來。不料宋蕙蓮這婆娘，在橘子外窗眼裡，被他瞧了個不耐煩。

陳敬濟當著眾人的面前，甚至西門慶也在場，對自己在名份上應該稱為「岳母」的潘金蓮調情，實在是一種極為大膽的行為。不過他早已知道潘金蓮已經對他有意，所以才敢在桌子底下踢她的腳，陳敬濟「一面把眼瞧著眾人，一面在下戲把金蓮小腳兒踢了」，他正在享受著在公開宴會場合，進行著亂倫偷情的快感。最重要的是，是西門慶要潘金蓮來替陳敬濟斟酒的，當著西門慶的面，在桌面下踢他小妾的腳，在這調情的快感中，又注入了一股挑戰權威的勝利快感。

除了「拾箸捏腳」這種試探式的捏腳之外，「捏腳」對於善於玩蓮的蓮癖而言，是有相當有學問、有講究的。在捏腳的過程中，就能使男女雙方進入迷狂的狀態，在馮驥才《三寸金蓮》中就描述香蓮公公佟忍安，趁著香蓮睡午覺的時候，來捏弄、玩弄她的小腳：

> 這日中晌大少爺去逛鳥市，香蓮自個午覺睡得正香，模模糊糊覺得有人捏她腳。先以為是傻男人胡鬧，忽覺不對。傻男人手底下沒這麼斯文。先是使兩手各使一指頭，豎按著她小腳趾，還有一指頭勾住後腳跟兒。其餘手指就在腳掌心上輕輕揉擦，可不癢癢，反倒說不出的舒服。跟著換了手法，大拇指橫搭腳面，另幾個

26　情顛主人：《繡榻野史》（臺北：雙笛國際事務公司，1995），頁44。

手指繞下去，緊緊壓住折在腳心上的四個小趾頭。一鬆一緊捏弄起來。鬆起來似有柔情蜜意，緊起來好賽心都在使勁。一下下，似乎有章有法。香蓮知道不在夢裡，卻不知哪個賊膽子敢大白天闖進屋拿這怪誕手法玩弄她腳，又羞又怕又好奇又快活。她輕輕睜眼嚇了一跳！竟是公公佟忍安！只見這老小子半閉眼，一臉醉態，發酒瘋嗎？還要做嘛壞事情？她不敢喊，心下一緊，兩隻小腳不禁哧溜縮到被裡。佟忍安一驚馬上恢復常態，並沒醉意。她趕緊閉眼裝睡，再睜開眼時，屋裡空空，佟忍安早不在屋裡。[27]

玩蓮式的捏腳，對於男性而言，那是一種捏弄、愛撫女性性感帶的感覺。小腳早已是女性性器的表徵，而一雙符合「瘦小尖彎香軟正」的小腳，男性捏弄起來的正好一手可以掌握，其感覺如「軟玉一彎」香香軟軟，再加上「交感神經之作用，因陰陽電感。舉凡男女兩方，全身五官四肢，彼此接觸，皆有電感作用，如乳頭手心等處，撫摩搔觸，正與捏腳同一作用。」[28]故捏腳使男性進入了銷魂迷亂的狀態，如佟忍安一臉醉態般的入迷。

　　而被捏腳的女性又有甚麼感覺呢？香蓮以為有「說不出的舒服」，其實對纏足的婦女而言，捏腳常常帶來一種酥癢的感覺，因為長期纏裹的結果，會使血液流動不順暢，足部常常會感到酸麻酸痛，當男子「捏之可以減其苦」，再加上「手足神經最為敏銳，足更通於心腎。有男子挑弄女子之掌心，固可得愉快之感覺，捏弄足部，則酥癢尤不可耐。」[29]除此之外，女性自己也會捏弄小腳，來減輕痛苦，有時也會成為一群婦女聚會時的「常課」，知憐〈建蓮紀實〉中說：

> 至閨中少婦之遊戲，玩蓮亦為常課。凡有喜慶事，親戚少女咸集，每在無郎之小姑房中，或丈夫遠出之少婦閨闈，初為閒談，次必至動手索足。若長輩婦女入門，則稍微矜持。男子偶至，則靜寂俟其遠去。兒童便不介意。有時且逗弄之以為笑樂，或遇頑童則將鞋腳點擊其頭面，使之惱而避開。最初每由品評開始，漸各舉足比較，有時捻席草互量，以分等第。[30]

可見捏腳的行為，在女性同伴的聚會中是十分常見的，成為她們遊戲的一部分，有時女子為了要整理足飾，也常常的捏弄雙腳，在鄒英〈荮菲閑談〉中即言：「按舊式女子常

27　馮驥才：《三寸金蓮》，頁 147-148。
28　卞達：〈答四〉，《采菲錄續編》，頁 319。
29　姚靈犀：〈答三〉，《采菲錄續編》，頁 313。
30　知憐：〈建蓮紀實〉，《采菲錄四編》，頁 246。

喜自捏其足，非喜也。有不得不捏之道在，最尋常者為整理足飾，如襪縫（指羅襪中間之縫線）不正，弓鞋微偏，捏之使正。」[31]女子之間的「自捏其足」，常是包含著功能性，主要是為了整理足飾或者是減輕纏裹的疼痛，而當男子捏其足時，其感覺「酥癢尤不可耐」，也摩擦出了男女之間的性刺激感，「捏腳」成為增強快感的導火線：

> 金蓮者，喻纏足如蓮瓣，其珍貴如黃金也。至於女子之自喜摸弄，不外恐放弛之後，不足以炫於男子之前。而引起其性感，其喜男子捏者，多少總具有誘惑性，視為招男子寵愛之唯一工具，男女之間同此癖好。一言以蔽之，為增厚快感之導火線。蓮鉤一舉，雙手其下，萬馬奔騰，不可過止之際，金蓮之作用，愈昭而若揭矣。[32]

不同於女性自捏，男性的捏腳帶動了雙方情慾的擴張，都產生了「電感作用」，觸動了兩人之間的性刺激，在這樣的捏捏弄弄下，男女雙方都為自己帶來了生理與心理上的極大快感。無怪乎，在那樣的年代裡，男女雙方都極力在金蓮上玩弄，期望為雙方都帶來極端的快感經驗。

在《金瓶梅》中存在的「調情捏腳」，具有相當挑動情慾的作用，男女雙方在捻手捏腳間，增加了身體接觸的面積，加強了情慾的強度，這「調情捏腳」[33]雖與「玩蓮式的捏腳」在方法上不太相同，不過卻具有相同的功效，就是在捏腳的調情過程中，試探的雙方的情意與加強了性刺激感，而「調情捏腳」在明清小說中也成為偷情男女常用的技倆，作為試探心意與調情的最佳方法。

第三節　鞋盃：食色的刺激

在《金瓶梅》中對於三寸金蓮的異常愛戀，還反映在「鞋盃」的調情文化上。所謂的「鞋盃」就是指「把酒杯放在女子的弓鞋裏飲酒」[34]的變相飲酒文化，「鞋盃」又稱作「雙鳧盃」與「金蓮盃」。在《金瓶梅》詞話本第6回中，潘金蓮在武大死了以後，每日打扮花枝招展和西門慶廝混在一處，那一日五月初旬下著大雨，王婆冒雨回來為二人張羅了雞鵝、果品等下酒的小菜，兩人便在家中飲酒作樂「交盃疊股而飲」，西門慶要

31 鄴英：〈葑菲閒談〉，《采菲錄續編》，頁183。
32 品蓮使者：〈答一〉，《采菲錄續編》，頁309-310。
33 岡本隆三《纏足物語》中將《金瓶梅》中的「調情捏腳」的手法稱為「捻」，「只用三根指捻」，是一種求愛的手段。見岡本隆三：《纏足物語》（東京：東方書局，1986），頁87。
34 蘭陵笑笑生著；陶慕寧校注：《金瓶梅詞話》（北京：人民文學出版社，2000），頁73，注2。

潘金蓮彈首琵琶小曲來助興，空氣中瀰漫著感官的刺激，食物與酒刺激著西門慶的味覺、酒香刺激著嗅覺、美妙的音樂刺激著聽覺，此時的西門慶完全被潘金蓮所迷惑著，恨不得能進一步品嘗潘金蓮這美麗的侗體佳餚。於是他先向潘金蓮的小腳進攻，想品嘗其金蓮的味道，先來嚐一個「鞋盃耍子」：

> 少頃，西門慶又脫下他一隻繡花鞋兒，擎在手內，放一小盃酒在內，吃鞋盃耍子，婦人道：「奴家好小腳兒，官人休要笑話。」不一時，二人吃得酒濃，掩閉了房門，解衣上床頑耍。王婆把大門頂著，和迎兒在廚房中動彈。

所謂「鞋杯」，即是以鞋為杯；所謂「耍子」，即是玩弄的意思。這「耍」字至今是杭州人稱遊玩的代名詞。[35]這樣的調情模式——由鞋盃到性交，在《金瓶梅》中僅此一次，不過「喝鞋盃」的調情行為，在此處的描寫有著循序漸進的自然而然。西門慶在情到濃時很自然的脫下潘金蓮的蓮鞋，將酒杯放入，喝起鞋盃來了。其實，西門慶這種自然喝著鞋盃的態度，主要根源於「鞋盃」的風氣由來已久，在宋元的時代便已經有著「鞋盃」的調情風氣，對於「小時便在三街兩巷游串」的風月老手西門慶而言，對於這種刺激食與色的鞋盃，自然是知之甚詳，喝起來也是如此自然。

關於「鞋盃」，在宋代時便已經產生了。《墨莊漫錄》載王深輔的《雙鳧詩》云：「時時行地羅裙掩，雙手更擎春瀲灩。傍人都道不須辭，儘做十分能幾點。春柔淺蘸葡萄暖，和笑勸人教引滿。洛塵忽涴不勝嬌，剗蹋金蓮行款款。」可知「鞋盃」在宋代便已經產生了，不過真正將「鞋盃文化」發揚光大的，只怕非元代的楊鐵崖莫屬了。在陶宗儀的《南村輟耕錄》中〈金蓮盃〉條記載著：

> 楊鐵崖耽好聲色，每於筵間見歌兒舞女有纏足纖小者，則脫其鞵載盞以行酒，謂之金蓮盃。余竊怪其可厭。後讀張邦基《墨莊漫錄》，載王深輔道雙鳧詩云，時時行地羅裙掩，雙手更擎春瀲灩，傍人都道不須辭，儘做十分能幾點，春柔淺蘸葡萄暖，和笑勸人教引滿，洛塵忽涴不勝嬌，剗蹋金蓮行款款。觀此詩，則老子之疏狂有自來矣。[36]

楊廉夫每在筵席之間，看見有歌女的金蓮纖小可愛的話，便會脫其金蓮鞋將酒杯放入，喝起金蓮盃。陶宗儀覺得「喝金蓮盃」這種舉動，實在令人難以接受，直到看見王深輔的《雙鳧詩》才知道楊鐵崖的行為，原來是其來有自。由此可知，喝鞋盃的行為，在王

35　陳存仁：〈女性酷刑纏足考（中）〉（《傳記文學》368 期，1993.1），頁 115。
36　陶宗儀：《南村輟耕錄》（北京：中華書局，1997），頁 279。

深輔之後便沒有普遍被流傳，一直到元末在被楊鐵崖發揚光大，使鞋盃成為蓮迷們的愛好之一。無怪乎後來詠鞋盃者多提及「楊廉夫」，如林鳳雲〈賦鞋盃行〉云：「君不見，楊廉夫，狂吟豪飲天下無。」不過，在元代對於鞋盃的接受度，有兩種截然不同的表現，有與楊鐵崖同為鞋盃愛好者，並作詞以唱和者：

> 瞿士衡飲楊廉夫以鞋盃，廉夫命宗吉詠之，即作〈沁園春〉詞云：「一掬嬌春，弓樣新裁。蓮步未移，笑書生量窄。愛渠儘小，主人情重，酌我休遲。蘊釀朝雲，斟量暮雨，能使麴生風味奇。何須去，向花塵留跡，月地偷期。風流到手偏宜，便豪吸雄吞不用辭。任凌波南浦，惟誇羅袴，賞花上苑。祇勸金巵，羅帕高擎，銀瓶低注，絕勝羅裙深掩時。華筵散，奈此心先醉，此恨誰知。」以呈廉夫，大喜，命侍妓歌以侑觴。[37]

也有無法接受掩鼻而過者，如倪元鎮每見飲鞋盃則大怒而去，在沈德符《萬曆野獲編》中載：「元楊鐵崖好以妓鞋纖小者行酒，此亦用宋人例。而倪元鎮以為穢，每見之輒大怒避席去。」[38]鞋盃在元代算是風氣之初，喜愛者以其「能使麴生風味奇」而加以提倡愛好；厭惡者以鞋盃污穢不堪，加以反對。不過，鞋盃的風氣並沒有因為其「污穢」而消失，反而成為後來文人的玩趣之一。

到了明代，鞋盃的風氣有著日漸壯大的趨勢，最有名的就是何良俊的飲鞋盃，在《四友齋叢說》中記載：

> 予嘗至閶門，偶遇王鳳洲在河下。是日攜盤榼至友人家夜集，強予入坐，予袖中適帶王賽玉鞋一隻，醉中出以行酒。蓋王腳甚小，禮部諸公亦常以金蓮為戲談。鳳洲樂甚。次日即以扇書長歌來惠，中二句云：「手持此物行客酒，欲客齒頰生蓮花。」蓋不但二句之妙，而鳳洲之才情，亦可謂冠絕一時矣。[39]

鞋盃的風氣到何良俊和元代有著不同的地方，楊鐵崖是見到歌兒舞女的金蓮纖小，就臨時起意在筵席之間當著眾人的面喝起鞋盃來了，何良俊的情形則不相同，他飲酒用的金蓮鞋是他放在袖子裡的，在明清這種隨身帶著女性金蓮鞋的情形是相當普遍的，在題為西湖漁隱主人所著的《歡喜冤家》第5回中，甚至還有用偷來的鞋喝鞋盃的例子，其故

---

37 褚人獲：《堅瓠七集》之〈鞋盃詞〉條，見《筆記小說大觀 23 編 9 冊》（臺北：新興書局，1987），頁 5131。

38 沈德符：《萬曆野獲編》（北京：中華書局，1997），頁 600。

39 何良俊：《四友齋叢說》（北京：中華書局，1997），頁 241。

事敘說蔣青因為遊園相中花園主人的妻子元娘，於是派人千方百計的偷到元娘的蓮鞋，那一夜「蔣青自己一個，自飲自斟，把盞兒放在鞋兒裡，吃了又看，看了又吃，直至更盡，把鞋兒放在枕邊而睡。」何元朗的飲鞋盃，王鳳州作長歌以紀之，「每以觴客，坐中多因之酩酊」[40]。鞋盃的風氣在明代似乎少了許多反對的聲浪，同樣完成於明代的《金瓶梅》其中西門慶對鞋盃泰然自若的自然神情，更反應出其對鞋盃的接受程度，已經內化成為兩性之間自然的調情行為，而不再以「異樣」、「污穢」的角度來對待。

　　鞋盃的文化發展到清代，還出現了一套喝鞋盃的方法，方絢在〈采蓮船〉中發明了鞋盃的十種不同的飲法：

> 凡行酒皆以鞋載杯飲之，其式有十。
> 「蓮花杯」，每鞋置一杯其內，蓮花行酒用之。「同心蓮杯」，每鞋置兩杯于內，或一大杯，或一小杯，視鞋內足容與否酌之，瑞蓮以之行酒。「穿心蓮杯」，以一同心蓮外加一杯送客，品蓮以之行酒，以上遇酒分飲以鞋有兩隻當飲者各飲其一也。「四照蓮杯」，合雙同心蓮杯送當飲者，相蓮行酒用之，以下遇酒獨飲。「分香蓮杯」，以四照蓮杯送當飲者，西施在手捧一杯，當飲者就西施手內飲之，以西施徒足也，為太宰當飲，則左右手各擎一同心蓮杯，跪就西施膝前，先飲施手內一杯，後再飲同心蓮杯，既乃起，以示雲中雨露之義，若西施當飲，則太宰跪稱一觴，紅五只及素五只行酒用之。「千葉蓮杯」，送當飲者四照蓮杯外，坐客各敬一杯，五紅及滿池嬌並素滿盆用之。「重台蓮杯」，遇本身重色飲。「倒垂蓮杯」，罰太宰者，以鞋尖向下，置杯于鞋頭內，令執鞋尖飲之，杯數則酌事之大小，隨時請西施定之，若無紅及出色，則以兩杯令左右手執飲，如出色，而盆內有紅，仍計紅倍罰。「荷葉杯」，每鞋底上各置一杯，令當飲者左右手反執飲之。所以罰無紅者，若成素色，如分相類不用此例。「並蒂蓮杯」，以兩鞋對跟，即用鞋帶縛定，各置一杯于內。令當飲者，執兩鞋尖飲之。所以罰出色者，若盆內有紅，計紅加罰。此令每人一擲即過如有罰爵飲酒畢亦即過盆。[41]

其實，這十種不同的鞋盃飲法，所謂的「蓮花杯」、「同心蓮杯」、「穿心蓮杯」、「四照蓮杯」、「分香蓮杯」、「千葉蓮杯」、「重臺蓮杯」、「倒垂蓮杯」、「荷葉杯」與「並蒂蓮杯」，主要是根據金蓮鞋與酒杯的數量以及對飲的方法來做變化的。最簡單的就是「蓮花杯」即一蓮鞋置一酒杯，其次是「同心蓮杯」即一蓮鞋置兩酒杯，其他的

40　沈德符：《萬曆野獲編》，頁600。
41　方絢：〈采蓮船〉，《清代筆記小說10》（石家莊：河北教育出版社，1996），頁146。

飲法則是這此基礎上作變化，例如穿心蓮杯、四照蓮杯、分香蓮杯與千葉蓮杯等，「倒垂蓮杯」則是罰酒時才使用，另外的「荷葉杯」是將酒杯放在鞋跟上的鞋盃，「並蒂蓮杯」則是將兩只蓮鞋的鞋跟相對，然後用鞋帶綁牢放入一酒杯，然後執鞋尖飲酒的鞋杯。

除了〈采蓮船〉外，方絢在另一篇〈貫月查〉中，更將鞋盃配合投壺的遊戲，發明了一種「貫月查」的玩法：

> 鞋杯一名「雙鳧杯」，又名「金蓮杯」。子瞻〈選妓約〉云：行酒皆用新鞋，其由來久矣。蓋古者尊彝杯罍，類各有舟，所以為沉湎之戒也。錦步承蓮，輕紅染瓣，飛羽觴而醉月，則凌波一葉，較勝於曲水流杯，故名之曰查。唐夏侯審〈詠被中繡鞋〉云：雲裡蟾鉤落鳳窩。政不特齊鎬之蓮中花更好。雲裡月長新。擬新月於弓鞋矣，故名之曰「月」。擲果而明之曰星，以月之從星也，視其貫否，即以浮觴周飲坐客焉，所謂「貫月查」。[42]

「查」指的是放在蓮鞋中的酒杯，象徵其有「曲水流觴」的意態與風雅；「月」是取「雲裡月長新」詠弓鞋的典故；「貫」就是將紅豆、榛果等擲入鞋盃的投壺遊戲。陳存仁分析其玩法云：「取小腳的婦女弓鞋，仿效投壺的方式，由客人四周輪流擲果其中，取名為『摘星貫月』。看是否擲中，就用以載酒行觴。因其形似浮查，所以取名為『貫月查』。行酒令之時，由一個擔任司事，從陪宴的妓女腳上，把她的兩隻鞋子都脫下來，一隻弓鞋內放酒，一隻弓鞋放在盤子裡。司事的人走到客人面前，相隔一尺五寸的距離，任由客人投以果實，以蓮子為上，紅豆次之，松子仁又次之。投時每人均用大、中、食三指，撮掌而上，手和弓鞋的高低相仿，平行投擲。一共投五次，以擲不中的多少，來罰飲弓鞋裡的酒。」[43]鞋盃到了方絢的手中，又較前代許多的花樣，不再只是單純的即興飲酒，已經成為了一種豐富的飲酒遊戲。

不過，值得注意的是，在方絢的〈採蓮船〉與〈貫月查〉中，行酒的蓮鞋一律得用「新鞋」，而不再是當場由妓女或愛人腳上脫下的溫暖蓮鞋，於是相對的弱化了鞋盃代表女性特質與兩性情慾的一些複雜情緒，強化了蓮盃作為酒杯的功能，這和西門慶與何良俊的鞋盃是不太相同的。不過，類似於西門慶的鞋盃在清代的小說作品中依然是存在的，那種著重於兩性調情過程中才喝的鞋盃，在《蘭花夢奇傳》第58回中描述許文卿一次在品評妻子寶珠與其兩女婢——紫雲與綠雲的金蓮時，在心魂迷盪之際，便喝起了鞋盃：

---

42 方絢：〈貫月查〉，《清代筆記小說10》（石家莊：河北教育出版社，1996），頁134。
43 陳存仁：〈女性酷刑纏足考（中）〉，頁113-114。

文卿此刻，心神俱醉，怒氣全消，倒摟住寶珠，溫存一會。又將他三人（寶珠、紫雲、綠雲）的金蓮並在一處，不住的把握玩賞。在紫雲腿上脫下一隻花鞋，縷繡嵌珠，異香撲鼻；文卿將酒杯放在裏邊，吃了一口，笑對寶珠紫雲道：「你兩人的腳，倒是一個模樣。」紫雲道：「小姐的腳，是我手裏出的，自然同我一樣。」文卿道：「他雖比你更瘦。」紫雲道：「這叫做青出於藍。」文卿道：「你兩個是門戶中的腳，良戶人家，那能這般苗條飄逸。」綠雲：「大小姐還更像呢。」寶珠道：「我家還有兩個像呢。」綠雲道：「大少奶奶同瑤姑娘。」文卿笑而不言。紫雲笑道：「把鞋給我穿上罷，一回情，二回是例了。」文卿也不理他，將鞋盃送到寶珠面前，紫雲一把奪去，翻了寶珠一裙子酒，寶珠道：「不好，這丫頭作怪了。」文卿狂笑不止。[44]

由此可知，鞋盃的風氣逐漸有著兩個較不同的走向，一個是注重其作為女性蓮鞋的調情特質，如西門慶與許文卿的鞋盃；另一個則是較注重其作為「酒杯」的功能，如方絢的〈采蓮船〉與〈貫月查〉的遊戲，但還是前者為多數，單純作為飲酒遊戲畢竟不多。

　　受到鞋盃風氣的影響，到民國以後則有了「瓷製」的鞋盃，「江西有售瓷笵之坤鞋者，大小可擇，式樣逼真，販自景德鎮，原用以行酒也。有購為姬妾夏日之睡鞋，娼妓甚有著之而媚客，鞋內外皆繪有五彩秘戲圖，諦視神魂飛越。但其質脆易破，只可陳床笫作玩具耳。」[45]可知原為「用以行酒」的瓷製鞋盃，此時則成為蓮迷的「床笫玩具」。其實將酒杯製成金蓮鞋的樣子，並非民國才有，在明代的祝枝山便有一首詠銀製鞋盃的〈念奴嬌〉：「玉嬌三寸慳，更得一點麴生風味。味盡春心深更淺，何用搵羅挨綺。緊緊幫兒，口兒小更愛尖兒細。風流無限，怎教人不喜歡。遙想飛上吟肩，比掌中擎處，一般心醉。醋意薔騰頭上起，直到妖嬈腳底，半縷頑涎。要吞吞未下，吐尤難矣。笑他當日，郭華無量乾死。」其中對於鞋盃的聯想，和「床笫之間」有著密切的關係。

　　「鞋盃」究竟有何魔力，使著這許許多多的蓮迷為之瘋狂呢？主要的原因是，它強烈刺激著人們對「食」與「色」的渴望，靄理士在《性心理學》中說到，「食」與「性」是人類兩大基本的衝動：

　　人生以及一般動物的兩大基本衝動是食與性，或食與色，或飲食與男女，或飢餓與戀愛。他們是生命動力的兩大泉源，並且是最初元的源泉，在人類以下的動物界中，生命的全部機構之所由成立，固然要推搠到他們的身上，而到了人類，一

44　不著傳者：《蘭花夢奇傳》（臺北：文海出版社，1971），頁 264。
45　姚靈犀：〈知足談〉，《采菲錄初編》，頁 187。

切最複雜的文物制度或社會上層建築之所由形成,我們如果追尋原要,也得歸宿
到它們身上。[46]

鞋盃自然包含著「食」的部分,即「飲酒文化」的一部分。飲酒也講究著「色、香、味」
俱全,對於蓮迷而言,鞋盃正符合了這些要件,在「色」方面,代表著酒和酒器本身的
美觀與顏色的協調,在〈劍津玩蓮記〉中記有:

> 余乍靚金鶯纖纖蓮鈎,興趣之濃郁,非可以形容。把玩久之,余各脫一鞋置几上,
> 取酒杯二,分置鞋內,作金蓮杯之戲。惟鶯為高底鞋,杯置其中,傾側不平,無
> 法可施。鶯見狀笑不可仰,謂我仍屬外行,伊亟褪一膝褲,摺疊成墊,此墊厚薄
> 參半,將鞋移置其上,杯平不側。以紅艷之鞋,襯黃金之墊,貯澄碧之酒,愈覺
> 相映成趣。[47]

這是民國時的予里對自己飲鞋盃的記載,當時放足運動已成風氣,相對對於鞋盃的飲法
也不再是上流文人之間的風尚,故他對高底鞋盃的飲法不甚了解,反而要女主人指導,
原來高底鞋因高度不同,不容易將酒杯平放,要先在鞋內放入襯墊才能使酒杯平放。而
對於蓮迷而言,這種高底鞋盃的顏色是相當豐富的——艷紅的金蓮鞋、金黃色的襯墊再
加上澄碧色的酒,較一般的飲酒更增加了視覺的效果,增添了作樂的趣味。

　　陳東原在《中國婦女生活史》一書中,提到關於鞋盃的文化時,認為「原來妓鞋行
酒,還是志在聞香的。」[48]此處的「聞香」究竟視為何種香呢?鞋盃除了有原本的「酒
香」,還有一股其他飲酒方式沒有的「鞋香」。之前提過對於小腳有所謂「瘦小尖彎香
軟正」的要求,「香」即是屬於嗅覺上的要求,古代女子為了人達到這個要求,除了勤
於洗滌自己的小腳之外,還會在鞋內遍撒香粉,一方面使腳和鞋都沾染香粉的味道,另
一方面也可以使足汗所產生的異味稍稍被掩蓋。而在這種撒了香粉的鞋子內放入酒杯,
注滿了美酒,空氣中頓時就會充斥著酒香與鞋香混合的味道,對於鞋盃的愛好者而言,
這種味道是相當引人入勝的,在許多詠鞋盃的作品中都提到了鞋香,例如陶報癖〈十鞋
吟〉中詠鞋香時即言:「獨見佳名憶玉香,屧兒空鏤麝蘭裝。行觴偶到華筵上,鼻觀偷
參夜未央。」[49]又如蓮痴〈詠鞋〉:「芳心誰肯似濃憨,總說香鞋妙不堪。用作酒杯筵

46　靄理士著;潘光旦譯注:《性心理學》(北京:商務印書館,1997),頁 490。

47　予里:〈劍津玩蓮記〉,《采菲錄四編》,頁 260。

48　陳東原:《中國婦女生活史》(北京:商務印書館,1998),頁 420。

49　陶報癖:〈十鞋吟〉,《采菲錄初編》,頁 109。

可肆，宛如弓勢月初三。」[50]又如閔毅甫〈鞋盃〉：「踏青歸去冷臙脂，脫得弓鞋襯玉
厄。粉汗不隨羅襪透，香風唯許酒杯知。」[51]又如蓮客〈蓮杯行酒〉：「手捧蓮杯注酒
漿，醇醪軟繡有餘香。鐵崖當日風流事，我到如今願始償。」[52]

　　在講鞋盃的「味」之前，我們先來看一首許少華〈鞋盃詞〉：「借足下權為季雅，
向尊前滿注流霞，沾唇分外香。入掌些兒大，鸚鵡鷓鴣總讓他，把一個知味人兒醉殺。」
[53]這裡的「知味」指的就是鞋盃所有的味道，不單指「酒味」而已，還包含了之前的「色」
與「香」，除此之外，最讓蓮迷難以忘懷的味道，其實是鞋盃所含有的「情慾的味道」。

　　這種「情慾的味道」主要來自於，蓮迷對鞋盃所透露出了的「性幻想」。即在祝枝
山詠銀製鞋盃時言：「遙想飛上吟肩，比掌中擎處，一般心醉。」可知讓人心醉處，正
在意淫的部分。馮汝行將這種意淫作了更進一步的描述，他說：「舉一盃恰向小腳兒輕
蹺肩上，嗍一口好疑是妙人兒吮乳在胸膛。」[54]可見對飲鞋盃的人而言，鞋盃本身已經
成為女性的化身，將鞋盃高高舉起，就好像性交時將女子的雙足高舉至肩上一樣；啜飲
一口鞋盃裡的美酒，就好似輕輕吸吮著美人的酥胸，這一切都啜飲鞋盃就如同是在享受
著女體饗宴一般，其中的「色香味」自然也混雜著「美色」、「體香」與「性交的況味」，
這也就是鞋盃歷久不衰的原因。在鞋盃的男性性幻想中，確實有著性交的聯想，最常見
的性幻想就是將其和「性交時女性小腳高舉至男性肩頭的動作」聯想在一起，例如沈小
山的詩句「昨夜肩頭今日酒，不曾辜負可憐宵」；又如蘇台哈墨儂〈入握生憐今朝拼醉〉：
「擎宜柔掌負宜肩，借取行杯泛綺筵。好是餘溫香且軟，一番入握一狂顛」。[55]

　　由此可知，鞋盃之所以吸引人來因其兼具了「色、香、味」，黃崇幹在其〈鞋盃詩〉
的序言中說：「盃以鞋傳，空中有色。鞋為盃貯，味裏多香。」這樣的飲酒，達到了「酒
不醉人，人自醉」的境界，蓮痴云：「巧製新杯月半鉤，當筵一現已消愁。瓊漿未飲心
先醉，玉手高擎客盡留。席上曲宜金縷勸，酒邊香讓鐵崖收。花晨雪夜頻銜玩，勝似江
船囓鳳頭。」[56]對於像西門慶此種蓮迷來說，其中的「女色」、「女體香」與「情慾的
味道」應該才是吸引他的重點。

　　其它，和「鞋盃」有著異曲同工之妙的，還有以「腳夾煙」或「做盛煙之碟」的文

50　蓮痴：〈詠鞋〉，《采菲陸續編》，頁 79。

51　閔毅甫：〈鞋盃〉，《采菲陸續編》，頁 94。

52　蓮客：〈蓮杯行酒〉，《采菲新編》，頁 76。

53　褚人獲：《堅瓠九集》，見《筆記小說大觀 23 編 9 冊》，頁 5426。

54　褚人獲：《堅瓠補集》，見《筆記小說大觀 23 編 10 冊》，頁 6090。

55　蘇台哈墨儂：〈香蓮八詠〉中的「入握生憐今朝拼醉」，引自《采菲錄三編》，頁 30。

56　蓮痴：〈詠鞋杯〉，《采菲陸續編》，頁 79。

化，在《餘墨偶談》中記載著馬少蓮作〈梧州竹枝〉的其中一首：「六寸膚圓軟似棉，拋將羅襪坐床前。高翹腳指多靈動，夾住煤頭好吃煙。」[57]即講此事。另外在姚靈犀〈知足談〉中也記載：

> 京津妓女，有以足指夾紙媒敬客吸烟者，與鞋盃以繡鞋盛酒。有直接間接之不同。一飲一吸之微，穢褻至如此，究不知其若何風味也云云。見清末某氏筆記：因憶易實父聞人言鮮靈芝纏足必臭，怒甚，當場捧其足而聞之，若一嗅餘香死也甜者（原詞見聊齋志異續女）。沈佩貞亦曾當筵翹足於案，令人聞其是否香臭。此二事又皆直接行之，人反以為通達。此皆足之掌故，可資談助者也。[58]

陶報癖則記錄了另一則以腳跟作為盛煙之碟的故事：

> 前同治間有裕某者，由粵督調兩江總督，其上房專用粵東順德之梳頭媽多人，以侍左右。梳頭媽者，與尋常僕婦不同，專以代婦女梳頭為業，貌姣妍，且柔婉解人意，其腳之後跟，每日用細石淨水相摩擦，以是潔白而光潤。平時惟跕拖鞋，露其水磨之腳跟，以為勾引之具。行路時玉痕宛宛，略如纖月。他省人之至粵者，每謂見此令人魂消，其動人處有過於柳眉櫻唇者。某素喜聞鼻煙，其聞煙時必以各婦之腳跟羅列於前，以其腳跟為盛煙之碟，為遠勝於象牙翡翠之各碟也。有人微譏其進穢者。裕笑曰：「昔楊鐵崖鞋盃行酒，千古傳為美談，吾之此事，風流蘊藉，開千古未有之創舉。想鐵崖聞之，猶當欣羨，爾輩俗人，何足語此。」[59]

這些都是鞋盃的變體現象，其中的意涵和鞋盃所代表的是一致的。

值得注意的是，鞋盃根據飲用場所的不同，有著些微不同的涵義，一般來說，可以分為「閨房鞋盃」與「宴會鞋盃」。「閨房鞋盃」指的是男女兩人在閨房中所飲的鞋盃，如西門慶與潘金蓮的鞋盃即屬此類，此種鞋盃主要的功能是為將要有的性交暖身，即具有所謂「前戲」的功能，鞋盃使兩人之前的情慾逐漸加溫。在《綠野仙蹤》中的周璉與蕙娘也是如此：

> 周璉著蕙娘用手把住，又將蕙娘的鞋兒脫下一只，把酒杯放在裡面，連吃了三杯。又含著酒，送在蕙娘口內，著蕙娘吃。只四五口，蕙娘便臉放桃花，秋波斜視，不由的淫心蕩漾，將周璉陽物用纖纖素手搖擺了幾下，身子向周璉懷內一倒，口

57　引自《香豔叢書三》（臺北：古亭書屋，1969）中收錄的《餘墨偶談》節錄，頁1473。
58　姚靈犀：〈知足談〉，《采菲錄初編》，頁162。
59　陶報癖：〈鞋殉〉，《采菲錄初編》，頁301。

中說道：「我不吃了。」周璉見他情性已濃，將鞋兒替他穿上，跳下地去，點了
四五支燭，放在左邊，一邊替蕙娘脫去上下衣服，見了一身雪肉，倍覺銷魂。[60]

「閨房」是屬於私領域，不受外人干擾的空間，男女雙方在此間飲鞋盃，即是調情的開始，
主要的目的就是「醞釀朝雲、斟量暮雨」，以達到性交的目的。所以「閨房鞋盃」是調
情的目的，而以達到交歡為目的。

　　但「宴會鞋盃」則不相同，宴會是屬於一個公領域，通常是一群人飲酒作樂，而有
人臨時起義將妓女的金蓮鞋脫下來，喝起鞋盃，其目的通常只是為了帶動宴會的氣氛，
而比較不含有性的目的，例如楊鐵崖的鞋盃即屬此類。宴會鞋盃發展後來就出現了方絢
的《貫月查》成為宴會遊戲的一部分，或者成為遊戲落敗者的一種懲罰，在《品花寶鑒》
中也有此例：

紅香笑道：「今番得了。」查牝上老人的譜，是脫鞋置酒，遍敬席上。珍珠見了，
說道：「這個斷斷使不得，怪髒的東西，那是什麼樣兒！」紅香道：「不妨的。」
便要來脫他的鞋。珍珠一跑，不防紅雪在旁暗中把腳一勾，珍珠跌了一跤，被紅
香上前按住，脫了他一只鞋下來。珍珠急得滿臉飛紅，一手拉住紅香要奪回，不
料紅雪把鞋接了過去，正要裝酒，不防又被花珠一手搶了，扔與珍珠，惹得大家
笑個不住。珍珠著了鞋，捆了帶子，起來將紅香撐了兩把。這一關也就算了。[61]

可見「閨房鞋盃」主要是以「性目的」為主，而「宴會鞋盃」則比較不含有性目的，而
多以單純的作樂與捉弄為主，以增進宴會的歡樂氣氛。

　　在今日臺灣社會中，「閨房鞋盃」是否還依然存在，還不得而知。但「宴會鞋盃」
的遺俗卻是依然存在的，參加過臺灣婚禮的人們，也許或多或少都見過賓客捉弄新郎時，
常將各種酒類倒入新娘的高跟鞋中，要新郎一飲而盡才肯作罷，這是一種和鬧房習俗相
結合的有趣現象。現在的女子早已經擺脫纏足的悲慘命運，鞋盃習俗卻依然的流傳下來，
也許嬉鬧的賓客並不知鞋盃的流傳歷史與內在意涵，卻都不約而同的為此遊戲所吸引。

第四節　腳帶與紅鞋：助興之物

　　在《金瓶梅》的性行為中，還有兩個纏足婦女的物件被提及與使用，那就是「腳帶」

60　李百川：《綠野仙蹤》（濟南：齊魯書社，1995），頁522。
61　陳森：《品花寶鑒》（濟南：齊魯書社，1993），頁483。

與「紅鞋」。「腳帶」是每一個纏足婦女必備的東西，主要的功能就是纏裹小腳，使小腳能達到「瘦小尖彎香軟正」的標準：

> 行纏者即纏足所用窄長之帛，俗稱裹腳，又名裹腳布，裹腳帶，裹腳條，腳帶，腳紗，為實施纏裹之唯一重要工具，非此即無從纏。即無由使六寸膚圍化為三寸纖趾，纖趾亦無由顯露其瘦尖窄勁之美態。纏足婦女弓鞋可褪，羅襪可卸，獨行纏須臾不可離也，離則寸步皆荊棘矣。[62]

> 弓足平時最裡層縛住腳趾腳背不准其伸展的，是一段長約六尺寬約二寸半的藍色布條，名曰「裹腳條子」，藍色取其耐髒，血跡不明顯。年歲大了，腳已定型癒合，才改用白色布帛，每人至少準備三幅以上，以備洗滌替換。[63]

「裹腳條子」也就是「腳帶」，在顏色的使用上，如果是初纏的女孩，多使用藍色的腳帶，因為剛剛開始纏裹的小腳，常常容易有傷口流濃化血的情形，如果用藍色裹腳布，洗不掉的血污較不易看出；等到女孩的小腳已經纏裹定型之後，就改用其他顏色的裹腳布，一般來說，「行纏之色尚白，有做魚白色者，亦雅淡悅目。藍色者貧婦懶婦所用，可省洗濯之勞也。偶有紅色者，則鄉女新嫁娘所著。」[64]可知當小腳定型之後，對於腳帶顏色的使用是十分多樣的。不過由於纏足女子一般多喜歡穿紅鞋，為了配色上的顏色明亮鮮豔，通常還是會選擇白色的腳帶來搭配紅鞋。

在《金瓶梅》中的女性一般是不將腳帶露出來的，她們會穿著「膝褲」——又名「襪套」、「膝襪」，來將較不平整的腳帶藏起，用裝飾較為美觀的膝褲來修飾腳帶的部分：

> 纏足婦女之加於行纏外者，曰襪套。蓋以行纏有環繞之形，不雅觀故以襪套掩之也。[65]

> 膝襪：舊施於膝下，下垂沒履。長幅與男襪等，或綵鑲，或繡畫，或純素，甚而或裝金珠翡翠，飾雖不一，而體制則同也。崇禎十年以後，製尚短小，僅施於脛上，而下及於履。冬月，膝下或別以綿幅裹之，或長期褲以及之。考其改製之始，原為下施可以捫足，豐趺者可以藏拙也。今概用之纖履弓鞋之上，何哉？繡畫灑

62　鄒英：〈葑菲閑談〉，《采菲錄續編》，頁257。
63　徐錫山：〈「三寸金蓮」縱橫談〉（《歷史月刊》109期，1997.2），頁97。
64　鄒英：〈葑菲閑談〉，《采菲錄續編》，頁257。
65　徐珂：《清稗類鈔》「服飾類」，稗91，頁97-98。

線與昔同，而輕淺雅淡，今為過之。[66]

由於腳帶的纏繞會出現環繞的形狀，婦女有時覺得不太美觀，就會在外面套以膝褲來遮掩，在《金瓶梅》便有一些美麗的膝褲，例如「粧花膝褲扣鴛花」、「錦紅膝褲」、「粧花金欄膝褲」等。

　　膝褲多為美觀而設，其實質的作用遠不較腳帶重要，腳帶除了纏繞小腳不使鬆弛之外，其作用還有「幫助纏足婦人站立行走」。纏了小腳的婦人，雙腳因過分的扭曲變形，通常不容易找到站立的施力點，有時藉由腳帶的緊緊纏裹，反而容易找到站立的支撐點，正如鄒英所言「獨行纏須臾不可離，離則寸步皆荊棘矣」，所以對小腳女人來說，一旦將腳帶鬆脫之後，她們便失去了站立和行走的能力。在《醒世恒言》〈賣油郎獨占花魁〉中的美娘便是最好的例子：

> 美娘聽說放他回去，真個住了哭。八公子分付移船到清波門外僻靜之處，將美娘繡鞋脫下，去其裹腳，露出一對金蓮，如兩條玉筍相似。教狠僕扶他上岸，罵道：「小賤人！你有本事，自走回家，我卻沒人相送。」說罷，一篙子撐開，再向湖中而去。……美娘赤了腳，寸步難行。[67]

腳帶對於女人士相當重要的物件，它幫助小腳能夠維持一定的形狀和大小，又能使女人順利站立行走，少了它小腳婦人真是寸步難行。

　　這樣的實用之物，在《金瓶梅》中它又多了另一項功能，成為了西門慶床笫之間的「助興之物」。在許多時候他用腳帶將女人的雙腳懸吊起來，然後再進行雲雨交歡，最常被西門慶用腳帶懸吊雙腳的女性就是王六兒和潘金蓮。在第27回「潘金蓮醉鬧葡萄架」中，西門慶將潘金蓮的小腳用腳帶懸吊起來，然後隨心所欲的進行性交：

> 回來婦人又早在架兒底下，鋪設涼簟枕衾停當，脫的上下沒條絲，仰臥於衽蓆之上，腳下穿著大紅鞋兒，手弄白紗扇兒搖涼。西門慶看見，怎不觸動淫心，……一面又將婦人紅繡花鞋兒摘取下來，戲把他兩條腳帶解下來，拴其雙足，吊在兩邊葡萄架兒上，……只見春梅盪了酒來，……西門慶抬頭看見他在上面，點手兒叫他不下來，說道：「小油嘴！我拿不下你來就罷了！」于是撇了婦人，大叉步從石磴上走到亭子上來。那春梅早從右邊一條小道兒下去，打藏春塢雪洞兒裡穿過去，走到半中腰滴翠山叢、花木深處，欲待藏躲，不想被西門慶撞見，黑影裡

66　葉夢珠：《閱世編》，收錄於《筆記小說大觀 35 編 5 冊》，頁 182。

67　馮夢龍編：《醒世恆言》，頁 60。

攔腰抱住，說道：「小油嘴，我卻也尋著你了！」遂輕輕抱出到於葡萄架下，笑
道：「你且吃鍾酒著。」一面摟他坐在腿上，兩箇一遞一口飲酒。春梅見把婦人
兩腿拴吊在架上，便說道：「不知你每甚麼張致！大青天白日裡，一時人來撞見，
怪模怪樣的！」

這是葡萄架性愛的第一回合，西門慶聽到潘金蓮對李瓶兒說的話多含有諷刺意味，在孟
玉樓與李瓶兒要離開時，獨獨將潘金蓮留下來，想要好好的教訓一下潘金蓮。不過西門
慶這次不是用鞭子，而是用潘金蓮最熱衷的性愛來當作懲罰的工具。西門慶先不動聲色
的與潘金蓮雲雨一番，然後再藉機在性交的過程中，將潘金蓮的繡鞋脫下，將腳帶解下，
然後用腳帶將潘金蓮的雙腳栓在葡萄架上，此時的潘金蓮已經不能動彈了，這正是西門
慶所想要的。因為他要潘金蓮在沒有任何反擊能力的時候，好好虐待她——引發她的情
慾，卻故意拖延滿足她的時刻——讓潘金蓮自己承認自己的錯誤。剛好這時春梅進來園
中，見到潘金蓮的雙腳被懸吊在架上，女性的生殖器官完全呈現，連一向膽大奔放的春
梅也不見害羞的說道「怪模怪樣的」。而春梅的進入，使西門慶的這場「性懲罰潘金蓮
秀」有了觀眾，於是西門慶便更恣意先摟著春梅，一起飲酒作樂把潘金蓮持續的懸吊著：

西門慶門道：「角門子關上了不曾？」春梅道：「我來時扣上來了。」西門慶道：
「小油嘴，看我投箇肉壺，名喚金彈打銀鵝，你瞧，若打中一彈，我吃一鍾酒。」
于是向冰碗內取了枚玉黃李子，向婦人牝中內，一連打了三箇，皆中花心。這西
門慶一連吃了三鍾藥五香酒，旋令春梅斟了一鍾兒，遞與婦人吃。又把一箇李子
放在牝內，不取出來，又不行事，急的婦人春心沒亂，淫水直流。……那西門慶
叫春梅在傍打著扇，只顧吃酒不理他，吃來吃去，仰臥在醉翁椅兒上打睡，就睡
著了。春梅見他醉睡，走來摸摸，打雪洞內一溜煙往後邊去了。

春梅進來以後，將角門關上，此時的花園已由一個「開放」的空間，變成「封閉」的空
間，西門慶可以恣意玩弄、懲罰潘金蓮對李瓶兒的諷刺。丁乃非認為：

西門慶的意思是：你以權力意志（will-to-power）對李瓶兒做出的挑釁行為應該受到
處罰。或者，按照文本敘述的話來說，你不該嫉妒李瓶兒，因為李瓶兒懷了主人
的孩子，因此而與主人更接近，甚至可以算是主人更主要的一「部分」，她的地
位不是你可以奢望的。為了你意圖以言語殺傷李瓶兒，你必須付出代價，把你的

陰道變成肉壺，讓「我」用李子打著玩。[68]

在這裡潘金蓮的牝戶，被物化成為了西門慶遊戲的玩具，西門慶抱著春梅隨手將李子投入潘金蓮的牝戶，他知道這樣的遊戲會對潘金蓮產生刺激，但就這樣把她擱著——「又不取出、又不行事」。而對被吊著潘金蓮而言，腳的部分自然十分酸麻，但牝戶的部分也不好受，只好向西門慶求饒，但西門慶只顧吃酒而不理他的態度，使潘金蓮終於理解到「西門慶不是為了純粹的性愛而留她下來，他是為了替李瓶兒伸張正義」，而她只是被懲罰的的對象。

西門慶將潘金蓮懸吊著，兀自睡了一個時辰，醒來時發現潘金蓮還在懸吊著，便「興不可遏」，此時早已被懸吊著失去知覺的潘金蓮，早希望能盡早結束這一場性拖延的折磨，主動向西門慶認錯，並說道：「我曉的你惱我，為李瓶兒故意使這促恰來奈何我，今日經著你手段，再不敢惹你了。」西門慶聽了自然高興，以一種支配者的姿態宣佈道：「你知道，就好說話。」這是小說中西門慶第一次對女性使用懸吊腳帶的性交方式，他發現這樣的方式有著異常的好處，因為連像潘金蓮這樣好強的女性，在被他懸吊之後，也只能乖乖的聽他的安排，一點反抗的能力也沒有。在這樣的性愛過程中，他比平常更能享受到「主導」和「支配」的快感，藉由限制潘金蓮的身體，讓她動彈不得，使潘金蓮這樣「好風月」的女人，都不得不對他俯首稱臣，這讓西門慶得到的前所未有的征服快感。《金瓶梅》中葡萄架情節，強烈刺激著人們的感官，使它成為後來好色之徒們，玩樂時模仿的典範，在清人錢泳《履園叢話》中便記錄著這樣的故事：

> 余見有某太守者，家蓄美麗甚多，選其精於一藝者，號「十二金釵」。慕金瓶梅葡萄架之名，以金絲作藤，穿碧玉翡翠為葉，取紫晶綠晶琢為葡萄，搭成一架。其下鋪設宋錦為褥，褥上置大紅呢繡花坐墊，旁列古桐尊彝、白玉鴛鴦洗、官哥、定窯瓶碗，及圖書玩好之屬。與諸美人彈琴弈棋，賦詩飲酒，或並觀唐六如、仇十洲所畫春冊，調笑百端，以此為樂。不數年太守死，而美人星散，宦囊蕭然。又有顯宦者，好優童艷婦，不惜重費。入其室者，兩行侍立，朗如玉山，唯有垂涎，不敢平視，怦怦心動而已。後官敗出戍，家事亦顛倒不可問。嗚呼天道，福善禍淫如此其速耶！[69]

在《金瓶梅》之後「葡萄架」似乎有了另一個想像，它成為了好色的公子哥性愛想像的

68　丁乃非：〈靴鞲·腳帶·紅睡鞋〉，收錄於張小紅編：《性／別研究讀本》（臺北：麥田出版社，1998），頁52。

69　錢泳：《履園叢話》（北京：中華書局，1997），頁460。

園地,一個強力情慾的遊樂場。

因為在潘金蓮的身上,嘗試到了腳帶的好處,於是西門慶也如法炮製的來對待另一個性夥伴——王六兒。關於王六兒,她對西門慶總是取意奉承,希望能從西門慶身上多得到些利益,以滿足自己的經濟物質生活。她對西門慶的任何要求總是順從不加拒絕,西門慶也正因她這樣的態度,在性方面對她為所欲為,淫具包的使用、試胡僧藥、燒香疤等等,對王六兒的身體所造成的疼痛西門慶並不理會,反而認為王六兒也是樂在其中。其實王六兒若非有求於西門慶,她也不會盡力忍受這一切,在第37回中她雖笑著卻也說出了自己真正的心聲——「你還不知老娘怎樣受苦哩」。

西門慶除了對王六兒使用淫器包、燒香疤之外,在性愛雲雨的過程中,他也十分喜歡將王六兒的小腳用腳帶吊起來,例如在第38回中:「西門慶真個把他腳帶,解下一條來,拴他一足,弔在床楄子上」;在第61回中胡秀在韓道國家中歇宿時,偷窺到西門慶和王六兒正在雲雨交歡,且見:「伶伶俐俐看見,把老婆兩隻腿,卻是用腳帶吊在床頂上」;而在第79回西門慶命喪黃泉前最後一次和王六兒雲雨交歡時,他也是用了此種方式,「令婦人仰臥,尋出兩條腳帶,把婦人兩隻腳栓在兩邊護炕柱兒上」,其實在將王六兒的小腳懸吊起來之前,西門慶已經和王六兒交歡一回了,不過因為西門慶心中還惦記著想偷何千戶的妻子藍氏,於是心中的慾火尚未交熄,又拉著王六兒想再交歡一回。這一次一般的性交已經不能滿足他了,他就將王六兒的小腳用腳帶吊起來,增加性交時的性快感,當西門慶一看到王六兒被懸吊的姿勢,其性慾又高漲了起來,其興又不可遏。

「懸吊小腳的姿勢」對於小腳的喜愛者而言,是相當惹火又能勾引性慾的,這種姿勢在眠雲〈觀蓮舉隅釋例〉中稱為「懸」字法:

> 懸:弔也。(例)金瓶梅中,葡萄架之陣勢也。利用解下之纏帛,懸之高處,懸時兩足宜開展,高下適宜度,蓮尖上指,足底窄瘦可捏可看。當者百脈僨張,精神十倍。女在此種姿勢之下,趨避無方,迎送乏術,惟有順受而已。[70]

「懸」的方法,限制了女性的行動能力,使男性可以為所欲為。在《金瓶梅》中西門慶特別喜愛在這個時候,拖延和女性性交的時間,他喜歡聽到女性急切向他提出交合的邀請,以滿足那種男性的自大虛榮心理;再加上女性雙腳懸吊起來後,會使得「金蓮半舉、玉體全露」,女性性器官的暴露,男性見之淫心輒起。當女性雙腳被懸吊起來以後,對於男性「趨避無方、惟有順受」而已,這更能滿足西門慶之對女性之征服慾,正如弗洛伊德所言:「大部分男人性活動中包含攻擊性(aggresiveness)——征服慾,其生物學意義似

---

[70] 眠雲:〈觀蓮舉隅釋例〉,《采菲新編》,頁103。

乎在於,在向女人求愛時,這是戰勝性對象抵抗的需要。」[71]而「懸」的方法,正好能滿足男性的征服慾,使男性能對性對象為所欲為,這也是「腳帶」吸引西門慶之處,讓他能使最淫蕩的女人——潘金蓮和王六兒也服服貼貼,聽從他的安排,急切的想要他的性交合。對於一向以性能力自傲的西門慶而言,這是具有最把大征服快感的。在《金瓶梅》裡,原本只是女性纏足時所必須的「腳帶」,經過「潘金蓮醉鬧葡萄架」之後,已經搖身一變成為「淫具」與「助興之具」。

除了「腳帶」之外,對於西門慶而言,小腳婦女的腳上還有另外一個助興之物,那就是婦女腳上所穿的「紅鞋」。在許多時候,西門慶總是一見紅鞋,淫心輒起,例如在第 27 回中見到潘金蓮「腳下穿著大紅鞋兒,手弄白紗扇兒搖涼。西門慶走來,看見怎不觸動淫心」;又如在第 52 回中看到潘金蓮「將那白生生腿兒橫抱膝上纏腳換剛三寸,恰半窄,大紅平底睡鞋兒。西門慶一見,淫心輒起」等等。西門慶對於紅鞋是十分喜愛的,通常他一見女子腳踏可愛紅鞋,便淫心輒起。而西門慶也不諱言自己對紅鞋的喜愛,甚至還要他的女人們接受的審美觀,將腳上的繡鞋換成紅色的,例如在第 28 回中潘金蓮因為「葡萄架事件」後把自己腳上的紅睡鞋弄丟了一隻,晚夕和西門慶歇寢時,穿著一隻綠睡鞋,西門慶覺得怪醜的,直叫潘金蓮再做一雙紅睡鞋:

> 晚夕上床宿歇,西門慶見婦人腳上穿著兩隻綠紬子睡鞋兒,大紅提根兒,因說道:「阿呀,如何穿這箇鞋在腳上?怪怪的不好看。」婦人道:「我只一雙紅睡鞋,倒吃小奴才將一隻弄油了,那裡再討第二雙來?」西門慶道:「我的兒,你到明日做一雙兒穿在腳上。你不知,我達達一心歡喜穿紅鞋兒,看著心裡愛。」

類似的情形也發生在如意兒的身上,在詞話本第 75 回中西門慶要給如意兒半個紅緞子做小衣,剩餘的布就做一雙紅睡鞋:

> (如意兒)又道:「這衽腰子,還是娘在時與我的。」西門慶道:「我的心肝,不打緊處。到明日,舖子裡拿半個紅緞子,與你做小衣兒穿,再做雙紅緞子睡鞋兒穿在腳上,好伏侍我。」老婆道:「可知好哩!參與了我,等我閒著做。」

西門慶對於紅鞋的喜愛,已經有著物戀的傾向。對於他而言,女性要穿著紅鞋才有著引發他性慾的特質,根據靄里士的解釋,每對戀愛中的男女多多少少都有著物戀的現象,只要接觸到和愛人有關的物品,便會引起系戀的反應,其言:「但若是此種系戀過了相

---

71 弗洛伊德:《性學三論》,收錄於車文博主編:《弗洛伊德文集》第二卷(長春:長春出版社,1998),頁 527。

當的界限，成為性戀的專一的對象，或性情緒全神灌注的事物，那就不合常態了；在若戀物的威力發展到一種程度，可以離人而獨立，即使所愛的人不在，戀物的呈現不但足以激發積慾的過程，並且足以完成解慾的過程，即無需乎正常的交合，亦足以共給性慾的滿足，那就成為一個明確的歧變了。」[72]西門慶對紅鞋的喜愛確實有著物戀的傾向，因為他總是對不同的女人提起自己喜歡紅鞋的事實，而他見到女人穿紅鞋，便覺紅鞋異常可愛「淫心輒起」；不過值得注意的是，西門慶的物戀程度還不至於到「歧變」的地步，因為紅鞋是引發他慾望的指標，但最終他還是要藉由真正男女之間的性交才能得到快感，而不是只要「藉紅鞋非法行淫」即可。不過，在有些愛蓮成癖的蓮迷心中，蓮鞋確實有時成為他們的淫具，而不需要真正的男女交歡，他們會藉由蓮鞋來自慰，而達到高潮：

> 客有述及天津某園男女二伶共班，男伶羨女伶雙翹之小且美也，愈通之而不得，乃竊其繡履而作淫具，興畢仍納原所。而女伶不知也，及登台著履，方驗其污，揚之則恐貽笑，不揚則其悸悸然，早已見諸詞色間矣，事為班人洩之于外，記者遂將此事載諸新聞，並標其題曰「白汁水紅菱」。[73]

除此之外，甚至還有一些蓮迷將鞋蓮套在陽具上，美其名說是「可以醫治夢遺」[74]。西門慶雖對紅鞋十分熱愛，卻還不至於此。

其實，在明清時代許多的男性對於紅鞋都有著熱愛的情緒，除了是對蓮鞋本身的喜愛之外，最主要的還有「紅色」本身對於中國人心中的影響。「紅色」在中國的社會中，是一種喜氣、吉利、充滿朝氣與生氣勃勃的顏色，高羅佩說：「紅色在中國一直象徵著創造力、性潛能、生命、光明和快樂。」[75]根據 Alison Lurie 的研究發現：

> 紅色是血液的顏色。傳統上，紅色代表力量、生命力和熱力——以及突發性的危險（如同紅燈）。在生理學上，這種顏色會增加血壓、呼吸率和心跳，要我們準備採取突發的身體行動。如果排拒的反應很激烈（如激怒），那麼「看見紅色」就如血液衝向大腦；另外想必像公牛搖紅布也有同等效果。性的激情也用紅旗來

---

72 靄里士：《性心理學》，頁218。
73 紅薇：〈白水汁紅菱〉，《采菲錄初編》，頁271。
74 以蓮鞋醫治夢遺的說法，在〈蓮事餘談〉中有提到：「余愛蓮成癖，一見蓮足，即患夢遺。嗣思得一法，即將高底之弓鞋，按穿鞋法，套陽具連腎子，再用鞋帶子纏緊即成（按按此法試之，必須鞋較陽具小者方可，陽具軟時套之），以後散人果然不再遺精矣。有愛蓮癖而遺精者，即按法試之，亦無不可。」見《采菲錄四編》，頁126。
75 高羅佩著；李零、郭曉惠譯：《中國古代房內考》，頁7。

表示：當人們受到鼓勵時，那些有直接關連的部分會泛紅。所以無庸置疑，傳統上鮮明的深紅色與侵略和慾望有關。在歷史和文學上，軍人和獵狐人的紅外套，及「淫婦」所穿的紅色洋裝，都是明顯的例子。[76]

「紅色」既有著「侵略與慾望」的寓意，對於一向對財富與女人有著無窮慾望的西門慶而言，紅色是諸多顏色與他最相似的顏色，也是他最莫名喜愛的顏色，紅色引發著他的性衝動與性慾望。

西門慶除了自己喜歡女性穿紅鞋之外，他還教導自己的妻妾與僕婦要穿紅鞋，作為以西門慶為中心生活的女人，當西門慶說出「我達一心只愛穿紅鞋，看著心裡愛」時，再加上西門慶願意贈與鞋面的誘惑，自然會以西門慶的價值觀與審美觀為主要的依歸與準則，而將其內化成為自己的審美觀，在以男性為主的社會，女性的自我貶抑再加上男性將女性的財產化與物化：

> 女性被財產化、物化，一方面促使男性對女性產生炫耀、觀賞的心理，另一方面對女性自身來說，也妨礙了她性審美意識的正常發展，使之基本處於潛伏、壓抑狀態。男性居高臨下主人式的審美意識忽視女性自身可能有的要求，強令女性按男性的審美要求改變。男性以社會主人的身分追求審美心理滿足的結果更加速使女性的形體、容貌成為女性自身價值重要的組成部分。[77]

在這樣的社會中，使女性依附著男性生活，在經濟與思想上都以男性的美為美，失去了自主的審美觀，男性以小腳為美所以女性「為郎纏足」，腳穿著紅鞋自然也是因為「郎看著心裡愛」的緣故了。

在「用腳帶懸吊金蓮」和「教導穿紅鞋」這兩件事情中，除了可以看見纏足的附屬物品成為性行為中的「助興之物」外，更可以看出西門慶在性行為過程中，如何地希望自己能主導一切的慾望，當他將女子的雙腳懸吊起來時，他藉由控制女性的行動能力，滿足自己征服的快感；當他教導女性穿紅鞋取悅他時，他藉由主控女性的審美意向，達到自己控制女性由心理到穿著都以自己為中心的主導快感。

---

[76] Alison Lurie 著；李長青譯：《解讀服裝》（臺北：商鼎文化出版社，1994），頁 194。
[77] 張中秋、黃凱鋒著：《超越美貌神話：女性審美透視》（上海：學林出版社，1999），頁 19。

第四章　「形象再現」的三寸金蓮

浦安迪在〈金瓶梅藝術技巧的一些探索〉一文，指出《金瓶梅》中的敘事結構中，作者擅長運用了一種「形象再現」手法：

> 通過再現原則的巧妙運用建立一個豐富多彩的敘事結構。這種讓一系列敘事因素反覆重現的微妙寫作手法適用於各種類別和長度的寫作手法，包括特定的主題和拉得很長的情節以及一個個人物性格的刻畫。……這樣，體現這一寫作原則的寫作範例就將被稱做「形象再現」，而由此形成豐富多采的結構就被稱為「形象的加濃」。[1]

這樣的再現主題也「集中於鞋和腳的形象上，而這一主題的反覆運用又集中於潘金蓮因以命名的那雙精巧的小腳上。」[2]而本章即集中探討，在《金瓶梅》中如何藉由「三寸金蓮」的物件串聯，巧妙將金蓮和其他的象徵意含連結起來。此文所指「三寸金蓮」，除蓮鞋本身外，也包含著纏足的其他附件，例如腳帶等等，自然更包含了作為金蓮化身的潘金蓮。張俊〈試論紅樓夢與金瓶梅〉一文中說：「作者常用一小物件，來聯結故事和轉換情節。」[3]接下來就來探討，《金瓶梅》中作者如何將三寸金蓮及其附物，和慾望、權力以及死亡聯結起來。

第一節　慾望的再現

在《金瓶梅》男女的互動中，「三寸金蓮」是女性重要的魅力所在，由潘金蓮的種種行為中都可以看出，由於「纏足」而成的「金蓮」是女性的特有，在明清的文化中，「蓮鞋」（或「繡鞋」）便也自然成為的女色的代表物。在《二刻拍案驚奇》卷 15 中便說：

1　浦安迪：〈金瓶梅藝術技巧的一些探索〉，收錄於中國金瓶梅學會編：《金瓶梅研究 第一輯》，頁 243。

2　浦安迪：〈金瓶梅藝術技巧的一些探索〉，收錄於《金瓶梅研究 第一輯》，頁 247。

3　張俊：〈試論紅樓夢與金瓶梅〉，收錄於《論金瓶梅》，頁 254。

「原來徽州人有個僻性，是『烏紗帽』、『紅繡鞋』，一生只這兩件，不爭銀子，其餘諸事慳吝了。」此處的「紅繡鞋」便專指「女色」了。姚靈犀在〈采菲餘錄〉一文中也提到，如果非要以一物來作為女色的代表，那就非「繡鞋」莫屬了：

> 戲劇中有明寫酒色財氣者，為「小天宮」，各以一物象徵。以酒壺屬酒，以女鞋為色，財用元寶，氣用大肚皮。此戲京班久不演唱，余竊思以一物象徵女色，舍繡鞋而外，竟不可得。足覘往日繡鞋之動人。[4]

正因為蓮鞋與女色之間的密切關聯，再加上蓮鞋對於男性的神秘感使然，使小說中常借有「蓮鞋」的流動──失鞋與拾鞋的過程，加強男女之間情慾的曖昧關係。在《金瓶梅》中就有類似情節，在第 28 回中小鐵棍兒因躲在花園中，拾得了潘金蓮在葡萄架性愛後遺落的金蓮鞋，那一日陳敬濟經過花園，見小鐵棍兒一人在玩耍，拿出一隻紅繡鞋想換陳敬濟手中的銀網巾圈兒：

> 敬濟道：「此是人家當的網巾圈兒，來贖，我尋出來與他。」那小猴子笑嘻嘻道：「姑夫，你與了我耍子罷，我換與你件好物件兒。」敬濟道：「傻孩子，此是人家當的。你要，我另尋一幅兒與你耍子。你有甚麼好物件，拿來我瞧。」那猴子便向腰裡掏出一隻紅繡花鞋兒與敬濟看。敬濟便問：「是那里的？」那猴子笑嘻嘻道：「姑夫，我對你說了罷！我昨日在花園裡耍子，看見俺爹吊著俺五娘兩隻腿兒，在葡萄架兒底下，搖搖擺擺。落後俺爹進去了，我尋俺春梅姑姑要菓子吃，在葡萄架底下拾了這隻鞋。」敬濟接在手裡，曲似天邊新月，紅如退瓣蓮花，把在掌中，恰剛三寸。就知是金蓮腳上之物，便道：「你與了我，明日另尋一對好圈兒與你耍子。」猴子道：「姑夫你休哄我，我明日就問你要哩。」敬濟道：「我不哄你。」那猴子一面笑的耍去了。這陳敬濟把鞋褪在袖中，自己尋思：「我幾次戲他，他口兒且是活，及到中間，又走滾了。不想天假其便，此鞋落在我手裡。今日我著實撩逗他一番，不怕他不上帳兒。」

在這裡葡萄架的性愛，藉由小鐵棍兒的口中又重現了一次，才發現原來當時還存有這樣一個偷窺者。小鐵棍兒成了一個傳遞者，將葡萄架性愛的遺留物傳遞至陳敬濟的手中，這性愛的遺留物──紅蓮鞋，本身就充滿著性愛的味道，讓拿到鞋子的陳敬濟增添了對潘金蓮的遐想，更使自己有了名正言順的機會去撩撥潘金蓮。於是他手上拿著紅蓮鞋，登堂入室的到五娘的房中：

4　姚靈犀：〈采菲餘錄〉，《采菲錄四編》，頁 293。

那敬濟只是笑，不做聲。婦人因問：「姐夫，笑甚麼？」敬濟道：「我笑你管情不見了些甚麼兒？」婦人道：「賊短命！我不見了，關你甚事？你怎的曉得？」敬濟道：「你看，我好心倒做了驢肝肺，你到訕起我來。怎說，我去了。」抽身往樓下就走。被婦人一把手拉住，說道：「怪短命，會張致的！來旺兒媳婦子死了，沒了想頭了，卻怎麼還認的老娘？」因問：「你猜著我不見了甚麼物件兒？」這敬濟向袖中取出來，提著鞋拽靶兒，笑道：「你看這箇是誰的？」婦人道：「好短命，原來是你偷拿了我的鞋去了！教我打著丫頭，遶地裡尋。」敬濟道：「你怎的到得我手裡？」婦人道：「我這屋裡再有誰來？敢是你賊頭鼠腦，偷了我這隻鞋去了。」敬濟道：「你老人家不害羞。我這兩日又不往你這屋裡來，我怎生偷你的？」婦人道：「好賊短命，等我對你爹說，你到偷了我鞋，還說我不害羞。」敬濟道：「你好拿爹來諕我罷了。」婦人道：「你好小膽子兒，明知道和來旺兒媳婦子七箇八箇，你還調戲他，你幾時有些忌憚兒的！既不是你偷了我的鞋，這鞋怎落在你手裡？趁早實供出來，交還與我鞋，你還便益。自古物見主，必索取。但道半個不字，教你死在我手裡。」

陳敬濟一進門對潘金蓮只發笑，不發一言，這其中「眉眼俱有勾挑意」，已經有著調情的意味。接下來兩人的對話，更像一對小情人之間的拌嘴，陳敬濟明知潘金蓮掉了蓮鞋，故意不說先發問，潘金蓮見陳敬濟來自己房中，故意說出宋蕙蓮的事情，來展現自己的醋意。隨著陳敬濟拿出鞋子，兩人之間的語言就更加曖昧了，潘金蓮一面撒嬌一面語帶威脅地要拿回鞋子，陳敬濟則是趁機要賴定要潘金蓮拿出另一件東西作為交換了物品：

敬濟道：「你老人家是箇女番子，且是倒會的放刁。這裡無人，咱每好講：你既要鞋，拿一件物事兒，我換與你，不然天雷也打不出去！」婦人道：「好短命！我的鞋應當還我，教換甚麼物事兒與你？」敬濟笑道：「五娘，你拿你袖的那方汗巾兒賞與兒子，兒子與了你的鞋罷。」婦人道：「我明日另尋了一方好汗巾兒，這汗巾兒是你爹成日眼前見過，不好與你的。」敬濟道：「我不。別的就與我一百方也不筭，我一心只要你老人家這方汗巾兒。」婦人笑道：「好個老成久慣的短命！我也沒氣力和你兩箇纏！」于是向袖中取出一方細撮穗白綾挑線鶯鶯燒夜香汗巾兒，上面連銀三字兒都掠與他。……這陳敬濟連忙接在手裡，與他深深的唱個喏。婦人分付：「好生藏著，休教大姐看見，他不是好嘴頭子。」敬濟道：「我知道。」一面把鞋遞與他，如此這般：「是小鐵棍兒昨日在花園裡拾的，今早拿著問我換網巾圈兒耍仔。」如此這般，告訴了一遍。婦人聽了，粉面通紅。

潘金蓮為了要拿回蓮鞋，就只好拿汗巾作為交換的物件，不過她想拿另一方新的、西門慶沒見過的汗巾，但陳敬濟不肯，因為對陳敬濟來說就是要拿西門慶「成日眼裡見過」的汗巾，才有刺激感，唯有這樣的汗巾才能算是一個「質」（擔保品）——會讓潘金蓮顧忌，重視他們之間私情的存在，另一方面這汗巾兒也成為了他們之間私情的「表記」。

在古時情侶之間常常有著送物品為「表記」的習慣，在《金瓶梅》中就不勝枚舉，例如在第 4 回中的潘金蓮與西門慶：

> 婆子道：「你每二人出語無憑，要各人留下件表記物件拿著，纔見真情。」西門慶便向頭上拔下一根金頭銀簪來，插在婦人雲鬢上。婦人除下來袖了，恐怕到家武大看見生疑。婦人便不肯拿甚的出來，卻被王婆扯著袖子一掏，掏出一條杭州白縐紗汗巾，掠與西門慶收了。

由王婆的話更可以看出，「表記」本身的存在絕大部分是為了怕對方反悔而設的。一方面作為愛情的紀念與證明，一方面也可以當對方想要變心時要脅的物品。正因為女性的首飾與貼身物品常作為送給情郎的表記，而表記又是私情發生過的證據，所以在第 82 回中潘金蓮發現陳敬濟袖中有孟玉樓「金勒馬嘶芳草地，玉樓人醉杏花天」的簪子時，就懷疑陳敬濟和孟玉樓有姦情；而之後陳敬濟更利用「表記」在人心目中的印象，用這他不小心揀到的簪子，來要脅孟玉樓，還好被孟玉樓以巧智化解了。所以在第 28 回中陳敬濟堅持以紅繡鞋換一方西門慶熟悉的汗巾兒，對他來說這是潘金蓮給他的「表記」，等於是許下他二人未來偷情的約定。

這葡萄架性愛所遺下的紅蓮鞋，流落到陳敬濟的手中，預告著陳敬濟將成為西門慶的接班人，在這一座春意盎然的花園中，繼續上演著一齣性愛交歡大戲。果不其然，在西門慶一死，陳敬濟立刻成為潘金蓮的性愛伴侶，西門慶的「葡萄架性愛」轉為陳敬濟的「荼蘼架之約」，在第 82 回中潘金蓮以「一方銀絲汗巾兒裹著一箇紗香袋兒，裡面裝一縷頭髮并些松柏兒」傳情給陳敬濟，並附上一首《寄生草》云：「將奴這銀絲帕并香囊寄與他。當初結下青絲髮，松柏兒要你常牽掛，淚珠兒滴寫相思話。夜深燈照的奴影兒孤，休負了夜深潛等荼蘼架。」陳敬濟一見詞，便知和潘金蓮訂下了「荼蘼架之約」，等到晚上便去赴約：

> 敬濟得手，走來花園中，只見花依月影，參差掩映。走到荼蘼架下，遠遠望見婦人摘去冠兒，亂挽烏雲，悄悄在木香棚下獨立。這敬濟猛然從荼蘼架下突出，雙手把婦人抱住。把婦人諕了一跳，說：「呸！小短命！猛可鑽出來，諕了我一跳。早是我，你摟便將就罷了。若是別人，你也是恁膽大摟起來？」敬濟吃得半酣兒，

笑道：「早是摟了你，就錯摟了紅娘，也是沒奈何。」兩箇于是相摟相抱，攜手進入房中。房中熒煌煌掌著燈燭，桌上設著酒餚。一面頂了角門，並肩而坐飲酒。……飲酒多時，常言：風流茶說合，酒是色媒人，不覺竹葉穿心，桃花上臉，一箇嘴兒相親，一箇腮兒廝搵，罩上燈上床交接。

紅蓮鞋的流動，形成了「葡萄架－紅蓮鞋－荼蘼架」的流動，也可說是「西門慶－潘金蓮－陳敬濟」之間的慾望流動，藉由性愛遺物的紅蓮鞋——飽含性愛味道的物品，在人手中傳遞與輪轉，勾勒出一條慾望流動牽引的紅線，將三人之間的慾望緊緊串聯來。

　　其實，中國文化中「失鞋－拾鞋」的主題與「婚姻」、「男女」總有著曖昧模糊的牽連。在中國灰姑娘故事類型中，例如《酉陽雜俎》中「葉限」一條即為此例，葉限因為參加洞節而遺落一隻鞋，後來為洞人賣至陀汗國：

> 國主得之，命其左右履之，足小者履減一寸。乃令一國婦人履之，竟無一稱者。其輕如毛，履石無聲。陀汗王意其洞人以非道得之，遂禁錮而考掠之，竟不知所從來，乃以是履棄之於道旁，即遍歷人家捕之，若有女履者，捕之以告。陀汗王怪之，乃搜其室，得葉限，令履之而信。葉限因衣翠紡衣，躡履而進，色若天人也。始具事於王，載魚骨與葉限俱還國。……陀汗王至國，以葉限為上婦。[5]

灰姑娘故事是屬於世界性的民間故事類型，在歐洲及其他國家都有這類的故事。而在中國流傳的灰姑娘故事，在「鞋」的意含上，一般認為「鞋」與「諧」為諧音，故「合鞋」即等於「和諧」。在〈霍小玉傳〉中也可看到此種意涵：

> 先此一夕，玉夢黃衫丈夫抱生來，至席，使玉脫鞋。驚寤而告母。因自解曰：「鞋者，諧也。夫婦再合。脫者，解也。既合而解，亦當永訣。由此徵之，必遂相見，相見之後，當死矣。」[6]

錢鍾書在《管錐編》第二冊中還指出，在唐人詩句中也有這樣的例子，如王渙〈惆悵詩〉之六、白居易〈感情〉、李商隱〈戲題樞言草閣〉以及陸龜蒙〈風人詩〉云「旦日思雙履，明時願早諧」[7]等等，另外在婚俗中，這樣「鞋」與「諧」的諧音運用也十分普遍，例如張雲璈《四寸學》中云：「今俗新婚之夕，取新婦鞋，以帕包裹，夫婦交遞之，名曰『和諧』。」另外在後唐馬縞《中華古今注》「麻鞋」條中也云：「凡娶婦之家，先

5　段成式：《酉陽雜俎》（臺北：漢京文化事業公司，1983），頁 201。

6　蔣防：〈霍小玉傳〉，收錄汪辟疆編：《唐人傳奇小說》（臺北：文史哲出版社，1993），頁 81。

7　錢鍾書：《管錐編》第二冊（北京：中華書局，1999），頁 679-680。

下絲麻鞋一兩，取其和鞋之義。」此處「和鞋」即「和諧」之意也。在《金瓶梅》中也有運用「鞋」與「諧」的諧音例子，在崇禎本第 28 回中就在陳敬濟以蓮鞋換汗巾後，作者寫了一首詩道：「郎君見妾下蘭階，來索纖纖紅繡鞋。不管露泥藏袖裡，只言從此事堪諧。」即透露出陳敬濟的拾鞋，更促進兩人性關係的和諧。正因為「失鞋－拾鞋」有這層涵義，在明清的民歌中，也常將「女性失鞋」和「偷情」的主題關聯在一起，例如王廷紹《霓裳續譜》中〈教奴好惱〉云：

> 教奴好惱，這個事兒蹺蹊，奴家的花鞋少了一隻。若是當家的知道，豈不動疑。
> 想必是昨日晚上，忙中失落，不知情郎拿拿了去，教奴心下不得明白就著急。[8]

直到民國收集的民歌中，還有想以失鞋為藉口出門會情郎的例子，在王煦華所輯的《吳歌戊集》中的〈村中狗咬惱〉中云：「村中狗咬惱柔柔，情哥〔流落〕在外頭，我要開門又怕娘罵我，只說花鞋忘記在外頭。賊花娘來怪鴉頭！你那有花鞋在外頭？你昨日偷郎勿曾為難逆你，今夜偷郎要活切你格頭！」[9]

另外在元明清時代，還有更進一步將「做鞋」與「男女溫存」曖昧地相關聯起來的例子，主要是藉由「幫」字的轉換，例如在《歡喜冤家》第 9 回中：

> 一日，二娘見二官冷落他，立在果子樓下，拿一隻紅鞋在手中做。只見二官忙忙進來去果子，二娘道：「叔叔，你果忙耶？」二官看他手中做鞋兒，道：「嫂嫂，你針忙耶？」二娘道：「你真是果忙，我來幫你。」二官道：「嫂嫂果真有心，你來貼我。」二娘笑道：「我說的是幫字。」二官道：「幫與貼一個道理。」

「幫」在俗語的使用上，指的是「靠近；挨著」[10]，所以才說「幫與貼一個道理」，都是「親近、溫存」之意；另外在《醒世恆言》卷 3〈賣油郎獨占花魁〉中，更以「鞋幫」為喻，說明男子的「幫襯」之理：

> 常言道：「妓愛俏，媽愛鈔。」所以子弟行中，有了潘安般貌，鄧通般錢，自然上和下睦，做得煙花寨內的大王，駕鴦會上的主盟。然雖如此，還有個兩字經兒，叫做幫襯。幫者，如鞋之有幫；襯者，如衣之有襯。但凡做小娘的，有一分所長，得人襯貼，就當十分。若有短處，曲意替他遮護，更兼低聲下氣，偷暖送寒，逢其所喜，畢其所諱，以情度情，豈有不愛之理。這叫做幫襯。風月場中，只有會

8　王廷紹《霓裳續譜》，見馮夢龍等編：《明清民歌時調集》，頁 301。

9　王煦華輯：《吳歌戊集》，收錄於《吳歌·吳歌小史》，頁 411。

10　李崇興編著：《元語言詞典》，頁 15。

幫襯的最討便宜，無貌而有貌，無錢而有錢。[11]

在這裡俗語中代表親近的「幫」與鞋幫的「幫」關聯起來，使做鞋的未完成品「鞋幫」，成男女傳遞心意時語言上「雙關語」的表現法。由馮夢龍《山歌》中〈鞋〉一首中可知，云：「青緞鞋兒綠緞鑲，千針萬線結成雙，買尺白綾來鋪底。只要我郎來上幫，心肝莫說短和長。」使用製鞋中的術語作為雙關語，表面意思似乎是希望情郎來幫我做鞋，其實是指希望情郎來和我溫存、親近。到了《肉蒲團》第 9 回中更是直接將「做鞋」與「做愛」關聯起來，其云：「你的主意我知道了。權大爺的本錢，是一方有名的。你被大榾頭榾過了，恐怕那榾週鞋的小榾，撩不著大人的鞋幫。」這裡將男性陽具比喻成製鞋的工具「榾頭」，將「鞋幫」比喻成女性的性器官，而性交合的動作，則比喻成做鞋過程中「榾」的動作，將「做鞋」與「做愛」巧妙地比附在一塊。

正因為在明清時代「做鞋」與「做愛」有著語言上的雙關聯繫，使一些小說在安排偷情或做愛的情節時，或多或少都會出現「做鞋」（或「納鞋」）的場景，例如之前提到的《歡喜冤家》第 9 回中的二娘與二官，即是二娘在做鞋子的時候，進行語言上的調戲；又如《型世言》第 6 回中的汪涵宇調戲朱寡婦時，她「正獨坐在樓下，鎖著自己的一雙鞋」。在《金瓶梅》中「做鞋」場景的安排，和「性愛」場景之間，也有著類似有趣的現象。例如在詞話本第 13 回中西門慶第一次近距離見到李瓶兒時，李瓶兒手上正拿著「一隻紗綠潞紬鞋扇」，表示此時的李瓶兒正好在「做鞋」；而在同一回中，潘金蓮就是和孟玉樓在「做鞋」時，發現了西門慶與李瓶兒的偷情：

> 一日，同孟玉樓飯後的時分，在花園亭子上坐著做針指。只見掠過一塊瓦兒來，打在面前。那孟玉樓低著頭納鞋沒看見。這潘金蓮單單把眼四下觀盼，影影綽綽只見一個白臉在牆頭上探了探就下去了。……到晚夕，西門慶自外趕席來家，進金蓮房中。金蓮與他接了衣裳，問他，飯不吃，茶也不吃。趄趄著腳兒只往前邊花園裡走的。這潘金蓮賊，留心暗暗看著他。坐了好一回，只見先頭那丫頭在牆頭上打了個照面。這西門慶就踩著梯凳過牆去了。那邊李瓶兒接入房中，兩個廝會，不必細說。

另外在葡萄架性愛後，也有潘金蓮邀孟玉樓與李瓶兒納鞋的場景，孟玉樓在做鞋腳的過程中，告訴潘金蓮有關吳月娘對棒打小鐵棍事情的觀感；在潘金蓮與西門慶「蘭湯邀午戰」之後，則見春梅在「穿廊下一張涼椅兒上納鞋」；在詞話本第 86 回中潘金蓮在王婆

11　馮夢龍編：《醒世恆言》，頁 33。

處見到昔日愛人陳敬濟時：

> 婦人正坐在炕邊納鞋。看見經濟，放下鞋扇，會在一處。埋怨經濟：「你好人兒，
> 弄的我前不著村，後不著店，有上稍，沒下稍，出醜惹人嫌。你就影兒不見，不
> 來看我看兒了！我娘兒們好好兒的，拆散開你東我西，皆因是為誰來？」說著，
> 扯住經濟，只顧哭泣。

「納鞋」的場景常常成為男女相見時的背景，或性愛發生前後的情節安排，這其中的原因，
固然也是因為「納鞋」是婦女日常生活的主要活動，所以常見婦女在做鞋或針指的活動，
這是符合現實生活的情節考量。不過如果考慮到明清時代，「做鞋」與「做愛」的曖昧
比喻，那麼《金瓶梅》中在男女關係中安插著「納鞋」的背景，有飽含著慾望意象的象
徵，李瓶兒納鞋（第 13 回）的同時，她與西門慶的性關係也正要展開；潘金蓮納鞋（第
13 回）的同時，她也正式介入西門慶與李瓶兒的偷情關係中，凡是西門慶「過去睡了來，
就告婦人說：李瓶兒怎地生的白淨，身軟如綿花瓜子一般，好風月，又善飲」；春梅納
鞋（第 30 回）的同時，引進琴童讓西門慶結束和潘金蓮的蘭湯午戰後的香甜午睡，出門
去見張安；潘金蓮在王婆處的納鞋（第 86 回），這是她最後一次見到她的情人陳敬濟，
宣示著他二人的永別，也象徵者兩人的性愛歡樂再也不復來了，因為在納鞋不久後，她
便已經成為了武松刀下的亡魂。「三寸金蓮」是女性的代表物，也是女人味的表徵，它
引起男性無限的熱愛，在《金瓶梅》中藉由「金蓮」的流動，使慾望也開始流動，締造
出男女性愛的交歡大戲。

第二節　權力的再現

　　《金瓶梅》的故事主要圍繞著西門慶及其性關係女性的故事，在一男多女的不平衡狀
態下，這一場場女人之間的爭奪賽總是不斷的上演，其中又以潘金蓮最逞強鬥狠，凡是
和西門慶過於親密的女性，都是她要除去的眼中釘。浦安迪說：

> 實際上潘金蓮以及別的婦女在家庭中的地位常常取決於她們小腳的精巧程度。它
> 往往以一概全，象徵性地代表她的全貌。這一點充分反映在金蓮的初次出場上。
> 以後，每當一個新的獵物進入她們的「姊妹」圈時，金蓮的第一個動作就是揭起
> 對方的裙子撮弄她的腳看。[12]

12　浦安迪：〈金瓶梅藝術技巧的一些探索〉，《金瓶梅研究 第一輯》，頁 247。

在這一場場的鬥爭大戰中，「金蓮」及其附屬物常常扮演著穿針引線的功能，具有明顯的象徵意含，「敵人」與「盟友」皆可從「金蓮」的暗示中得知。除此之外，潘金蓮也常藉由「金蓮」物件，作為懲罰下人的藉口，以施展做為主子的威風與權力。

最能體現「金蓮之爭」的例子，就是潘金蓮和宋金蓮（即「宋蕙蓮」）之間的「雙金蓮之爭」。戰爭在宋金蓮出現之初，就已經吹起號角了，當宋金蓮一進西門家中時：

> 那來旺兒，因他媳婦癆病死了，月娘新又與他娶了一房媳婦，乃是賣棺材宋仁的女兒，也喚金蓮。……月娘因他叫金蓮，不好稱呼，遂改名為蕙蓮。這個婦人小金蓮兩歲，今年二十四歲了，生的白淨，身子兒不肥不瘦，模樣兒不短不長，比金蓮腳還小些兒。性明敏，善機變，會粧飾，就是嘲漢子的班頭，壞家規的領袖。
> （第 22 回）

宋金蓮也是因為腳上纏著一雙好小腳，而被喚作金蓮，這一點和潘金蓮是一樣的。只是宋金蓮是以僕婦的身分進入西門家，當家做主的吳月娘為了方便，就將「宋金蓮」改為「宋蕙蓮」。不過事實上，宋蕙蓮的小腳比潘金蓮還要小，宋蕙蓮應當才是最有資格喚作「金蓮」的，但她的僕婦身分使她一進門就先失去了自己原本的名字，潘金蓮以她五娘的較高身分，贏得了金蓮的「名字」，不過在後來的日子裡，宋蕙蓮總會有意無意的說出自己腳比五娘還小的事實，為自己招來禍端。

宋蕙蓮進門沒多久，藉由玉簫做牽頭，便與西門慶在藏春塢中進行第一次的偷情，卻正好被經過的潘金蓮逮個正著，宋蕙蓮只好趕緊穿了衣服一溜煙走了。不過從此以後，宋蕙蓮「每日在那邊，或替他造湯飯，或替他做針指鞋腳，或跟著李瓶兒下棋，常賊乖趨附金蓮」。宋蕙蓮因為自己的偷情事，被潘金蓮知道，像是自己的把柄握在潘金蓮的手中，深怕潘金蓮張揚開來，因為自己也才入門不久，深怕手段厲害的潘金蓮會對自己不利，於是就趕緊在潘金蓮處示好，煮些好吃的東西，又替潘金蓮做些「針指鞋腳」的生活，希望能討潘金蓮的歡心；另一方面他還繼續和西門慶偷情，畢竟西門慶才是家中真正的主人，討好他能為自己帶來許多實質的好處，因為西門慶總習慣在性關係後贈與物品給她，例如衣服、首飾、香茶等等物品，又給她比較輕便的勞役：

> 西門慶又對月娘說，他做的好湯水，不教他上大灶，只教他和玉簫兩個，在月娘房裡後邊小灶上，專頓茶水，整理外菜蔬，打發月娘房裡吃飯，與月娘做針指，不必細說。（第 22 回）

正因為職務的調動，宋蕙蓮開始在吳月娘房裡做事，漸漸發現吳月娘才是家中女性的權力中心——正經的大老婆，潘金蓮不過是小妾罷了，於是對潘金蓮也不像先前那樣「賊

乖趨附」。在第23回中來興兒來傳達潘金蓮、孟玉樓與李瓶兒想要宋蕙蓮燒豬頭肉時：

> 來興兒便叫他：「蕙蓮嫂子，五娘、三娘都上覆你，使我買了酒、豬頭連蹄子，都在廚房裡，教你替他燒熟了，送到前邊六娘房裡去。」蕙蓮道：「我不得閒，與娘納鞋哩。隨問叫那個燒燒罷，巴巴坐名兒叫我燒？」來興兒道：「你燒不燒隨你，交與你，我有勾當去。」說著，出去了。玉簫道：「你且丟下，替他燒燒罷。你曉的五娘嘴頭子，又惹的聲聲氣氣的。」蕙蓮笑道：「五娘怎麼就知我會燒豬頭，栽派與我！」

燒豬頭原是僕婦的份內事，但宋蕙蓮卻想藉「替大娘納鞋」為理由推掉差事，在玉簫說及潘金蓮不是好惹的，宋蕙蓮就起身替她們燒豬頭。因為來西門家已有一段時間，再加上和西門慶的性關係，使宋蕙蓮漸漸有些忘了自己的身分，例如當宋蕙蓮在月娘眾人擲骰子時，插嘴評論，被孟玉樓說了幾句：「你這媳婦子，俺們在這裡擲骰兒，插嘴插舌，有你甚麼說處？」孟玉樓這幾句話，提醒宋蕙蓮注意自己的身分，讓蕙蓮「羞得站又站不住，立又立不住，緋紅了面皮，往下去了。」值得注意的是，宋蕙蓮即便心中對潘金蓮已經不十分畏懼，但她也只敢在背地裡說一些抱怨的話，當著潘金蓮與眾家娘子的面前，她的態度還是十分討好與奉承的，由她燒了豬頭給潘金蓮等人享用時，所說的話便可以了解。

　　直到藏春塢中，她在西門慶面前將自己的小腳和潘金蓮的小腳比較一番，說：「昨日我拿他的鞋略試了試，還套著我的鞋穿。倒也不在乎大小，只是鞋樣子周正才好。」宋蕙蓮其實只是想在西門慶面前炫耀自己的腳小而已，卻沒想到潘金蓮在門外偷聽，已經氣的兩隻胳膊都軟了，「半日移腳不動，說道：『若教這奴才淫婦在裡面，把俺們都吃他撐下去了！』」為了避免激怒西門慶，沒有當場發作，而是留了一隻銀簪兒，把門到鎖了，第二天宋蕙蓮看見銀簪，「知是金蓮的簪子，就知晚夕他聽了出去」，於是接著這一陣子，宋蕙蓮又開始親近與討好潘金蓮，「與他頓茶頓水，做鞋腳針指」，反而是吳月娘那裡「每日只打個面兒」，就到潘金蓮這裡來侍奉。其實宋蕙蓮對於潘金蓮還是畏懼的，因為畢竟身分有差距，她的不滿與批評只敢背著潘金蓮說，只是不料藏春塢那次被潘金蓮聽到了，每次一被潘金蓮捉到把柄，宋蕙蓮就會立刻討好似的與潘金蓮「做針指鞋腳」，希望藉由做鞋腳能夠拉近彼此的距離，以消除潘金蓮的怒氣。

　　宋蕙蓮對潘金蓮真正公開的挑釁動作，在元夜掉鞋時才開始。由筵席上看到陳敬濟踢潘金蓮的小腳，發現潘金蓮原來也不是正經貨兒，現在潘金蓮也有把柄在自己手上了，心中想到：「今日被我看出破綻，到明日再來搜求我，自有話說。」因為如此她對潘金蓮就沒了顧忌，竟大膽的在元夜走百病時，在眾人面前套著潘金蓮的「舊鞋」穿，以免

自己的鞋子被泥弄污了，潘金蓮看在眼裡，只說：「他昨日問我討了一雙鞋，誰知成精的狗肉，套著穿。」孟玉樓見了宋蕙蓮套著潘金蓮的鞋穿以後，「一聲兒也不言語」，孟玉樓知道宋蕙蓮這做的太過分，潘金蓮絕不輕易放過她的，孟玉樓的不發一語，是一種想要置身事外的姿態。果不其然，在來旺兒回來以後，一連串的遭遇，潘金蓮都可以說是幕後的黑手，操控著一切。

　　潘金蓮對對付宋蕙蓮的方法，是採「借刀殺人」之法，她從不正面與宋蕙蓮衝突，而是藉由西門慶之手去對付來旺兒，借孫雪娥之手對付宋蕙蓮，在西門慶對付來旺兒的同時，潘金蓮就知道如果來旺兒不活了，宋蕙蓮也是非死不可的。因為在宋蕙蓮的心目中，對於來旺兒始終是有情義的，她不像潘金蓮可以鴆殺武大，由宋蕙蓮最初對蔣聰的態度就可以知道，即便蕙蓮有了情夫，他對於自己的丈夫仍然是有情有義的，絕不想害得他流離失所或死於非命，潘金蓮知道這一點，但西門慶卻不了解。正如李建中在《瓶中審醜：金瓶梅「色」之批判》一書所言：

> 身為主子的西門慶，以為宋蕙蓮真的傾心於他了，以為她和他一樣，都是以「快樂」為性目的，當然，奴婢趁機向主子索取點點錢財，也是順理成章的。西門慶沒有想到：對宋蕙蓮來說，在「銷魂」和「求財」的後面，還有一個更深的更基本的目的：為她的丈夫和家庭。……金蓮清楚地看到了西門慶與宋蕙蓮的「性目的」的不同：後者是「疼她的漢子」；前者是「摟著她老婆也放心」。金蓮挑唆西門慶除掉來旺，表面上是為西門慶著想，使讓他通過消除宋蕙蓮的性目的來實現西門慶自己的性目的；而身藏的真實意圖卻是讓他們兩個人的性目的都落空。金蓮知道：宋蕙蓮一旦失去丈夫，也就失去了他與西門慶之間的性目的，就會離西門慶而去。[13]

就這樣宋蕙蓮在潘金蓮的主謀下，步上了死亡的道路，用她「行雙雙、坐雙雙」[14]的腳帶，結束了自己的生命。

　　宋蕙蓮雖然死了，但她對潘金蓮的威脅仍然餘波盪漾，在潘金蓮和西門慶瘋狂的葡萄架性愛之後，遺失了一只紅蓮鞋，秋菊卻在藏春塢中發現了一只大紅平底鞋，拿去給潘金蓮：

> 婦人拿在手內，取過他的那雙來比一比，都是大紅四季花段子白綾平底繡花鞋兒，

13　李建中：《瓶中審醜：金瓶梅「色」之批判》，頁 58。
14　馮夢龍：《掛枝條》「裹腳」條，引自《明清民歌時調集》，頁 197。

綠提根兒，藍口金兒。惟有鞋上緝線兒差些，一隻是紗綠鎖線，一隻是翠藍鎖線，不仔細認不出來。婦人登在腳上試了試，尋出來這一隻比舊鞋略緊些，方知是來旺兒媳婦子的鞋：「不知幾時與了賊強人，不敢拿到屋裡，悄悄藏放在那裡，不想又被奴才翻將出來。」（第28回）

這一段「潘金蓮試鞋」的情節，讓人很容易聯想到宋蕙蓮元夜套潘金蓮鞋的情景，藉由試鞋的結果——「比舊鞋略緊些」，讓潘金蓮自己承認，宋蕙蓮的小腳確實比自己小許多。又藉由秋菊的「娘這箇鞋，只好盛我一個腳指頭罷了」有趣的點出其鞋之小，正因為如此緣故，潘金蓮才又氣的要將這鞋剁了，「叫賊淫婦陰山背後，永世不得超生」。

由潘金蓮和宋蕙蓮的爭奪中，「金蓮」成了爭奪比較的重點。從宋蕙蓮一進門的「金蓮名」之爭，到後來一連串比腳小的風波中，宋蕙蓮確實以她自己的小腳為傲，由她「套著五娘的鞋穿」更具體表現出「她的腳比潘金蓮小許多」，這一切看在潘金蓮的眼中是無法忍受的。因「金蓮」對於她而言，並不只是美麗的代名詞，也是「性權力」的同意詞。對她而言，擁有比較小的「金蓮」，就能得到西門慶較多的寵愛，就可以在西門家呼風喚雨，當初她就是以最美麗的小腳吸引住西門慶，順利進入西門家中，在西門家中也一向以自己「三寸尖趫」的金蓮為傲，認為自己受到寵愛是理所當然的，因為她有一雙「千人愛、萬人疼」的金蓮小腳。沒想到宋蕙蓮一進門，就使她的金蓮小腳受到威脅，因為宋蕙蓮的小腳比她還小、還周正、還美麗，一進門就得到西門慶的寵愛，再加上宋蕙蓮的公開挑釁，使潘金蓮想盡辦法要除去宋蕙蓮，因為只要宋蕙蓮還在西門家中一天，就會時時威脅著潘金蓮的地位，使她的「三寸金蓮」再也沒有被珍愛的可能，為了自己的利益，只有除掉宋蕙蓮才行。對於宋蕙蓮而言，她因自己的金蓮小腳得到西門慶的寵愛，去也是因為自己過分美麗的小腳招來殺身之禍，可說是「生也金蓮、死也金蓮」。由「金蓮名」之爭開始，經歷「比腳」、「套鞋」、「腳帶自盡」到「剁鞋」，「金蓮」及其附屬物，始終扮演著連結權力爭奪的作用，是一場權力之爭，也是一場生死之爭。

值得一提的是，潘金蓮也常因為「金蓮」毆打房中的丫頭秋菊，秋菊對她來說並不威脅到西門慶對她的寵愛，她只是想藉有懲罰與毆打秋菊，來發洩自己心中的不滿與做為主子的威風。例如在第28回中秋菊尋鞋時，尋出了宋蕙蓮的鞋時，就被潘金蓮懲罰了一番，教秋菊掇了塊大石頭頂在頭上，又被打了十幾下。另外，在詞話本第58回中，潘金蓮更因為自己的金蓮鞋踩到狗屎，而借打秋菊來出氣，首先「提起鞋拽巴，兜臉就是幾鞋子底，打的秋菊嘴唇都破了，只顧搵著抹血」，然後又命春梅拿來馬鞭，將秋菊的衣服扯去：

教春梅：「與我採過來跪著。取馬鞭子來，把他身上衣服與我扯了，好好教我打

三十馬鞭子便罷，但扭一扭，我亂打了不算。」春梅於是扯了他衣裳，婦人教春梅把他手栓住，雨點般鞭打下來，打的這丫頭殺豬也似叫。……打夠約二三十馬鞭子，然後又蓋了十欄杆，打的皮開肉綻，纔放出來。又把他臉和腮頰都用指甲掐的稀爛。

秋菊只是潘金蓮出氣的出氣筒罷了，第 28 回潘金蓮因為找到宋蕙蓮的鞋而不痛快，第58回則是因為「西門慶夜間在李瓶兒房裡歇了一夜，早晨又請醫官來看他，腦在心裡」，再加上自己新作的大紅鞋踩了一鞋幫子的狗屎，心中又怨又氣，就藉打秋菊來出氣，將秋菊打的遍體鱗傷才感到痛快。

　　而在葡萄架性愛後還有一個無辜的受害者，就是小鐵棍兒。潘金蓮因自己遺失了一隻紅蓮鞋，被小鐵棍兒拾到，又由陳敬濟送回自己的手中，才發現原來自己葡萄架的事情，被小鐵棍兒看到了，覺得又羞又氣，就唆使西門慶打小鐵棍兒：

　　這金蓮千不合萬不合，把小鐵棍兒拾鞋之事告訴一遍，說道：「都是你這沒才料的貨平白幹的勾當！教賊萬殺的小奴才把我的鞋拾了，拿到外頭，誰是沒瞧見。被我知道，要將過來了。你不打與他兩下，到明日慣了他！」西門慶就不問：「誰告你說來。」一沖性子走到前邊。那小猴子不知，正在石臺邊玩耍，被西門慶揪住頂角，拳打腳踢，殺豬也叫起來，方纔住了手。這小猴子儻在地下，死了半日，慌的來昭兩口子走過來扶救，半日甦醒。見小廝鼻口流血，抱到房裡慢慢問他，方知為拾鞋之事惹起事來。（第28回）

潘金蓮最初想打小鐵棍兒也許是為了遮羞，卻不知事情因而越鬧越大。使吳月娘也大為不滿的說：「如今為一隻鞋子，又這等驚天動地反亂。你的鞋好好穿在腳上，怎的教小廝拾了？想必吃醉了，在那花園裡和漢子不知怎的餳成一塊，纔吊了鞋。如今沒的摭羞，拿小廝頂缸，打他這一頓，又不曾為甚麼大事！」

　　潘金蓮常常藉由這些小事，遷怒於女婢和僕婦，以展現她做主子的權力與威風，對於如意兒也是如此。她對如意兒勾引西門慶的事情，很早就感到不滿了，但又不好發作，只有趁西門慶出門的機會，剛好春梅使秋菊向如意兒借洗裹腳棒槌，如意兒不借，潘金蓮「正在房中炕上裹腳，忽然聽得，又因懷著仇恨，尋不著頭緒兒」，剛好趁機發作：

　　金蓮道：「賊捱剌骨，雌漢的淫婦，還強說甚麼嘴！半夜替爹遞茶兒扶被兒是誰來？討披襖兒穿是誰來？你被地幹的那繭兒，你說我不知道？就偷出肚子來，我也不怕！」如意道：「正經有孩子還死了哩，俺每到的那些兒！」這金蓮不聽便罷，聽了心頭火起，粉面通紅，走向前一把手把老婆頭髮扯住，只用手摳他腹。

虧得韓嫂先向前勸開了。（第72回）

潘金蓮被如意兒一陣搶白，怒氣翻騰，捉了如意兒的頭髮打了肚子幾下，後來被韓嫂與孟玉樓勸開了。等西門慶回家以後，如意兒畢竟是下人的身份，只有挨打的份，還是只好向潘金蓮磕頭認錯：

> 如意道：「爹賞了我兩件紬絹衣裳年下穿。教我來與娘磕頭。」于是向前磕了四
> 個頭。婦人道：「姐姐每這般卻不好？你主子既愛你，常言：船多不礙港，車多
> 不礙路，那好做惡人？你只不犯著我，我管你怎地？我這裡還多著個影兒哩！」
> 如意兒道：「俺娘已是沒了，雖事後邊大娘承攬，娘在前邊還是主兒，早晚望娘
> 抬舉。小媳婦敢欺心！那裡是落葉歸根之處？」（第74回）

這一席話說的潘金蓮心裡妥貼，她知道如意兒來道歉，就證明在這一場風波中，西門慶是站在這一邊的。如意兒的「娘前邊還是主兒」一句話，也讓潘金蓮結結實實逞了一場主子的威風，壓了如意兒的氣焰。

潘金蓮結盟友的方式，也和「金蓮」有關。例如在妻妾中，她想要與何人友好，就和何人一起「做鞋腳」，剛進門時她總是和吳月娘一起「做針指、做鞋腳」，之後則是常和孟玉樓一起「做鞋腳」，一面交換信息；而在西門家中，潘金蓮最主要的助手——龐春梅，則是通過「替他纏裹金蓮」，得到了春梅全心全意的忠心，對於潘金蓮沒有半點忤逆與不順從。

不過，潘金蓮這一場場女人的戰爭，是要靠西門慶的餵養才能夠繼續下去。西門慶是主要的物資供應者，而這些物資與寵愛也正是女人爭奪的戰利品。西門慶總喜歡在性行為後，進行「贈與」的動作，這是一種上對下的給予，他給予的東西多是衣服、首飾與食物等實質的物品。李時人認為：

> 西門慶對一些野計媳婦、丫鬟僕婦，如宋蕙蓮、王六兒、如意兒、賁四媳婦等的
> 性征服無往不勝，也不完全是作者為了展示性行為的安排，這只要看作者寫他們
> 在交往甚至做愛過程中總是免不了插入一些物質經濟的要求和許諾的話頭以及她
> 們在和西門慶苟合前後的種種表現，就可以清楚看到她們與主人的性關係包含著
> 社會關係內容。[15]

15 李時人：〈論《金瓶梅》的性描寫〉，收入張國星編：《中國古代小說中的性描寫》（天津：百花文藝出版社，1993），頁199。

在這些物品中，他也常常送一些「鞋面」給他寵愛的女人，例如在第 23 回他就送鞋面給宋蕙蓮：

> （宋蕙蓮）又道：「……你看過那小腳兒的來，相我沒雙鞋面兒，那個買與我雙鞋
> 面兒也怎地？看著人家做鞋，不能彀做！」西門慶道：「我兒，不打緊，到明日
> 替你買幾錢的各色鞋面。……」

在詞話本第 75 回中西門慶則送紅緞子給如意兒，並要她做雙紅睡鞋：

> 西門慶道：「我的心肝，不打緊處。到明日，舖子裡拿半個紅緞子，與你做小衣
> 兒穿，再做雙紅緞子睡鞋兒穿在腳上，好伏侍我。」老婆道：「可知好哩！爹與
> 了我，等我閒著做。」

「金蓮」是禍端的肇始者，而製造金蓮的原料——「鞋面」，卻是西門慶提供的。這樣的贈與過程，顯示西門慶作為「主子」、「買主」的身分，是這一場場女人戰爭中，真正的權力擁有者與權力中心，使他與眾女人的性關係中，更享受著「權力」所帶來的不同程度的「性快感」。麥柯・赫奇森在《性與權力：心身政治的剖析》曾言：

> 季辛吉說：「權力是終極的春藥。」他說的，顯然是自己因為身為有權力的男人，
> 所以能夠吸引漂亮女人。但是，就另一種意義而言，權力之所以是終極春藥，卻
> 是因為權力能夠加強生活本身的性快感。權力給人一種米達斯王觸摸（King Midas
> touch），擁有權力的人，任何東西讓他一碰，都變成情慾的滿足。[16]

西門慶十分享受那種權力的快感，對他來說，性關係後的贈與是愉快的，他用手邊的物質交換到所有女性的身體，像是所有女性都會臣服於他的權力與金錢之下，也都渴望得到他的賜予，權力與金錢讓他享受到無盡的性征服與性歡愉。對女人而言，西門慶是所有權力的中心，只要越靠近他、越讓他喜愛的女人，就能一起共享那一種權力帶來的快感，潘金蓮總是企圖讓自己永遠擁有這種優勢，才會將其他女性視為爭奪的對象，凡是讓她感受威脅的女人，都遭受到他的對付與攻擊。不過，她知道西門慶將是所有爭奪中的仲裁者，要先攏絡洞悉西門慶的意向，才能展開攻勢，在她和宋蕙蓮的爭奪賽中，即使宋蕙蓮擁有比她更具魅力的「金蓮小腳」，但潘金蓮因為能緊緊掌握西門慶的心意，而使自己立於不敗之地，完成借刀殺人之計，使自己的「三寸金蓮」再次成為西門家所

16　麥柯・赫奇森（Michael Hutchison）；廖世德譯：《性與權力：心身政治的剖析》（臺北：自立晚
　　報出版社，1994），頁 343。

有女人中最美、最小的;潘金蓮和如意兒的衝突也是如此,輸贏的結果也是西門慶說了算,當西門慶要如意兒「到明日替他賠個禮便了」,如意兒也只有乖乖的向潘金蓮磕頭認錯。在這些爭奪賽中,潘金蓮總能立於不敗之地,正因為她能深知西門慶的心意,依附在權力的中心為所欲為。

第三節　死亡的再現

在《金瓶梅》中處處充斥的「性與死」的課題,卜鍵〈世風的澆漓與生命的懲戒:金瓶梅情節進程的剖析〉一文中說:「翻開《金瓶梅》,觸目而來的是一個又一個淫慾場面的描繪,其字裡行間,又都透出兩個可怖的字眼——死亡。」[17]而凱瑟琳·卡爾麗茨也說:「《金瓶梅》中所描繪的性行為是毀滅性的。」[18]而作為在「性與死」的主題中,「三寸金蓮」又做了十分巧妙的連結。對於男性而言,「金蓮」是慾望的代表,而此種慾望也將帶來毀滅性的死亡;對於女子而言,纏裹金蓮的腳帶,在性行為中的助興之物,卻成為她們自盡時的絕命之物。

一、金蓮三寸:男子砌墳時的鍬鋤

潘金蓮本身就是「三寸金蓮」的化身,因「纏得一雙好腳,所以叫做金蓮」,假如潘金蓮沒有腳上這「三寸金蓮」,便也不會命名為「金蓮」,作者在《金瓶梅》中藉由這「金蓮」的雙重指涉——小腳與女人,將「金蓮」與「女色」將關聯起來,道出「性與死」的主題。在崇禎本第一回中便說道:「羅襪一彎,金蓮三寸,是砌墳時破土的鍬鋤;枕上綢繆,被中恩愛,是五殿下油鍋中生活。」講出金蓮的死亡象徵,這尖趫可愛的金蓮小腳,對於男人而言卻是挖墳破土的鍬鋤,小說藉由潘金蓮及其腳上的三寸金蓮,說出男子過度耽溺於潘金蓮的三寸金蓮的美色,一種自掘墳墓的行為,會為自己帶來死亡的命運。

潘金蓮在《金瓶梅》中是淫婦的代表,她腳上那一對「窄多多尖趫」金蓮,擄獲了許多男子的心,不過所有和她有過性關係的男子,卻都沒有好下場的。潘金蓮本身就帶有的死亡的意象,史梅蕊〈金瓶梅和紅樓夢中的花園意象〉一文中說道:

> 潘金蓮集中體現了花園草木凋零的秋天景色。雖說她很美麗,但她的皮膚不及瓶

17　卜鍵:〈世風的澆漓與生命的懲戒:金瓶梅情節進程得剖析〉,收錄於《金瓶梅研究 第二輯》,頁180。

18　凱瑟琳·卡爾麗茨:〈金瓶梅以家喻國的隱射〉,收錄於《國際金瓶梅研究集刊》,頁81。

兒白嫩可愛。倘以瓶兒擬以明燈和燈光，金蓮則往往隱伏於陰影之中。她的名字包含有金屬的性質，傳統上與秋季以及刺骨的西風連在一起。她的雪獅貓加強了這一聯想，好像是武松最後殺金蓮報仇的一幕中與白虎血戰的回聲，因為，白虎通常是秋季的標誌。金蓮得殘暴本性在小說開頭就很明顯地表露出來，她用長指甲抓破迎春（應為迎兒）的臉皮。每當她接近李瓶兒的嬰孩時，小說作者都使用那個「唬」字。那個字原來僅是「驚嚇某人」之意，但那個字的「虎」的邊旁在這裡呼之欲出。在她成為西門慶致死的緣由很久之前，凡是和她睡過覺的男人都難逃一死的事實就已經顯露，最早是張大戶，後來輪到武大郎。[19]

史梅蕊以花園意象中的「秋天」來比喻潘金蓮，其實作者確實有意通過以女色代表——金蓮，來命名的淫婦「潘金蓮」，來強調出縱慾與死亡的關聯。潘金蓮的所帶有的死亡與殺戮氣息，在吳神仙「冰鑑定終身」的預言中便可看見：

> 玉樓相畢，叫潘金蓮過來。那潘金蓮只顧嬉笑，不肯過來。月娘催之再三，方纔出見。神仙抬頭觀看這箇婦人，沉吟半日，方纔說道：「此位娘子，髮濃鬢重，光斜視以多淫；臉媚眉彎，身不搖而自顫。面上黑痣，必主刑夫；唇中短促，終須壽夭。」「舉止輕浮惟好淫，眼如點添壞人倫。月下星前長不足，雖居大廈少安心。」（第29回）

在這裡吳神仙說潘金蓮的面相看來「必主刑夫」，說明了她會使與她有性關係男人死亡。不過，同樣「刑夫」的判詞也出現在吳月娘以及孟玉樓的面相上，但她二人卻能有善終，孟玉樓甚至最後得到了李衙內這一個好歸宿，其原因主要是因為此二人都「不好淫」，凱瑟琳·卡爾麗茨認為「孟玉樓盡力使自己從家庭內毀滅性的性交方式裡逃脫出來，而吳月娘是命中注定她信教比性交更熱心。」[20]所以她們並不具有殺傷力。但潘金蓮則就不同了，因其本身「光斜視以多淫」、「眼如點漆壞人倫」，所以這股毀滅性的性交帶有強烈的殺傷力，不僅使潘金蓮的男人們全都難逃一死，就連潘金蓮本身也不得善終。

潘金蓮第一個發生性行為的男人是張大戶，他是一個年過六旬擁有萬貫家財的富有老人家，潘金蓮被買進他家中，他見潘金蓮生得頗有姿色，又有一雙美麗的金蓮小腳，一日趁著主家婆外出，便把金蓮叫進房裡收用了。只是當張大戶收用金蓮之後，身上便添了幾件病症：

19　史梅蕊：〈金瓶梅和紅樓夢中的花園意象〉，收錄於《金瓶梅西方論文集》，頁181。
20　凱瑟琳·卡爾麗茨：〈金瓶梅以家喻國的隱射〉，收錄於《國際金瓶梅研究集刊》，頁81。

> 大戶自從收用金蓮以後,不覺身上添了四五件病症。端的那五件?第一腰便添疼,
> 第二眼便添淚,第三耳便添聾,第四鼻便添涕,第五尿便添滴。(第1回)

這是縱慾過度的病症,在詞話本中還說「還有一樁兒不可說。白日間只是打盹,到晚來
噴嚏也無數」。張大戶的徵狀是典型縱慾過度的現象,類似的病症在明清小說中也常常
出現,例如《一片情》第1回中的符成:

> 不料符成這一個月搬搬火,身上添了好幾樁病起來,看看來不得了。你倒是那幾
> 樁病?第一件、耳中蟬鳴鴉噪;第二件、眼中流淚眼花;第三件、鼻中不時湧涕;
> 第四件、嗓中痰喘交加;第五件、膝中酸疼若醋;第六件、臀中洩氣如麻。[21]

中國傳統的養生觀念中,認為縱慾導致精液的過度浪費,人的精氣神耗落的結果,使得
身體其他器官也會產生過度的排泄,例如眼淚、痰、尿液、噴嚏等等,這警示著身體的
過度消耗,精神與血氣的不足。但有了這些症狀的張大戶,仍然不以為意的耽溺於金蓮
的性愛之中,最後終於成為金蓮毀滅性愛下的一縷亡魂,「得患陰寒病症,嗚呼死了」。

接著張大戶之後,另一個因潘金蓮喪命的男人就是武大。武大的死並不是因為自己
的縱慾過度,而是因為潘金蓮本身的淫蕩性格。潘金蓮嫁給武大並不是金蓮自己的選擇,
而是張大戶的安排,因怕主家婆不容金蓮,故找了武大將金蓮嫁與他,以方便自己和潘
金蓮的私會。武大對於張大戶的安排,又與了他本錢去做生意,自然是感謝萬分,於是
對於張大戶和潘金蓮之間的偷情就睜一隻眼閉一隻眼,「不敢聲言」。只是潘金蓮對於
嫁與武大的事情十分不滿,常常向張大戶抱怨。武大這樣「模樣猥褻,起了他箇諢名叫
做三寸丁谷樹皮,俗語言其身上粗糙,頭臉窄狹」的長相,引起潘金蓮強烈的反感。擁
有些姿色,又纏裹著人見人愛三寸金蓮的潘金蓮,自然覺得與武大姻緣是一樁錯誤。她
需要為自己的未來尋找其他的出路,於是她趁著武大出門做生意時,將自己最美麗的小
腳露出來,「金蓮示人」的結果,讓她勾搭上了西門慶。西門慶一見潘金蓮的三寸金蓮
便傾心魂消,潘金蓮也以為西門慶才是他的長久姻緣。在這樣的三角性關係中,武大成
了一定要除去的絆腳石,在潘金蓮、西門慶和王婆的合謀下,武大成了潘金蓮毀滅性愛
下的第二縷亡魂。

西門慶在《金瓶梅》中是一個強人的姿態,他是「打老婆的班頭、坑婦女的領袖」,
但弔詭的是,他其實是死於自己對其他女人無盡的慾望之中,也可說是他是死於潘金蓮
和其它女人的金蓮腳下。卜鍵曾探討西門慶與眾女人之間的關係,說道:

21　無名氏:《一片情》,收入侯忠義主編:《明代小說輯刊第一輯第二冊》(成都:巴蜀書社,1995),
頁664。

西門慶和女人們的關係，便不再僅僅是征服與被征服，踩躪和被踩躪的單向連接，而演為一種互相作用的合力。他征服了一個個女性，而同時這些女性也征服了他；他踩躪了一個女性，而同時也不免被踩躪的下場。他像一頭饑餓的野狼撲食著艷女秀色，他周圍那幫慾火中燒、熱情如狂的女性也如猛虎般撲向他，分食著他的精髓和血肉。[22]

《金瓶梅》的主體故事由西門慶一見潘金蓮的三寸金蓮而起，而西門慶最後死亡的歸宿也是在「潘金蓮的床上」，真是「以金蓮開始，也以金蓮結束」。洪正玲認為西門慶的死亡預告，在他和潘金蓮相識之初便可看出：

> 金蓮三番兩次對武大託言替王婆作送終衣服，暗中與西門慶幽會；以裁製王婆送終衣料之名，進行偷情之實，「送終衣料」的死亡意涵又隱藏於金蓮與西門慶的偷歡之中。[23]

潘金蓮和西門慶的初次約會，告訴武大的藉口是「幫王婆做送終鞋襪」，只是這「送終鞋襪」不只是為王婆做的，也是為潘金蓮和西門慶預先做下的；另外在武大死後，潘金蓮要擇日子「燒夫靈」，以便能儘早嫁入西門家，在燒靈的死亡氣氛下，潘金蓮和西門慶卻大膽進行著的性交，使二人的性愛更蒙上了一層死亡的陰影。

西門慶由見到潘金蓮的三寸金蓮開始二人的性關係，在除掉武大將潘金蓮娶進家門之後，西門慶開始了一連串的縱慾之旅，他幾乎淫遍了書中的所有女性，自己家中的妻妾不算，又勾引了僕婦與別人的妻子，還留連在妓院之中，《金瓶梅》中的西門慶對於性愛有著無限的熱情：

> 西門慶的性的慾望涵蓋了人生的一切慾望，性的關係支配著或者說踐踏著別的一切關係，封建的倫常和尊卑，封建的禮義和廉恥，全都被性的欲求淹沒了。[24]

西門慶的性慾望始終駕馭著他，社會上的倫常觀念對他來說都不重要，對於性的熱度，在所有的女性之中也只有潘金蓮能和他相提並論：

> 西門慶的動物般的欲求，在潘金蓮那裡得到相當的滿足，同時又從潘金蓮那裡得到相應的回報。潘金蓮和西門慶一樣也是一個被欲求驅使的性的魔鬼，正像西門

---

22 卜鍵：〈世風的澆漓與生命的懲戒：金瓶梅情節進程的剖析〉，收錄於《金瓶梅研究 第二輯》，頁174。
23 洪正玲：《金瓶梅詞話之原型研究》（臺北：臺灣師範大學國文研究所碩士論文，2001），頁127。
24 石昌渝、尹恭弘：《金瓶梅人物譜》，頁13。

慶把她當作發洩性慾的對象一樣，她也是把西門慶作為洩慾的工具。[25]

潘金蓮的慾望是具有毀滅性的，即便是西門慶也抵不過這股毀滅力量，在西門慶即將油盡燈枯之時，身體上的不適──「只害腰疼，懶待動旦」，警示著早已西門慶縱慾過度。但潘金蓮仍然不放過他，要和他雲雨交歡以滿足自己的淫慾，在第 79 回中西門慶離開王六兒家正往自己家中時，一陣陰風向西門慶一撲，西門慶打了個冷戰，回家下馬時已經腿軟了。在家苦等西門慶的潘金蓮正「慾火燒身、淫心蕩漾」怎肯放過他，硬是要和西門慶雲雨：

> 又勒勾約一頓飯時，那管中之精猛然一股冒將出來，猶水銀之瀉筒中相似。忙用口接嚥不及，只顧流將出來。初時還是精液，往後盡是血水出來，再無箇收救。西門慶已昏迷去，四肢不收。婦人也慌了，急忙去取紅棗與他吃下去。精盡繼之以血，血盡出其冷氣而已，良久而止。……看官聽說，一己精神有限，天下色慾無窮。又曰：嗜慾深者，其生機淺淺。西門慶只知貪淫樂色，更不知油枯燈滅，髓竭人亡。（第 79 回）

從那日之後，西門慶便一病不起了，吳月娘請了許多醫生仍不見起色。此時的潘金蓮竟然還不肯放過西門慶，西門慶在自己不斷獨縱慾與潘金蓮無盡的欲求之下，終於嗚呼哀哉斷氣身亡了。

西門慶死了，潘金蓮失去了可以縱慾的主要對象，在替西門慶守靈的當下，又和女婿陳敬濟勾搭在一起。潘金蓮與陳敬濟的性愛，也是在「守靈」的死亡背景下，和當初潘金蓮和西門慶替武大「燒靈」時一樣彌漫著死亡的氣氛，這樣的性愛同樣預示著毀滅與死亡。當二人的姦情被吳月娘發現，雙雙被趕出西門家，潘金蓮回到了王婆處，最後王婆和潘金蓮雙雙被一心要報兄仇的武松殺死了，最初替王婆做的送終鞋襪此時正派上用場。

潘金蓮死了，「三寸金蓮」所代表的性慾主人並沒有消失，而是轉移到春梅的身上。龐春梅可說是潘金蓮的性愛接班人，因為她腳上那一雙尖趫的金蓮小腳，這一個「人工淫具」是潘金蓮替他纏裹的，這就是一種儀式性的傳承，預告著當潘金蓮死後，接替她淫婦位置的就是春梅。在文本中的春梅在躍上枝頭當鳳凰之後，也開始了自己的縱慾之旅。在西門家中時便與潘金蓮、春梅有私情的陳敬濟，在潘金蓮死後，在歷經一段落破的日子之後，與春梅重逢，重逢後的兩人又續前緣，瞞著守備又繼續偷情，陳敬濟就是死在一次和春梅的雲雨之後，那一次陳敬濟在春梅梅面前告了張勝的一狀，卻剛好被張

25　石昌渝、尹恭弘：《金瓶梅人物譜》，頁 12。

勝在窗外聽到：

> 正欲把心腹中事要告訴春梅，等守備來家發露張勝之事。不想一日，因渾家葛翠
> 屏往娘家回門住去了，他獨自箇在西書房寢歇。春梅鸞進房中看他。見無丫頭跟
> 隨，兩箇就解衣在房內雲雨做一處。不防張勝搖著鈴巡風過來，到書院角門外，
> 聽見書房內彷彿有婦人笑語之聲，就把鈴聲按住，慢慢走來窗下竊聽。原來春梅
> 在裡面與敬濟交姤，聽得敬濟告訴春梅：「叵耐張勝那廝，好生欺壓於我⋯⋯」
> 敬濟道：「他非是欺壓我，就是欺壓姐姐一般。」春梅道：「等他爺來家，交他
> 定結果了這廝。」（第99回）

張勝在外面聽了，決定先下手為強，拿把刀想先結果了他們。春梅剛好因金哥有事先離
開了書房，只留下陳敬濟一人在被窩中，被張勝幾刀子殺了，剛在被窩中與春梅卿卿我
我的陳敬濟，怎知他在枕被中的一席話，讓他轉眼之間就成了刀下亡魂，正是「枕上綢
繆，被中恩愛，是五殿下油鍋中生活」。

陳敬濟死後，春梅依然放縱著自己的慾望，藉男人來滿足自己的性慾，最後也落得
縱慾過度的下場，因而得了「色癆」：

> 這春梅在內頤養之餘，淫情愈盛，常留周義在香閣中，鎮日不出。朝來暮往，淫
> 慾無度，生出骨癆病症。逐日吃藥，減了飲食，消了精神，體瘦如柴，而貪淫不
> 已。一日，過了他生辰，到六月伏暑天氣，早晨晏起，不料他摟著周義在床上，
> 一泄之後，鼻口皆出涼氣，淫津流下一窪口，就嗚呼哀哉，死在周義身上，亡年
> 二十九歲。（第100回）

這過度的慾望像是「兩面刃」，在毀滅男性的同時，其反撲的力量也會奪走女性的自己的
生命。隨著春梅的死亡，《金瓶梅》中因「金蓮」女色所引起的死亡，也就告一段落了。

在《金瓶梅》中「金蓮」既指「女人的小腳」又指「潘金蓮」，它形成了一種總體
的形象，「一個女人擁有一雙美麗小腳又擁有無窮的性慾」，男人臣服於她的三寸金蓮
之下，也渴望與她雲雨交歡，卻也無可避免的得到死亡的歸宿。另外在小說中，這樣瘋
狂的性愛中，又常常以具有死亡氣象的背景來襯托，例如燒靈、守靈等背景，使「金蓮」
引起的性愛總是有著一股死亡的氛圍緊緊跟隨，吞噬著在慾海沉淪的人們。

二、腳帶自縊：女子絕命之物

在《金瓶梅》中男子多因慾望而死於非命，而作為西門慶家中的女性，除了吳月娘
和孟玉樓之外，也多是不得善終的下場，潘金蓮死於武松之手，李瓶兒死於病，春梅死

於「淫慾無度」所生的「骨蒸癆病」之症。除此之外,其他的女性多死於自裁,而最常使用的方法即是「腳帶自縊」,例如李瓶兒、宋蕙蓮以及西門大姐都曾採用此種方式結束自己的生命,這是一個值得注意的現象,當《金瓶梅》中的男子死於對「金蓮」的過度淫慾之時,而纏小腳的女子卻以「助興之物」的腳帶,作為結束自己生命的工具。

在《金瓶梅》中最早想用腳帶自縊的女性是李瓶兒,她在剛被娶進西門慶家中時,因為受不了西門慶有意的冷落,而在19回中企圖以腳帶結束自己的生命:

> 這婦人見漢子一連三夜不進他房來,到半夜打發兩箇丫鬟睡了,飽哭了一場,可憐走在床上,用腳帶吊頸懸樑自縊。正是:「連理未諧鴛帳底,冤魂先到九重泉!」兩個丫鬟睡了一覺醒來,見燈光昏暗,起來剔燈,猛見床上婦人吊著,嚇慌了手腳。忙走出隔壁叫春梅說:「俺娘上吊哩!」慌的金蓮起來這邊看視,見婦人穿著一身大紅衣服,直撅撅吊在床上。連忙和春梅把腳帶割斷,解救下來。

這次的腳帶自縊,李瓶兒因為潘金蓮的解救而沒有成功。不過自此以後,李瓶兒的形象丕變,成為了一個溫柔婉約的小女人,和之前氣死花子虛以及嫌棄蔣竹山的李瓶兒,有了截然不同的轉變,就像是換了一個人似的。

李瓶兒這次的腳帶自縊,完成了一個「象徵性的死亡」,在生理的肉體上李瓶兒的生命並沒有結束,只是之前作為「淫婦形象」的李瓶兒,在經過腳帶自縊之後,可以說是徹底的死亡了。從此以後李瓶兒成為西門家中輩分最小的妾,對於大老婆吳月娘一向十分敬重,即便當潘金蓮挑撥她和吳月娘之間「合氣」,她仍然是默默的不爭不鬧;而對於潘金蓮,李瓶兒更是表現得委曲求全,即便當她得知潘金蓮是有意挑撥她和吳月娘之間時,她也只是默默垂淚,在西門慶面前仍然不說任何受委屈的話,有時甚至主動叫西門慶去潘金蓮的房中過夜。直到潘金蓮害死官哥兒,她也自己將這種氣悶往自己肚裡吞,只有在臨終時才稍稍藉由遺言向吳月娘透露出來,在眾家姊妹都退下之後,她獨自對吳月娘說:「娘到明日好生看養著,與他爹做個根蒂兒,休要似奴粗心,吃人暗算。」可見李瓶兒對於潘金蓮陷害自己的企圖是一清二楚,他十分委曲求全的接受了這一切。這樣一個溫柔可憐的小女人,和「腳帶自縊」之前的李瓶兒是完全不同的,之前的李瓶兒對於花子虛是不假詞色,對於蔣竹山更是不留情面的趕出家門,但是進入西門慶家中之後,那位集潑婦與淫婦於一身的李瓶兒,作者巧妙地以「腳帶自縊」讓淫婦李瓶兒「象徵性的死亡」,重生之後李瓶兒,對西門慶是溫柔有加,對家中妻妾的爭寵也委屈應對,是一個完美婦人形象的李瓶兒,是西門慶口中「有仁義、好性兒」的李瓶兒。

在《金瓶梅》中用腳帶自縊的女性,還有宋蕙蓮。在潘金蓮的有意逼迫下,宋蕙蓮看到自己丈夫來旺兒,因為自己的緣故而招受禍罪被遞解原籍之後,在氣悶與絕望下,

她決定用自殺的方式來結束自己的一生。第一次自殺，她選擇用「長手巾」作為工具：

> 惠蓮問其故，這鈇安千不合萬不合，如此這般：「打了四十板，遞解原籍徐州家
> 去了。只放你心裡，休題我告你說。」這婦人不聽萬事皆休，聽了此言，關閉了
> 房門，放聲大哭道：「我的人嚛！你在他家幹壞了甚麼事來？被人紙棺材暗算計
> 了你！你做奴才一場，好衣服沒曾掙下一件在屋裡。今日只當把你遠離他鄉，弄
> 的去了，坑得奴好苦也！你在路上死活未知。我如今合在缸底下一般，怎的曉得？」
> 哭了一回，取一條長手巾拴在臥房門樞上，懸梁自縊。不想來昭妻一丈青，住房
> 正與他相連，從後來聽見他屋裡哭了一回，不見動靜，半日只聽喘息之聲。扣房
> 門叫他不應，慌了手腳，教小廝平安兒撬開窗戶進去。見婦人穿著隨身衣服，在
> 門樞上正吊得好。一面解救下來，開了房門，取姜湯撅灌。⋯⋯月娘叫著他，只
> 是低著頭，口吐涎痰，不答應。⋯⋯問了半日，那婦人哽咽了一回，大放聲排手
> 拍掌哭起來。（第26回）

這一次用長手巾來上吊，宋蕙蓮因為一丈青的及時發現，並沒有成功，在眾人的安慰與
勸說下也稍稍的打消了自盡的念頭。不過，後來在一次和孫雪娥的爭吵之後，又激起宋
蕙蓮再次自盡的念頭，這一次她用的工具是「腳帶」：

> 月娘見蕙蓮頭髮椒亂，便道：「還不快梳了頭，往後邊來哩！」蕙蓮一聲兒不答
> 話。打發月娘後邊去了，走到房內，倒插了門，哭泣不止。哭到掌燈時分，眾人
> 亂著，後邊堂客吃酒，可憐這婦人忍氣不過，尋了兩條腳帶，拴在門樞上，自縊
> 身死，七年二十五歲。正是：「世間好物不堅牢，彩雲易散琉璃脆。」落後，月
> 娘送李媽媽、桂姐出來，打蕙蓮門首過，房門關著，不見動靜，心中甚是疑影。
> 打發李媽媽娘兒兩個上轎去了，回來叫他門不開，都慌了手腳。還使小廝打窗戶
> 內跳進去，割斷腳帶，解卸下來，撅救了半日，不知多咱時分，嗚呼哀哉死了！
>
> （第26回）

丁乃非以為作者有意安排蕙蓮的兩次上吊，感覺上蕙蓮經由某一程序處理了自己的身
體，而蕙蓮的腳帶自盡也為葡萄架的腳帶助興，起了牽引的作用：

> 惠蓮自殺所用的工具異常地惹人注意；第一次用的是一條長手巾，然後是兩條腳
> 帶，一對看似繃帶，在穿上紅鞋之前用來纏足的布條。惠蓮兩次自殺的過程中似
> 乎在按某一程序處置自己的身體，第一次處理的是身軀，第二次則是四肢，身軀
> 之末端，那些被強加了過度剩餘價值與意義的部分。或者，這整個敘述只是以兩

次懸樑事件（好比戀屍癖的前戲一樣）引領讀者經歷接下來的另一種上吊的感覺。這一次和宋惠蓮的自殺完全相反的；同樣是腳帶，卻是用來（助）性交而非自殺。[26]

「腳帶」在《金瓶梅》中是女子自縊時的工具，卻也是性行為中助興的工具。在宋惠蓮被間接逼死後沒多久，這自殺用的腳帶，卻成為了西門慶和潘金蓮在葡萄架性愛中的最佳淫具。燕賢〈舞台上之金蓮談〉一文中曾說：

> 吾聞纏足布之副作用有二。曰殺人，如金瓶梅說部之來旺婦以及西門大姐以腳帶自縊是。曰助興，如前書西門慶，曾以足布戲懸潘金蓮及王六兒之纖趾是。乃雙合印之救苦拔生，厥由一帶。脫無斯物如天足者，生者殆矣。是金蓮者，殺人之利器也，娛人之情物也，渡人之慈航也。[27]

《金瓶梅》的作者利用「腳帶」——性關係時的「助興之物」與女子自縊時的「絕命之物」，將「性與死」的主題再次點出來。其實惠蓮的死亡在第 23 回中藏春塢雪洞裡的描寫中可見一些端倪：

> 來到藏春塢洞兒內，只見西門慶早在那裡秉燭而坐。婆娘進到裡面，但覺冷氣侵人，塵囂滿榻。于是袖中取出兩枝棒兒香，燈上點了，插在地下。雖故地下籠著一盆炭火兒，還冷的打競。

關於雪洞的描寫，田秉鍔〈《金瓶梅》性描寫思辯〉一文中說：「這氣氛是死亡的氣氛。」[28]接著宋惠蓮又對西門慶說了一些話：

> 良久，只見裡面燈燭尚明，婆娘笑聲說：「冷舖裡捨冰，把你賊受罪不濟的老花子，就沒本事尋個地方，走在這寒冰地獄裡來了！口裡啣著條繩子，凍死了往外拉。」又道：「冷合合的，睡了罷，怎的只顧端詳我的腳？……」

講完「寒冰地獄」、「口裡啣著條繩子」，就又緊接著說「只顧端詳我的腳」，將「腳帶自縊」的預言隱隱託出。宋惠蓮死於自己與西門慶過度的慾望，以及潘金蓮的有意設計，而最後選擇用曾經纏裹自己最引以為傲以及在性關係中曾被西門慶細細端詳的三寸金蓮的裹腳布，作為結束自己生命的凶器；曾經作為「絕命之物」的腳帶，更為後來葡萄架上瘋狂的性愛，透露出一股涼颼颼的死亡氣息。

26　丁乃非：〈靴韈・腳帶・紅睡鞋〉，收錄於《性／別研究讀本》，頁 47。
27　燕賢：〈舞台上之金蓮談〉，《采菲新編》頁 273。
28　田秉鍔：〈《金瓶梅》性描寫思辯〉，收錄於張國星編：《中國古代小說中的性描寫》，頁 236。

在《金瓶梅》裡，除了李瓶兒與宋蕙蓮曾用腳帶自縊之外，西門大姐也是用腳帶結束自己的一生的，在第 92 回中：

> 這陳敬濟便歸唱的房裡睡去了，縣著大姐在下邊房裡嗚嗚咽咽只顧哭泣。元宵兒便在外間睡著了。可憐大姐，到半夜用一條索子懸樑，自縊身死，亡年二十四歲。到次日早晨，元宵起來，推裡間不開。上房敬濟和馮金寶還在被窩裡，使他丫頭重喜兒來叫大姐，要取木盆洗坐腳，只顧推不開。……重喜兒打䐼眼內望裡張看，說道：「她起來了，且在忙裡打鞦韆耍子哩。」又說：「他提偶戲耍子兒哩！」只見元宵兒瞧了半日，叫道：「爹，不好了，俺娘吊在床頂上吊死了。」這小郎纔慌了，和唱的齊起來，踩開房門，向前解卸下來。灌救了半日，那得口氣兒來？不知多咱時分，嗚呼哀哉死了。

在這裡只提西門大姐是用「索子」自盡，不過在第 100 回中普靜師薦拔時，此時西門大姐的魂魄形象卻是：

> 已而又一女人，年小，項纏腳帶，自言：「西門慶之女、陳敬濟之妻，西門大姐是也。不幸亦自縊身死，蒙師薦拔，今往東京城外與番役鍾貴為女，托生去也。」

由「項纏腳帶」可知西門大姐也是以「腳帶自縊」的。西門大姐的一生可說是相當的坎坷，按理說西門大姐是西門慶唯一的子女，應當會得到西門慶全部的父愛。不過事實卻不然，在《金瓶梅》中西門慶對於西門大姐是相當忽略的，由「西門大姐」這幾個字中便可看見端倪，其實在《金瓶梅》中西門大姐是沒有名字的，「大姐」只是她排行的稱謂，並不是她的名字，就像潘金蓮又因其排行而被吳月娘稱為「六姐」一樣。在《金瓶梅》中西門大姐在血緣上身處與西門慶最親密的位置，但實際的生活上卻是最被忽略的一個，西門慶對陳敬濟的重視甚至還高於她，每每見西門慶對陳敬濟說：「姐夫，我養兒靠兒，無兒靠婿，姐夫就是我的親兒一般。」卻罕見西門慶對西門大姐說這樣充滿父愛的話語。而吳月娘對於這個前妻所生的女兒，也不十分的疼愛，尤其在西門慶死後更為明顯，那時陳敬濟和吳月娘鬧翻了，吳月娘還主動將西門大姐送回陳家，還對西門大姐說：「你活是他家人，死是他家鬼，我家裡也難以留你。你明日還去，休要怕他，料他挾你不到井裡。他好膽子，恆是殺不了人，難道世間沒王法管他也怎的！」吳月娘的這番話將西門大姐推入了火坑，如果說陳敬濟是逼死西門大姐的主凶，那麼吳月娘就是最有力的幫凶了，她並沒有將西門大姐當作自己的小孩一樣看待，由她主動送西門大姐回陳家以及被動送孝哥出家之間反應的落差，就可看出她對西門大姐冷漠與不加疼愛，迫使大姐一步步走向死亡的歸宿。

在明清時代女子纏足的普遍，使得「腳帶」成為婦女日常生活最容易取的物品，卻也成為婦女自殺時不假外求的凶器。在許多的小說中，「腳帶」成為婦女負氣自縊時最常用的工具，例如凌濛初《拍案驚奇》卷9中，速哥失里因不想嫁人即以腳帶自盡：

> 速哥失里不肯上轎，夫人姊妹各來相勸。速哥失里大哭一場，含著淚眼，勉強上轎。到得平章家裏，償相念了詩賦，啟請新人出轎。伴娘開簾，等待再三，不見抬身。攢頭轎內看時，叫聲：「苦也！」原來速哥失里在轎中偷解纏腳紗帶，縊頸而死，已此絕氣了。[29]

另外在西周生《醒世姻緣傳》第80回中，小珍哥也是用腳帶來結束自己一生的，「這小珍珠用自己的裹腳，撏成繩子，在門背後上桯上弔掛身死。摸他身上，如水冰般冷，手腳挺硬。」在《清稗類鈔》〈飲食〉中有「貧婦食紫花草」一條中，也是婦女以腳帶自殺的例子：

> 紫花草，越之田中多種之，夏日至而夷之，用以肥田。有貧婦日撷其花療飢者，為田丁所覺，至褫其裙。婦恥甚，乃解腳下行纏，縊於隴畔。海寧查梅史刺史揆聞而哀之，為作詩曰：紫花草，春風吹。東家花開田自肥，西鄰有婦吹廋廖。去年田中五斗穀，官租私逋償不足。兒啼飢，婦夜哭，東家飯雞呼粥粥。紫花草，春風吹，飢鳥欲啄心徘徊。田丁來，布裙褫，兩字飢寒竟至此，紫花滿地貧婦死。[30]

面對著婚姻與經濟上的窘境，女子難尋出路時，自殺卻成為了她們得以解脫的歸宿，西門大姐即屬此例，在面對丈夫的怒罵以及娘家的遺棄，生活上的無依無靠與了無樂趣，迫使西門大姐以腳帶結束自己悲苦的一生。

《金瓶梅》中三個女性的「腳帶自縊」分別表現不同類型，李瓶兒的腳帶自縊是一種「象徵性的死亡」，使淫婦李瓶兒徹底消失，取代的是溫柔婉約的李瓶兒；宋蕙蓮的腳帶自縊，關聯著「性與死」的主題，強調了性的毀滅力量；西門大姐的腳帶自縊，表現出女子對於生活苦無出路時的消極反抗，只能以「腳帶自縊」為自己尋出一個死亡的解脫。

小說中的男男女女，幾乎都無法逃脫死亡的緊緊跟隨，男子多死於女子裙下金蓮的過度迷戀，難逃縱慾而死的下場；女子則以「腳帶自縊」來結束自己的一生。「金蓮」及其附屬物品，結束了這一幫男男女女的青春與生命，導引著眾人走向死亡的歸宿。

---

29 凌濛初編：《拍案驚奇》（臺北：三民書局，1992），頁97。
30 徐珂：《清稗類鈔》，稗92，頁332。

下編：鞋腳、禮物與巫術

第五章　禮物意涵的鞋腳

　　《金瓶梅》是一部人情小說，描寫的背景主要為明代市民的生活景象，小說中人際關係的往來交際頻繁，尤其以西門慶為中心，詳細的介紹他與其他人們的交往情況，在西門慶與他人的相處中，常常有著「禮物」的往來。在中國社會中，人與人之間的禮物餽贈，是一種相當平常卻極為重要的行為，閻雲翔認為「禮物往來維持、強化並創造了各種——合作性的、競爭性的抑或是敵對性的——社會聯結。」[1]在禮物的一來一往中，無言的訴說著人與人之間的社會網絡與關係親疏。根據牟斯《禮物：舊社會中交換的形式與功能》一書的研究，在禮物的風俗習慣中，人們不但有著「送禮」的義務，同時也有著「回禮」的義務，只要不小心對其中一方——送禮或回禮——稍有疏漏，對會引起人際關係的危機：

> 在全面性報稱的風俗中，不僅人人有回禮的義務，這個義務還蘊含了兩個同等重要的暗示：人人有送禮的義務與收禮的義務。……拒絕送禮或拒絕邀請，就像拒絕接受一樣無異於宣戰。這是一種斷絕友誼和交往的表示。因此可見送禮也是出自不得已，因為收禮者對送禮者的一切都有一種類似所有權的權利存在。這種權利藉著某種精神上的約束力來表達。[2]

1　閻雲翔著；李放春、劉瑜譯：《禮物的流動：一個中國村莊中的互惠原則與社會網絡》（上海：上海人民出版社，2000），頁1。

2　牟斯（Marcel Mauss）著；王珍宜、何翠萍譯：《禮物：舊社會中交換的形式與功能》（臺北：遠流出版公司，1989），頁22-23。

在中國社會對於「送禮」與「回禮」是十分重視的，這其中包含著人情的往來與社會關係網絡的建立，一旦人們拒絕或忽略「禮物往來」的義務，等於是主動切斷了自己的人際網絡。據閻雲翔在下岬村的研究發現，此類人常成為被社會隔離的一群，如果不幸發生困難，社會上的人也不會主動幫助他，這種人被稱為「死門子」：

> 那些沒有培養這種社會網絡的人們無疑被置於不利的地位。當地人把這些人叫做「死門子」——與「走後門」這一著名術語一樣，這裡的「門」意指私人聯繫或關係。這些人一般被認為「沒有任何的關係」，或者「不會做人」。後一指斥聽起來嚴重些，但含義是一樣的，即：這個人未能在社會中確立一個受人尊敬的位置，從而暴露出對於為人處世的無知。因此，「死門子」象徵了這些人的無能和死板，從而在更深的層次上象徵了他們在社會交換與網絡建構領域中的社會性死亡。[3]

「死門子」在社會上是一個「沒有關係」的人，對於一向重視人情的中國社會而言，這樣的人是為人所厭棄的，是一個不懂得「人情世故」與「待人接物」道理的人。

在《金瓶梅》中對於人際關係與禮物往來，有著詳細的描寫，在送禮的對象、禮物的種類與性質都曾有仔細的敘述，有時還列出詳細的禮單。例如在第55回中西門慶送蔡太師的生日禮物與見面禮，就有二十餘扛：

> 西門慶開言便以父子稱呼道：「孩兒沒恁孝順爺爺，今日華誕，特備的幾件菲儀，聊表千里鵝毛之意。願老爺壽比南山。」蔡太師道：「這怎的生受！」便請坐下。當值的拿了把椅子上來，西門慶朝上做了簡揖道：「告坐了。」就西邊坐地吃茶。翟管家慌跑出門來，叫擡禮物的都進來。須臾，二十扛禮物擺列在階下。揭開了涼箱蓋，呈上一個禮目：大紅蟒袍一套、官綠龍袍一套、漢錦二十疋、蜀錦二十疋、火浣布二十疋、西洋布二十疋，其餘素尺頭共四十疋、獅蠻玉帶一圍、金鑲奇南香帶一圍、玉杯犀杯各十對、赤花攢花爵杯八隻、明珠十顆，又另外黃金二百兩，送上蔡太師做贄見禮。蔡太師看了禮目，又瞧見抬上二十來扛，心下十分歡喜。說了聲：「多謝！」便教翟管家收進庫房去了。

這次西門慶送禮的對象，是他一心想要巴結的靠山——蔡太師，所以在禮物的挑選方面特別講究，全都是一些珍貴的衣飾、器皿與珠寶，以表達西門慶孝敬蔡太師的心意。

但是在平常的時期西門慶與其幫閒、朋友之間的禮物往來，就不像與蔡太師的禮物

3　閻雲翔著；李放春、劉瑜譯：《禮物的流動：一個中國村莊中的互惠原則與社會網絡》，頁100。

那樣鋪張，通常只是以日常的食物、金錢或衣飾，作為人情往來的禮物。例如在第 34 回中劉太監送了西門慶「一口豬，一罈自造荷花酒，兩包糟鰣魚，又兩疋粧花織金段子」，是以食物和衣料作為禮物；又如在第 35 回中韓道國為了報答西門慶的幫忙，就送了「一罈金華酒，一隻水晶鴨，一副蹄子，四隻燒鴨，四尾鰣魚」，便是以食物作為謝禮；又如在第 39 回中西門慶送了玉皇廟的吳道官「一石白米、一擔阡張、十斤官燭、五斤沉檀馬牙香、十六疋生眼布」做襯施之禮，另外又送了「一對京段、兩罈南酒、四隻鮮鵝、四隻鮮雞、一對豚蹄、一腳羊肉、十兩銀子」做為官哥兒的寄名之禮。由此可知，在西門慶的禮物往來中，對於與自己身分地位相似或者地位較低下的朋友或人們，通常是以食物、衣料服飾或者金錢作為禮物。

在《金瓶梅》林林總總的禮物種類中，除了食物、衣飾與珠寶等等之外，還包括「送人」。在第 55 回中西門慶在向蔡太師上壽的途中，巧遇故人苗員外，在一次拜會中，西門慶見苗員外的兩個歌童「生的眉清目秀」，誇獎了一番，當下苗員外就許下日後將兩歌童送給西門慶的承諾，等到西門慶匆匆歸家之後，苗員外「就叫門管先生寫著一封書信，寫那相送歌童之意。又寫個禮單兒，把些尺頭書帕封了，差家人苗實齎書，護送兩個歌童往西門慶家來」，西門慶為這兩個歌童取名「春鴻」與「春燕」留在家中。在明代歌童、奴婢與小廝等等下層僕役，就像物品一樣是可以買賣的，西門慶家中的小廝與奴婢通常也都是經由三姑六婆的仲介而買來的，被當作物品般買賣的奴僕歌童，自然也就可以跟隨主人的喜惡，任意的轉讓與贈送，就像一般的禮物一樣。

不過，值得注意的是，在《金瓶梅》中「鞋腳」也常常成為人們贈送的禮物，和一般禮物往來較為不相同的是，在「禮物鞋腳」的往來中，送禮人通常為女性，通常是女性將自己親手做的鞋子，送給他人以表達自己的心意，根據受禮者身份的不同與送禮性質的差異，又可分為「見面鞋腳」、「謝禮鞋腳」與「表記鞋腳」等等。

第一節　見面鞋腳

在人們初次見面的時候，通常會帶一些見面禮物以示心意，稱為「見面禮」或「贄見禮」。根據楊寬《西周史》一書對於「贄見禮」的研究，所謂「贄見禮」就是：

> 西周、春秋間貴族很講究繁瑣的交際禮節，禮記表記所謂「無辭不相接也，無禮不相見也」。怎樣以「禮」相見呢？鄭玄注說：「禮謂摯也。」當時貴族彼此初次見面，或者有要事而相見，來賓都要按照自己身份和特定任務，手執一定的見面禮物，舉行規定的相見儀式。這種手執禮物的見面禮物，叫做「摯」，一作「贄」，

也叫「質」。這種執「贄」相見之禮，我們稱之為「贄見禮」，當時被廣泛應用於貴族各個階層的社會活動和政治活動中。[4]

早在西周的時候人們對於贄見禮的運用就已經時很廣泛了，除了使用於各種政治活動中之外，在婚禮中也常常的被使用，「古時貴族男女婚配，是要靠媒人從中說合的。當男家使者到女家接洽時，都要行『贄見禮』」[5]，無論在「納采」、「問名」、「納吉」、「納徵」與「請期」等等階段，男方使者所執的禮物都有著贄見禮的意味，直至新婦娶過門之後，在隔天清晨新婦拜見舅姑時，也要親手送上見面禮。一般來說新婦所送的見面禮多為「棗栗」與「腶脩」等食品，不過到了明清時代，新婦送給舅姑的禮物，則轉變為以「衣飾」為主。在清代于鬯《花燭閒談》中就指出了此種轉變：

> 婦饋舅姑禮，今世無聞，而女家送與男家者，有金沙玉屑等物，謂之餪敬，則不得謂饋舅姑之禮也。饋舅姑以特豚，亦不以金莎玉屑。昏義曰婦以特豚，明婦順也。則此禮在適婦，似不可廢。庶婦不饋，鄭云共養，統於適也。至婦贄見舅用棗栗，見姑用腶修。今腶修亦無聞，而反而多冠履衣料繡采等物，名曰和意，乃趨於繁華之漸矣。[6]

古時新婦初次拜見舅姑，通常手執棗栗以送公公，手執腶脩以送婆婆，以表自己的心意。但是到了明清時代，新婦初次拜見舅姑時則多送衣服與鞋履當作見面禮物，稱之為「見面鞋腳」。除了送鞋腳之外，也有新婦送上枕巾的手工製品當作見面禮，在《醒世姻緣傳》第7回中的珍哥在初次拜見公婆時，就遞上了自己親手縫製的鞋腳與枕巾：

> 次日二十九日，兩乘大轎，許多騾馬，到了通州，進到衙內。珍哥下了轎，穿著大紅通袖衫兒，白綾顧繡連裙，珠翠滿頭，走到中庭。老晁夫婦居中坐定。晁大舍先行過了禮。珍哥過去，四雙八拜磕了頭，遞了鞋枕。[7]

小珍哥在第一次拜見老晁夫婦時，就送上鞋枕等物當作初次見面的禮物，希望能得老人家的歡心。

在《金瓶梅》中便有遞送「見面鞋腳」的習俗，在潘金蓮嫁入西門家中的頭一天清晨，潘金蓮按例早起拜見西門慶的大小老婆們，並向大老婆吳月娘遞上自己親手做的「見

4　楊寬：《西周史》（臺北：臺灣商務印書館，1999），頁757。
5　楊寬：《西周史》，頁760。
6　于鬯：《花燭閒談》，見《清代筆記小說10》，頁30。
7　西周生：《醒世姻緣傳》（臺北：聯經出版事業公司，1986），頁92。

面鞋腳」，在第 9 回中寫道：

> 這婦人一娶過門來，西門慶就在婦人房中宿歇，如魚似水，美愛無加。到第二日，
> 婦人梳粧打扮，穿一套艷服，春梅捧茶，走後邊大娘子吳月娘房裡，拜見大小，
> 遞見面鞋腳。

因為西門慶的父母已經過世，作為大老婆的吳月娘，是家中的當家太太，其地位是眾女
子中最高的，作為小妾的潘金蓮，在剛進門的初次見面，自然也要按照習俗拜見大娘，
並且遞上自己親手縫製的鞋腳，送給吳月娘當作見面禮物。

　　一般來說，新婦送公婆鞋腳當作見面禮物，使公婆可以藉由媳婦送上的鞋腳，看出
媳婦的針指功夫。在古時女子的針指功夫，也是評定女子是否有家教或是否擁有「婦功」
的一種方式。對於夫家的長輩而言，新娶進門的媳婦，如果能夠擁有一手好針指功夫，
代表此女子是一個賢良淑德、安於家室的女性，符合作為賢妻的基本條件，所以在古時
的婚禮中，有時在花燭之日，婆家的人會在眾親友的面前，「將新婦鞋箱開開，任人觀
看，批評女紅，或指量大小」[8]。在《歧路燈》第 4 回中譚孝移評點孔家女與巫家女的過
程，就可看出在舊式家庭中對女子針指女工的重視，一日譚孝移和婁潛齋去孔耘軒家中
拜訪，正好撞見其女在前院中織布：

> 潛齋指院裡機子道：「府上頗稱饒室，還要自己織布麼？」孔纘經道：「這是家
> 兄為舍姪女十一歲了，把家中一張舊機子，叫他學織布哩。搬在前院裡，寬綽些，
> 學接線頭兒。不料教客看見了。恕笑。」孝移道：「這正是可羨處。今日少有家
> 業人家，婦女便驕惰起來。其實人家興敗，由於男子者少，由於婦人者多。譬如
> 一家人敗了，男人之浮浪，人所共見；婦女之驕惰，沒有人見。況且婦女驕惰，
> 其壞人家，又豈在語言文字之表。向令兄這樣深思遠慮，就是有經濟的學問。」……
> 二人辭歸，依舊從僻巷回來。一路上譚孝移誇道：「一個好姑娘，安詳從容，不
> 知便宜了誰家有福公婆。」[9]

譚孝移見孔家對女子的調教，即便家富仍然不費女工，又見女子的態度從容，就十分欣
喜，想這孔家女一定是個熟習女紅又安詳從容的女子，既擁有婦功又有婦德，實為家中
良婦之選，一心想要為自己的兒子說親。回到家中之後，便對妻子王氏提起孔家女，不
料妻子卻說出另一個巫家女：

8　孟女士：〈蓮鉤痛語〉，《采菲錄續編》，頁 58。
9　李綠園：《歧路燈》（臺北：新文豐出版公司，1989），頁 35-36。

孝移道：「我今日同先生去看孔耘軒，孔耘軒不在家，那姑娘在前院機子上學織布哩。真正好模樣兒，且是安詳從容。」王氏道：「我也有句話要對你說，這兩日你忙，我還沒對你說哩。俺曲米街頭東頭巫家，有個好閨女，他舅對我說，那遭山陝廟看戲，甬路西邊一大片婦女，只顯得這巫家閨女人材出眾。有十一二歲了。想著提端福這宗親事。他舅又說：『俺姐夫聞事難管。』俺後門上有個薛家女人，針線一等，單管著替這鄉宦財主人家做鞋腳，枕頭面兒，鏡奩兒，順帶兒。那一日我在後門上，這薛家媳婦子拿著幾對小靴兒做哩，我叫他拿過來我看看花兒，內中有一對花草極好。我問是誰家的，他說是巫家小姑娘的，花兒是自己描的，自己扎的。那鞋兒小的有樣範，這腳手是不必說的。薛家媳婦子說，這閨女描鸞刺繡，出的好樣兒。他家屋裡女人，都會抹牌，如今老爺斷的嚴緊，無人敢賣這牌，他家還有些舊牌，壞了一張兒，這閨女就用紙殼子照樣描了一張。你說伶俐不伶俐？況且他家是個大財主，不如與他結了親，將來有些好陪妝。」孝移見王氏說話毫無道理，正色道：「你不胡說罷，山陝廟裡，豈是閨女們看戲地方？」王氏說：「他是個小孩子，有何妨？若十七八時，自然不去了。」孝移道：「女人鞋腳子，還叫人家做，是何道理？」[10]

對於譚孝移而言，娶婦的關鍵不在於家裡貧富，而是女子是否有顧及自己的本分——針指女工，一個女子如果能擁有一雙好女工，就是一個「及格」的媳婦人選。舊式家庭的長輩都普遍認為，女紅乃是女子的本分之事，也是女子必須熟習的技藝，李漁《閒情偶記》中即言：「女工則其分內事。……予謂婦人職業，畢竟以縫紉為主，縫紉既熟，徐及其他。」拜見公婆時，所遞上的「見面鞋腳」，能讓公婆一眼就能看出媳婦針指功夫的深厚與否，「見面鞋腳」是否能合公婆的意，是新婦入門的第一個考驗，即如《花燭閒談》中的「和意」。

通常新婦在婚前就要先拿到公婆的「腳樣兒」（或「鞋樣兒」），就是公婆腳的尺寸大小，然後在盡心盡力的將鞋腳作的美輪美奐，如果見面鞋腳的樣式與手工能得公婆的歡心，所做的鞋腳公婆也十分合穿，讓公婆十分滿意與「和意」，自然就能給公婆一個美好的第一印象。也正因為如此，女子在嫁人之前，便要努力學習針指女工等等的技藝，女子生活的大半光陰多是在縫紉中度過的，由曾文正公所制定的家中婦女工作單，也可窺見一些端倪：

茲將曾文正公治家所規定婦女功課單，附列於後。俾我姊姊妹妹，均知婦女應有

___
10 李綠園：《歧路燈》，頁36-37。

家庭中之職責也。其單列下。

一、黎明即起，先自盥洗梳頭，裝束整齊。然後即洒掃，及作飯等事。

二、早飯後（約在八九點鐘時），作小菜，點心，酒醬之類。

三、己午刻，紡花刺繡，作活動之事。

四、中飯後，作針線刺繡之類。

五、酉刻，作男鞋女鞋，及縫衣之類。

每日過二更後。止。即寢。[11]

可知婦女的日常生活中，除了整治一家人三餐之外，其他的時間多是在「紡花刺繡」、「作鞋」與「縫衣」等等的針線工作。在《金瓶梅》也是如此，西門慶家中的妻妾日常的主要活動，也是以納鞋、縫衣等等女工為主，在文本中就常見妻妾聚在一起討論做鞋與針指女紅的畫面，例如第 11 回潘金蓮與孟玉樓「兩個做了回針指」；又如第 23 回潘金蓮與宋蕙蓮「作針指鞋腳」；又如第 29 回中潘金蓮、孟玉樓與李瓶兒一起納鞋；又如第 58 回當西門大姐做鞋時，孟玉樓與潘金蓮從旁給予意見等等。

　　作為《金瓶梅》中第一女主角的潘金蓮，即便冠有第一淫婦的封號，不過身為南門外潘裁的女兒，她的針指功夫也是相當不錯的。在《金瓶梅》第 3 回中王婆就對西門慶說了潘金蓮的本事，「雖然微末出身，卻到百伶百俐，會一手好彈唱，針指女工，百家歌曲，雙陸象棋，無所不知」，可見潘金蓮也有著一手好女紅，她在剛進門時就遞上了「見面鞋腳」給吳月娘，之後又藉由一起作針指的機會，深得吳月娘的歡心。

　　值得注意的是，在第 13 回中李瓶兒想做鞋送給吳月娘與潘金蓮的事情，也隱隱含著「見面鞋腳」的味道：

　　李瓶兒道：「奴今年二十三歲。」因問：「他大娘貴庚？」西門慶道：「房下二十六歲了。」婦人道：「原來長奴三歲，到明日買份禮兒過去，看看大娘，只怕不好親近。」西門慶道：「房下自來好性兒。」婦人又問：「你頭裡過這邊來，他大娘知道不知？儻或問你時，你怎生回答？」西門慶道：「俺房下都在後邊第四層房子裡，惟有我第五箇小妾潘氏，在這前邊花園內，獨自一所樓房居住，她不敢管我。」婦人道：「他五娘貴庚多少？」西門慶道：「他與大房下都同年。」婦人道：「又好了，若不嫌奴有玷，奴就拜五娘做個姐姐罷。到明日，討他大娘和五娘的鞋樣兒來，奴親自做兩雙鞋兒過去，以表奴情。」

11　保蓮女士自述；喜蓮生撰：〈纏足概說〉，《采菲新編》，頁43。

李瓶兒所說的「以表奴情」，究竟是「表何種情」呢？李瓶兒與西門慶偷情過後，就問及西門慶家中大娘子的性格與資料，希望能與大娘有個親近的機會，又唯恐自己不光明的偷情行徑被吳月娘得知，會留下一個不良的形象，又急問西門慶是否將此事與吳月娘說。而西門慶只說潘金蓮住在這前邊花園內，即便被潘金蓮得知也沒有關係。不過，李瓶兒卻有著自己的打算。李瓶兒此時還是花子虛的妻子，老實說她是不需要如此刻意奉承吳月娘與潘金蓮的，她的身分地位是可以和吳月娘平起平坐的，也更不需花心思去奉承只是小妾的潘金蓮，但是她卻要西門慶去打聽吳月娘和潘金蓮的鞋樣兒，希望能各做雙鞋腳送與她們。其實，在第 10 回中李瓶兒還未與西門慶認識時，就曾以花家大娘子的身分派了綉春與天福兒送禮物來給吳月娘，當作兩家往來的禮物：

> 飲酒間，只見小廝玳安領下一個小廝、一個小女兒，纏頭髮齊眉，生得乖覺，擎著兩箇盒兒，說道：「隔壁花家，送花兒來與娘們戴。」走到西門慶、吳月娘眾人跟前，都磕了頭，立在傍邊，說：「俺娘使我送這盒點心并花兒與西門大娘戴。」揭開盒兒看，一盒是朝廷上用的果餡椒鹽金餅，一盒是新摘下來鮮玉簪花。月娘滿心歡喜，說道：「又叫你娘費心。」一面看菜兒，打發兩箇吃了點心。月娘與那小丫頭一方汗巾，與了小廝一百文錢，說道：「多上覆你娘，多謝了。」……月娘便向西門慶道：「咱這花家娘子兒，倒且是好，常使小廝丫頭送東西與我們。我不曾回些禮兒與他。」

不過，在這裡李瓶兒讓綉春送去的禮物是點心與鮮花，是一般鄰居往來會送的禮物。但是在第 13 回中她和西門慶偷情之後，卻要自己做雙鞋腳去討吳月娘與潘金蓮的歡心，這時的李瓶兒應當已經有了想入西門家中的念頭，送鞋給吳月娘，這鞋腳明顯有著「見面鞋腳」的味道。表面上說是「看看大娘的禮物」，但如果只是普通鄰居主婦間的禮物往來，送些點心食物與首飾也就可以了，是不必如此費心打聽對方腳的尺寸，還大費周張的親手做鞋腳；送鞋給潘金蓮，是希望潘金蓮能成為自己的盟友，一方面潘金蓮有著地緣之便，如果能夠攏絡住潘金蓮，那麼在她還是花家大娘子時，她還是能夠和西門慶繼續偷情，而且消息也不會走漏。其次，潘金蓮雖是西門慶最小的妾，但此時的潘金蓮應當也是家中最受寵的女人，對於李瓶兒而言，和潘金蓮打好關係——拜潘金蓮作姐姐，無論是就現階段或是未來嫁入西門家中，都是有好處的。而且，值得注意的是，李瓶兒表面上說作鞋腳送給吳月娘和潘金蓮，是為了「拜吳月娘和潘金蓮作姊妹」，但實際上，她現在的身分和吳月娘是相等的，實在沒有必要紆尊降貴的和只是小妾的潘金蓮作姊妹，但此時的李瓶兒卻十分積極的要和潘金蓮打好關係，因為在這時李瓶兒就已經有了嫁入西門家中的念頭，和吳月娘、潘金蓮友好，是為自己將來進入西門家中的日子鋪路。

不過，李瓶兒的想法，卻被潘金蓮一眼就識破了，在第 13 回中潘金蓮告訴西門慶，她已經知道西門慶與李瓶兒姦情時：

> 西門慶聽了，慌的桩矮子，只跌腳跪在地下，笑嘻嘻央及說道：「怪小油嘴兒，禁聲些！實不瞞你，他如此這般的問了你兩個的年紀，到明日討了鞋樣去，每人替你做雙鞋兒，要拜認你兩個做姐，他情願做妹子。」金蓮道：「我是不要那淫婦認甚哥哥姐姐的。他要了人家漢子，又來獻小慇懃兒，我老娘眼裡放不下砂子的人，肯叫你在我根前弄了鬼兒去了。」……西門慶便滿臉陪笑兒說道：「怪小淫婦兒，麻犯人死了，他再三教我稍了上覆來，他到明日過來與你磕頭，還要替你做鞋。昨日使丫頭替了吳家的樣子去了。今日教我稍了這一對壽字簪兒送你。」于是除了帽子，向頭上拔將下來，遞與金蓮。金連接在手內觀看，卻是兩根番石青填地、金玲瓏壽字簪兒，乃御前所製，宮裡出來，甚是奇巧。金蓮滿心歡喜，說道：「既是如此，我不言語便了。……」

潘金蓮自己就有一雙好針指功夫，「鞋腳」禮物自然不能打動她，但是一直生長在貧困中潘金蓮，那「御前所製、宮裡出來」的壽字簪兒，卻打動了她的心，只和西門慶約法三章之後，便答應保守李瓶兒與西門慶偷情的秘密。

在古時女子的針指功夫之所以如此重要，乃因為當女子入門之後，家中所有人日常身上穿的衣服褲子與腳上穿的鞋子，都要由入門的媳婦一手包辦。一般來說，媳婦除了剛進門時，要送公婆「見面鞋腳」之外，在一些節慶的日子裡，也有「進鞋履」的習俗，例如古時有冬至日進鞋襪於舅姑的習俗，唐代段成式《酉陽雜俎》云：「北朝婦人，常以冬至日進履襪與靴。」[12] 在後唐馬縞《中華古今注》在講述「鞋子」時，也說：「昭帝令冬至日上舅姑。」[13] 在宋代陳元靚《歲時廣記》中對於冬至日進鞋襪有更詳細的記載：

> 《宋書》：「冬至，朝賀享祀，皆如元日之儀，又進履襪。」魏國曹植〈冬至日獻襪頌表〉云：「伏見舊儀，國家冬至獻履襪，所以迎福踐長。」又《酉陽雜俎》云：「北朝婦人，常以冬至進履襪又靴。」後魏北京司徒崔浩《女儀》：「近古婦人常以冬至進履襪于舅姑。」崔駰〈襪銘〉曰：「建子之月，助養元氣。」[14]

12　段成式：《酉陽雜俎》（臺北：漢京文化事業公司，1983），頁 8。
13　馬縞：《中華古今注》（臺北：臺灣商務印書館，1966），頁 20。
14　陳元靚：《歲時廣記》，《宋代筆記小說 13》，頁 510-511。

至明代，仍然還有冬至進履襪于舅姑的習俗，在劉侗與于奕山合撰的《帝京景物略》就說：「十一月冬至日，百官賀冬畢，吉服三日，具紅箋互拜，朱衣交于衢，一如元旦。民間不爾，惟婦製履焉上其舅姑。」[15]根據陳景黼的研究發現，「此一儀式的目的是為了『助養元氣』；也就是向抵抗力較差的老年人提供能量，提高其身體的機能，幫助其渡過寒冬。」[16]「冬至進鞋履」除了這個「助養元氣」的巫術效能外，還有另一個功用是為了「表女工」，在明代謝肇淛《五雜組》中說：「晉魏宮中女工至後日長一線，故婦於舅姑以是日獻履襪，表女工之始也。魏崔浩女獻襪，謂陽升於下，日永於天，長履景福，至於億年，可謂得之矣。」[17]

　　北方的習俗多以冬至日進履襪于舅姑，在南方吳俗則是在過年時才進履襪，稱為「過年鞋」或「迎年鞋」，在清代顧祿《清嘉錄》中就有記載：

> 新婦度歲，必先日整治潔履，至是以獻於舅姑，謂之過年鞋。
> 案：段成式《酉陽雜俎》：「北朝婦人，以冬至日，進履襪及靴。」又崔浩《女儀》：「冬至，上履襪於舅姑，謂古人履長之義。」吳俗以除夕。又婦女繡履，年尾必更製一新以度歲，亦名過年鞋。吳毅人詩云：「料理年頭事，花鞋取樣工。雙彎履新吉，一撚試春紅。鏡檻徐行處，燈簾淺立中。往時呵凍繡，玉指記匆匆。」又家景文詞云：「杏子紅裙，鵝兒黃袖，一尖新窄過年鞋。」[18]

過年期間，人們都希望取個「萬象更新」的好兆頭，希望藉由這個時間能夠「除舊佈新」，人們多穿新衣、戴新帽及履新鞋，家中的媳婦為了迎接新年的到來，替家人們更換新鞋，在新年前夕無不忙著製作新鞋，越諺有云「二十夜，連夜夜，點得紅燈作繡鞋」，即形容婦女過年前忙製鞋的景象。高洪興以為「新年鞋」有寓意「和諧」之意，[19]而根據姚靈犀的研究發現，冬至進鞋也有著此種「和諧」的意涵，他在〈知足談〉中說：「俗於冬至日，新婦進翁姑履，以寓同偕（鞋之諧音）到老。」[20]都是用「鞋」與「諧」的諧音，以求「和諧」的吉利寓意。

　　不過，在節慶中進鞋與見面鞋腳都有著「藉此以觀女紅」的作用，見面鞋腳是媳婦

15　劉侗、于奕正合撰：《帝京景物略》（臺北：世界書局，1963），頁29。

16　陳景黼：《中國古代求雨巫術及其民俗底蘊研究》「燒木屐以求雨」節（臺中：靜宜大學中國文學系碩士論文，2001），頁127。

17　謝肇淛：《五雜組》（臺北：新興書局，1971），頁125-126。

18　顧祿：《清嘉錄》（南京：江蘇古籍出版社，1999），頁232。

19　高洪興：《纏足史》，頁147。

20　姚靈犀：〈知足談〉，《采菲錄初編》，頁171。

第一次將自己的女紅作品呈現在公婆面前，由這雙鞋腳公婆就可以觀察自己媳婦的針指女紅，如果鞋腳的花樣與尺寸都合公婆的心意，那麼媳婦就算通過了入門的基本考驗，初次見面就給了公婆一個好印象；而冬至進鞋與過年鞋，也是有著觀察家中婦女女紅的作用，因為鞋子是要穿出門外，婦女為了不使自己的手藝招來議論，通常都會極力的展現自己的本事：

> 故《清嘉錄》又云：「新婦度歲，必先整治潔履，以獻於舅姑，亦謂之過年鞋。」良以往時襪履，繡製極工，所以必欲新婦進之者，亦藉此審視新婦之女紅也。纖足婦人，每好屢易其履，固為變換形色，新人眼目，以為招人愛憐，炫露其窄瘦蓮鉤計。然巧手婦人，更藉此以示其刺繡之工，平時且然，況新歲乎。[21]

可知在進履的習俗中，其內中的較勁卻是澎湃洶湧，女子一生的時間多埋首在針指的工作上，「女紅」是女子成就的來源之一，一旦有展露本事的機會，自然以求盡善盡美以博得讚美，「見面鞋腳」的遞送是希望能夠得到公婆的歡心與疼愛；「節慶進鞋」則為自己在人前爭取賢慧、伶俐的美名。

第二節　謝禮鞋腳

中國的人際關係中，對於「人情」與「關係」是極為重視的，一個人的「關係網」的健全與否，決定著個人的社會資本與資源，以及自己在面臨困境時，是否有尋求援助的管道，於是，生活在傳統中國社會的人們，總是盡力的擴張自己的「關係網」，關係網也是藉由許多不同管道努力向外擴張，王崧興認為：

> 每個人屬性（類）都不同，也就是說，網是透過血緣、地緣、業緣、師生、同學、同事等的關係所展開的。個人被置於如此的多層關係網中，向著自己有利的方向運作。蜘蛛僅以一張網獵物；而中國人的「關係網」卻是無數的。而交叉網的中心就是自己。擁有愈多的「關係網」，社會資本就愈豐富。……因為重要的是，人際關係（人脈）一旦成功了，縱使現在用不上，但總有一天派得上用場。[22]

關係網的建立，主要是了擴張個人人脈，能為自己提供互相幫助的管道。中國社會中人

21　阿難：〈蓮鉤碎語〉，《采菲錄三編》，頁158。
22　王崧興著；宋秀環譯：〈「關係」、「人情」、「面子」：中國社會的人際關係架構〉，收入徐正光主編：《漢人與周邊社會研究：王崧興教授重要著作選譯》（臺北：唐山出版社，2001），頁9。

們透過不同的關係網絡建立起無數的關係網，一旦關係網建立成功，人和人之間就有了親疏之別，在關係網中的人就是「自家人」[23]，「一個人對『自家人』都要予以幫助，對於越是親密或關係越特殊的『自家人』，則越有幫助的義務。」[24]金耀基認為在這樣互相幫助的機制下，產生了「人情」的交換與不平衡：

> 在社會性的交換中，則人情極重要，甚至佔了中心的位置。在這類社會交換中，人情可以說是媒介，也可說社會性交換是靠人情來維持的。我們常聽人說「賣個人情」、「送個人情」或「討個人情」、「求個人情」，這都表示人情的「交換」性格。不僅如此，我們更聽人講：「我欠他一個人情」、「他欠我一個人情」，這就明明指出人情的交換上有虧盈的情形。這就不啻顯示社會性的交換與經濟性的交換都有一份平衡表。在經濟交換行為中，這是一份錢財的平衡表，虧與盈是記得很清楚的；在社會交換中，這便是一份人情的平衡表。人情的平衡表比較不是那麼一清二楚，比較不是那麼容易算清。但這並非說不能不作出一人情的虧盈的估算，譬如社會上時時可以聽到「人情債」的說法，這就是說在人情上有了虧累、在人與人的交往中，成了一「負債者」。[25]

在中國社會的認定下，「人情」維持著社會性的交換，當一個人接受了他人的幫助或禮物，那麼他變成為了一個人情的接受者，那他對於施者而言，就是一個人情的負債者。在中國的社會中，總是害怕自己成為人情負債者，一旦發現自己有「欠人情債」的情形，總是想要儘早的還清。而「還人情」作常見的方法，就是「送還等值或更重」的禮物，來還報對方的人情，有時為了想要維持雙方的長期關係，還故意藉由禮物的贈答，來傳達「恩的不均衡」，讓雙方藉由此種不平衡，持續不斷的有往來的機會，王崧興認為：

> 「人情」是支持「禮尚往來，來而不往非禮也」觀念的具體行為。人與人的交換行為中，經濟的交換是市場原理在起作用，而社會的交換則是透過「人情」為媒介，不能如金錢往來般清算。「人情大似債」，而所謂的「人情債」更可能會成為精

---

23 在費孝通《鄉土中國》中研究中國人親屬關係的建立，就像是「丟石頭形成同心圓波的性質。親屬關係是根據生育和婚姻事實所發生的社會關係。從生育和婚姻結成的網絡，可以一直推出去包括無窮的人，過去的、現在和未來的人物」，此種現象被費孝通稱為「差序格局」。而中國人所謂的「『自家人』可以包羅各種任何要拉入自己的圈子，表示親熱的人物。自家人的範圍是因時因地可伸縮的，大到數不清，真是天下可成一家。」參見費孝通：《鄉土中國》（香港：三聯書店，1991），頁27-32。

24 金耀基：〈人際關係中人情之分析〉，《中國社會與文化》，頁30。

25 金耀基：《中國文化與社會》，頁27。

神的負擔。拒絕「人情」的話，有時也會損及人際關係，所以才會有很多的情況
是：報恩，是「報」比自己所受的恩惠多；而還禮，則是還比自己所受的禮還豐
等等。也因而產生了恩的不均衡，但卻不會就此斷絕了社會上的往來，反而會因
而成為社會上人際關係的一股團結力量。[26]

可見「人情」的往來，自然伴隨著「禮物」的往來，在這種一來一往的情形下，關係便
久久長長能夠得以維持下去。

　　而所謂的「謝禮」，則是在接受他人的幫助後，以回報施者人情的禮物。在《金瓶
梅》第 34 回中西門慶因為幫劉太監的兄弟解決了莊園的紛爭，劉太監就以自造荷花酒一
罈、兩包糟鰣魚以及兩疋粧化緞子作為謝禮，親自登門道謝；在第 35 回中韓道國因得到
西門慶的幫忙，解決了自己弟弟與王六兒通姦的官司，一日，就帶了金華酒、水晶鵝、
蹄子、燒鵝以及鰣魚等等食品當作謝禮，西門慶以既是「自家人」——「你是我門下夥
計，如同一家人」，就不如此客套的送禮答謝，而且站在「自家人」的立場，他也是應
該幫忙的，於是在一陣互相你推我往下，西門慶還是多少接受了一些禮物——燒鵝及酒，
使雙方都達到了目的。西門慶藉由少收禮物拉攏了韓道國，在如此「拉關係」下，韓道
國成了西門慶的自家人；而韓道國則藉由禮物的贈送，傳達的自己的感激之情，使西門
慶與他的關係更近了一些。西門慶與韓道國的關係，在「人情」與「禮物」的交換下，
更親近了許多，使得後來在一些西門慶男性朋友的聚會中，有時也能見到韓道國的身影，
與西門慶的幫閒們一起作樂。

　　而在婦女回送謝禮的部分，有時和男性的謝禮往來相似，也以食物、布料或金錢當
作謝禮的。在第 50 回中吳月娘就各送了二兩銀子給薛姑子和王姑子來相謝，還說道：「明
日若坐了胎氣，還與薛爺一疋黃褐段子做袈裟穿。」另外在第 95 回中吳月娘則是「買下
四盤下飯，宰了一口鮮豬，一罈南酒，一疋紵頭尺頭」，請薛嫂押著來周守備府中，致
謝春梅幫忙她解決了官司的問題。

　　不過，在婦女所送的謝禮中，有一種是女性所獨有的，那就是以「親手為對方所作
的鞋腳」當作謝禮，有時女性以承諾親手對他人做一雙鞋，來回報對方的人情。例如在
《金瓶梅》第 8 回中潘金蓮就承諾以鞋為謝禮，來答謝玳安的幫忙，希望他能將西門慶引
來他家：

　　　玳安道：「六姨，你休哭，俺爹怕不的也只在這兩日頭，他生日待來也。你寫幾

26　王崧興著；宋秀環譯：〈「關係」、「人情」、「面子」：中國社會的人際關係架構〉，收入徐正
　　光主編：《漢人與周邊社會研究：王崧興教授重要著作選譯》，頁 11-12。

個字兒，等我替你稍去，與俺爹瞧看了，必然就來。」婦人道：「是必累你，請
的他來。到明日，我做雙好鞋與你穿。我這裡也要等他來，與他上壽哩。他若不
來，都在你小油嘴身上。」

此時的潘金蓮正陷入一種莫名的焦慮中，因為她以為她完全攏絡了西門慶的心，卻沒想
到西門慶竟忽然一個多月消失的無影無蹤，弄得潘金蓮每日在家「門兒倚遍，眼兒望穿」，
只在相思卦上尋求一絲飄渺的回答，這無處排遣的怒氣就常常發洩在可憐的迎兒身上。
直到這一天，「也是天假其便，只見玳安夾著氈包，騎著馬，打婦人門首過。婦人叫住，
問他往何處去來。那小廝說話乖覺，常跟西門慶在婦人家行走，婦人常他些浸潤，以此
熟滑」。潘金蓮由玳安那裡得知西門慶原來是因為娶了孟玉樓在家，才把她冷落在這裡
不管，「不由得淚珠兒順著香腮流下來」，玳安見狀慌了，一邊忙著安撫，一邊也答應
替潘金蓮送信給西門慶。對於潘金蓮而言，玳安此時就像是她的救星一樣，讓她有重新
和西門慶相見的機會，於是就答應要作雙鞋還酬謝他。只是玳安走後，潘金蓮還是「每
日長等短等，如石沉大海。七月將盡，到了他生辰。這婦人挨一日似三秋，盼一夜如半
夏，等得杳無音信。不覺銀牙暗咬，星眼流波」，最後還是請王婆出馬，才請了西門慶
來和她相見。不過，由西門慶一句「小廝來家對我說來，我知道六姐惱我哩」來看，玳
安確實有履行諾言將潘金蓮的信與心意，傳達給了西門慶。

在《金瓶梅》中除了潘金蓮答應要送玳安鞋作為謝禮外，李瓶兒也曾經對玳安做過
送鞋的承諾，在第 16 回中李瓶兒生日，西門慶想要留在她那裡過夜，李瓶兒又恐吳月娘
問起西門慶的行蹤，就請玳安幫忙隱瞞，並答應替他做雙好鞋兒：

只見玳安上來，與李瓶兒磕頭拜壽。李瓶兒連忙起身還了個萬福，分付迎春教老
馮廚下看壽麵點心下飯，挈了一壺酒與玳安吃。西門慶分付：「吃了早些回家去
罷。」李瓶兒道：「到家裡，你娘問，休說你爹在這裡。」玳安道：「小的知道，
只說爹在裏邊過夜。明日早來接爹就是了。」西門慶便點了點頭兒，當下把李瓶
兒喜歡的要不的，說道：「好個乖孩子，眼裡說話。」又叫迎春挈二錢銀子與他
節間叫買瓜子兒磕：「明日你挈個樣兒來，我替你做雙好鞋兒穿。」那玳安連忙
磕頭，說：「小的怎敢？」走到下邊吃了酒飯，帶馬出門。

玳安是西門慶身邊最貼心的小廝，西門慶出門在外，玳安總隨侍在側。尹恭弘認為「玳
安是西門慶的貼身小廝，也是常常跟隨著西門慶在婦人家行走的伴當。這就決定他的「特

殊」的地位，儘管他是一個小廝，但不少婦女反而要求情於他。」[27]這包括尚未進門時的潘金蓮與李瓶兒，因為和玳安這個小廝打好關係的話，對於她們是有著許多便利性的。就潘金蓮而言，此時的她正陷入一種膠著的情況中，對於西門慶的近況根本無法得知和掌握，幸好碰到了玳安，除了得知了西門慶新娶孟玉樓的事情外，自己也有了一個傳遞消息的信差，有機會和西門慶之間再次取得聯絡，至少能夠提醒西門慶自己的等待。而就李瓶兒而言，她總是希望自己能在吳月娘面前有一個好印象，畢竟自己和西門慶私通的事情並不光明，而玳安這一番「見景生情」的體貼話語，更是讓李瓶兒歡喜不已，決計要好好攏絡這個小廝，因為以後說不準還有許多地方需要他的幫助呢！

　　只是如果要感謝玳安，送些賞錢與現成的食物，應該也就可以了，為什麼要特地送鞋呢？我們可以藉由玳安的反應可以看出些端倪，玳安對於潘金蓮和李瓶兒所送的金錢和食物，接受得十分理所當然，甚至當場就享用起來，但是當李瓶兒說要「我替你做雙好鞋兒穿」時，玳安則是「連忙磕頭」說道：「小的怎敢？」可見就玳安的眼中，「鞋」已經是一份「重禮」了。一般來說，在明清時代有錢人家中的小廝與丫頭，通常都是年紀很小就被買入富貴人家，被賣的原因按照陳偉明的分類通常有三，其一是因「家境貧困」，年紀還很小就被父母給賣了，例如在〈賣油郎獨占花魁〉中的秦重，十三送就被父親賣給朱十老當作小廝；潘金蓮就因為家中「度日不過，從九歲賣在王招宣府裡」；其二是因「主人家破產，需賣奴抵債」；其三是「官賣為奴」，例如第90回孫雪娥因通姦拐盜財物，而被官府辨賣，於是春梅便花了八兩銀子的官銀，將孫雪娥買來守備府中燒火做飯。[28]而在《金瓶梅》中有些地方詳細的記錄了買賣的價錢與情況，例如春梅則是西門慶花了十六兩銀子買來的，買秋菊則只花了六兩，小玉賣了五兩，夏花兒賣了七兩，翠兒賣了五兩，玉簪兒賣了八兩等等。而負責仲介賣賣奴婢與小廝的就是三姑六婆，由第95回中就可以看到三姑六婆與買主之間買賣的情形：

> 薛嫂便叫小丫鬟：「進來，與奶奶磕頭。」春梅道：「是那裡的？」薛嫂兒道：「二奶奶和我說了好幾遍，說荷花只做的飯，叫我替他尋箇小孩子，學做些針指。我替他領了這個孩子來了，到是鄉裡人家女孩兒，今年纔十二歲，正是養材兒。」春梅道：「你亦發替他尋個城裡孩子，還伶便些。這鄉裡孩子，曉的甚麼？」因問：「這丫頭要多少銀子？」薛嫂兒道：「要問價，只四兩銀子，他老子要投軍使。」春梅教海棠：「你領到二娘房裡去，明日兒銀子與他罷。」

27　石昌渝、尹恭弘：《金瓶梅人物譜》，頁190。

28　陳偉明：〈從《金瓶梅》看明代的奴婢〉（《歷史月刊》135期，1999.4），頁128-129。

此時「人」就像「物品」一樣被買賣著，被挑三揀四、品頭論足，而這種經由買賣的奴婢與小廝，今後的生活全憑主子的對待，運氣好的，如春梅，碰到對他好的主子，一心抬舉她；運氣不好的，如秋菊，不得主子的疼愛，一不如意就棍棒伺候。而被買賣之後奴僕，和其原本生長的家庭，通常都或多或少的失去聯繫與感情，賣的距離家裡近的，也許還能有聯繫；賣的距離遠的，只怕和家中就從此失去音訊了。於是對像物品一樣被買賣的奴僕而言，「家庭溫暖」是一種奢侈的享受，自然也就難以有「穿到家人親手縫製衣服與鞋腳」的機會，他們身上的衣著，一般來自主人家的給予，或典當鋪的賤價出售的二手衣，絕少有機會穿到「特地為他縫製的衣服和鞋」。這就是玳安說「小的怎敢」的原因，李瓶兒要「親手」為他「做鞋」，當作給他隱瞞西門慶去向的謝禮，這其中包含著李瓶兒對玳安的一種抬舉，「聽命行事」原是他做小廝的本分事，但李瓶兒卻作鞋要謝他，讓他深覺備受禮遇。而且，就玳安而言，也許已經有很長一段時間，沒穿到「別人特地為他做的新鞋」，心中自然有些惶恐與驚喜。

潘金蓮與李瓶兒自然深知這份「謝禮鞋腳」的不平凡，因為她們通常只會為自己或愛人或家人做鞋，當要承諾替玳安做鞋時，一方面是知道這份禮對玳安的吸引力；另一方面也是要讓玳安覺得，她們有抬舉玳安的意味，讓他隱約感覺到自己就像是「自家人」一樣，不然何必如此大費周章的做鞋，送些金錢與點心也就好了。

潘金蓮不僅對玳安用「鞋腳」當謝禮，對春梅她也使用過，在詞話本第 83 回中潘金蓮與陳經濟的姦情「自從被秋菊洩露之後，月娘雖不見信，晚夕把各處門戶都上了鎖」，使得潘金蓮與陳敬濟約有一個多月不得相見，春梅見潘金蓮「脂粉懶勻，茶飯頓減，帶圍寬褪，懨懨瘦損，每日只是思睡，扶頭不起」的模樣，就主動建議潘金蓮去找陳經濟，她願意幫潘金蓮傳信給陳經濟並安排他們見面：

> 春梅道：「娘，你放心，不妨事。塌了天，還有四個大漢扶著哩！昨日大娘留下兩個姑子，今晚夕宣卷，後邊關的儀門早。晚夕，我推往前邊馬坊內取草裝填枕頭，等我往前舖子裡叫他去。你寫下個柬帖兒與我拿著，我好歹叫了姐夫，和娘會一面。娘心下如何？」婦人道：「我的好姐姐，你若肯可憐見，叫得他來，我恩有重報，不可有忘。我的病兒好了，替你做雙滿臉花鞋兒！」春梅道：「娘說的是那裡話！你和我是一個人，爹又沒了，你明日往前後進，我情願跟娘去。咱兩個還在一處。」婦人道：「你有此心，可知好哩。」

就連對春梅，潘金蓮的重謝也是一雙「滿臉花鞋兒」，可見做鞋當作謝禮真是一件不輕的禮物。這是因為女子通常只幫長輩、丈夫、兒女或自己做鞋子，身為主子的潘金蓮，竟要幫做小廝與奴婢做鞋，這自然會讓他們受寵若驚了。

其實，在明清的小說中，除了《金瓶梅》之外，還有其他的小說也都有以「鞋」作為謝禮的例子，例如在《朝陽趣史》中趙飛燕就親手作了一雙鞋，來酬謝金婆的幫忙：

> 飛燕、合德走出來，叫錢五挑了家伙，竟到花廳安下。金婆道：「這個所在何如？又幽雅齊整，再沒人來擾攪的。」飛燕道：「多謝媽媽厚情，改日自當補報。」金婆道：「補報倒不要，我明日買一尺鞋面，做雙繡花鞋兒與我穿便是。」飛燕道：「這個當得效勞。」錢五插口道：「這也是難題目，只這雙鞋子須用千朵牡丹花哩！」三人笑了一回。……飛燕與他（錢五）幾個銀子，市上去糴幾斗米，買下兩擔柴，又把些銀子叫錢五去零剪店中買了幾尺布紵絲，幾尺白綾子，將紵絲做了一雙鞋，上面繡些花，果然做得好看。幾尺白綾子，做了一幅美人圖。過了數日，只見金婆來到，坐下說道：「幾日不來看你，你好麼？」飛燕道：「多謝媽媽記掛，前日做了一雙粗鞋送與媽媽。」金婆道：「生受你了。」接上手來看了笑道：「好手藝！做的花兒就是活的一般，可愛得緊。」飛燕道：「不中穿，休得見笑。」[29]

婦女除常自製鞋腳來感謝對方的幫助與人情外，有時連酬神也用自製的鞋腳當謝禮，在明代馮夢龍的《笑府》中就有一條，女子想以自製的鞋腳來感謝周公，在〈謝周公〉條言：

> 有出嫁者哭問嫂，此禮何人所制？嫂曰，周公。女將周公大罵。及滿月歸寧，問嫂周公何在？嫂云，尋他做甚？女曰，欲製一鞋謝之耳。[30]

這笑話雖為博君一粲，卻也真實的表達出女子做鞋謝神的習俗。可見女子自製的鞋腳，不僅可用來感謝「人」的幫助，也可用來酬謝「神」的恩情。

　　女性日常的時間，大多在針指縫紉等等的女紅中消磨，每天除了著張羅三餐之外，幾乎其他的時間都在忙著為一家大小縫製衣服與作新鞋，而這樣親手縫製的衣服和鞋襪，也常常成為女性表達謝意的一種禮物，這是因為親手縫製的鞋腳與衣物，一方面是因為「親手製作」的過程，蘊含的一種精心的情意，較能傳達出感謝對方的心意；另一方面女子通常只為自己親近的人作鞋，以鞋當作謝禮，也是在說明已將對方當作親近的自家人了，雙方的關係有拉近的傾向。正因為如此，在明清時代的女性，常常會以贈送鞋腳的方式來感謝他人或神明對她的幫助與人情。

29　古杭艷艷生：《昭陽趣史》（臺北：雙笛國際事務公司，1994），頁 55-56。

30　馮夢龍編：《笑府》，收於趙南星等著：《明清笑話四種》（臺北：華正書局，1987），頁 56。

第三節　表記鞋腳

有時禮物的贈送本身，代表著某種著盟約與信約，當進行交換之後，物品便不再只是一種單純的禮物，而由轉變成為一種「信物」，代表著雙方所承諾的約定與誓言。這樣的信物交換過程，在愛情的雙方中最容易發生，在《金瓶梅》中也將此種信物稱為「表記」，文本中常見西門慶與其他女性互換表記的過程，例如在第4回中西門慶用一根金頭簪換了潘金蓮的一條杭州白縐紗汗巾；孟玉樓送與西門慶的上刻有「金勒馬嘶芳草地，玉樓人醉杏花天」的油金簪子；第13回李瓶兒送了西門慶兩跟金簪兒作為表記，還叮囑「若在院裡，休要花子虛看見。」

愛情雙方所互送的表記，其中所代表的意義由王婆說的「你每二人出語無憑，要各人留下件表記拿著，纔見真情」可以得知。表記一方面是作為「愛情的紀念與證明」，雙方用物品來見證這段愛情的存在，或當情人不在身邊時，將對方所送的表記拿出，一邊摩挲一邊睹物思人。在民歌中就有女子送情郎表記以為紀念，並將所寄之物賦予了不同的意含，在馮夢龍《掛枝兒》中有「表記」一首云：

> 這幾般表記兒送與哥哥作念，紐扣兒牢緊在你心間，玉簪兒日夜伺奴身親伴，戒指兒戒游手，荷包兒謹浪言，著上這雙鞋兒，也少要花街轉。[31]

女子送情郎鈕扣、玉簪、戒指與荷包等物，每件物品都賦予了深意，歸結到底都是希望情人不要移情別戀，將心意放在自己的身上。這種「寄物以表意」的例子其實在《西廂記》中也有，崔鶯鶯請琴童送了「汗衫一領、裹肚一條、襪兒一雙、瑤琴一張、玉簪一枚、斑管一枝」給張君瑞，紅娘不解其意便提出疑問：

> （紅娘云）姐夫得了官，豈無這幾件東西，寄與他有甚緣故？（旦云）你不知道，這汗衫兒呀，
> 【梧葉兒】他若是和衣臥，便是和我一處宿；但貼著他皮肉，不信不想我溫柔。（紅云）這裹肚要怎麼？（旦唱）常則不要離了前後，守著他左右，緊緊的繫在心頭。
> （紅云）這襪兒如何？（旦唱）拘管他胡行亂走。
> （紅云）這琴他那裡自有，又將去怎麼？（旦唱）
> 【後庭花】當日五言詩緊趁逐，後來因七弦琴成配偶。他怎肯冷落了詩中意，我則怕生疏了弦上手。（紅云）玉簪呵有甚主意？（旦唱）我須有個緣由，他如今功名成

31　馮夢龍編：《掛枝兒》，見馮夢龍等編：《明清民歌時調集》，頁67。

就，只怕他撇人在腦背後。（紅云）班管要怎的？（旦唱）湘江兩岸秋，當日娥皇因虞舜愁，今日鶯鶯為君瑞憂。這九嶷山下竹，共香羅衫袖口——

【青哥兒】都一般啼痕湮透。似這等淚斑宛然依舊，萬古情緣一樣愁。涕淚交流，怨慕難收，對學士叮嚀說緣由，是必休忘舊！[32]

崔鶯鶯寄這些物品給張生，其最終的意義，除了要張生賭物感情之外，就是希望張生「休忘舊情」和「休別繼良姻」，藉由物品的朝夕相陪伴，象徵自己就像在情人身邊一樣，守著情郎左右，要他將自己緊緊的繫在心頭，時時睹物思人掛念在心頭上。

表記的另一層意義，則是為「雙方提供一個愛情交往的憑證」，作為一個「質」（擔保物）以防範對方反悔及改變心意而翻臉不認人，所以通常作為表記的物品，多為對方曾經公開佩帶過。例如在第 13 回中李瓶兒便是直接「將頭上關頂的金簪子拔下兩根來」送給西門慶，又如第 28 回中陳敬濟就硬要潘金蓮將那西門慶「成日眼裡過」的汗巾送與他；或者是可以作為個人標記的物品，例如標誌為孟玉樓所有上鈒著「金勒馬嘶芳草地，玉樓人醉杏花天」的油金簪子，因為唯有曾公開佩帶過或作為個人標誌的物品，一方面沾染了本主的氣息，才能算是象徵本主的表記；另一方面唯有這樣的物品才能有效提供對方一個保證，才能成為一個具有公信力的物品，由李瓶兒叮囑西門慶「若在院裡，休要叫花子虛看見」；以及潘金蓮也同樣叮嚀陳敬濟說「好生藏著，休教大姐看見」，這類似的保密叮囑，正好說明了表記作為「質物」的性質，雙方都害怕表記被公開，那麼雙方對於這段感情的誓言，就有著一定的顧忌，只要表記還在自己手上，對方就不敢輕易背叛。

除此之外，在巫術的聯想下，當如果有一方反悔或抵賴時，心存報復的一方，也可以利用巫術的效用來牽制與報復對方，例如將信物毀損或施以巫術，使本主也感應到此種遭遇，有時情敵也用會此種方法來傷害表記的主人，例如潘金蓮之剁蕙蓮鞋。即使在西方也有此類習俗，由 Alison Lurie《解讀服裝》中可以得知：

情人之間的交換衣物是一種較愉快的魔法。在中世紀（6-15 世紀）時，仕女們常將手巾或手套送給他中意的騎士。當騎士前赴戰場、或在競技場與人比劍，他會把手帕塞在貼心的部位，或別在盔甲上。今天，可能因為男性忌諱穿女性的衣服，所以這種交流變成只有單向。十幾歲的女孩穿男朋友的籃球夾克去學校。如果彼此的關係不和悅的話，交換的意義就改變了；也就是說好的符咒變成詛咒。原本神奇的衣物會被惡意歸還；被弄髒、弄皺，或上面「意外」有被香煙燒破的洞。

32　王實甫：《西廂記》（臺北：里仁書局，1995），頁 180-181。

或者他或她可能蓄意破壞：把東西丟進垃圾桶，或甚至憤恨地把它剪成碎片。不
祥的魔法還有一種特別的高尚的形式，那就是把衣服送給救世軍，希望它們可以
很快流傳到醉鬼和縱欲的遊蕩者手中，而且最好你的前任男友在某處看到，還認
出來。[33]

可見表記在交換之後，無論在現實的考量下，或者在巫術的氛圍下，表記都已經含有了
「質物」的性質。

一般來說，表記都十分害怕被情侶雙方以外的第三者知道，這是因為在當時的社會
通常只有「私情」的關係，例如未婚男女的戀愛、婚外情等等不正常的性愛關係，才需
要有表記作為雙方的憑證。在這樣的邏輯下，只要發現男子身上擁有女性作為表記的物
品，或女子身上有男性的物品，那麼便可直接懷疑在其中定有「私情」存在，例如在第
12回中西門慶經由孫雪娥和李嬌兒的告密，得知潘金蓮與琴童可能私通，一把怒氣要找
琴童，潘金蓮先得到消息，慌忙之中只將送給琴童的金簪子摘下，而忘了將錦香囊葫蘆
收回，西門慶由琴童身上搜出了錦香囊葫蘆，「認得是潘金蓮裙邊帶的物件，不覺心中
大怒」，懷疑潘金蓮一定如同孫、李二人所說的，和琴童有著私通的關係，不然金潘金
蓮的錦香囊葫蘆如何會在琴童身上。當下將琴童痛打了一頓，便拿著鞭子進房找潘金蓮
算帳：

因向袖中取出那香囊來，說道：「這是你的物件兒，如何打小廝身底下捏出來？
你還口強甚麼！」說著紛紛的惱了，向他白馥馥香肌上，颼的一馬鞭子來，打的
婦人疼痛難忍，眼噙粉淚，沒口子叫道：「好爹爹，你饒了奴罷！你容奴說便說，
不容奴說，你就打死了奴，也只臭爛了這塊地。這個香囊葫蘆兒，你不在家，奴
那日同孟三姐在花園裡做生活，因從木香棚下過，帶兒繫不牢，就抓落在地，我
那裡沒尋，誰知這奴才拾了。奴並不曾與他。」只這一句，就合著琴童供稱一樣
的話，又見婦人脫的光赤條條，花朵兒般身子，嬌啼嫩語，跪在地下，那怒氣早
已鑽入爪窪國去了，把心已回動了八九分，因叫春梅摟在懷中，問他：「淫婦果
然與小廝有首尾沒有？你說饒了淫婦，我就饒了罷。」那春梅撒嬌撒痴，坐在西
門慶懷裡，說道：「這個，爹你好沒的說！我和娘成天唇不離腮，娘肯與那奴才？
這個都是人氣不憤俺娘兒們，做作出這樣事來。爹，你也要個主張，好把醜名頂
在頭上，傳出外邊去好聽？」幾句話把西門慶說的一聲兒沒言語，丟了馬鞭子，
一面叫金蓮起來，穿上衣服，吩咐秋菊看菜兒，放桌兒吃酒。

33　Alison Lurie 著；李長青譯：《解讀服裝》，頁 36-38。

潘金蓮在之前就已經和琴童、春梅先套了招，反正一切直管抵賴「是不小心將物件弄丟了」，絕不是自己送與琴童作表記的，西門慶在潘金蓮與春梅的聯合欺騙下，就不再追究反而採信了她們的說法。由西門慶從琴童身上搜到香囊葫蘆後憤怒的反應來看，便可以知道當時的社會中對表記的看法，男子或女子身上忽然出現了屬於某位異性的物件時，便可直接推測這其中有私情存在，此時「表記」就成了他們交往的證據。類似的懷疑也發生在陳敬濟的身上，在第 82 回潘金蓮見到陳敬濟袖中有孟玉樓的簪子時，便懷疑他們之間有私情。在同樣的邏輯下，陳敬濟就是知道社會上對於表記的基本印象，才會在第 92 回中用這簪子來威脅孟玉樓就範，並說如果孟玉樓不依從他，便用這簪子來誣賴孟玉樓和他之間有姦情首尾，還好最後孟玉樓運用自己的機智化解了這場危機。

在這些眾多的愛情表記中，除了送簪子和汗巾等等之外，在女子方面還有送情郎金蓮鞋為表記的例子。在《金瓶梅》第 28 回中由春梅與秋菊尋潘金蓮鞋的過程中，就可以知道其實宋蕙蓮曾經將自己的金蓮鞋送給西門慶當作「表記」，而西門慶也將其仔細的收藏著：

> 春梅道：「藏春塢是爹的暖房兒，娘這一向又沒到那裡。我看尋不出來和你答話！」……良久，只見秋菊說道：「這不是娘的鞋！」在一箇紙包內，裹著些棒兒香與排草，取出來與春梅瞧：「可怎的有了，剛纔就調唆打我！」春梅看見，果是一隻大紅平底鞋兒，說道：「是娘的，怎生得到這書籃內？好蹺蹊的事！」于是走來見婦人。婦人問：「有了我的鞋，端的在那里？」春梅道：「在藏春塢，爹暖房書籃內尋出來，和些拜貼子紙、排草、安息香包在一處。」……婦人登在腳上試了試，尋出來這一隻比舊鞋略緊些，方知是來旺媳婦子的鞋：「不知幾時與了賊強人，不敢拿到屋裡，悄悄藏在那裡。不想又被奴才翻將出來。」

「藏春塢」中的確暗藏春色，那裡曾經是宋蕙蓮與西門慶偷情的地方，也是宋蕙蓮向西門慶炫耀自己小腳之美的地方，就在一次性愛雲雨交歡之後，宋蕙蓮將自己的金蓮鞋送給了西門慶。文本中並沒有刻意描寫送鞋的情景，卻側面藉由春梅與秋菊的尋鞋過程，不著痕跡的道出。這樣的表記鞋腳，西門慶一直將它放在自己的書籃中，因為身為男主人的西門慶，雖擁有一妻五妾及諾大的家產，可是他卻沒有一個自己專屬的房間，所以當他要和宋蕙蓮通姦時，還曾向潘金蓮借房間，潘金蓮不肯出借自己的房間，於是西門慶只有與宋蕙蓮在藏春塢的雪洞內偷情，因為整個家中大概只有「藏春塢雪洞」才可算是專屬於西門慶的私人空間，那裡原是西門慶辦公或進行一些文書工作的地方，西門慶將表記鞋腳和拜貼子紙、排草和安息香放在一處，如此既不會被自己的妻妾發現，另一方面自己有時也可藉鞋來個睹物思人，正如潘金蓮所說：「早晚有省，好思想他。」卻沒

想到讓潘金蓮知道了，西門慶被潘金蓮戲鬧了一頓，還想將宋蕙蓮的鞋剁碎，「叫賊淫婦陰山背後，永世不得超生」。

其實，《金瓶梅》中以鞋腳作為表記的例子，並非是一個獨立的現象。在明清時代的文學作品中，就還有不少「表記鞋腳」的例子，女子通常將腳上所穿的三寸金蓮鞋送給情郎當作定情之物。有的在相識之初，就將自己的私秘的三寸金蓮送人，例如在題為烏有先生所撰的《繡鞋記》中鳳姐在與葉蔭芝相識之初，就將繡鞋送他作為表記：

> 桀枝又說：「你二人今雖發誓，當留物件以為表記。」蔭芝說：「阿傳所言甚是。」遂向手中除下金鐲一個，向前遞與鳳姐：「此鐲聊為表記，愧不成敬，伏乞哂存。」鳳姐接鐲，心中思維，并無長物回敬，只是雙眼望著足下金蓮。桀枝已解鳳姐心事，帶笑開言：「姐有件稀奇之物，何不將來回贈與君，先日我與你所做的繡鞋，現存我處，竟可送他為記，預卜百載和諧，豈不是好。」鳳接聽罷，諾諾連聲。桀枝即回房內取出，交與鳳姐，親手奉送。蔭芝接轉，如獲異寶，再四觀瞻，不忍釋手，贊羨一番，藏於懷內。[34]

一般而言，相識之初所送的表記鞋腳，主要代表著「女方對男方未來交往的承諾與邀請」，女子腳上的三寸金蓮，是女性身上最神秘不可侵犯的部分，除了自家女眷與丈夫之外，外人是不能輕易看視或觸摸的，相對而言，女性的金蓮鞋也感染了這份神秘與禁忌，女性的蓮鞋一般都要緊密的收藏，不可輕易落入外人的手裡。而正因為金蓮鞋有著這樣禁忌的誘惑，當女人主動將這飽含性意識的金蓮鞋送人當表記時，男人對著美麗而可愛的蓮鞋便無招架之力——如獲至寶、再四觀瞻、不忍釋手，對男人而言這是一種性的邀請與承諾，而女方在送鞋的當下自然也含有此種意味，來「預卜百載和諧」。在《醒世恆言》卷16〈陸五漢硬留合色鞋〉中也可以看出此種意含，張藎與潘壽兒在眉目傳情好一陣子之後，兩人不曾交談一句，卻巧妙地運用了表記的交換，確定的雙方的心意：

> 張藎聽了，記在肚裡，慢慢的在他門首蹀過。恰好那女子開簾遠望，兩下又復相見。彼此以目送情，轉加親熱。自此以後。張藎不時往來其下探聽，以咳嗽為號。有時看見，有時不見。眉來眼去，兩情甚濃。只是無門得到樓上。一夜，正是二月十五，皓月當天，渾如白晝。張藎在家坐立不住，喫了夜飯，趁著月色，獨步到潘用門首，並無一人來往。見那女子正捲起簾兒，倚窗望月。張藎在下看見，

---

34 烏有先生：《繡鞋記》，收入朱眉叔校注：《中國古代珍稀本小說10》（瀋陽：春風文藝出版社，1995），頁29。

輕輕咳嗽一聲。上面女子會意，彼此微笑。張藎袖中摸出一條紅綾汗巾，結個同
心方勝，團做一塊，望上擲來。那女子雙手來接，恰好正中。就月底下仔細看了
一看，把來袖過。就脫下一隻鞋兒投下。張藎雙手承受，看時是一隻合色鞋兒。
將指頭量摸，剛剛一折。把來繫在汗巾頭上，納在袖裡，望上唱個肥喏。女子還
了個萬福。正在熱鬧處，那女子被父母呼喚，只得將窗兒閉上，自下樓去。張藎
也興盡而返。歸到家裡，自在書房宿歇。又解下這隻鞋兒，在燈前細翫，果是金蓮
一瓣，且又做得甚精細。怎見得？也有〈清江引〉為證：「覷鞋兒三寸，輕羅軟窄，
勝葉花片。若還繡滿花，只費分口毫線。怪他香噴噴不沾泥，只在樓上轉。」[35]

潘壽兒將自己腳上的合色鞋拋向張藎做表記，張藎此時便已明瞭壽兒的心意了，只是還
少了一個牽線的人兒，讓他能夠上得樓去一親芳澤，於是他找上了賣花粉的陸婆，卻沒
想到在陰錯陽差之下，卻使得陸五漢拿到鞋子，壽兒在黑暗中「認鞋不認人」致使自己
招受禍害。

　　在相識之初所送的表記鞋腳，是一種交往的邀請與承諾，康正果將其比喻為「求歡
的介紹信」，而女子在初相識時便以自己的鞋腳作為表記，等於就是向男子發出「同意
私通的信號」：

防線內的狹小天地好比一個城堡，漁色的男子從一開始就處於攻勢，他瞄準了獵
物，打聽有關女方的情況，探尋可鑽的空子，買通淫媒，設計密謀，總之，為了
進入深閨，他甘下一番死功夫。但對閨中的女子來說，這一切全在想像之外。除
了樓上看到的面孔，其他的事情她一無所知。與男人下死功夫形成了對比，她更
傾向於捉死機會，在猝然面臨某種情境時拿自己去冒險。在無法與對方接近和交
談的情況下，她慣於用信物向男子表情達意，如趁機拔下簪子或解下汗巾，迅速
地丟給對方。此類小物件具有極其豐富的含義，它意味著允諾，釋放出召喚，充
當贈予者的替身，具有遙控對方的魔力，而且是信用的證明，前來求歡的介紹信。
壽兒贈給張藎的信物是順手從腳上脫下的一只合色鞋。這無疑是一個過於輕率的
舉動，該書的原批便在此處指出：「結禍根。」我們知道，女子的足部在古代向
來被視為她身體上最隱私、最性感的部位，鞋自然與足有著同樣的含義。在王婆
向西門慶列舉的偷情「十分光」中，最後一個步驟就是去捏潘金蓮的腳。顯然，

35　馮夢龍編：《醒世恆言》，頁 311-312。

壽兒把鞋贈於張蓋，實際上已等於向他發出了同意私通的信號。[36]

可知女子在送鞋的當下，也提出對異性的邀請，即告訴對方自己同意私通的訊息，讓男子了解女方的心意，以謀求兩人相見相愛的機會。

不過，女子除了會在相見之初送表記鞋腳外，有時在私通之後仍會將自己腳上的金蓮鞋送給愛人，此時表記的鞋腳的意含就有了些許的不同，開始由「承諾」與「邀請」轉變為「記念」與「懷念」的層面，此時送的表記鞋腳多在性行為發生之後，有時甚至是男子主動要求以繡鞋作為表記。例如在《綠野仙蹤》第 83 回中周璉與齊蕙娘發生性關係之後，周璉要求蕙娘將蓮鞋送給他：

> 兩人摟抱著，歇了片刻，周璉替蕙娘穿了衣服，自己到書案前，胡亂寫了幾句誓狀；從書櫃內，取出兩副時樣赤金鐲兒，約重六七兩，著蕙娘帶在胳膊上。……周璉笑道：「這也像你和我說的話，我的就是你的，將來還要在一處過日子哩。只是我還有個和你要的東西，你須與我。」蕙娘道：「我一個窮貢生家女兒，可憐有什麼東西送你？你若要，就是我這身子，你又已經的了。」周璉道：「妳這雙鞋兒，我愛的狠，妳與了我罷。我到白天看見他，就和見妳一般。」蕙娘道：「你若不嫌厭它，我就與你留下。」說著笑嘻嘻，將兩只鞋兒脫下，雙手遞與周璉。周璉喜歡的滿心奇癢，連忙接住，在鼻子上聞了聞，然後用手絹兒包了，放在小櫃內。[37]

此時男女已經發生了性關係，肢體上的碰觸也早已沒了防線，周璉在性行為的過程中，對於齊蕙娘小腳總是十分迷戀，小說中不斷的描寫他在性交時，「把一雙金蓮用力握的死緊」（第 81 回），或「回頭見蕙娘穿著大紅平底鞋兒，上面花花綠綠，甚是可愛，忙用雙手緊緊握住」（第 81 回），或「將兩只小金蓮在燈籠下不住的把玩」（第 82 回），或「又將一只金蓮拾起，著周璉握在手中。周璉又喜又愛，覺得心眼兒上都癢起來。……把蕙娘的腳，握得死緊」（第 82 回），蓮鞋在性交的過程中，成了催情之物，佔了性愛回憶的一部分，於是周璉在雲雨之後向蕙娘提出了送鞋的要求，雖說是以便白日裡能夠「睹鞋思人」，其實是想藉由這雲雨後所遺留的鞋來回味性愛的場景；而女子也希望藉由「貼身鞋腳」的贈送，讓對方明瞭「自己也經是他的人了」。可以想見，宋蕙蓮送與西門慶的金蓮鞋，應當也是在某次雲雨交歡後，西門慶對於這「比潘金蓮還小些」的金蓮鞋腳

36　康正果：《重審風月鑑：性與中國古典文學》（臺北：麥田出版社，1996），頁 228-229。

37　李百川：《綠野仙蹤》，頁 522-523。

無限喜愛，於是宋蕙蓮就順手將這蓮鞋送與西門慶當作紀念，正所謂「出玉鞋貽所歡作紀念」[38]，而西門慶看來也十分珍藏，才將它放在專屬于自己的藏春塢暖房中的書篋中，讓自己能夠不時的撫弄和把玩。

男子對於蓮鞋表記的喜愛，由他們得到鞋子之後的反應可以看見，《繡鞋記》中葉蔭芝的反應是，「如獲異寶，再四觀瞻，不忍釋手」；在《綠野仙蹤》第50回中溫如玉拿到金鍾兒繡鞋後的反應是：

> 又將錦緞包兒打開，裡面是一只大紅洋緞平底鞋兒，繡著粉白淡綠許多花兒在上面，石青線鴛鴦鎖口，鸚哥綠縐綢提根兒。鎖口周圍，又壓著兩道金線。看鞋底兒上，微有些泥黑，不過三寸半長短。如玉見了此物，不由淫心蕩漾，意亂神迷起來，將這兩只鞋兒，不忍釋手的把玩。看了這一只，又拿起那一只，約有半個時辰方止。隨後將書字拆開細看，……如玉將書字與詞兒來回看了五六遍，心中作念道：「這封情書，必是個久走花柳行人寫得。字字中竅，句句合拍，無半句肉麻話，情意亦頗懇切。」看罷，又將那一雙鞋兒從新把玩一番，方才將地下的書櫃開了，收藏在裡面。[39]

溫如玉將繡鞋兒「不忍釋手」的把玩，光看鞋玩鞋就已經「淫心蕩漾、意亂神迷」起來；而周璉的反應更是「歡喜的滿心奇癢，連忙接住，在鼻子聞了聞」。在當時的社會，賦予了金蓮鞋太多神秘的想像與觀感，三寸金蓮是女性身上最性感又最神秘的禁區，蓮鞋自然也感染了這種神秘的性感，看著這嬌小可愛又美麗異常的蓮鞋，男子的想像也開始起飛，「蓮鞋」成了性愛的象徵之物，提供男子意淫的憑藉，無怪乎鄒英〈葑菲閑談〉中說：「女於其所戀往往有意無意間，贈鞋以示愛，男子不為顛倒者幾希。」[40]以蓮鞋作為表記，相較於其他的物件，如簪子、汗巾等等，更飽含了「性」的意味，因為蓮鞋之於男性，本身就充滿的神秘的性聯想，當手中好不容易獲得蓮鞋，自然珍愛異常不忍釋手、細加把玩仔細收藏，正如笑呆〈纏足詩〉云：「弓鞋欲棄我猶憐，拋向深閨枕席邊。不解緣何到郎手，珍藏勝得一金磚。」[41]將蓮鞋收藏如同黃金般珍貴。

其實，女子也深知男子對蓮鞋的喜愛與意義，將自己穿過的繡鞋送與情人，鞋子沾染了自己的氣息，就如同自身的代表物一樣，留給情人作個紀念，以稍稍聊慰思念的苦

38　陶報癖：〈裙底拾遺〉，《采菲錄初編》，頁78。

39　李百川：《綠野仙蹤》，頁306-307。

40　鄒英〈葑菲閑談〉，《采菲錄續編》，頁188。

41　《采菲錄初編》，頁91。

悶,在明清的民歌中便有以女性的口吻,來說出表記鞋腳的作用與意義,在王廷紹《霓裳續譜》中有〈紅繡鞋兒三寸大〉一首即是如此:

> 紅繡鞋兒三寸大,穿過了一次,送與了冤家。我那狠心的娘阿,今年打發我要出嫁。叫聲冤家,附耳前來說句話,你要想起了奴家,看看鞋上的花。要相逢除非約在荼蘼架,我與你那時同解香羅帕。[42]

另一首名為〈紅繡鞋兒剛沾地〉的民歌,更是直接了當的說出要情郎藉鞋來想念她,以慰相思之苦:

> 紅繡鞋兒剛沾地兒,穿過了一次,送與了情人。送一隻無人之處你解解悶,到晚來輕輕隱藏在紅綾被,手摸胸膛,摸一摸身子。你要想起了奴,看見那鞋兒你樂一回。若要相逢除非是鞋兒湊成了對。[43]

生動的寫出了贈送繡鞋的作用,讓情郎在不能相見的時候,藉著自己穿過的繡鞋,一面把玩輕撫,一面想念兩人相處的歡樂,「蓮鞋」成了情感寄託的慰藉品。

在纏足盛行的時代,女子腳上的金蓮鞋成了「傳情之美具」[44],當時男女相識交往不易,只有表記的傳遞來表明自己的心意,這時蓮鞋成了女子傳達心意最佳的代言品。在男女相見相識之初,女子脫下腳上美麗的三寸金蓮,送給自己心儀的對象,一方面向對方肯定的自己的心意,另一方面也是對心上人提出邀請與繼續交往的承諾;而在發生性關係之後才將自己的貼身的金蓮鞋,送給情人作為表記,一方面要傳達出自己無論在身心上都是屬於情人的,而情人也是自己最貼心的可意人兒,另一方面則是讓情人在分離後留作紀念,不能陪伴在身邊的日子,也有個物件可以聊慰情懷。

---

42 王廷紹:《霓裳續譜》,見馮夢龍等編:《明清民歌時調集》,頁208。
43 王廷紹:《霓裳續譜》,見馮夢龍等編:《明清民歌時調集》,頁210。
44 蓮痴:〈問答〉,《采菲錄續編》,頁299。

第六章　巫術意涵的鞋腳

在《金瓶梅》中鞋腳也有被使用在「占卜」與「巫術」的用途，例如在第8回中，潘金蓮因為西門慶音訊全無，在百無聊賴之下，拿起了腳上的繡鞋，打起了「鞋卦」，又名「占鬼卦」，以卜西門慶的行蹤；又如在第12回中李桂姐慫恿西門慶拿到了潘金蓮的頭髮，將頭髮絮在鞋底日日踩踏；又如在第28回中潘金蓮意外拿到了宋蕙蓮的金蓮鞋，想拿刀子剁鞋，讓宋蕙蓮永世不的超生。本文將分三部分：「鞋卦」、「髮絮鞋底」及「剁鞋」，分別講述其中的意涵，以期能揭開其中神秘的面紗。

第一節　鞋　卦

在武大死後，潘金蓮情感的重心全都在西門慶的身上，但西門慶可不是如此，他在此時又新娶了孟玉樓在家，將潘金蓮懸置不管，足足有一個多月。心中極度不安的潘金蓮，請王婆往西門家門首尋，又教迎兒上大街去尋，但是都沒有結果，只好每天在家等西門慶來，在無計可施下只好脫下兩只繡鞋占個鞋卦，看冤家何時才會來，在詞話本第8回中說：

> 盼不見西門慶來到，嘴谷都罵了幾句負心賊，無情無緒，悶悶不語，用纖手向腳上脫下兩隻紅繡鞋兒來，試打一個相思卦，看西門慶來不來。正是：逢人不敢高聲語，暗卜金錢問遠人。有〈山坡羊〉為證：「凌波羅襪，天然生下，紅雲染就相思卦。似耦生芽，如蓮卸花，怎生纏得些娘大！柳條兒比來剛半扠。他不念咱，咱想念他！想著門兒，私下簾兒，悄呀，空教奴被兒裡，叫著他那名兒罵。你怎戀煙花，不來我家！奴眉兒淡淡教誰畫？何處綠楊栓繫馬？他辜負咱，咱念戀他！」當下婦人打了一回相思卦，見西門慶不來了，不覺困倦來，就歪在床上眈眈睡著了。

潘金蓮將自己腳下的兩隻繡鞋，當作占卜的工具，藉以預測西門慶是否歸來，這種「鞋卦」，在明清時代是十分流行的。例如在明代李開先的《詞謔》中就有名為「鞋打卦」的小曲：

> 鞋打卦，無處所求，粉臉上羞，可在神面前出醜，神前出醜。告上聖聽訴緣由：
> 他如何把人不採不瞅，丟了我又去別人家閒走？繡鞋兒褻瀆神明，告上聖權將就。
> 或是他不來，或是他另有；不來呵根兒對著根兒，來時節頭兒抱著頭，丁字兒滿
> 懷，八字兒開手。[1]

此首詞中的女主人公以腳上的繡鞋，向神明祈禱請求指示，意中人究竟是來還是不來，
如果會來的話，就請將拋下的繡鞋「頭兒抱著頭」；如果不會來的話，就讓繡鞋「跟兒
對著跟兒」吧！

女子手拿繡鞋占「鞋卦」的原理，其實和「擲盃筊」占卜的原理是十分相似的。「擲
盃筊」是一種相當常見的占卜方式，早在六朝時代就已經有了，梁代宗懍的《荊楚歲時
記》云：「擲教於社神，以占來歲豐儉，或折竹以卜。」其注文曰：「教以桐為之，形
如小蛤。言教，教令也。其擲法，即以半俯半仰者為吉也。」在宋代程大昌《程氏演繁
錄》中也說：

> 後世問卜於神，有器名盃珓者，以兩蚌殼投空擲地，觀其俯仰，以斷休咎。自有
> 此制後，後人不專用蛤殼矣。或以竹、或以木，略斲削使如蛤形，而中分為二，
> 有俯有仰，故亦名盃珓。盃者，言蛤殼中空，可以受盛，其狀如盃也。珓者，本
> 合為教，言神所以告教，現于此之俯仰也。

「盃珓」在材質方面有許多的選擇，名稱也會因材質的不同而有所不同，例如以「玉」製
成為「珓」；以「木」為之的，則稱為「校」，在李義山〈雜纂〉曰：「媾神擲校」是
也；還有以「竹」為之的，稱為「籤」，即《即荊楚歲時記》中所指「教」，又可以稱
為「筊」。一般來說，因為玉所製的「盃珓」，是富貴人家與大寺廟才能負擔的，一般
的平民與小廟，多以木頭或竹子製作，取象蚌殼之形，有一正一反的區別，在投空擲地
之後，觀其正反面的結果，即俯仰的現象，來判斷吉凶，由宋代葉夢得《石林燕語》中
可以看出：

> 太祖皇帝微時，常被酒入南京高辛廟，香案有竹栻筊，因取以占己之名位。俗以
> 一俯一仰為聖筊。自小校上自節度使，一一擲之，皆不應。忽曰：「過是則為天
> 子乎？」一擲而得聖筊。天命豈不素定矣哉！晏元獻為留守，題廟中詩，所謂「庚

---

1 李開先：《詞謔》，收入楊家駱主編：《歷代詩史長編二輯第三冊》（臺北：鼎文書局，1974），
頁288。

庚大橫兆，謦欬如有聞。」蓋記是也。[2]

這是一個政治傳說的建構，加強的宋太祖得王位乃順應天命，在高辛廟中藉由盃筊已經得到允諾了。一般來說，盃筊的占卜法以「一俯一仰」為「聖筊」，兩仰為「陽筊」，兩俯為「陰筊」，以聖筊為最吉，陽筊次之，陰筊則不吉。到明代仍是如此，在《檮杌閑評》第5回中，侯一娘到靈官廟中請求神明的指示時：

> 一娘見了這馬，就存心要走，……乘空來到靈官廟內，燒香祝禱，要偷空逃生。取筊在手，求個聖筊，丟下去，卻是個陽筊。又祝禱一番，拾起筊來，再卜，又是一個陽筊。一娘又祝道：「若果不該去，再賜個陽筊。」拍的果又是個陽筊。……已是中秋之後，秋風漸起，景物淒涼，一娘熬不過，又來廟裡討筊要去。卻好是個聖筊，滿心歡喜。又祝道：「若真可脫身，再發個聖筊。」果又是個聖筊。[3]

侯一娘因為強盜所奪，一心想逃，但又不知此去吉凶如何，因此靈官廟請求神示，第一次去時，請求的結果三次都是「陽筊」，便知神明以為時機未到，不宜離去；直到中秋之後，又去請問神明旨意，這次顯示的「聖筊」，便知離去的時刻已經來臨了，此處的「筊」即盃筊一類。

除此之外，祈禱者也可以在祝禱時，以選項的方式讓神明示象以指點迷津，在明代郎瑛《七脩類稿》中便有此例：

> 太祖在皇覺寺時，天下兵亂，寺僧散避。太祖祝伽藍，以珓卜吉凶曰，若容吾出境避難，則以陽報。守舊則以一陰一陽報。祝畢。以珓投地，則雙陰也，如此者三。復祝曰，出不許，入不許，神何報我。天乃欲我從雄而後昌乎？則珓如前祝，投珓如前。神既許之。依滁陽王。實至正十二年閏三月一日也。[4]

明太祖在進退維谷之際，也向神明請求指示，如果神明以為當出境避難，就請顯示「陽筊」，如以原地不動為佳，就請顯示「聖筊」，但沒想到神明竟以「陰筊」示象，只好再問以「從雄而後昌乎」，此次則神明許之，於是明太祖便跟隨了滁陽王。另外在題為「嘉禾餐花主人」所作的《濃情快史》中，張玉請求神明指點，該往東西南北何方才能和妻子重逢時：

---

[2] 葉夢得：《石林燕語》（北京：中華書局，1997），頁1。
[3] 不題撰人：《檮杌閑評》（臺北：雙笛國際事務公司，1996），頁144。
[4] 郎瑛：《七脩類稿》（臺北：世界書局，1963），頁113。

> 卻說當時張玉，做了七八年強盜，有了銀子。思想娶妻小，常在飯店安歇，並沒
> 住處。終日去嫖妓女。一日，想著玉妹，不知何人把自家盜的一箱珍寶都取了去，
> 心下惱恨，即往荊州城隍廟問著神筊：「若妻子後得相逢，乞賜三個聖筊。」將
> 筊擲去，一連三個聖筊，又想到：「不知在於何處？」遂祝道：「若沒出荊州城，
> 再賜三個陽筊。」果然又三個陽筊。張玉道：「如此看，還沒出城。」又道：「今
> 不知他在何方？若在東，乞在賜三聖；若在南，乞賜三陽；若在西，乞賜三陰；
> 若在北，乞賜聖陰陽。」擲下去，是三個聖陰陽。想道：「一定在北邊了。」謝
> 了神道，直進北門。5

張玉的詢問是一層一層縮小的，先問是否會和妻子團聚，再問妻子可能身處的地方，最
後再問明確的方向，如果在東邊，就請賜三次聖筊；在南邊就賜三次陽筊；在西邊就賜
三次陰筊；在北邊就賜「聖筊」、「陰筊」及「陽筊」各一次，神明顯示了「聖陰陽」，
張玉就往北邊去了。除此之外，還有為了更加確定神明的指示，還要求其顯示「立筊」
的例子，在明代朱國禎《湧幢小品》中〈諭賊卜珓〉即為立筊的例子：

> 林公武，不知何許人。建州土城葉顯作亂，挺身持帛書，往諭，賊怒將殺之，以
> 珓卜于神曰：「陰陽聖兆，皆死，必立乃免。」珓倒地倚案而立。公武初無喜懼
> 色，盜不敢害。6

賊盜原就想殺了林公武，「立筊」是一種十分不可能的兆象，但沒想到神明竟然就偏偏
在此時顯示了「立筊」，於是盜賊便不敢加害林公武，以免觸怒了神明。因為盃筊的占
卜方式，通常是在廟宇之中，請求神明的指示，所以可以根據祝禱的內容，請求神明做
出更明確的回答。

不過，一般的情形之下，如果沒有請神明做選項式的示象，通常還是以「聖筊」為
最吉利的回答，即神明允諾了人們的請求，直到清代仍是如此，在福格《聽雨叢談》〈撲
杯〉中提到：

> 廣東土人祈禱廟社，有撲杯之法。以竹根制如冬筍式，而中分之，每祈禱如北俗
> 求籤法，跪地禱祝，隨手擲之，以一仰一俯為聖杯，兩仰為平，兩覆為笞。按宋
> 太祖微時，常被酒入南京高辛廟，香案有竹杯筊，因取以占己之名位，一俯一仰
> 為聖筊，自小校志節度使，一一擲之，皆不應，忽曰，「過此為天子乎」，一擲

5　嘉禾餐花主人：《濃情快史》（臺北：雙笛國際事務公司，1995），頁 129。
6　朱國禎：《湧幢小品》，見《筆記小說大觀正編八冊》，頁 1951。

而得聖筊。晏元獻為留守題廟詩云，「庚大橫兆，馨咳如有聞」，蓋記此也。此事《宋史》本紀不載，惟見於《石林燕語》中。又《金史》海陵王初過良鄉縣石岡神祠，持杯玟禱曰：「使吾有天命，當得吉卜。」投之吉。又曰：「果如是卜，他日當有報，否則毀爾祠宇。」投之又吉。故於貞元元年封料石岡神為靈應王。按二說，是擲杯之法，從前不獨盛於嶺南矣。[7]

由此可知，在清代盃筊的占卜法還是盛行，其實，時至今日的臺灣社會中，在廟宇中還是以盃筊來請求神明的指示，所以在廟宇中常見信徒們拿起紅色的盃筊，請神明以「聖筊」、「陽筊」與「陰筊」來告知吉凶，在判讀上還是以「以一仰一俯為聖杯，兩仰為平，兩覆為咎」，以聖筊為吉，陽筊次之，陰筊則不吉。

　　總的來說，盃筊占卜法是有一些特點的，首先，在地點方面，一般來說是以廟宇為主，或者是祖先的祭壇，是必需要有神明或祖先等超自然力量的存在，才能用盃筊的方法，來請他們告知吉凶；在問卜者身分方面，無分男女，「盡人可能，非方伎家也」[8]，只要有疑問想問神，都可以自己拿起盃筊，心中祝禱一番，將疑問告知神明請求指示，不須透過巫師與法師之手，自己便可以施行尋求答案；在詢問的性質方面，任何問題都可向神明請示，例如尋人、找物、仕途、婚姻舉凡人生的大大小小問題，都可以向神明詢問以求解答；最後在結果的判讀上，則以聖筊為吉，陽筊次之，陰筊不吉。

　　鞋卦的占卜方式，和盃筊之法是相似的，將竹製或玉製的「盃筊」，改為女子腳上的「兩隻繡鞋」，取象上也是「觀其俯仰，以占吉凶」。不過，值得注意的是，鞋卦在「占卜地點」、「問卜者身分」、「求助性質」以及「結果的判讀」上則有著相當大的不同。首先，在地點方面，除了李開先《詞謔》中〈鞋打卦〉一首言「神面前出醜」、「告上聖聽訴緣由」是在「神明」面前祝禱外，其他有關鞋卦的例子，全不是在神明的殿堂祈禱，而是在女子的閨房床頭，信手脫下腳上的繡鞋，暗暗的擲鞋卦以做占卜，東園便有〈鞋卜〉詩云：

　　三寸弓鞋信手拋，著龜等是演羲爻。印留紅繡分蓮瓣，質染青袍鬥柳梢。六月光陰香澤畔，一年消息屧廊坳。油花不驗金甌覆，翹鳳雙鉤自解嘲。[9]

鞋卦是「女性」的專屬占卜方式，而問題的屬性，通常是問「情郎的行蹤」，所以鞋卦又稱為「相思卦」，在《金瓶梅》中便稱鞋卦為相思卦。再加上女子通常在卜鞋卦時，

7　福格：《聽雨叢談》（北京：中華書局，1997），頁224。
8　徐珂：《清稗類鈔》〈迷信類〉中「擲玟」條，稗74，頁9。
9　東園：〈美人消夏詞〉，《采菲錄初編》，頁116。

是暗地裡偷偷的占卜，通常在閨房中，或獨自一人時，並不會在公開場所或他人在場的時候，這也許是因為「鞋卦」是要卜情郎的行蹤，是無法對他人明言也難以啟齒的，只能自己一人背著人偷偷占卜，所以鞋卦又被為「鬼卦」，在崇禎本第8回的回目為「盼情郎佳人占鬼卦」，潘金蓮此時因「逢人不敢高聲語」，只好脫下繡鞋占卜，此處便稱鞋卦為「鬼卦」，「鬼卦」即指「暗地裡偷偷卜的卦」，即瀟鳴詩社中高配之詠繡鞋的下聯云「偷占鬼卦判蕭郎」[10]。「鬼卦」一詞，在後來的文學作品中也常常被使用到，例如在蒲松齡《聊齋誌異》卷二〈鳳陽士人〉中便有：

> 士人笑曰：「卿為我度一曲，即當飲。」麗人不拒，即以牙杖撫提琴而歌曰：「黃昏卻得殘妝罷，窗外西風冷透紗。聽蕉聲，一陣一陣細雨下。何處與人閒嗑牙？望穿秋水，不見還家，潸潸淚似麻。又是想他，又是恨他，手拿著紅繡鞋兒占鬼卦。」[11]

呂湛思在此處注曰：「春閨秘戲：夫外出，以所著履卜之：仰則歸，俯則否，名占鬼卦。」[12]其它名「鬼卦」的作品，有陶報癖〈新十香詞〉：「擲鞋占鬼卦，俯仰即陰陽。盼煞遊人返，靈台熱瓣香。」[13]以及惜紅生〈薌蓮餘韻詞〉：「傳語何須怪玉奴，累親拋卻睡工夫。紅鞋鬼卦連宵卜，低問如斯事有無。」[14]以及墨農哈雪研〈薌蓮新詠〉：「春色撩人別恨添，不辭拋擲鳳頭尖。相思但見之何日，燈下頻將鬼卦占。」[15]以及蓮意〈金蓮詞〉：「金蓮好，剗襪愈弓纖，軟履縱橫同擲地。相思鬼卦背人占，離思豔情添。」[16]以及姚靈犀〈金蓮詞〉：「金蓮好，駕履綴流蘇，兜起離情占鬼卦。鉤交秘戲寫春圖，郎喜抒鞋鬚。」[17]等等，全是將鞋卦稱為鬼卦的例子。

值得注意的是，鞋卦的結果判讀方式，和盃筊是完全不相同的，由《春閨秘戲》中「仰則歸，俯則否」，可知如果擲下的鞋卦兩隻鞋是「雙仰」的話（即「陽筊」之象），則情郎不久便會歸來，即是〈鞋打卦〉中「來時節頭兒抱著頭」；如果是「雙俯」的話（即「陰筊」之象），則情郎不會回來了，即是〈鞋打卦〉中「不來呵跟兒對著跟兒」；如果

10　〈繡鞋喜折一枝新〉，《采菲錄三編》，頁329。
11　蒲松齡：《聊齋誌異》（臺北：里仁書局，1991），頁188。
12　蒲松齡：《聊齋誌異》，頁188。
13　陶報癖：〈新十香詞〉，《采菲錄初編》，頁102-103。
14　惜紅生：〈薌蓮餘韻詞〉，《采菲錄四編》，頁90。
15　墨農哈雪研：〈薌蓮新詠〉，《采菲新編》，頁72。
16　蓮意：〈金蓮詞〉，《采菲新編》，頁82。
17　姚靈犀：〈金蓮詞〉，引自《采菲新編》，頁82。

是「一俯一仰」的話（即「聖筊」之象），是一種沒結果的回答，即一次無效的占卜，在民歌常見這種「一俯一仰」的結果，讓女子更添煩悶。例如在王廷紹《霓裳續譜》中有一首〈噯喲喲實難過〉即言：

> 噯喲喲實難過，半夜三更睡不著。睡不著，披上衣服，我坐一坐。盼才郎，脫下花鞋占一課，一隻仰著，一隻合著。要說是來，這隻鞋兒那麼著。要說是不來，那隻鞋兒這麼著。[18]

另一首〈尋思默默沒計奈何〉也云：

> 要不手擎著繡鞋占一課，一隻仰著，一隻合著。問歸期，多咱與奴同歡樂。病懨懨，教我那裡去尋這相思藥，時時刻刻我這心兒裏墊著。[19]

在華廣生《白雪遺音》中〈手拿睡鞋〉一首，也是以鞋卜歸人，得到一仰一合（即「一仰一俯」）的結果：

> 手拿睡鞋占一課，一隻仰著一隻合著。問歸期，多咱與奴同歡樂。病懨懨，教奴那裡去尋相思藥。時時刻刻，我這心窩裏墊著。相思把我磨，哎喲磨的我無奈何。思想我那情人，他的恩情多。今夜不回來，還是奴家獨自個。紅綾被兒冷，叫奴獨自實難過。[20]

由「脫下花鞋占一課，一隻仰著，一隻合著。要說是來，這隻鞋兒那麼著。要說是不來，那隻鞋兒這麼著」，可以知道根據「仰則歸、俯則否」的原理，那麼「一仰一俯」則是代表「可能會回來、也可能不會回來」，對於思念情人而憂心忡忡的女子而言，這樣的結果更增添了煩悶與團聚的不安全感，究竟丈夫或情人何時才會歸來呢？只好再將「瓣卸蓮花似鳳尖，重將錦襪接香添。陽春腳細贏誰握，漫把鞋兒作卦占」[21]，將這情郎曾經細細端詳的金蓮鞋，在投空擲地占卜一次，希望這次能得到「兩仰」的結果，讓情郎早早歸來，別讓我在此獨自相思心裡難過吧！

　　鞋卦總的來說，是一種女性專屬的占卜法，通常是趁著無人之時，獨自在閨房中脫下腳上的金蓮鞋，向空拋擲落地，主要詢問的內容是以「情郎的歸期」，如果金蓮鞋「兩

18　王廷紹：《霓裳續譜》，《明清民歌時調集》，頁 171。

19　王廷紹：《霓裳續譜》，《明清民歌時調集》，頁 275。

20　華廣生：《白雪遺音》，《明清民歌時調集》，頁 636。

21　嘯天：〈詠金蓮詩〉，引自《采菲錄初編》，頁 98。

仰」站立，則情郎不久便會歸家了；但如果是「兩俯」倒地的話，則情郎的歸期就渺茫了。

根據楊楊《小腳舞蹈：滇南一個鄉村的纏足故事》中對滇南六一村的調查發現，這個村落中現在還有許多的小腳老太太，村內的巫婆海明芬就曾用鞋卦，替村內的婦女占卜丈夫歸期的例子：

> 那時，村裡的男人常到外面做生意，或到遠方趕馬。……如果男人們長時間沒返回，他們的妻子或母親，又會請海明芬去占卜。海明芬的占卜方式很古怪，她用一面大圓鏡，放在灶頭上，然後，脫下自己的繡花小鞋，捧在手上，下跪，念經。這個過程，大約需要一個小時。念完經，她站起身來，叫前來占卜的那位妻子或母親，各伸出一只手，與她合作，共同把鞋尖放在鏡子上，然後，念經。念畢，她們同時放手，使小鞋立在鏡面上。如果鞋底穩立，說明男人很快就會回來；如果鞋子歪倒，象徵男人回不來了。聽說，這種占卜方式很靈驗，她所有的卜辭，幾乎得到驗證。[22]

六一村是有名的小腳村落，即便到現在都還可以見到曾經纏裹小腳的老太太，在這裡鞋卦成為了巫婆使用的占卜法之一，其性質還是不脫「相思卦」的內容，還是以問「行人」為主，在結果的判讀上，還是以「仰則歸、俯則否」為基準，來判斷出遊的男人的歸來與否。

在古時男子或因「出田、出漁、出征、出弔聘、出亡、出遊、出貿易」，常常出門在外，一去常常音訊全無，旅途中也常有凶險，江紹原在《中國古代旅行之研究》一書中言：

> 陌生的地方卻不同，那裡不但是必有危險，這些危險而且是更不知，更不可知，更難預料，更難解除的。言語風尚族類異於我，故對我必懷有異心的人們而外，蟲蛇虎豹，草木森林，深山幽谷，大河急流，暴風狂雨，烈日嚴霜，社壇邱墓，神鬼妖魔，亦莫不欺我遠人，在僻靜處，在黑暗時，伺隙而動，以捉弄我，恐嚇我，傷害我，或致我於死地為莫上之樂。[23]

男子出門的吉凶未卜，只能乖乖待在閨房中的女子，滿心焦急無處可以消除，只好藉由占卜來稍稍慰藉自己，希望求到吉兆給自己一些希望，來排遣這漫無盡頭的等待與憂慮，

---

22 楊楊：《小腳舞蹈：滇南一個鄉村的纏足故事》，頁 154-155。
23 江紹原：《中國古代旅行之研究》，頁 5。

於是許多女性占卜法就油然而生了。這種女性的占卜法在本質上都反映出女子只能靜靜等待的無奈，而這樣等待中無盡的絕望，只能藉由這物件的徵兆——「擲鞋卦問遠遊人歸期」[24]，來給自己一些希望與答案，以支持自己能夠繼續的等待下去，這樣簡單占卜動作的背後，包含著是多少女性日日夜夜漫長等待中的無盡血淚。

第二節　髮絮鞋底

　　在潘金蓮嫁進西門家沒多久，西門慶就和李桂姐打的火熱，約半月不曾回家，潘金蓮「慾火難禁一丈高，每日打扮的粉妝玉琢，皓齒朱唇，無日不在大門首倚門而望」，每日失望歸房，最後竟和孟玉樓的小廝琴童私通。後來被孫雪娥和李嬌兒知道了，告訴了西門慶，「這西門慶不聽萬事皆休，聽了怒從心上起，惡向膽邊生」，先將琴童大了三十大棍，打的皮開肉綻，鮮血順腿淋漓；西門慶又起身拿了馬鞭子要打潘金蓮，「颼的一馬鞭子來，打的婦人疼痛難忍，眼噙粉淚」，潘金蓮極力辯解他的清白。西門慶見潘金蓮「脫的光赤條條，花朵兒般身子，嬌啼嫩語，跪在地下，那怒氣早已鑽入爪漥國去了，把心已回動了八九分」，再加上春梅的「撒嬌撒癡」，這件與琴童私通的風波才逐漸落幕。西門慶接受了潘金蓮的解釋，只叮嚀潘金蓮說：「我若但凡不在家，要你洗心改正，早關了門戶，不許你胡思亂想。」潘金蓮口呼諾諾，但她已知道西門慶會得知她和琴童的事，一定是有人告密，而這告密的人就是李嬌兒與孫雪娥。當孟玉樓來看望潘金蓮時，潘金蓮滿眼流淚的說道：「三姐，你看小淫婦，今日背地裡白唆條漢子，打了我恁一頓。我到明日，和這兩個淫婦冤仇結得有海深。」從此潘金蓮與李嬌兒、孫雪娥之間的仇便結下了。

　　那時正值西門慶生日，李桂姐也來西門家中拜壽，想見見潘金蓮。但潘金蓮這因為琴童事情與李嬌兒結仇，無論如何就是不肯見李桂姐，在12回中寫道：

> 到第二日，西門慶正生日。……李嬌兒見他姪女兒來，引著拜見月娘眾人，在上房裡坐吃茶。請潘金蓮見，連使丫頭請了兩遍，金蓮不出來，只說心中不好。到晚夕，桂姐臨家去，拜辭月娘。月娘與他一件雲絹比甲兒、汗巾花翠之類，同李嬌兒送出門首。桂姐又親自到金蓮花園角門首：「好歹見見五娘。」那金蓮聽見他來，使春梅把角門關得鐵桶相似，說道：「娘分付，我不敢開。」這花娘遂羞訕滿面而回，不題。

24　陶報癖：〈裙底拾遺〉，《采菲錄初編》，頁78。

李桂姐覺得潘金蓮一再拒絕與她見面，實在太不給她面子了，讓她在眾人面前下不了台，覺得又生氣又丟臉，這想找機會修理一下潘金蓮。正好西門慶來妓院中找桂姐，桂姐假病趁機說出潘金蓮拒絕見她的事情，西門慶則為潘金蓮辯說：「你到休怪他。他那日本等心中不自在，他若好時，有個不出來見你的？這個淫婦，我幾次因他咬群兒，口嘴傷人，也要打他哩！」此時李桂姐有了主意，假裝不相信西門慶打老婆的能力，用激將法要西門慶拿到潘金蓮的頭髮來，才能證明他所言不虛：

> 桂姐反手向西門慶臉上一掃，道：「沒羞的哥兒，你就打他？」西門慶道：「你還不知我手段，除了俺家房下，家中這幾簡老婆丫頭，但打起來也不善，著緊二三十馬鞭子還打不下來。好不好還把頭髮都剪了。」桂姐道：「我見砍頭的，沒見砍嘴的！你打三簡官兒唱兩簡喏，誰見來？你若有本事，到家裡只剪下一柳子頭髮，拏來我瞧，我方信你是本司三院有名的子弟！」西門慶：「你敢與我排手？」那桂姐道：「我和你排一百簡手！」當日西門慶在院中歇了一夜，到次日黃昏時分，辭了桂姐，上馬回家。桂姐道：「哥兒，你這一去，沒有這物件兒，看你拿甚嘴臉見我！」這西門慶吃了他激怒幾句話，歸家已是酒酣，不往別房裡去，逕到潘金蓮房裡來。（第12回）

西門慶一進到潘金蓮房中，假意心中不痛快，又要拿潘金蓮出氣，「西門慶且不睡，坐在一隻枕頭上，令婦人褪了衣服，地下跪著」，潘金蓮嚇的捏兩把汗，不知道為了什麼事情。西門慶又要春梅拿馬鞭子來，想要以威嚇的方式要潘金蓮剪下頭髮，但沒想到春梅竟不理他，逕自往前邊去了。西門慶在威逼不成之下，改以較溫和方式，要潘金蓮剪下一柳子頭髮來：

> 那西門慶無法可處，倒呵呵笑了，向金蓮道：「我且不打你。你上來，我問你要椿物兒，你與我不與我？」婦人道：「好親親，奴一身骨朵肉兒都屬了你，隨要甚麼，奴無有不依隨的。不知你心裡要甚麼兒？」西門慶道：「我心要你頂上一柳兒好頭髮。」婦人道：「好心肝！奴身上隨你怎的揀著燒遍了也依，這簡剪頭髮卻依不的，可不嚇死了我罷了。奴出娘胞兒，活了二十六歲，從沒幹這營生。打緊我頂上這頭髮近來又脫了奴好些，只當可憐見我罷。」西門慶道：「你只怪我惱，我說的你就不依我。」婦人道：「我不依你，再依誰？」因問：「你實對奴說，要奴這頭髮做甚麼？」西門慶道：「我要做網巾。」婦人道：「你要做網巾，奴就與你做，休要拏與淫婦，教他好壓鎮我。」西門慶道：「我不與人便了，要你髮兒做頂線兒。」婦人道：「你既要做頂線，待奴剪與你。」當下婦人分開

頭髮，西門慶拿剪刀，按婦人當頂上，齊臻臻剪下一大柳來，用紙包放在順袋內。婦人便倒在西門慶懷中，嬌聲哭道：「奴凡事依你，只願你休忘了心腸。隨你前邊和人好，只休拋閃了奴家。」是夜與他歡會異常。到次日，西門慶起身，婦人打發他吃了飯，出門騎馬，逕到院裡。（第12回）

「剪髮」對於古時的人而言，是一件重大的事情，非不得已人們是不輕易剪頭髮的，此處潘金蓮見西門慶想要剪他的頭髮，原本是十分不情願的，李時珍《本草綱目》中說：「髮乃血餘。」頭髮是人身精氣的一種體現，根據江紹原《髮鬚爪：關於它們的迷信》一書中可以知道，頭髮被認為「是人身的一種精華，其中富有人之生命與精力；故保存之於人身有益，無故損傷之最有害。」[25]正因為古人相信無故剪髮會損傷自己的精氣，所以在古代的刑罰中有一種稱為「髡」，是一種剃髮的刑罰：

> 為什麼古時把剃光頭髮也作為一種刑罰呢？這就牽涉到中國人對髮的觀念。古老的中國中原一帶和族人，視頭髮為生命的組成部分，一生都不敢毀傷。因此，給罪犯剃光頭髮或剃去一部分頭髮，都是十分嚴酷的刑罰，實際上是通過損傷軀體的行為，剃掉象徵生命的頭髮，造成罪犯精神上「人所賤棄」的巨大精神壓力。因為他在服刑時間剃去了頭髮，表示已喪失了生命，以不列入正常人範圍。[26]

無故剪髮除了減損精氣外，人們對於自然的落下的頭髮，也是要十分小心處理的，江紹原說這是因為髮與本主之間有著一種「繼續性」，即便頭髮已經和主人分離的，但其中同感的關係卻是斬不斷的：

> 他們以為自己與自己身上即使已經棄去的部分，肉也罷，筋骨也罷，仍保持著同感的關係：它們（指割去的肉或筋骨）受的待遇，照那些人的眼光看，仍能影響到本主，而且影響到它的全身心。譬如說，它們被火燒，本主就覺得全身熱不可耐；它們被冰冰，他就覺得全身戰慄；它們被毀滅，他的性命就也不能保；而且如其旁人向它們作如此如此的吩咐，它們的原主的思想情感也就不自主的如此如此起來。我們頃所寫的「身上的各部分」，內中包括——雖則不僅是——髮，和手足的爪甲。[27]

所以潘金蓮特地問了西門慶為何要拿她的頭髮，潘金蓮深怕西門慶將這些頭髮送給其他

25　江紹原：《髮鬚爪：關於它們的迷信》，頁141。

26　葉大兵、葉麗婭著：《頭髮與髮飾民俗：中國的髮文化》，頁15-16。

27　江紹原：《髮鬚爪：關於它們的迷信》，頁40-41。

女性,讓她們藉著頭髮使用巫術來「鎮壓」潘金蓮,因為她相信頭髮「即使已經同本主分離,所受的待遇,所處的境況,仍被認為能影響到本主的壽命,健康,心情。這就是:他們如其受苦,主人也受苦;他們被人怎樣處置或命令,不啻主人自身同樣的被人處置或命令。」[28]在弗雷澤的巫術分類中,稱此種為「接觸巫術」:

> 我們稱之為接觸巫術。它是在這樣的概念上建立的:事物一旦互相接觸過,它們之間將一直保留著某種聯繫,即使他們已相互遠離。在這樣一種交感關係中,無論針對其中一方做什麼事,都必然會對另一方產生同樣的後果。……接觸巫術最為大家熟悉的例證,莫如那種被認為存在於人和他的身體某一部分(如頭髮或指甲)之間的感應魔力。比如,任何人只要據有別人的頭髮或指甲,無論相距多遠都可以通過它們對其所屬的人身達到自己的願望。這樣的迷信遍及全球。[29]

因為此種「接觸律」的巫術聯想,即便一根落髮也會和本主產生關聯,所以如果到真要修剪的時刻,也要有一定的講究,例如要請熟識的專業剃頭匠、要先擇日等等。在《金瓶梅》就有這樣的例子,在第 52 回中西門慶特地請了認識的小周兒來篦頭,「小周兒舖下梳篦家活,與他篦頭櫛髮。觀其泥垢,辨其風雪……他有滾身上一弄兒家活,到處與西門慶捏滾過,又行導引之術,把西門慶弄得渾身通泰」,之後賞了小周兒五錢銀子,又要他去伺候官哥兒剃頭:

> 且說月娘和桂姐、李嬌兒、孟玉樓、潘金蓮、李瓶兒、大姐,都在後邊吃了飯,在穿廊下坐的。只見小周兒在影壁前探頭舒腦的,李瓶兒道:「小周兒,你來的好。且進來與小大官兒剃剃頭,他頭髮都長長了。」小周兒連忙向前都磕了頭,說:「剛纔老爹分付,交小的進來與哥兒剃頭。」月娘道:「六姐,你拏曆頭看看,好日子,歹日子,就與孩子剃頭?」金蓮便交小玉取了曆頭來,揭開看了一回,說道:「今日是四月廿一日,是簡庚戌日,金定婁金狗當直,宜祭祀、官帶、出行、裁衣、沐浴、剃頭、修造、動土,宜用午時。好日期。」月娘道:「既是好日子,叫丫頭熱水,你替孩兒洗頭,教小周兒慢慢哄著他剃。」小玉在傍替他用汗巾接著頭髮,纔剃得幾刀兒,這官哥兒呱的怪哭起來。那小周兒連忙趕著他哭只顧剃,不想把孩子哭的那口氣憋下去,不做聲了,臉便脹的紅了。李瓶兒嚇慌手腳,連忙說:「不剃罷,不剃罷!」那小周兒嚇的收不迭家活,往外沒腳的

---

28 江紹原:《髮鬚爪:關於它們的迷信》,頁71。
29 弗雷澤(F. G. Frazer)著;汪培基譯;《金枝:巫術與宗教之研究》,頁55。

跑。月娘道：「我說這孩子有些不長俊，護頭。自家替他剪剪罷，平白叫進來剃，剃的好麼！」

小周兒見官哥兒受到驚嚇，自己嚇的沒命往外跑，怕自己會被擔上驚嚇的罪名。不過由這一段描述，可以知道古人剃頭是有著一定的講究，首先要先看看日子，是否適合剃頭；其次，要找熟識的剃頭匠或整容匠；最後，即便是找了熟識的剃頭匠，對於自己剃下頭髮還是要小心地用「汗巾接著」，以免頭髮不小心落入歹人的手中，施行對自己不利的妖術。

　　由西門慶對於篦頭與官哥兒剃頭的講究，更可以看出在第 12 回中要剪潘金蓮頭髮時的草率，潘金蓮原本是不情願給的，在西門慶哄她是要用她的頭髮做網巾時，她才答應西門慶剪他的頭髮。「網巾」是明代的特有裝飾，明代郎瑛《七脩類稿》中〈平頭巾網巾〉中言：

> 太祖一日微行，至神樂觀，有道士於燈下結網巾。問曰：「此何物也？」對曰：「網巾，用以裹頭，則萬髮俱齊。」明日，有旨召道士，命為道官。取巾十三頂頒於天下，使人無貴賤皆裹之也。今二物永為定制，前世之所無。[30]

在明代王圻《三才圖會》中還附有網巾的圖片，也說「乃以絲結網，以束其髮，名曰網巾。」另有以馬鬃與絹布製作的，謝肇淛《五雜組》：「網巾以馬鬃或線為之，功雖省而巾冠不可無矣。北地苦寒，亦有以絹布為網巾者。」[31]網巾又稱為「一統山河」或「懶收網」，李介立《天香閣隨筆》中言：「網巾之初興也，以髮結就上，有總繩栓緊，名曰『一統山河』。至末年，皆以結鬃，淺不過二寸，名曰『懶收網』。興亡以徵于此矣，是亦服妖也。」[32]在清代李王逋《蚓庵瑣語》中更將網巾的製作做了一番說明：

> 網巾之製，創自明太祖，微行至神樂觀，見道士以繭絲結小網，問以何為。對曰用以約髮。其式略似漁網，網口以帛作邊，名邊子。邊子兩幅稍後綴二小圈，用金玉或銅錫為之。邊子兩頭，各繫小繩，交貫于二圈之內，頂束于首，邊與眉齊，網顛統加一繩，名曰網帶，收約頂髮，取「一網立而萬法齊」之義。前高後低，形似虎坐，故總名虎坐網巾。太祖閱之喜，立命道士官結數十頂，頒行天下，俾

30　郎瑛：《七脩類稿》，頁 210。
31　謝肇淛：《五雜組》，頁 1031。
32　李介立：《天香閣隨筆》，《筆記小說大觀正編七冊》，頁 1857。

官民各帶網巾，然後加冠。至萬曆末，民間始以落髮、馬鬃代絲。[33]

網巾是明代特有的裝扮，在民歌中也有以它的形制來形象化描寫情愛的例子，在馮夢龍《山歌》〈網巾圈〉中言：「結識私情要像箇網巾圈，日夜成雙一線牽。兩快玉合來原是一塊玉，當面分開背後聯。」[34]而在《金瓶梅》中西門慶哄騙要用潘金蓮的頭髮代替絲線，來做網巾的「頂線」——即「網巾線」，來編織新的網巾，以便攏束自己的頭髮，不致使頭髮散亂，網巾的作用是使「萬法（髮）皆齊」。如果西門慶戴著用潘金蓮頭髮做的網巾，等於是說潘金蓮的頭髮在「約束」著西門慶的頭髮，在巫術的聯想下，似乎就等於潘金蓮在管束著西門慶的行為。況且對於潘金蓮而言，用她的頭髮來做西門慶頭上的網巾，還有著一種類似「合髻結髮」的聯想，在古時的婚俗中，有所謂「結髮合髻」的習俗，在宋代孟元老《東京夢華錄》中說：「男左女右，留少頭髮，二家出匹緞、釵子、木梳、頭須之類，謂之『合髻』。」[35]這樣結髮合髻的習俗一直被流傳著：

在我國民間婚俗中，男女進入洞房內，要由伴娘將男女頭髮各抽一根結成一塊，以表示新郎新婦第一次把命運結合在一起，並祝福新婚夫妻同心同德，白頭偕老，這叫「結髮」。舊時，在蘇州，出嫁日新娘將事先拿到新郎的少許頭髮，加在自己鬢中，然後梳成髮髻。在紹興，成婚日，女家要請老嫚（專門幫助人家辦婚事的婦女）替新娘開臉。在開臉後，還得在新娘頭上拔七根長髮，與新郎的長髮混合搓成線，供新娘扎髮髻用。這髮線是結髮夫妻的信物，也是婦女們最珍惜的東西。[36]

對於潘金蓮而言，自己的頭髮做成的網巾，將和西門慶的頭髮緊密的接觸，兩人的頭髮在西門慶的頭頂上交纏在一起，一方面有著網巾似的約束的魔力；另一方面兩人頭髮的交纏，有著「結髮」的類似想像，象徵二人的情感也會像頭髮一樣，緊密交纏不分開。[37]

除此之外，明清時代情人之間也常有送頭髮的習慣，在《金瓶梅》第82回中潘金蓮就剪下自己一縷頭髮，用銀絲汗巾兒包好，送與小情人陳敬濟。在民歌中也有類似送髮的例子，在王廷紹《霓裳續曲》中有：

33　李王逋：《蚓菴瑣語》，《筆記小說大觀三編十冊》，頁 6478。

34　馮夢龍：《山歌》，《明清民歌時調集》，頁 361。

35　孟元老：《東京夢華錄》（北京：文化藝術出版社，1998），頁 33。

36　葉大兵、葉麗婭著：《頭髮與髮飾民俗：中國的髮文化》，頁 169。

37　高潮認為西門慶的「藉口冠冕堂皇，不能拒絕，夫以妻妾之髮結網巾是當時的習俗。這種風俗蓋是夫婦結髮的遺風，是源於原始戀愛巫術的民俗。」見高潮：〈金瓶梅談巫〉，收入於《金瓶梅研究第四輯》，頁 165。

情人進門你坐下，袖兒裏掏出了一子子頭髮。淚汪汪叫情人，你可全收下。我的
爹媽今年打發我要出嫁。你要想起了奴家，看看我的頭髮，要相逢除非等奴回門
罷，那時節與你再解香羅帕。[38]

也有互贈頭髮起盟約的例子，在《王嬌傳》中王嬌與申生分離時，「直欲要以盟誓，生
剪縷髮書盟言於片紙付嬌，嬌亦剪髮設盟以復於生。」[39]也有女子剪髮繫情郎臂上的例
子，馮夢龍《掛枝兒》中有〈情淡〉一首云：「曾將香噴噴青絲髮，剪來繫你的臂。」[40]
在《昭陽趣史》中也有此例：

> 射鳥兒跪辭，飛燕一手挽起，一手挽了頭道：「心肝，此行已為永別？我有頭髮
> 一縷，你可收去，繫在臂上，見此髮就如見妾一般。」射鳥兒道：「承娘娘過寵，
> 臣若忘了，不逢好死。」[41]

情人之間的贈髮行為，是相當普遍的，有的是為了讓情人能夠「睹髮思人」，有的是為
了作為盟約，頭髮成為一種「質」，如果某方反悔，有了頭髮在手上那就施點小巫術即
可。江紹原在《髮鬚爪：關於它們的迷信》一書中提到，婚禮中的結髮也有以髮做「質」
的功用：

> 成婚時男子把自己的髮給新娘，乃是破例行事，以表示無上信託無上親愛之心。
> 那件東西，粗看雖然很不值什麼，其實正是男子給女子的沒字保單，擔保品，「質」。
> 男子將來會變心會「跳槽」嗎？不要緊；他的髮既在對方的手中，諒他既不能，
> 又不敢有什麼出軌的行為。假使有，那麼，亡羊補牢，女人對那簇髮做上一點「法」，
> 許能使他回心轉意；否則就下個狠心，對「冤家」當初拿來的定情品做上另一種
> 「法」，攪的他頭痛眼花，魂不守舍，也未始不可以出氣；萬一他竟受不住，躺下
> 去死了，那更該謝天謝地。髮的主人不是和他剪下的髮同甘共苦嗎？所以如果要
> 害男人，害他的髮就達到目的了；如果要培養男人對於自己的愛情，也在他的髮
> 上面下手就成功了。成婚時把男女的髮結在一處，已經是一種促進愛情的「法
> 術」，或云強制性的合歡術：他倆的髮親近，就可以使他倆的心，他倆的魂，也
> 非常的親近。而況成婚後男子的髮並不拿回，那東西將永遠是他的；如上所說，

38　王廷紹：《霓裳續譜》，《明清民歌時調集》，頁 189。
39　《王嬌傳》，引自《香豔叢書四》，頁 2196-2197。
40　馮夢龍：《掛枝兒》，《明清民歌時調集》，頁 133。
41　古杭艷艷生：《昭陽趣史》，頁 119。

> 她以後要下毒手報復負心人也好,要把漢子的心迷住省得他做狂蜂浪蝶也好,總
> 而言之,無論她要活的要死的,也無論她弄軟的弄硬的,都可以用髮為萬無一失
> 的「介品」。[42]

潘金蓮答應剪下頭髮,讓西門慶去做網巾,除了情人間贈髮的習慣之外,主要還是因為「結髮」的聯想,用自己頭髮做成的網巾,緊緊的拴住西門慶的頭部,像是自己在控制著西門慶的思想;而另一方頭髮又與西門慶的頭髮親密交纏,象徵兩人的情感也正緊緊的纏繞在一起,西門慶也會和她越來越親近。只是事實並非如此,西門慶並沒有將她的頭髮做了網巾,而是將她的頭髮交給了李桂姐,成了李桂姐對潘金蓮不利的「介品」。

當西門慶好不容易拿到了潘金蓮的頭髮,就一路往李桂姐的妓院中來,想將潘金蓮的頭髮拿來與李桂姐瞧瞧,炫耀自己之前所說的話不假,只是李桂姐拿到潘金蓮的頭髮,卻有著另一番打算:

> 桂姐便問:「你剪的他頭髮在那裡?」西門慶道:「有,在此。」便向茄袋內取
> 出,遞與桂姐。打開看,果然黑油也一般好頭髮,就收在袖中。西門慶道:「你
> 看了還與我。他昨日為剪這頭髮,好不煩難,吃我變了臉惱了,他才容我剪下這
> 一柳子來。我哄他,只說要做網巾頂線兒,逕拏進來與你瞧。可見我不失信。」
> 桂姐道:「甚麼稀罕貨,慌的你恁箇腔兒!等你家去,我還與你。比是你恁怕他,
> 就不消剪他的來了。」西門慶笑道:「那裡是怕他的!恁說我言語不的了。」桂
> 姐一面教桂卿陪著他吃酒,走到背地裡,把婦人頭髮早絮在鞋底下,每日踹踏,
> 不在話下。卻把西門慶纏住,連過了數日,不放來家。金蓮自從頭髮剪下之後,
> 覺道心中不快,每日房門不出,茶飯慵餐。吳月娘使小廝請了常走看的劉婆子來
> 看視。(第12回)

李桂姐將象徵著潘金蓮精氣的頭髮,放在絮在鞋底,希望藉有巫術象徵性的踩踏動作,使潘金蓮的精神也會受到影響。果不其然,從那幾日開始潘金蓮的心中確有不快之感,以及食慾不佳,吳月娘只好請劉婆子來看看。「髮絮鞋底」是一種模擬巫術的聯想,即將象徵被害者的血氣的頭髮,放在自己的鞋底,讓自己日日踐踏,通過巫術的聯想,就如同自己在踐踏被害人一樣,而被害人也會因為頭髮受到的待遇,產生相同不適的感覺。

一般來說,「鞋」或「足部」是身體的下部,由於行走的關係常與泥土污穢接觸,常會引發不潔骯髒的聯想,因此如果鞋內放了一些東西,也會對某東西產生不良的影響。

---

42 江紹原:《髮鬚爪:關於它們的迷信》,頁 60-61。

不過，要區分的是，如果鞋內放的東西，是屬於種神聖性的物質，例如佛經或字紙，那麼受害的反而會是穿鞋者本身，在宋代洪邁《夷堅志》中即有此例：

> 吉州士人劉伯山之女弟，將嫁前一日，家人置酒話別，天宇清廓，忽驟雨傾注，雷隱隱發聲，覺有物觸衣裳，身驚仆座上。少頃即醒，舉體及衣，悉無所傷，惟左足失屨，眾為尋索，得之戶外，屨幫帛以裂，剔出紙一片，闊三寸許，有大字滿行。蓋此女用小兒學書紙為襯托，雷神以其褻漫，故取示以伸警戒云。女因是感疾，失姻期。又月餘，乃克成禮。[43]

古人以為文字是相當神聖的，但女子常用廢紙來納鞋，然後穿在腳上日日踩踏，劉伯山之妹即因如此，被認為褻漫文字，遭逢此劫。在清錢泳《履園叢話》中也有類似的例子：

> 康熙四年六月十四日，嘉定西門外有一徐氏婦荷鋤往田，忽為暴雷震死。其子甫垂髫，亦為雷火所焚而未死，擊其履粉碎。人爭拾視，則以字紙至其子之履也。此慢褻字紙之報。[44]

古代婦女識字不普遍，再加上做鞋時常需要紙片來做鞋底，增加厚度與耐磨性，所以製鞋的過程中，常用手邊能夠得到的紙片來使用，也有用佛經的，例如宋代張世南《遊宦紀聞》中記載「又有富室，攜少女求頌。僧曰：『好弓鞋，敢求一隻。』語再四，不得已，遺之。即裂其底，得襯紙，乃佛經也。」[45]或者用聖經來夾藏鞋樣等不潔之物的例子，在李榮楣〈湞南蓮話〉中說：

> 村女多不識字，纏足者尤甚。各鎮演劇，及各寺廟盛會，每有教友售新舊約聖經者，設攤佈售，每冊取資，僅銅元一枚。無知婦女，利其圖文精美，價復極廉，多購備一二冊。以為夾藏鞋樣及各色絲線之需，殊為瀆褻聖經。子見及，恒溫語誡之。[46]

婦女常用寫有文字的紙片或經書來納鞋底，再加上「雷火」偶發事件的湊巧，使人更加相信以字紙放在鞋底，會為自己遭致「漫褻字紙」的罪名，因為「鞋底」是不潔的，而且將神聖的字紙放在腳上踩踏，更是不敬的行為。

43　洪邁：《夷堅志》，《筆記小說大觀正編二冊》，頁306。
44　錢泳：《履園叢話》，頁456。
45　張世南：《遊宦紀聞》（北京：中華書局，1997），頁31。
46　李榮楣：〈湞南蓮話〉，《采菲錄三編》，頁96。

不過，如果鞋底放的東西不具有神聖性，而是人們身上的東西，那麼意義就不相同了。在巫術的聯想下，受害的就不是穿鞋者本身，而是被放置在鞋底的物品的主人，這就是一種「鎮壓」的巫術了，例如李桂姐將潘金蓮的頭髮放在鞋底，每日踩踏著頭髮，受到不好影響的就是潘金蓮，每日「心中不快、茶飯慵懶」。在馬王堆房中養生書〈雜禁方〉中便有一條云：「與人訟，書其名直（置）履中。」[47]，相似的例子，在唐代裴庭裕《東觀奏記》中言：

> 高品吳居中承澤甚厚，訪□術者，欲固其事，術者令書上尊號於襪。有告者，上招至，視之信然。居中棄市。[48]

在王讜《唐語林》中也有記載此事，「宣宗時，吳居中恩澤甚厚。有謀於術者，欲敗其事，術者令書上尊號於襪。有告者，上召至，是之信然，居中棄市。」吳居中將皇帝的尊號書於自己的襪上，對於皇帝而言這是一種大逆不道的行徑，是一種謀反的罪證。

古時的人，將「名字」作為自身的一種代表，如果將名字施以巫術，本主也會受到影響，正如弗雷澤所言：

> 未開化的民族對於語言與事物不能明確區分，常以為名字和他們所代表的人或物之間不僅是人思想概念上的聯繫，而且是實際物質的聯繫，從而巫術容易通過名字，猶如透過頭髮指甲及人身其他任何部分來危害於人。[49]

名字和頭髮一樣與本主有著關聯，只要透過它們就可以施行巫術來加以謀害，吳居中將皇帝的姓名寫在襪底，日日踩踏，其性質與作用和李桂姐將潘金蓮的頭髮絮在鞋底日日踩踏是一樣的，都是要透過鞋底的踩踏動作，透過頭髮或姓名，使本主本身也會有被鎮壓的感覺，自然而然的精神萎靡不振，達到危害的目的。

正因為古人對於巫術的恐懼，所以在處理頭髮時更加的戒慎小心，根據江紹原的調查，如果剪落的頭髮被人用腳踩踏的話，那麼本主的頭便會疼痛：

> 髮所忌的事，很多很多，除了受火燒水泡及被鳥獸吞噬外，人或他種生物的踐踏，也是一種。安慶，南京等處的女子們，為免除這一種不幸起見，決不肯把自己梳櫛下髮任意丟掉；反之，她們團起來放在一個新的布口袋裡面，等聚滿了之後，棄入河流中。這裡她們何故不忌水，我們雖尚不知；但她們的忌頭髮被腳踩，卻

47 馬王堆房中書〈雜禁方〉，引自《中國方術概觀：房中卷》，頁40。
48 裴庭裕：《東觀奏記》（北京：中華書局，1997），頁113。
49 弗雷澤（J. G. Frazer）著；汪培基譯：《金枝：巫術與宗教之研究》，頁367。

很明顯。著者兒時先後居北京、南京。他和小兄弟姊妹們每次剃頭時所薙下的髮，這兩處地方的女僕總是趁最早的機會掃至隔室或眾人足跡所不到之處，而且掃出客室或大廳之後，也和其餘廢物或灰塵分置。……新的女僕和舊的，北京的女僕和南京的，不答我們則已，假使答，總是那一套「老話」：頭髮被人站在上面或來回的腳踩，自己必定頭痛；頭髮倒在髒水桶裡或同垃圾放在一處，不吉祥。[50]

藉由接觸巫術的聯想，頭髮在施行巫術中成了本主的代表物，在施行巫術時，只要對頭髮這個「介品」施以何種對待，本主就會感應到相同的待遇。在《金瓶梅》中李桂姐為了報潘金蓮冷落她之仇，哄騙西門慶拿到潘金蓮的頭髮，她將這黑油油的頭髮絮在自己的金蓮鞋中，希望藉由踩踏的簡單聯想，藉踩踏潘金蓮的頭髮，讓潘金蓮本身也會感到不舒服，精神不振或頭疼。果然那幾日潘金蓮也確實「心中不快、茶飯慵餐」，身體覺得不太舒服，李桂姐藉由「髮絮鞋底」為自己報了一仇，教訓了潘金蓮。

第三節　剃　鞋

　　根據接觸巫術的聯想，除了原本屬於人身的部分，例如髮、指甲等等之外，其它和人身體接觸過的衣物，也會和本主產生感應，也可以被用來施以巫術，如果想要害某人的話，對他的衣物（或與他曾經接觸過的衣物）施以巫術，本主就會有相同的感應：

> 認為人和他所穿的衣服之間保持著交感聯繫，以致無論對衣服做了什麼動作都將被這衣服的主人都會有所感知，儘管他當時可能已經遠離在外。在維多利亞的瓦特巴勒克部落裡，一個男巫可能有時抓住一個男人的袋鼠毯放在火邊，慢慢燒烤，在他這樣做的時候，這毯子的所有者就會生病。若這位男巫答應解除這個法術，他就會把這毯子交還給病人的朋友，囑咐他們把它泡入水中，「這就會把火洗掉。」這樣做的時候，那位遭受病痛之苦的人就會有一種復生的清涼感，並可能康復。……然而在這同類巫術的另外一些情形中，這些衣服就已足夠讓那個男巫用來懲治他所要加害的人了。在西奧克里特斯詩中的妖婦為了軟化那不忠實的情人對他的鐵石心腸，於是融化一個蠟製偶像或蠟人，這時她記得要著將他掉在她房裡的外衣的一塊碎片投入火中。在普魯士，人們說如果你沒有抓住盜賊，下一步應該做到的最好的事情，就是抓住一件他在逃跑時可能扔掉的衣服，因為當你使勁敲打這間衣服時，那盜賊就會病倒。這樣的信念在一般人的心目中根深蒂固。

50　江紹原：《髮鬚爪：關於它們的迷信》，頁63-64。

大約八、九十年前，在伯倫德附近，有一個男人打算偷蜂蜜而被人發覺，在逃走時，丟下他的外衣。他聽說蜂蜜的主人正在憤怒地狠打他丟掉的衣服，嚇得很厲害，竟然躺在床上死去了。[51]

按照接觸巫術的聯想，凡是和人本身接觸過的物品，例如衣物等等，就在著一種切不斷的感應，即江紹原所說的「繼續性」，即便衣物與本主已經相隔千里遠，兩者依然有著相同感應。在中國，也相信如此的接觸巫術，認為人和他所穿過的衣物，存在著某種神秘的感應與聯繫，在《北宋三遂平妖傳》第9回中冷公子想以蛋子和尚試試酆淨眼的法術，酆淨眼說只要拿到蛋子和尚穿過的衣服，就可以攝取他的生魂。而蛋子和尚在酆淨眼的法術下，漸漸的生魂被攝去，自己也病的將近不起，最後是壇前起了一陣怪風，酆淨眼當場暴斃，蛋子和尚才逃過一劫，「出了一身冷汗，病已好了」。

在孔飛力《叫魂：1768年中國妖術大恐慌》一書中，也提到在清代人們普遍相信，如果自己的衣衫不小心被陌生人剪去了，那麼只要懂得法術的人施以妖術，衣物的主人就會不由自主的受其控制，實際的案例有：

在邳州，一個王姓男子藏匿在灌木叢中，然後在同丘大豐的妻子搭話時剪去了她的一片衣襟。[52]

9月7日，河運總督楊錫紱隨船停泊在山東西北的查鹽都司，在那裡碰到了一樁叫魂案。在一個運糧船幫自北方空返途中，旗丁周某向船幫千總報告說，他的侍女在8月21日「被乞婆上船剪去夾衣一角」。這次罪犯被拿獲，並從她身上搜出剪刀一把，衣角一塊，看上去與侍女被剪部位相符。案犯與證物被送交德州知州石之珂。[53]

這樣的案例受到官府的注意，任意剪他人衣衫的人，也會依「采生折割人」、「邪術造蠱殺人」以及「造厭魅符書」等等名目入罪，官府不得不正視此類案件，因為在民間相信藉由衣衫來施行巫術叫魂的信仰太過根深蒂固：

施行傷害人身的法術的另一途徑，則是借用受害者「身上的某些部分或所穿的衣衫」。此外，術士還可以通過象徵性地借用受害者身體的某些部分、取得侵害其生命的魔力。……剪割髮辮和衣襟成了一個關鍵性的問題：這使的一個人的命運

51 弗雷澤（J. G. Frazer）著；汪培基譯：《金枝：巫術與宗教之研究》，頁62-63。
52 孔飛力（Philip A. Kuhm）著；陳兼、劉昶譯：《叫魂：1768年中國妖術大恐慌》，頁174。
53 孔飛力（Philip A. Kuhm）著；陳兼、劉昶譯：《叫魂：1768年中國妖術大恐慌》，頁203。

可以被一個他根本不認識的陌生人所左右。即便對一個不認識的人，術士也能通過妖術而使得那人無生命的排泄物和衣物之類的東西著上魔法。[54]

這樣的看法，使人們對於陌生人會有一些莫名的恐懼，深怕自己的衣衫或髮辮一不小心被剪去，成了他人危害自身的工具。

不過相對的，正因為人和本身衣物有著感應的作用，所以如果要本主受自己的影響，只要對其衣物施以巫術即可，在許多的愛情巫術中，女性也常用此種方法攏絡住情人或丈夫的心。在黃石〈關於性的迷信與風俗〉中談到「舊褲帶的神秘法力」，就說在南方的婦人常用丈夫或情人的褲帶繫於檳榔樹幹上，以維繫丈夫或情人的愛：

> 假設有一個男子，拋妻別子的出外營生，他的婦人恐怕他在外邊眷戀野鶩，把她拋棄，或者置在腦後，那麼，她便可以找著他的一條舊褲帶，到村頭村尾的檳榔樹旁，把褲帶綁在樹幹上。……褲帶一定要用他本人用過的，貼肉的更好，未曾沾過身的新褲帶無效。所以丈夫在家時棄置的舊褲帶，婦人往往小心收藏。有時故意替他縫紉編結，或買一條簇新的褲帶，給他更換，她卻把舊的收藏著，以被日後之用。[55]

這樣的巫術本身對於褲帶的主人，並不會產生身體與精神上的不適，是屬於一種溫和的巫術，只是希望女子藉由巫術的作用，透過丈夫或情人的褲帶，能使出門在外的愛人，仍將愛心放在自己身上，就向檳榔樹一樣能「一心到底」。

在愛情巫術中除了要攏絡住情人的心之外，還要想辦法對付情敵，此時這種藉由衣物施以巫術的方法，也可以派上用場，只要能得到情敵的衣物，再施以黑巫術的話，那麼情敵就會在不知不覺中受到不良的影響。在白族有一種稱為「偷開」的黑巫術，就是藉由砍射對手的衣物，來傷害對手：

> 白族有一種黑巫術，叫「偷開」。「開」是白族話，影子的意思。把對方影子待過的地方的泥土、小草、樹葉之類拿走一點，再設法偷一件對方穿過的衣物，請巫師「朵兮」對其詛咒，然後用刀剪砍射此物，以為這樣便可以使對方靈魂受傷致死。[56]

這樣藉由砍射對手衣物的黑巫術，不禁讓人想到《金瓶梅》中潘金蓮看見秋菊在藏春塢

---

54 孔飛力（Philip A. Kuhm）；陳兼、劉昶譯：《叫魂：1768 年中國妖術大恐慌》，頁 138-140。
55 高洪興編：《黃石民俗學論集》，頁 20。
56 馬昌儀：《中國靈魂信仰》，頁 117。

的雪洞暖房裡發現了金蓮鞋，拿了在腳上試試，略緊了一些，才發現鞋上的緝線兒和自己的舊鞋不同，才想到原來是宋蕙蓮的鞋，一問之下才知道宋蕙蓮的蓮鞋被西門慶好好的收藏在暖房中的書篋中，和拜貼子紙、排草、安息香放在一起。晚間西門慶進得房來，潘金蓮就叫春梅拿出宋蕙蓮的鞋，趁機發作要剗宋蕙蓮的三寸金蓮鞋：

> 因令春梅：「你取那隻鞋來，與他瞧。」——「你認的這鞋是誰的鞋？」西門慶道：「我不知是誰的鞋。」婦人道：「你看他還打張雞兒哩！瞞著我，黃貓黑尾，你幹的好繭兒！來旺兒媳婦子的一隻臭蹄子，寶上珠也一般，收藏藏春塢雪洞兒裡拜帖匣子內，攪眼些字紙和香兒一處放著。甚麼罕稀物件，也不當家化化的！怪不的那賊淫婦死了，墮阿鼻地獄！」又指著秋菊罵：「這奴才當我的鞋，又翻出來，教我打了幾下。」分付春梅：「趁早與我掠出去！」春梅把鞋掠在地下，看著秋菊說道：「賞與你穿了罷！」那秋菊拾在手裡，說道：「娘這個鞋，只好盛我一個腳指頭兒罷了。」婦人罵道：「賊奴才！還教甚麼琊娘哩！他是你家主子前世的娘！不然，怎的把他的鞋收藏的嬌貴？到明日好傳代！沒廉恥的貨！」秋菊拿著鞋就往外走，被婦人又叫回來，吩咐：「取刀來，等我把淫婦剗作幾戳子，掠到毛司裡去！叫賊淫婦陰山背後，永世不得超生！」因向西門慶道：「你看著越心疼，我越發偏剗個樣兒你瞧！」

無獨有偶，將情敵的繡鞋拿刀砍剗的做法，在《型世言》第6回中也有類似的例子，汪涵宇在與朱寡婦調情時，朱寡婦正好手上在做鞋，王涵宇隨即拿了鞋在手上：

> 又在手中擷一擷，道：「真好在手掌上揪！」寡婦怕有人來觀不雅，就擘手來搶。涵宇早已藏入袖中道：「這是你與我的表記，怎又來搶？」把一個朱寡婦又羞又惱，那涵宇已自走出去了。走到樓上，把這鞋翻覆看了一會，道：「好針線！好樣式！」便隨口嘲出個《駐雲飛》道：「金剪攜將，剪出春羅三寸長。艷色將人晃，巧手令人賞。噯！何日得成雙？鴛鴦兩兩，行雨行雲，對浴清波上。沾惹金蓮瓣裡香。」[57]

只是這樣美麗的三寸金蓮，在汪函宇回家之後，被老婆從行囊中找出來，便知汪涵宇在外有了姦情，十分生氣：

> 誰知汪涵宇回去，不隄渾家去收拾他的行囊，見了這只女鞋，道：「他在外闖！」

57　陸人龍：《型世言》，頁136。

將來砍得粉碎，大鬧幾場，不許出門。[58]

「繡鞋」是一個偷情的證據，即是一個「表記」，女子送鞋給情人，自然是希望當情人不在自己身邊的時候，拿藉著繡鞋來睹物思人；男子拿到情人的繡鞋，就有了可以隨時把玩的愛物，一邊把玩，一邊也可以回想曾經有過的激情，在《綠野仙蹤》第83回中周璉拿到蕙娘的繡鞋時，「周璉喜歡的滿心奇癢，連忙接住，在鼻子上聞了聞，然後用手絹兒包了，放在小櫃內」；在《醒世姻緣傳》第52回中狄希陳拿到孫蘭姬的睡鞋後，也有類似的反應：

> 再說狄希陳自從與孫蘭姬相會之後，將丟吊之相思從新拾起。……將他送的那雙眠鞋，叫裁縫做了一個小小白綾面月白絹裏包袱，將鞋包了，每日或放在袖內，或藏在腰間，但遇閒暇之時，無人之所，就拿出來再三把玩，必定就要短嘆長吁，再略緊緊，就要腮邊落淚。那孫蘭姬送的汗巾，合那挑牙，狄希陳每日袖著。[59]

只是這樣的繡鞋，男子在把玩之時，可千萬不能被妻子發現，在王廷紹《霓裳續譜》中「紅繡鞋兒三寸大」一首，就是女子叮嚀情人「繡鞋兒」千萬別被妻子發現了：

> 紅繡鞋兒三寸大，天大的人情送與了冤家。叫情人，莫嫌醜來可莫嫌大，對人前千萬別說送送鞋的話。你可緊緊的收藏，瞞著你家的他。他若知道了，咳，你受嘟囔我挨罵，那時節纔知奴的實情話。[60]

女子怕繡鞋被發現，一方面自然是因為怕私情被發現，另一方面當然也怕對方的妻子會藉由鞋子來採取巫術上的鎮壓，例如將鞋子剁個粉碎，真是這樣的話，鞋主人自然也會受到不良的影響。一般來說，做妻子的發現丈夫擁有別的女子的繡鞋，便知道丈夫在外面有了情人，最平常的做法自然是將丈夫狠狠的罵一頓，將繡鞋丟掉或沒收，例如《醒世姻緣傳》中的薛素姐；其次，就是將丈夫帶回來的繡鞋拿刀剁個粉碎，藉由接觸巫術的聯想，使情敵能夠有不良的影響。

　　其實，在潘金蓮想剁宋蕙蓮的鞋時，宋蕙蓮早已經香消玉殞了，但潘金蓮仍不想放過她，因為衣物和人的關係，並不會因為本主的死亡而被切斷，在人們的想像中，即便人死後，他生前穿的衣服，和他仍然會有著感應。最顯著的例子，就是在死後招魂中「復禮」的使用。所謂「復禮」，是一種以衣招魂的儀式，在《禮記·喪大記》中言：

58　陸人龍：《型世言》，頁139。

59　西周生：《醒世姻緣傳》，頁653。

60　王廷紹《霓裳續譜》，《明清民歌時調集》，頁208。

> 復，有林麓，則虞人設階；無林麓，則狄人設階。小臣復，復者朝服。君以卷，
> 夫人以屈狄；大夫以玄赬，世婦以禮衣；士以爵弁，士妻以稅衣。皆升自東榮，
> 中屋履危，北面三號，卷衣投於前，司服受之，降自西北榮。其為賓，則公館復，
> 私館不復；其在野，則升其乘車之左轂而復。復衣不以衣尸，不以斂。婦人復，
> 不以袡。凡復，男子稱名，婦人稱字。惟哭先復，復而後行死事。

人剛死後，就先進行「復禮」，「復禮有一定的儀式：更服、荷衣、設階、升屋、呼號、揮衣、投衣、降屋、衣尸等數項。為死者招魂的人，必須更換服換衣，以示肅穆。然後肩荷死者生前之衣裳，沿著專門設置的階梯，從房屋的東翼，登上屋頂」[61]，揮舞著死者生前的衣服，來招喚死者的魂魄。「復禮」的目地是在希望藉由死者生前的衣服，來招喚死者的靈魂重新回到形體上，以表達「盡愛之道」，經過復禮之後，得知死者不可能復生之後，才可以辦理喪事。

「復禮」傳達出生前衣服和死後的本主仍有關聯故可以用來招魂，在《金瓶梅》中雖沒有「以衣招魂」的例子，但是在第 62 回中眾人替剛過世的李瓶兒換衣時，也表達出死者穿著的衣服，與死者之間的關聯：

> 李嬌兒因問：「尋雙甚麼顏色鞋，與他穿了去？」潘金蓮道：「姐姐，他心裡只
> 愛穿那雙大紅遍地金高底鞋兒，只穿了沒多兩遭兒，倒尋那雙鞋出來，與他穿了
> 去罷。」吳月娘道：「不好，倒沒的穿上陰司裡，好教他跳火炕。你把前日往他
> 嫂子家去穿的那雙紫羅遍地金高底鞋，與他裝綁了去罷。」

由吳月娘的話就可以知道，死者與身上穿的衣服是有著聯繫的，潘金蓮建議用「大紅遍地金高底鞋兒」，但吳月娘卻說不可，因為「紅鞋」與「火坑」之間的相似聯想，會使死者在地府中也不舒服，所以就叫李嬌兒換了雙「紫羅遍地金高底鞋」。

正因為生前的衣服和人死後仍然有著關聯，所以即便宋蕙蓮已經死了，潘金蓮仍想藉由宋蕙蓮生所穿的蓮鞋，來傷害已經過世的宋蕙蓮，讓她在陰山背後也不得安穩。潘金蓮一面在西門慶面前嚷著要剁鞋，一方面也是想藉著剁鞋將蓮鞋破壞，以後西門慶沒有了可以賭物思蕙蓮的機會；另一方面剁鞋的巫術效應，再加上丟到毛司的污穢，會使得在陰山背後的宋蕙蓮「永世不得超生」。不過，在小說的安排中，宋蕙蓮最後還是在普靜禪師的薦拔下，投生「東京朱家為女」。

---

61 馬昌儀：《中國靈魂信仰》，頁 262。

結　論

　　「鞋腳」一詞，是明清時代的慣用語，用來指稱「腳上的鞋襪及其附屬物」，不過，鞋子的產生原是為了保護腳部不受傷害，鞋與腳二者實難分開，例如「三寸金蓮」在許多時候是既指「蓮鞋」又指「蓮腳」，所以在本書的探討中，便將「鞋」與「腳」一起加以討論。

　　在《金瓶梅》中關於「鞋腳」的研究，主要可以由三個方面來探討：第一個是屬於與情色有關的鞋腳——三寸金蓮的部分；第二個是作為禮物的鞋腳；第三個則是作為巫術用途的鞋腳。

　　首先，先來看看「鞋腳與情色」的關係。三寸金蓮在《金瓶梅》問世的時代，是一個普遍存在的對女性身體的審美觀念，人們認為凡是擁有一雙三寸的金蓮小腳，才能算是一個真正的美麗的女性。在那個時代，女性為了得到男性的寵愛，通常在年紀很小的時候，就由母親或者家中其它的女性長輩，替她將腳纏裹起來。「纏足」的習俗，在中國流傳了很長一段時間，究竟起於何人、何時，依然是眾說紛紜，不過可以確定的是，在宋代就已經有纏足的現象，只是尚未十分普及，到了元代以後則成為一種風尚，明清時代則臻於全盛了，「三寸金蓮」成了女性的代表物與性感的象徵。迷戀金蓮小腳的文人墨客，想出了許許多多美化的字眼，來歌頌描摹這小小的三寸金蓮，有的比擬天上的「新月」，有的稱其為「蓮瓣」、「菱角」、「雙鳬」等等不同的異稱，藉著小腳的形象與姿態衍生出無盡的比喻。當小腳成為社會上普遍的審美觀之後，便也產生出評定美醜高下的審美標準，最常見的品評標準就是——「瘦、小、尖、彎、香、軟、正」這所謂的「七字訣」。當時的女子努力使自己符合「美金蓮」的標準，主要是因為當時的男子大多也喜歡如此的美麗小腳，而在男女的婚姻中，女子主要依附男性的審美觀，於是當男子喜愛未來的妻子有雙纖纖小腳時，女子就只好將腳緊緊的纏縛以符合「瘦小尖彎香軟正」的標準。而社會上對於女子的三寸金蓮普遍存在的看法，首先，對於有一雙三寸金蓮的女性，一般認為此女子有著相當不錯的家境與家教，才能在女子年紀還小時「有錢有閒」的就替她纏就一雙金蓮小腳，其次，由於神秘感使然，女子的美金蓮看在男性的眼中，又成了一種專屬女性的性感象徵與魅力的集中焦點，使得當時的男子對於金蓮小腳充滿著熱愛，總有著一親芳澤的性幻想。

　　在《金瓶梅》中，對於三寸金蓮的描寫是相當多的，其中大部分的女性角色幾乎都纏裹著小腳，女性日常的生活也常常和小腳有著關聯，從做鞋、整理行纏與活動能力等

方面,都和纏足有著相當大的聯繫。潘金蓮是《金瓶梅》中的第一女主角,在她和西門慶交往的過程中,「三寸金蓮」是她的利器之一,而西門慶對於潘金蓮的小腳也是十分迷戀的,在兩人初相見之時,潘金蓮的故意將金蓮示人,使得西門慶一見銷魂恨不得立刻得以親近;等到兩人要偷情的前一刻,西門慶故意將筷子掉到地上,而趁機偷捏潘金蓮的小腳,使雙方都確定的對方的心意,而揭開的偷情的序幕;而在兩人的床第之間,蓮鞋也扮演了其他調情的作用,例如「飲鞋杯」、「見紅鞋淫心頓起」等等,更可見「三寸金蓮」與情色床第之間的密切。

而在《金瓶梅》的文學手法上,作者有意藉由「金蓮及其附屬物」的串聯,使「三寸金蓮」與「慾望」、「權力」、「死亡」這三個主題串聯在一起。由陳敬濟拾鞋與還鞋的過程,我們看到的是慾望的流轉,預告著陳敬濟將作為西門慶性愛接班人的身分;由潘金蓮與宋蕙蓮的爭奪中,「金蓮」成了權力的象徵,潘金蓮為了鞏固自己的地位,就只有犧牲宋蕙蓮才行;而在崇禎本第 1 回中說「羅襪一彎,金蓮三寸,是砌墳時破土的鍬鋤」與女子「腳帶自縊」的現象,使金蓮又與死亡的主題關聯起來。

「鞋腳」在《金瓶梅》中除與情色有關之外,還呈現出另外兩種特色:禮物與巫術。在送禮的文化中,「鞋腳」也成了女子送禮時的禮物之一,例如在結婚的次日清晨,女子要向自己的公婆進獻鞋腳,稱為「見面鞋腳」,藉由鞋腳的贈送希望能向公婆表明自己的女工成績,希望能給公婆一個好印象;有時女性還會以自己親手做的鞋子當作謝禮,來回報別人對她的恩情,稱之為「謝禮鞋腳」;而最常見的現象,則是女子將自己腳上的金蓮鞋,最好自己穿過的「半新不舊」的蓮鞋,送給自己心愛的情人當作信物,稱之為「信物鞋腳」。這三種現象,在《金瓶梅》及其同時代或之後的文學作品中也常常見到。一般來說,作為禮物意涵的鞋腳,通常都是出於女子自己之手,因為唯有自己親手的鞋腳,才能更加表達出自己的心意。

在巫術的部分,鞋腳有時成為巫術進行的工具與介品。在《金瓶梅》中潘金蓮因為久盼西門慶不來,心中鬱悶難解,只有乞靈腳上的金蓮鞋,卜起鞋卦來詢問西門慶的去向與歸期,在明清時代的小說中,「鞋卦」其實是閨中女子常用的一種占卜方式;其次,當李桂姐拿到了潘金蓮的頭髮,為了鎮壓潘金蓮,於是將潘金蓮的頭髮放在自己的鞋底日日踩踏,以企圖藉著巫術的聯想使潘金蓮受到影響;另外還有「剁鞋」的情形,藉由接觸巫術的聯想,當潘金蓮無意間拿到宋蕙蓮生前所送給西門慶的信物鞋腳時,就命丫頭將鞋子拿刀子剁了,再丟到毛司背後,好讓宋蕙蓮擁世不得翻身。可見,鞋腳在《金瓶梅》中也被用作巫術的用途,只要拿到對方穿過或接觸的鞋子,便可以進行一些巫術的操作,使鞋主人本身受到一些影響。

本書即以情色、禮物與巫術三個面向,來對《金瓶梅》鞋腳情色與文化進行一番研究與討論。

參考文獻

（按作者筆劃排列）

一、金瓶梅文本

閆昭典、王汝梅等校點：《新刻繡像批評金瓶梅（會校本‧重刊本）》，香港：三聯書店，2012。

蘭陵笑笑生原著；梅節校訂：《金瓶梅詞話》，臺北：里仁書局，2007。

蘭陵笑笑生著：《金瓶梅詞話》，臺北：里仁書局，1996。

蘭陵笑笑生著；陶幕寧校注：《金瓶梅詞話》，北京：人民文學出版社，2000。

二、中文書目

不著傳者：《蘭花夢奇傳》，臺北：文海出版社，1971。

不著傳者：《蘭花夢奇傳》，臺北：文海出版社，1971。

不題撰人：《巫山艷史》，臺北：雙笛國際事務公司，1996。

不題撰人：《巫夢緣》，臺北：雙笛國際事務公司，1995。

不題撰人：《桃花艷史》，臺北：雙笛國際事務公司，1996。

不題撰人：《檮杌閑評》，臺北，雙笛國際事務公司，1996。

中國金瓶梅學會編：《金瓶梅研究 第一輯》，南京：江蘇古籍出版社，1990。

中國金瓶梅學會編：《金瓶梅研究 第二輯》，南京：江蘇古籍出版社，1991。

中國金瓶梅學會編：《金瓶梅研究 第三輯》，南京：江蘇古籍出版社，1992。

中國金瓶梅學會編：《金瓶梅研究 第四輯》，南京：江蘇古籍出版社，1993。

孔繁華：《金瓶梅的女性世界》，鄭州：中州古籍出版社，1991。

尹恭弘：《《金瓶梅》與晚明文化：《金瓶梅》作為「笑」書的文化考察》，北京：華文出版社，1997。

方銘編：《金瓶梅資料匯錄》，合肥：黃山書社，1986。

王三聘：《古今事物考》，臺北：臺灣商務印書館，1963。

王利器主編：《金瓶梅詞典》，長春：吉林文史出版社，1988。

王利器主編：《國際金瓶梅研究集刊》，成都：中國金瓶梅學會，1991。

王毓榮：《荊楚歲時記校注》，臺北：文津出版社，1988。

王夢鷗註譯：《禮記今註今譯》，臺北：臺灣商務印書館，1984。

王實甫：《西廂記》，臺北：里仁書局，1995。

王讜：《唐語林校證》，北京：中華書局，1997。

古杭艷艷生：《昭陽趣史》，臺北：雙笛國際事務公司，1994。

四庫全書存目叢書編纂委員會：《四庫全書存目叢書》，臺南：莊嚴文化事業公司，1995。

白維國編：《金瓶梅詞典》，北京：中華書局，1991。

石昌渝、尹恭弘：《金瓶梅人物譜》，南京：江蘇古籍出版社，1988。

朱一玄編：《金瓶梅資料匯編》，天津：南開大學出版社，1985。

朱星：《金瓶梅考證》，臺北：木鐸出版社，1983。

朱眉叔編：《中國古代珍稀本小說 10》，瀋陽：春風文藝出版社，1995。

江紹原：《中國古代旅行之研究》，上海：上海文藝出版社，1989。

江紹原：《髮鬚爪：關於它們的迷信》，臺北：東方文化書局，1971。

西周生：《醒世姻緣傳》，臺北：聯經出版事業公司，1986。

西湖漁隱主人：《歡喜冤家》，臺北：漢源文化事業公司，1993。

何良俊：《四友齋叢說》，北京：中華書局，1997。

吳紅、胡邦煒：《金瓶梅的思想和藝術》，成都：巴蜀書社，1987。

吳美雲輯：《中國女紅：母親的藝術》，臺北：漢聲雜誌社，1998。

李汝珍：《鏡花緣》，臺北：聯經出版事業公司，1983。

李百川：《綠野仙蹤》，濟南：齊魯書社，1995。

李建中：《瓶中審醜：金瓶梅「色」之批判》，臺北：文史哲出版社，1992。

李時珍：《本草綱目》，臺北：文化圖書，1997。

李崇興編著：《元語言詞典》，上海：上海教育出版社，1998。

李開先：《詞謔》，臺北：鼎文書局，1974。

李零主編：《中國方術概觀：房中卷》，北京：人民中國出版社，1993。

李漁：《閒情偶寄》，臺北：長安出版社，1979。

李綠園：《歧路燈》，臺北：新文豐出版公司，1989。

杜維沫、劉輝編：《金瓶梅研究集》，濟南：齊魯書社，1988。

汪辟疆編：《唐人傳奇小說》，臺北：文史哲出版社，1993。

沈榜：《宛署雜記》，北京：北京古籍出版社，1982。

沈德符：《萬曆野獲編》，北京：中華書局，1997。

周之標：《珊珊集》，臺北：臺灣學生書局，1984。

周光培編：《元代筆記小說》，石家莊：河北教育出版社，1994。

周光培編：《清代筆記小說》，石家莊：河北教育出版社，1996。

周鈞韜編：《金瓶梅資料續編 1919-1949》，北京：北京大學出版社，1991。

姑蘇癡情士：《鬧花叢》，臺北：雙笛國際事務公司，1994。

尚會鵬：《鬧洞房》，北京：中央民族大學出版社，2000。

林辰等點校：《中國古代珍稀本小說》，瀋陽：春風文藝出版社，1995。

金耀基：《中國社會與文化》，香港：牛津大學出版社，1992。

侯忠義、王汝梅：《金瓶梅資料匯編》，北京：北京大學出版社，1985。

侯忠義主編：《明代小說輯刊》，成都：巴蜀書社，1995。

俞正燮：《癸巳類稿》，臺北：世界書局，1965。

姚靈犀編：《采菲新編》，天津：天津書局，1941。

姚靈犀編：《采菲錄三編》，天津：天津書局，1936。

姚靈犀編：《采菲錄四編》，天津：天津書局，1938。

姚靈犀編：《采菲錄初編》，天津：時代公司，1934。

姚靈犀編：《采菲錄續編》，天津：時代公司，1936。

施耐庵、羅貫中著；李泉、張永鑫校注：《水滸全傳校注》，臺北：里仁書局，1994。

段成式：《酉陽雜俎》，臺北：漢京文化事業公司，1983。

胡文彬、張慶善選編：《論金瓶梅》，北京：文化藝術出版社，1984。

胡衍南：《飲食情色金瓶梅》，臺北：里仁書局，2004。

胡應麟：《少室山房筆叢》，臺北：世界書局，1963。

郎瑛：《七修類稿》，臺北：世界書局，1963。

風月軒入玄子：《浪史奇觀》，臺北：雙笛國際事務公司，1995。

凌濛初：《二刻拍案驚奇》，臺北：三民書局，1991。

凌濛初：《拍案驚奇》，臺北：三民書局，1992。

夏敬渠：《野叟曝言》，北京：人民文學出版社，1999。

徐正光主編：《漢人與周邊社會研究：王崧興教授重要著作選譯》，臺北：唐山出版社，2001。

徐珂：《清稗類鈔》，臺北：臺灣商務印書館，1966。

徐朔方編選：《金瓶梅西方論文集》，上海：上海古籍出版社，1987。

徐海燕編著：《悠悠千載一金蓮：中國纏足文化》，瀋陽：遼寧人民出版社，2000。

袁枚：《袁枚全集》，南京：江蘇古籍出版社，1997。

陝西人民出版社編：《守節‧再嫁‧纏足及其它：中國古代婦女生活面面觀》，西安：陝西人民出版社，1990。

馬昌儀：《中國靈魂信仰》，上海：上海文藝出版社，1998。

馬縞：《中華古今注》，臺北：臺灣商務印書館，1966。

高承：《事物紀原》，臺北：臺灣商務印書館，1966。

高則誠：《燈草和尚》，臺北：雙笛國際事務公司，1994。

高洪興：《纏足史》，上海：上海文藝出版社，1995。

高洪興編：《黃石民俗學論集》，上海：上海文藝出版社，1999。

高越峰：《金瓶梅人物藝術論》，濟南：齊魯書社，1989。

康正果：《重審風月鑑：性與中國古典文學》，臺北：麥田出版社，1996。

張小虹編：《性／別研究讀本》，臺北：麥田出版社，1998。

張中秋、黃凱鋒著：《超越美貌神話：女性審美透視》，上海：學林出版社，1999。

張世南：《遊宦紀聞》，北京：中華書局，1997。

張岱：《陶庵夢憶》，臺北：大鴻圖書公司，1997。

張金蘭：《金瓶梅女性服飾文化》，臺北：萬卷樓圖書公司，2001。

張國星編：《中國古代小說中的性描寫》，天津：百花文藝出版社，1993。

情顛主人：《繡榻野史》，臺北：雙笛國際事務公司，1995。

採蘅子：《蟲鳴漫錄》，臺北：廣文書局，1969。

盛源、北嬰選編：《名家解讀金瓶梅》，濟南：山東人民出版社，1998。

陳東原：《中國婦女生活史》，北京：商務印書館，1998。

陳森：《品花寶鑑》，濟南：齊魯書社，1993。

陶宗儀：《南村輟耕錄》，北京：中華書局，1997。

陶慕寧：《金瓶梅中的青樓與妓女》，北京：文化藝術出版社，1993。

復旦大學編輯部：《金瓶梅研究》，上海：復旦大學出版社，1984。

程大昌：《程氏演繁錄》，臺北：臺灣商務印書館，1975。

程自信：《金瓶梅人物新論》，合肥：黃山書社，2001。

費孝通：《鄉土中國》，香港：三聯書店，1991。

馮夢龍等編：《明清民歌時調集》，上海：上海古籍出版社，1999。

馮夢龍編：《醒世恆言》，臺北：里仁書局，1991。

馮夢龍編：《警世通言》，臺北：里仁書局，1991。

馮驥才：《怪世奇談》，臺北：谷風出版社，1988。

黃霖、王國安編譯：《日本研究《金瓶梅》論文集》，濟南：齊魯書社，1989。

黃霖編：《金瓶梅資料彙編》，北京：中華書局，1987。

甯宗一、羅德榮主編：《《金瓶梅》對小說美學的貢獻》，天津：天津社會科學院出版社，1992。

楊朝英編：《朝野新聲太平樂府》，臺北：世界書局，1968。

楊慎：《丹鉛雜錄、謝華啟秀》，臺北：宏業書局，1972。

楊楊：《小腳舞蹈：滇南一個鄉村的纏足故事》，合肥：安徽文藝出版社，2001。

楊寬：《西周史》，臺北：臺灣商務印書館，1999。

煙水散人：《燈月緣》，臺北：雙笛國際事務公司，1995。

葉大兵、葉麗婭：《頭髮與髮飾民俗：中國髮文化》，瀋陽：遼寧人民出版社，2000。

葉夢得：《石林燕語》，北京：中華書局，1997。

嘉禾餐花主人：《濃情快史》，臺北：雙笛國際事務公司，1995。

福格：《聽雨叢談》，北京：中華書局，1997。

翟灝：《通俗編》，臺北：世界書局，1963。

蒲松齡著：《聊齋誌異》，臺北：里仁書局，1991。

裴庭裕、鄭處誨：《東觀奏記、明皇雜錄》，北京：中華書局，1997。

趙南星等著：《明清笑話四種》，臺北：華正書局，1987。

趙崇祚集；李一氓校：《花間集校》，臺北：臺灣學生書局，1971。

劉侗、于奕正合撰：《帝京景物略》，臺北：世界書局，1963。

劉經菴：《歌謠與婦女》，臺北：東方文化書局，1971。

潘立勇：《形體美與性選擇》，臺北：臺灣學生書局，1995。

歷代學人：《筆記小說大觀》，臺北：新興書局，1962。

蕭夢、屈仁：《金瓶梅風俗談》，鄭州：中原農民出版社，1993。

錢泳：《履園叢話》，北京：中華書局，1997。

錢鍾書：《管錐編》，北京：中華書局，1999。

閆增山、楊春忠：《金瓶梅女性文化導論》，北京：中國文聯出版社，1999。

駱崇騏：《中國鞋文化史》，上海：上海科學技術出版社，1990。

謝肇淛：《五雜組》，臺北：新興書局，1971。

蟲天子輯：《香豔叢書》，臺北：古亭書屋，1969。

羅大經：《鶴林玉露》，北京：中華書局，1997。

羅德榮：《金瓶梅三女性透視》，天津：天津大學出版社，1992。

顧祿：《清嘉錄》，南京：江蘇古籍出版社，1999。

顧頡剛等輯；王煦華整理：《吳歌‧吳歌小史》，南京：江蘇古籍出版社，1999。

三、翻譯著作

Alison Lurie 著；李長青譯：《解讀服裝》，臺北：商鼎文化出版社，1994。

Marilyn Yalom 著；何穎怡譯：《乳房的歷史》，臺北：先覺出版社，2000。

上野千鶴子著；洪金珠譯：《裙子底下的劇場》，臺北：時報文化出版公司，1995。

孔飛力（Philip A. Kuhn）著；陳兼、劉昶譯：《叫魂：1768 年中國妖術大恐慌》，上海：上海三聯書店，1999。

弗洛伊德著；車文博主編：《弗洛伊德文集》，長春：長春出版社，1998。

弗留葛爾：《服裝心理學》，臺北：水牛圖書出版事業公司，1991。

弗雷澤（J. G. Frazer）著；汪培基譯：《金枝：巫術與宗教之研究》，臺北：桂冠圖書公司，1991。

牟斯（Marcel Mauss）著；王珍宜、何翠萍譯：《禮物：舊社會中交換的形式與功能》，臺北：遠流出版公司，1989。

西美爾著；顧仁明譯：《金錢、性別、現代生活風格》，上海：學林出版社，2000。

高羅佩著；李零、郭曉慧等譯：《中國古代房內考》，上海：上海人民出版社，1996。

高羅佩著；楊權譯：《祕戲圖考：附論漢代至清代的中國性生活（公元前二〇六－公元一六四四年）》，廣州：廣東人民出版社，1992。

莫理斯著；黃潔譯：《親密行為》，臺北：國際文化事業公司，1987。

麥柯‧赫奇森（Michael Hutchison）著；廖世德譯：《性與權力：心身政治的剖析》，臺北：自立晚報出版社，1994。

閻雲翔著；李放春、劉瑜譯：《禮物的流動：一個中國村莊中的互惠原則與社會網絡》，上海：上海人民出版社，2000。

戴斯蒙‧莫里斯：《觀人術》，臺北：好時年出版社，1983。

靄理士著；潘光旦譯注：《性心理學》，北京：商務印書館，1997。

四、外文著作

Fan Hong. 1997. *Footbinding, Feminism and Freedom: The Liberation of Women's Bodies in Modern China*. London: Portland.

Howard S. Levy. 1984. *Chinese Footbinding: The History of a Curious Custom*. New York: Bell Publishing Company.

Margery Wolf. 1972. *Women and the Family in Rural Taiwan*. Standford: Standford University Press.

Wang Ping. 2000. *Aching for Beauty: Footbinding in China*. London: University of Minnesota Press.

岡本隆三：《纏足物語》，東京：東方書店，1991。

五、期刊論文

江曉原：〈中國房中術的理論與技巧〉，《歷史月刊》128 期，民 87.9，頁 54-60。

艾之玉：〈中國歷史上的性教育〉，《歷史月刊》128 期，民 87.9，頁 50-53。

艾汀詩（Sandra Adams）：〈從束腰與裹腳看東西方婦女的地位〉，《文化雜誌》，24 期，民 84 秋，頁 64-90。

李建民：〈「婦人媚道考」：傳統家庭的衝突與化解方術〉，《新史學》，第 7 卷第 4 期，民 85.12，頁 1-32。

易中天：〈性：從神聖、神秘到不神秘的歷史軌跡〉，《歷史月刊》128 期，民 87.9，頁 28-42。

林秋敏：〈腳的選美：賽腳會〉，《歷史月刊》，129 期，民 87.10，頁 16-22。

林富士：〈頭髮、疾病與醫療：以中國漢唐之間的醫療文獻為主的初步探討〉，《中央研究院歷史語言研究所集刊》，第 71 本第 1 分，民 89.3，頁 67-235。

柯基生：〈金蓮祕性：纏足與性的解析〉，《歷史月刊》128 期，民 87.9，頁 69-74。

徐錫山：〈「三寸金蓮」縱橫談〉，《歷史月刊》，109 期，民 86.2，頁 94-98。

陳存仁：〈女性酷刑纏足考（中）〉，《傳記文學》，62：1＝368，民 82.1，頁 113-122。

陳東山：〈《金瓶梅》裡的性文化〉，《當代》第 16 期，民 76.8，頁 25-31。

陳偉明：〈從《金瓶梅》看明代奴婢〉，《歷史月刊》135 期，民 88.4，頁 128-132。

楊昌年：〈古典艷情小說的巔峰鉅作——「金瓶梅詞話」評析〉，《歷史月刊》128 期，民 87.9，頁 61-68。

劉達臨：〈春宮畫——中國古代性文化園地的一朵奇葩〉，《歷史月刊》128 期，民 87.9，頁 43-49。

六、學位論文

洪正玲：《金瓶梅詞話之原型研究》，臺灣師範大學國文研究所碩士論文，民 90。

馬琇芬：《從婚姻、嫉妒、性慾看《金瓶梅》中的女性》，中山大學中國文學系碩士論文，民 86。

陳景黼：《中國古代求雨巫術及其民俗底蘊研究》，靜宜大學中國文學系碩士論文，民 90。

國家圖書館出版品預行編目資料

《金瓶梅》鞋腳情色與文化研究

李曉萍著.－初版.－臺北市：臺灣學生，2014.09
面；公分（金學叢書第1輯；第12冊）

ISBN 978-957-15-1627-1 (精裝)

1. 金瓶梅 2. 研究考訂

857.48   103011449

《金瓶梅》鞋腳情色與文化研究

著　作　者：李　　　曉　　　萍
主　　　編：吳　敬　、　胡　衍　南　、　霍　現　俊
出　版　者：臺　灣　學　生　書　局　有　限　公　司
發　行　人：楊　　　雲　　　龍
發　行　所：臺　灣　學　生　書　局　有　限　公　司
　　　　　　臺北市和平東路一段七十五巷十一號
　　　　　　郵 政 劃 撥 帳 號：00024668
　　　　　　電　話：(02)23928185
　　　　　　傳　眞：(02)23928105
　　　　　　E-mail：student.book@msa.hinet.net
　　　　　　http://www.studentbook.com.tw

定價：精裝 16 冊不分售
　　　新臺幣 20000 元

二 〇 一 四 年 九 月 初 版

ISBN 978-957-15-1627-1 (本冊)
ISBN 978-957-15-1615-8 (全套)

金學叢書 第一輯

❶ 《金瓶梅》原貌探索　　　　　　　　　　　　　　　　魏子雲著

❷ 《金瓶梅》的幽隱探照　　　　　　　　　　　　　　　魏子雲著

❸ 小說《金瓶梅》　　　　　　　　　　　　　　　　　　魏子雲著

❹ 《金瓶梅》演義──儒學視野下的寓言闡釋　　　　　　李志宏著

❺ 《金瓶梅》的時間敘事與空間隱喻　　　　　　　　　　林偉淑著

❻ 《金瓶梅》敘事藝術　　　　　　　　　　　　　　　　鄭媛元著

❼ 說圖──崇禎本《金瓶梅》繡像研究　　　　　　　　　曾鈺婷著

❽ 《金瓶梅詞話》之詩詞研究　　　　　　　　　　　　　傅想容著

❾ 崇禎本《金瓶梅》回首詩詞功能研究　　　　　　　　　林玉惠著

❿ 《金瓶梅》飲食男女　　　　　　　　　　　　　　　　胡衍南著

⓫ 《金瓶梅》之身體感知與性別辯證：一個漢字閱讀觀點的建構　李欣倫著

⓬ 《金瓶梅》鞋腳情色與文化研究　　　　　　　　　　　李曉萍著

⓭ 《金瓶梅》女性服飾文化研究　　　　　　　　　　　　張金蘭著

⓮ 《金瓶梅詞話》女性身體書寫析論──以西門慶妻妾為論述中心　沈心潔著

⓯ 後設現象：《金瓶梅》續書書寫研究　　　　　　　　　鄭淑梅著

⓰ 《金瓶梅》詮評史研究　　　　　　　　　　　　　　　李梁淑著